Claire McGowan est née en Irlande du Nord en 1981. Elle a grandi dans un village où l'événement le plus palpitant a sans doute été la cavalcade d'un troupeau de vaches le long de la route. Elle vit actuellement à Londres où, après avoir exercé le métier de journaliste, elle a décidé de se consacrer à plein-temps à l'écriture. Ses romans policiers seront bientôt adaptés en série par BBC Drama. Elle a dirigé pendant deux ans la Crime Writers' Association et enseigne désormais l'écriture du roman noir dans une prestigieuse université londonienne. Elle se réjouit que ses livres soient à présent accessibles en français, une langue qu'elle parle couramment.

De la même autrice :

Personne ne doit savoir
(Prix des Lectrices 2023)
Dans mon ombre
Ouvre-moi

Ce livre est également disponible
au format numérique

www.editions-hauteville.fr

Claire McGowan

Ouvre-moi

Traduit de l'anglais (Irlande du Nord)
par Nathalie Guillaume

Hauteville

Hauteville est un label des éditions Bragelonne

Titre original : *Let Me In*

Directeur : Antoine Béon
Directrice de la publication : Claire Renault Deslandes
Directrice éditoriale : Julia Leloup
Directeur artistique : Fabrice Borio

ISBN : 978-2-38122-714-6

Bragelonne – Hauteville
60-62, rue d'Hauteville – 75010 Paris

E-mail : info@editions-hauteville.fr
Site Internet : www.editions-hauteville.fr

Prologue

« Je n'ai jamais rencontré ma mère. »

C'est une chose que je disais aux gens, même si, évidemment, ce n'était pas vrai. Tout le monde rencontre sa mère, ne serait-ce que les premiers et douloureux instants où l'on s'efforce de sortir de son corps. Même la mienne a dû m'expulser dans l'air froid, les bras toutefois enchaînés au lit, sans qu'on l'autorise ensuite à me tenir une seule seconde contre elle. Dès mon arrivée sur terre, rouge, humide et en pleurs, j'ai vite été emmené hors de la pièce, et, dès qu'elle a pu se lever, on a reconduit ma mère à sa cellule et verrouillé la porte. Elle n'a pas pu me voir, me toucher, ni embrasser mon front de nouveau-né. Elle n'a pas pu me dire au revoir – à peine bonjour. Après neuf mois dans son ventre, j'ai été privé d'elle, comme s'il fallait me sauver de sa personne, comme si son simple souffle sur mon visage de nourrisson risquait de me corrompre. Comme si ma propre mère était le pire danger que j'aurais à affronter.

Helen

Le vase de ma mère fut cassé le jour du déménagement. Il ne valait pas grand-chose – une pièce en verre de Murano vert qu'elle avait achetée pendant sa lune de miel à Venise, assez belle, quoique commune –, mais, pour moi, c'était un signe. Que ce déménagement n'annonçait rien de bon, que nous avions tort de quitter l'anonymat sécurisant de Londres pour aller nous installer à la campagne. Les gens pensent que vous pouvez vous y cacher, parce que vous y seriez isolé, mais ils se trompent. À la campagne, on a toujours un œil sur vous.

C'étaient les déménageurs qui l'avaient cassé. George avait planifié leur intervention, ce dont j'avais été surprise et reconnaissante, même si, en réalité, nous n'avions pas d'autre choix. Je travaillai jusqu'à 22 heures la veille de notre départ, puisque l'hôpital m'arrachait chaque minute de mon temps. Un énième examen, encore un dossier, un dernier bras cassé, un autre bébé présentant des rougeurs. Et je me sentais pressée, comme un citron crachant ses pépins partout. George s'était occupé de tout pour le déménagement, en vérité, car j'enchaînais les horaires tardifs et rentrais au milieu de la nuit, épuisée, juste bonne à m'écrouler au lit. Parfois, je dormais à l'hôpital, comme un interne plutôt que comme le médecin consultant que j'étais, essayant en vain de résorber le retard qui ne cessait de s'accumuler dans les cas de Covid, les grosseurs négligées, les pathologies cardiaques trop longtemps délaissées, les membres cassés avec lesquels on continuait de marcher. Les gens craignaient les hôpitaux à présent, comme autrefois. Ils étaient redevenus des lieux de mort.

Le dernier jour, je vidai mon casier et rendis mon badge, étonnée de déceler un certain chagrin dans ma voix en disant au revoir aux infirmières, à la réceptionniste, aux médecins, fiables et sarcastiques, avec qui, ces deux dernières années, j'avais créé des liens comme si nous étions des frères d'armes. J'étais devenue médecin à vingt-cinq ans, près de treize ans plus tôt, et j'ignorais ce que je serais sans ce statut. Mais, avec un peu de chance, George avait raison, et le déménagement nous serait bénéfique. Je m'imaginais me réveiller à la lumière du jour, flâner dans le jardin, ma tasse de café entre les mains, levant le visage vers le ciel avec un soupir satisfait. Mais, ensuite, je pensais au fait que je ne travaillerais pas, du moins pas avant d'avoir décidé par quoi je voulais remplacer la médecine, et j'en avais l'estomac noué. Comment nous en sortirions-nous ? Nous avions déjà payé la nouvelle maison, nous n'avions donc pas de prêt à rembourser, mais il y aurait des factures et des frais, et j'avais l'habitude de lâcher 50 livres pour une crème de jour ou un pull si j'avais besoin d'une cure de shopping. Non qu'il y ait de jolies boutiques au fin fond de la campagne, à part les pièges à touristes friqués. Si celle que j'étais à dix-huit ans avait su que je retournais vivre dans l'ouest du pays, elle aurait cru que je perdais la tête.

Regarde l'adorable appartement que tu as ! Il y a des cinémas et plus de magasins Body Shop que tu ne pourras jamais en visiter. Es-tu devenue dingue, Helen ?

Peut-être, oui. Mais je savais que George avait raison, nous avions besoin de changement. Besoin de quelque chose, en tout cas. La recherche d'un nouvel emploi, le rejet et les échecs incessants qu'il affrontait tous les jours, cela rongeait mon mari au point que je le reconnaissais à peine. Alors je le laissai gérer le déménagement, faire les cartons, donner le préavis au propriétaire, prévenir les divers fournisseurs, effectuer le changement d'adresse, veiller au suivi du courrier, toute cette routine précédant un départ. Ça paraissait insensé, mais je n'avais même jamais vu la maison où nous emménagions. George l'avait dénichée dans le cadre d'une vente aux enchères, et elle n'avait jamais été répertoriée en ligne. Il m'en avait montré quelques photos floues qu'il avait prises lorsqu'il y était descendu, mais j'avais été trop débordée à l'hôpital pour prendre des congés, ou même vraiment y songer. Je ne semblais avoir d'énergie que pour travailler, dormir et, parfois, me doucher. Mes pensées étaient réduites, confuses.

Finalement, George avait déclaré que ce serait une surprise. La preuve que je comptais sur lui pour nous trouver une maison que j'aimerais. Cela n'avait pas été facile, avec ma tendance à vouloir tout contrôler. Lou trouvait ça éperdument romantique, comme dans une comédie, où un homme vous tend un trousseau de clés en susurrant : « Je nous ai acheté une maison, chérie. » Je l'avais mitraillé de questions sur la classe énergétique, le potentiel d'affaissement et l'état parasitaire, l'existence indispensable d'un parking et d'un village à distance de marche, jusqu'à ce que George s'en vexe et proteste que je ne lui faisais pas confiance. Et c'était vrai, du moins pas en matière d'organisation. Mais j'essayais. J'avais signé l'achat d'une maison, et tout ce que je savais, c'était que je déménageais quelque part en Cornouailles, pas trop loin de ma mère dans le Devon. Cette demeure était ancienne, disait-il. Jolie. Oui, il avait demandé le relevé topographique.

Je me réveillai à 5 heures le jour du déménagement, m'inquiétant dans la pénombre pour l'argent et l'avenir, pendant que George ronflait à côté de moi. Avions-nous commis une effroyable erreur ? Et si je détestais la campagne, et si la maison n'était pas habitable, et que nous n'avions pas les moyens de la rénover ? Et si les gens du coin nous en voulaient de faire augmenter les prix de l'immobilier ? Lorsque les déménageurs arrivèrent à 8 heures, mon moral baissa encore d'un cran. Typique de George, il avait réduit les dépenses en allant sur un site de services entre particuliers, et nous nous étions retrouvés avec deux types débraillés dans un van délabré. Je doutai que tout rentre à l'intérieur. Et obtenir un permis de stationnement pour une camionnette auprès de la mairie avait été un véritable casse-tête. Notre voisin hargneux du dessus, Ken – de Ken-et-Gloria – descendit comme une flèche pour s'assurer que le fourgon n'avait pas éraflé sa BMW.

— Alors, on déménage ?

— Oui, désolée pour le dérangement, nous serons partis d'ici une heure ou deux.

— Faites juste attention à la peinture dans les parties communes.

Ken était président du conseil syndical, évidemment. Au moins, je n'aurais plus à l'entendre se moucher à travers les murs fins comme du papier. Mon niveau de stress avait grimpé à huit (George dit que l'échelle commence à trois et que ça va jusqu'à, eh bien, l'infini) à mesure que les types cognaient nos ravissants meubles années 1950 partout. Il y avait déjà au moins trois éclats et rayures sur les murs de la cage d'escalier. Ils soulevaient nos cartons, piètrement préparés par George, avec un manque d'expertise me révélant qu'ils n'avaient jamais fait ça avant.

— Faites attention, s'il vous plaît, ne cessais-je de répéter, consciente d'être la connasse de service en pull de petite-bourgeoise.

Mais mon attitude fut légitimée, même si je n'en fus pas moins horrifiée, lorsque le fond d'un carton céda, et que son contenu se déversa sur le plancher en un bruit fracassant.

— Stop !

J'enjambai le tas et m'agenouillai pour ramasser les fragments de verre. Le vase de maman. Ce n'était qu'un objet sans valeur, mais je sentis les larmes me monter aux yeux. Je détestais tout ça, le désordre, le chaos et l'incertitude. Un instant, je regrettai même de ne pas être à l'hôpital, où l'on accueillait le chaos, où je le résolvais, où j'exigeais des instruments, une consultation, des bandages, et où ils apparaissaient aussitôt.

— Désolé, ma belle, maugréa le plus vieux des deux hommes, une cigarette pendue à ses lèvres.

George était à la porte, son exemplaire signé et encadré de l'album *Aladdin Sane* dans les bras. Ça, ça ne risquait pas d'être cassé, bien entendu.

— Attention, tu vas te couper, dit-il en voyant les éclats de verre dans mes mains.

— Ils ont cassé le vase de maman. Tu ne l'avais pas emballé dans du papier bulle ? Même pas du journal ?

Il haussa les épaules.

— Je n'en ai pas trouvé.

Je sentais ma contrariété monter. C'était pour ça que je finissais toujours par tout faire : parce qu'il s'y prendrait mal, et, au bout du compte, ça me demanderait deux fois plus de travail. Je n'arrivais pas à croire que je l'avais laissé choisir la maison. Dans quel genre de décharge partais-je vivre ? Il m'avait assuré que c'était une affaire incroyable, à tel point qu'on pouvait l'acheter comptant – parce que c'était une ruine peut-être !

Durant tout le trajet en voiture, tandis que nous traversions lentement l'ouest de Londres, j'essayais de me convaincre que j'avais de la chance. Nous allions dans un endroit charmant, et nous avions les moyens de nous acheter une maison, une grande maison. Même à nous deux, il nous aurait fallu des années avant de pouvoir nous permettre d'en acheter une à Londres. Je disposais de si peu de temps libre dans la journée ; je travaillais déjà aussi dur qu'il était humainement possible. J'avais besoin de faire une pause dans la médecine. Et je devais vraiment me rapprocher de maman, vu son état. Elle me disait que c'était inutile – ou plutôt elle me le communiquait comme elle le pouvait –, mais ma culpabilité devenait trop pesante. Entre le Covid et le boulot, je ne l'avais vue que deux fois ces deux dernières années, puis elle était tombée malade, et tant de choses furent définitivement rendues impossibles. Toutes les visites que j'avais repoussées à la fin de la pandémie, toutes les activités, les sorties, il était trop tard pour cela désormais.

Le soleil se leva alors que nous prenions l'autoroute pour entamer notre très long voyage vers l'ouest. Nous perdîmes aussitôt de vue les déménageurs, et j'ignorais s'ils arriveraient avant nous, mais j'essayai de me dire que cela n'avait aucune importance. Je devais arrêter d'être obsédée par les petits détails. J'avais passé ma vie dans un stress extrême, prenant soin de tout, anticipant le moindre risque, et, finalement, j'avais quand même commis une terrible erreur, et quelqu'un était mort. Ma vigilance et ma prévoyance n'avaient rien empêché. Je devais donc lâcher prise. Je devais vivre un peu. Je tentai de compter mes respirations, comme je l'avais appris au cours de méditation où Lou m'avait traînée – j'inspire à quatre, j'expire à huit. Mais je sentais toujours le bourdonnement de mon cœur dans ma poitrine, le poids de l'inquiétude qui me plombait. Qu'étions-nous en train de faire ? Londres sombrait derrière nous, et mon moral avec. De rouler ainsi en direction de l'ouest, j'avais l'impression de rebrousser chemin vers le passé, vers des secrets que je m'étais efforcée de fuir.

Je me rendrais compte, plus tard, que j'avais eu raison de m'être énervée à cause du vase, que c'était vraiment un mauvais présage. Parce qu'une fois que nous eûmes verrouillé l'appartement, laissant les sols nus et poussiéreux là où nos meubles avaient séjourné, que nous eûmes rendu les clés à l'agent immobilier dans la rue et quitté la capitale pour de bon, tout se dégrada à une vitesse incompréhensible.

Le vase n'était que la première chose, parmi tant d'autres, à se briser.

J'ai peu de souvenirs du trajet. George ne supporte pas les stations-service, avec leurs Starbucks hors de prix et leurs enfants hurlants. Il préfère toujours dénicher un lieu intéressant ou insolite pour s'arrêter, même si c'est situé à des miles de l'autoroute et qu'il n'y a pas de toilettes. Personnellement, ça m'est égal ; je veux juste en finir avec le voyage. Mais je me montrais arrangeante, nous entrâmes donc dans Glastonbury (ajoutant quarante minutes à notre itinéraire), pour faire notre halte dans un salon de thé avec des tables kitsch et de la vaisselle vintage. George étala une généreuse couche de crème épaisse sur son scone, et je me demandai si le déménagement le motiverait à reprendre l'exercice physique.

— Tu sens l'alignement de sites ? me demanda-t-il, la bouche pleine.

— Quoi ?

Je picorais des crumpets beurrés, ayant cherché en vain sur le menu autre chose que du pur sucre ou des glucides raffinés. Le sentiment d'effroi me talonnait toujours, et je ne pouvais rien voir de charmant parmi les magasins proposant des attrape-rêves et des cartes de tarot.

— Glastonbury. C'est construit sur un alignement de sites, c'est pour ça qu'il y a toutes ces boutiques avec des cristaux et autres.

— Tu ne crois quand même pas sérieusement à ça ?

Je le dévisageai par-dessus ma tasse de thé. George et moi avions toujours ricané de ce genre d'idioties. Parfois, il me lisait l'horoscope du journal, mais il le modifiait et prenait une voix terrifiante de Madame Soleil qui me faisait mourir de rire. « Aujourd'hui, méfiez-vous de la couleur rouge, surtout si elle se présente sous forme de sirènes, et que vous avez récemment commis un crime… Votre numéro de cellule porte-bonheur est le quatre, et votre délit porte-bonheur, ce sont les coups et blessures graves… »

Il n'avait pas plaisanté ainsi depuis un bon moment – ça me manquait.

— Eh bien, non, répondit-il. Je me suis renseigné sur le sujet, c'est tout. Sur l'*occulte*.

Il prononça ce dernier mot avec une certaine gêne.

— Heu, pourquoi ?

— Il y a une grande tradition de sorcellerie là où nous allons, tu sais. Je voulais juste en apprendre plus sur notre nouvel environnement.

Je me forçai à sourire. Il était excité par ce déménagement ; cela aurait dû me suffire. Et il s'en était vraiment occupé tout seul, puisque je travaillais non-stop tout en essayant de gérer mon propre traumatisme. Je n'avais pas eu plus d'une semaine de congé, ni de vacances entre deux affectations, depuis mes vingt-quatre ans, et ma main cherchait convulsivement mon téléphone professionnel, comme un membre fantôme. Je me demandais pendant combien de temps je me réveillerais encore en sursaut, convaincue que j'avais raté un tour de garde à 6 heures du matin, que j'avais oublié de classer de la paperasse, ou que le cœur d'un patient lâchait à un autre étage et que j'arriverais trop tard pour le sauver parce que je m'étais assoupie cinq minutes. George disait que j'étais atteinte d'un SPTP, stress post-traumatique professionnel.

Après le déjeuner, il voulut jeter un coup d'œil dans les boutiques, mais je l'encourageai à reprendre la route.

—Allez, il faut qu'on arrive là-bas avant la nuit. Depuis quand tu aimes ces trucs-là, de toute façon ?

Il haussa les épaules.

—Je trouve ça fascinant. Les croyances des gens. Perso, je n'y crois pas, mais ça m'intéresse qu'ils y croient, si tu vois ce que je veux dire.

L'occulte m'a toujours troublée, pour des raisons qui m'échappent. Maman nourrit une profonde aversion pour tout ce qui est surnaturel – elle ne regarderait même pas les films Harry Potter. Peut-être que je tiens ça d'elle. J'éloignai George des boutiques, il me suivit à contrecœur, et nous fûmes bientôt en route pour la dernière partie du trajet. Il insista pour conduire, afin que je puisse me reposer.

—Et avoir la surprise, ajouta-t-il en repartant en seconde, tandis que je grimaçais au bruit du moteur.

—Tu ne veux vraiment pas me dire où nous allons ?

Je pouvais googler le nom de la ville, à présent que j'avais enfin un peu de temps.

—Tu as déjà fait tout ce chemin, mon amour. Pourquoi ne pas avoir la surprise ?

Je n'aime pas les surprises. Mais j'avais organisé chaque aspect de nos vies depuis des années, et ceci semblait important pour lui. J'essayai donc de me départir de ma crainte en usant de logique pure. Je n'aimerais peut-être pas la maison, et alors ? Nous pouvions en changer. Ou, à la rigueur, la rénover et la revendre. C'était une sacrée bonne affaire, j'avais la certitude que nous la vendrions plus cher. Et si elle était totalement inhabitable ? Eh bien, nous... Il y avait sans doute un hôtel ou un B & B quelque part. Même si nous ne roulions pas sur l'or après cet achat.

— Tu ne serais pas en train de penser à la façon dont tu vas transformer la maison si elle ne te plaît pas ?

Il croisa mon regard dans le rétroviseur.

J'esquissai un faible sourire. Il me connaissait trop bien.

— Peut-être.

Il me prit la main, la sienne légèrement grasse à cause des chips qu'il avait grignotées durant les dix derniers miles.

— Écoute, si tu la détestes, on pourra déménager, je te le promets. Je voulais juste... m'occuper de tout pour une fois. Et je pense vraiment que c'est un endroit sympa.

— D'accord.

Je restai immobile en continuant de respirer profondément tandis que nous traversions le Dorset et le Devon, puis dépassions Exeter. Les Cornouailles, enfin.

Il m'adressa un sourire.

— C'est parti. Le rêve des lecteurs du *Guardian*, pas vrai ?

Aller vivre en Cornouailles n'avait jamais été mon rêve, mais je pouvais difficilement expliquer à George que le comté entier avait une importance pesante pour ma famille. Après tout, la région était vaste. Néanmoins, j'avais du mal à croire que j'allais revivre là. Quitter l'Ouest et déménager dans une grande ville avait toujours été si essentiel à mon sentiment d'identité. Je me dis que cette installation n'était pas définitive. Peut-être seulement jusqu'à... Eh bien, jusqu'à un quelconque changement. Jusqu'à ce que maman aille mieux... ou que son état empire. Jusqu'à ce qu'il y ait quelqu'un sur la banquette arrière, peut-être, demandant des bonbons, et si l'on arrivait bientôt. Je mis cette pensée de côté, tandis que l'engourdissement lié à la fin du voyage me gagnait – j'avais très envie de sortir m'étirer les jambes, mais je craignais légèrement de devoir abandonner la chaleur de mon siège, redoutant la longue soirée d'allées et venues et de déballage qui s'ensuivrait, le chaos de l'arrivée. Sans savoir si quoi que ce soit fonctionnait : la cuisinière, la douche, l'électricité. George disait que la maison était vide depuis un moment. Je tentai de me raccrocher à son entrain, son excitation, mais en vain.

Au fil du trajet, l'autoroute se réduisit à des départementales, et des noms magiques comme Zennor, Redruth et St Buryan. La maison devait être tout au bout des Cornouailles. Difficile d'accès. Pas si proche que ça de maman, en vérité – nous serions quand même à deux heures de route du Devon. Mais plus près, certes, que lorsque nous vivions à Londres. Je poussai un petit cri à la seconde où j'aperçus la mer, une étendue argentée parsemée d'éclats de soleil. George esquissa un autre sourire.

— Tu te rends compte ? Nous déménageons sur la côte. Nous sommes *ces* crétins-là !

— J'ai toujours voulu être de ces crétins-là.

J'allais bientôt découvrir la maison et essayer d'apaiser l'angoisse que cela suscitait. J'étais sûre que je me faisais des films, ça ne pouvait pas être si terrible ! Même George n'aurait pas acheté un endroit infesté de pigeons ou avec un trou dans le toit. *Si ?* Je devrais juste m'armer de courage pour vivre là jusqu'à ce que nous puissions peindre et redécorer, et tout irait bien. Nous empruntâmes des routes encore plus petites, des chemins bordés d'arbres dont les extrémités noueuses voilaient la lumière du soleil au-dessus de nous. La chaussée était parfois trop étroite pour que deux voitures puissent se croiser, et vous deviez alors vous ranger pour laisser passer l'autre véhicule avec un petit signe de la main. Cela ne se produirait jamais à Londres. Enfin, je vis un panneau signalant un village : Little Hollow, un demi-mile. Le nom m'évoqua quelque chose.

— C'est là que se trouve la maison ? Little Hollow ?

C'était vaguement sinistre.

— Ouais. On devrait bientôt y être.

Nous traversâmes le village – une grappe d'habitations et de boutiques menant à une petite crique de sable jaune et d'eau grise. Pas de cafés prétentieux en vue. Après cela, le GPS capitula, nous faisant monter une colline sinueuse et grêlée d'ornières qui mit à l'épreuve la suspension de notre vieille Golf. Il nous faudrait peut-être acheter une Jeep – j'étais persuadée que cet endroit serait inondé ou bloqué par la neige, l'hiver venu. Puis, après un ultime virage, elle apparut enfin derrière une clôture, au bout d'une allée de gravier : une maison de conte de fées. Deux étages de pierre grise, de larges fenêtres en saillie, les châssis peints en vert, défraîchis avec le temps. Du lierre sur la façade. Un avant-toit orné de dentelle de bois, une longue chaîne de sonnette à côté de la porte d'entrée. Les chiffres *1724* gravés sur le linteau. *Elle est si vieille.* Voilà. C'était ma nouvelle maison. Je pris une profonde inspiration.

Elle était belle, et isolée, entourée d'arbres et d'une pelouse envahie de mauvaises herbes qui descendait quasiment toute la colline à l'arrière. Bien plus grande que ce que j'avais imaginé, et que notre appartement à Londres avec ses deux petites chambres, dont l'une n'aurait pu accueillir une personne de taille adulte. Pas de dégradations visibles, aucun trou béant ni pigeon à déplorer. Oui, j'aurais dû être contente, mais l'étrange sensation me submergeait à nouveau, celle que j'avais eue en voyant le nom de Little Hollow sur le panneau. Comme si j'avais laissé la cuisinière allumée, mon lisseur branché, ou quelque oubli de ce genre.

— Bienvenue chez nous, dit George en garant la voiture avant de soupirer. Désolé, c'est tellement niais. Il n'y a que dans les films que les mecs savent lâcher une phrase pareille.

En sortant, des crampes dans les jambes, le gravier crissant sous mes baskets, je levai les yeux vers ma nouvelle demeure, et soudain je sus ce que c'était, cette impression dont je ne pouvais me débarrasser, cet effroi qui m'avait noué les entrailles toute la journée. Cela n'avait aucun sens. Je n'avais pas la moindre idée de quand ni comment, mais j'en avais la certitude.

J'avais déjà vu cette maison.

Impossible. Les Cornouailles est un vaste comté couvert de maisons. Il devait juste s'agir d'une impression de déjà-vu, mon cerveau essayait de trouver une explication à une situation inconnue. Ou alors j'étais allée dans une maison semblable par le passé. Malgré tout, je sentis mes bras se hérisser de chair de poule tandis que j'étirais mes muscles fatigués et que nous nous détendions du long trajet.

— Alors, voilà, dit George. Notre nouveau chez-nous. J'espère que tu ne détestes pas.

Mon chez-moi. Me sentirais-je un jour chez moi dans cette bâtisse étrangère ? Je n'y étais même jamais entrée (si ? Pourquoi m'était-elle si familière dans le cas contraire ?), et ça me paraissait complètement fou de penser que j'allais désormais y vivre.

— Où sont les déménageurs ?

Il releva la tête de son téléphone en roulant des yeux.

— Ils se sont perdus quelques villages plus tôt, ils en ont encore pour un moment.

Je me mordis la lèvre pour m'empêcher de le fustiger d'avoir choisi l'option la moins chère et la plus pourrie, sans prendre la peine de vérifier les commentaires ni leurs références. Si je commençais, je le critiquerais et me plaindrais toute la fin de journée, sans pouvoir m'arrêter, or j'étais résolue à être une femme différente ici.

— Eh bien, nous pouvons aller jeter un coup d'œil à l'intérieur. Tu as la clé ?

On nous l'avait envoyée par coursier à Londres la semaine précédente, toute la paperasse étant gérée par un notaire des environs. C'était un modèle à l'ancienne, en fer forgé.

Pas d'autres clés ni télécommandes. Il haussa les épaules devant mon regard perplexe.

— L'endroit est vieux. Personne n'y a vécu depuis des années.

— Et tu es sûr qu'il n'y a pas une bonne raison à ça ?

J'avais aussitôt pensé à la mérule, aux infiltrations...

— Aucune. Je l'ai fait examiner, tu te souviens ? Elle a besoin d'être modernisée, mais je te promets qu'elle n'a rien qui cloche.

— On a vraiment eu tout ça pour moins de 200 000 livres ?

Nous avions économisé au fil des ans pour nous acheter un logement, et reçu de l'argent des parents de George, il paraissait donc judicieux d'acheter comptant. L'idée de ne payer aucun loyer ni rembourser un prêt allégeait mon inquiétude d'avoir lâché mon job – un peu, du moins.

Il haussa les épaules.

— C'est moins cher en dehors de Londres. Et le coin n'est pas très demandé.

La clé coinçait dans la serrure, et tourna après un grincement et un grognement de George. J'ajoutai du dégrippant à la très longue liste de courses que j'avais commencé à dresser dans ma tête. Il me précéda pour entrer, sans devoir se voûter pour passer sous le linteau bas. C'était un homme dans la moyenne à tant d'égards. De taille moyenne, plus grand que moi de seulement quelques centimètres, de poids moyen – il en avait pris depuis qu'il avait perdu son travail. À trente-quatre ans, presque trois ans de moins que moi, il se disait parfois d'âge moyen, même si, à mes yeux, il avait toujours un côté enfantin. Une tête pleine de cheveux, qui avaient besoin d'une bonne coupe, une barbe de confinement qu'il fallait aussi tailler, des lunettes avec d'éternelles traces de gras. Mais que je l'aimais ! Ça me vrillait encore parfois le cœur, après tant d'années. Son jean élimé et démodé, son tee-shirt Sonic Youth, taché de miettes de Doritos. Tout ça m'était précieux. Je l'avais suivi ici pour cette raison, au bout du pays, pour une maison que je n'avais jamais vue, mais qu'étrangement je reconnaissais quand même ?

Alors que la porte s'ouvrait, je me surpris à penser : *À l'intérieur, il y a du papier peint vert.* Et lorsque je pénétrai dans la froideur de cette demeure aux volets clos, c'était là, quoique défraîchi et sale : une tapisserie verte, avec un motif à fleurs blanches. Je tendis la main vers le mur, sans le toucher. George se méprit sur mon air confus.

— On peut changer tout ça. Regarde juste le squelette.

Quelle curieuse expression. *Le squelette.* C'est bizarre, une impression de déjà-vu, non ? Je savais qu'il s'agissait juste de la façon dont le cerveau donnait un sens aux choses, mais en même temps, j'avais le sentiment si vif d'être déjà venue ici avant. Tout m'était familier. L'escalier qui montait, les rampes en bois sculptées et les moulures couronnées aux plafonds. Je savais que la maison avait été construite au XVIIIe siècle, par une famille propriétaire d'une mine d'étain qui avait tout perdu lorsque cette industrie s'était effondrée. Elle avait, en effet, un bon squelette, comme disait George. Des planchers en bois massif, des murs lambrissés, avec la partie supérieure recouverte du papier peint vert auquel je m'étais curieusement attendue. Ça, on pourrait l'enlever. De beaux lustres en verre, quoique recouverts de toiles d'araignées. De vastes cheminées dans le salon et la salle à manger, remplies de brindilles et de feuilles mortes. Les conduits devraient être ramonés, car des oiseaux y avaient sans doute niché. La minuscule cuisine adjacente, sombre et exiguë, aurait aussi besoin d'une rénovation. On pourrait peut-être en abattre le mur, en faire un endroit décloisonné et lumineux, dans des tons pâles, avec de grandes fenêtres. Je détestais la cuisinière et le frigo anciens, les placards abîmés des années 1970, et lorsque j'ouvris l'un d'eux, dont la porte pendait de ses charnières, je vis qu'il était rempli de gros bocaux, contenant un liquide foncé. Peut-être des conserves au vinaigre, ou autre. J'en eus un haut-le-cœur – tout ça devrait disparaître.

— Il y a beaucoup à faire.

George tenait son portable en l'air, pour chercher du réseau.

— Tout ce que tu veux. Tu ne la détestes pas, alors ?

— Eh bien… non. Elle est assez géniale.

J'avais toujours voulu une maison possédant une histoire, pas du neuf construit à l'économie dans les années 1980. Mais pourquoi m'était-elle aussi familière ? Je n'avais pas pu venir ici avant, tout de même. C'était une trop grosse coïncidence. Si j'arrivais à avoir une minute de libre, et du réseau, je pourrais peut-être googler Little Hollow et voir pourquoi le nom m'évoquait quelque chose. Ou je pourrais demander à maman, mais ça la perturberait trop de parler des Cornouailles, et elle n'était pas vraiment en mesure de me répondre. Je ne savais même pas ce qu'elle pensait du fait que nous revenions vivre ici.

George toussa derrière moi.

— Ça va te provoquer de l'asthme, dis-je. Veille à garder ton inhalateur à proximité.

C'est difficile, en tant que médecin, de ne pas traiter vos êtres chers comme des patients, de ne pas essayer de les guérir quand vous le pouvez.

Il balaya mon inquiétude d'un geste de la main.

— Je vais bien. Mais est-ce que ça te plaît ?

À ce moment-là, nous entendîmes des pneus rouler lourdement sur le gravier, puis un fracas qui ne présageait rien de bon. Les déménageurs étaient arrivés. George et moi nous regardâmes avant de sortir en courant, pour découvrir que le van avait démoli un poteau de la clôture.

Il était minuit passé lorsque nous nous effondrâmes dans un lit assemblé en hâte qui, à mon sens, n'allait pas du tout avec le style de cette maison. Il nous faudrait dénicher un modèle ancien, pas cet aggloméré Ikea. George n'avait évidemment pas pensé à emballer les draps de sorte qu'ils soient facilement trouvables, j'avais donc dû ouvrir tous les cartons avec un couteau avant de les localiser. Ça me démangeait de récurer chaque centimètre carré de la maison, où une épaisse couche de poussière et de crasse s'était accumulée durant des décennies, mais cela devrait attendre. Une marée de carton et de papier bulle occupait le bas, et je n'avais aucune idée d'où étaient les choses ; pas de cuillères, pas d'assiettes, pas de sachets de thé, ni même la brosse à dents de George. Bien sûr, j'avais mis la mienne dans mon sac à main, avec un nécessaire de toilette, et j'avais dû la lui prêter, puisqu'il ne retrouvait pas la sienne. Ça paraissait dégoûtant, même si nous étions mariés depuis cinq ans, ensemble depuis dix-sept ans. Difficile à concevoir, parfois. Mes parents étaient restés ensemble tellement moins longtemps – ils s'étaient mariés dans le début de la vingtaine, et papa était mort avant leur cinquième anniversaire. Ceux de George étaient sur le point de fêter leur cinquantième. Ruth et Gerald, M. et Mme Angleterre Moyenne, ceux-là. Il restait vague sur le montant qu'ils nous avaient donné pour la maison, et j'avais honte, même si c'était d'usage chez les parents de la petite bourgeoisie. À l'inverse, je m'étais toujours débrouillée toute seule dans ce monde, depuis qu'à l'adolescence j'avais décroché mon premier job au Spar local. Ces dix dernières années, j'avais tenté de donner de l'argent à maman, bien qu'elle n'ait jamais accepté.

George sombra aussitôt dans le sommeil, comme toujours, étalé de tout son long sur le dos. Je poussai doucement sa tête à plusieurs reprises pour qu'il arrête de ronfler, mais je n'arrivais pas à dormir de toute façon. Le clair de lune traversait les rideaux, vieux et fins, et c'était si calme après le brouhaha de la ville, d'un silence profond et pénétrant comme j'en avais rarement connu. Je retirai mon téléphone de son chargeur et me rendis à la fenêtre, pour regarder notre nouvelle allée, les arbres sombres qui nous entouraient. Quelle espèce était-ce ? J'apprendrais ce genre de chose maintenant que j'habitais à la campagne, maintenant que je n'étais plus docteur. Je saisis *Little Hollow* sur le téléphone, mais Google afficha un écran blanc. Pas de 4G ici, et il faudrait des semaines avant qu'Internet soit installé. Je regrettais de ne pas pouvoir juste me renseigner sur cet endroit et avoir la confirmation que ce nom n'avait aucune raison particulière de retenir mon attention. Cela devrait attendre.

Je remuai le rideau pour tenter d'empêcher la lumière de filtrer. La lune était comme un projecteur dans le ciel dégagé, se reflétant au loin sur la mer. C'est alors que je la vis : une ombre, à la lisière des bois. Mon souffle s'évanouit dans ma gorge. Était-ce une personne ? Qui nous observait, rôdait dans notre jardin ? Tandis que je la regardais, pétrifiée, les mains sur le rideau, la silhouette devint floue, et se fondit dans les arbres. Qui que ce soit, l'intrus était parti.

Il est difficile, dans la lumière éclatante du matin, de vous rappeler vos frayeurs nocturnes. Je me réveillai les yeux secs, roulée en boule sur le côté du lit. George n'était plus là, et j'entendais de la musique en bas. Nous n'avions pas encore déballé les enceintes, il devait donc la diffuser sur son téléphone, et sifflotait. Je me redressai, cherchai en vain mes chaussons dans la pile de sacs Ikea et valises lâchés dans l'angle de la chambre, me contentai d'une paire de tongs, et descendis dans un bruit de claquement. L'escalier était large et nu, avec de la poussière accumulée dans les coins. Il nous faudrait y mettre un tapis. La rampe était ornée de belles sculptures ; ce serait magnifique quand tout serait nettoyé et huilé. Mais j'étais intimidée par l'ampleur de la tâche, et l'étrangeté de la situation. L'entrée, le salon, la cage d'escalier ; je me disais sans cesse que je les avais déjà vus.

George était dans la cuisine, et faisait un massacre en tranchant un pain au levain que nous avions acheté en chemin.

— Bonjour, ma belle épouse !

Je tressaillis.

— Tu es d'une humeur inhabituellement guillerette pour un matin.

Normalement, il ronflait encore quand je partais pour l'hôpital à 7 heures.

— Je crois que ça va nous faire un bien fou. Nouvelle maison, nouveau départ… Tout ça.

Je savais ce qu'il voulait dire, je sentis cette tension qui s'était installée entre nous.

— Je l'espère, répondis-je, me frottant les yeux avec une sensation de décalage horaire par rapport à Londres. Au fait, j'ai cru voir quelqu'un hier soir. Dehors, près des arbres dans le jardin.

George leva la tête.

— Quoi ?

— J'en sais rien. Comme la silhouette noire d'une personne. Ça m'a un peu foutu la trouille, pour être honnête.

Il barbouilla sa tartine d'un substitut de beurre et se lécha les doigts. George est toujours si brouillon, si exubérant. Parfois, j'aimerais pouvoir être comme lui.

— Est-ce que ç'aurait pu être un chasseur ? Les villageois m'ont dit qu'on ne devait pas s'inquiéter si on entendait des coups de feu de temps en temps. Les gens du coin chassent dans les bois ici.

— Ils chassent quoi ?

— Seigneur, je ne sais pas. Des lapins ? Des ours ?

— Hmm... Eh bien, ils ne devraient pas être sur notre propriété, si ? (Il sourit, et j'acquiesçai avec regret.) Oui, je me suis entendue. Inscris-moi direct au Parti conservateur.

Je parlais d'un ton léger, mais je pensais... Chasse. Armes à feu. Petites créatures mortes.

— Elle était inhabitée depuis des décennies, bébé. Ils ne savent probablement pas que nous avons emménagé.

J'acceptai la tartine beurrée qu'il me tendit. Elle était moelleuse et fraîche, délicieuse.

— Nous avons tellement à faire, marmonnai-je, la bouche pleine de miettes.

Si je m'en étais occupée, j'aurais chargé les déménageurs d'emballer *et* de déballer, mais George avait voulu économiser. Et, étant donné que depuis la veille j'étais sans emploi, je suppose qu'il avait eu raison. Nous mangeâmes notre pain et bûmes notre thé debout – il avait fait bouillir de l'eau sur la cuisinière, puisque nous ignorions totalement où se trouvait la bouilloire –, puis nous nous attelâmes au rangement de vingt ans d'affaires personnelles.

Après plusieurs heures d'organisation dont je sortis poussiéreuse, moite de sueur, irritée et avec le dos endolori, je demandai un temps mort.

— Allez, il nous faut une pause.

Je constatai en regardant autour de moi que le résultat était pire qu'avant.

— Juste une seconde, je… aïe ! Bon Dieu !

George se suça le pouce après se l'être écrasé entre le mur et la commode années 1950 que j'aimais tant. Je m'aperçus qu'elle non plus n'allait pas avec le style de la maison.

— Bordel, ça fait un mal de chien !

— Ça va ?

— Ouais, ouais.

George n'aime pas que je fasse mon docteur avec lui, mais je voyais que la peau était noircie d'un épanchement de sang. *Ne bloque pas là-dessus. C'est juste une petite coupure. Allez, ressaisis-toi.* Néanmoins, la vue d'une blessure, même minuscule, me laissait transpirante, clouée sur place.

— Ce n'est rien, dit George en secouant le doigt pour chasser la douleur.

Quelques gouttes de sang tombèrent, tachant le parquet déjà sale.

— Oh, mon Dieu !

— Rien de tel qu'un sacrifice de sang pour entamer notre nouvelle vie.

George fait toujours de stupides blagues du genre, mais aujourd'hui, son humour m'énervait.

— Argh, arrête ! Va laver ça, cet endroit est dégoûtant. J'ai des pansements dans mon sac à main.

— Oui, docteur Gillis. Désolé, docteur Gillis.

Il se rinça la main sous le robinet de la cuisine et se l'enveloppa dans le torchon, qui serait donc lui aussi souillé.

— Allons au village pour trouver de quoi déjeuner, suggérai-je. Et nous présenter, peut-être. Ça fait une journée entière que nous sommes en Cornouailles, et je ne me suis même pas encore approchée de la mer !

— Tu vas devenir totalement accro, hein ? Les combinaisons thermiques, la thérapie par le froid. Une vraie crétine de la nage en eau libre.

— C'est la campagne, mon pote, il n'y a rien d'autre à faire.

— Exact. Perso, je pense que je vais plutôt devenir un adepte de la rando. Je vais commander sur Amazon une pochette imperméable pour y ranger les plans et me mettre à te bassiner sur la cartographie de la région.

— Hum. Bon courage pour faire venir Amazon jusqu'ici.

Nous nous mîmes en route. Je portais toujours mes tongs, et le jean et le tee-shirt sales que j'avais depuis le début de la journée. Je n'avais même pas encore essayé de me doucher, puisque la salle de bains était crasseuse et que j'ignorais où se trouvaient les serviettes. Mais le soleil, haut dans le ciel bleu, perçait à travers la cime des arbres, de petits moineaux gazouillaient dans les haies, des jacinthes des bois et du cerfeuil sauvage y ondulaient, la chaleur relative des lieux ayant précipité leur floraison. Et, tandis que nous descendions la colline pour nous rendre au village, j'aperçus le scintillement de la mer, dans d'intenses tons bleu marine et turquoise, et mon cœur s'allégea. Nous avions fait le bon choix, clairement, malgré tous mes étranges pressentiments – quelle beauté autour de moi ! et je n'avais même pas vérifié mes mails une seule fois de la journée. Personne n'avait failli mourir devant moi, et j'avais dormi au-delà de 7 heures du matin pour la première fois depuis des années. J'arrivais même à m'expliquer avec conviction ma sensation d'avoir déjà vu cet endroit auparavant. Il devait y avoir des dizaines de villages comme celui-ci en Cornouailles, avec des maisons semblables à la nôtre.

Little Hollow était petit : juste une église, un bureau de poste, un pub, *The Green Man*, et un café, manifestement fermé jusqu'en mai, qui proposait les si typiques *cream teas*. Le bureau de poste faisait également office de magasin général ; c'était un bâtiment en pierre pittoresque, avec une porte flanquée de plantes en pot, et une vitrine regorgeant de caramels locaux et de jouets de plage. La clochette sonna joyeusement lorsque nous entrâmes, et mes yeux s'adaptèrent à l'obscurité et au plafond bas.

— Bonjour ! lançai-je.

Derrière le comptoir se tenait une femme d'environ soixante ans, avec des cheveux gris très courts et des lunettes.

— Hum…, poursuivis-je. Nous venons d'emménager, alors je voulais juste venir vous saluer.

Elle me dévisagea.

— Vous vouliez acheter quelque chose ?

— Oh ! Eh bien, oui, probablement, je vais juste…

Je m'éloignai doucement, troublée par son hostilité. M'étais-je méprise, les gens n'étaient-ils donc pas aimables et disposés à bavarder dans les villages ? Peut-être nous voyaient-ils comme des parasites londoniens qui descendaient chez eux pour rafler toutes les maisons. Et ils n'auraient pas tort, je suppose. Mais nous ne nous étions pas offert une résidence secondaire, en la prenant aux gens de la région. Nous emménagions réellement ici.

— Nous avons acheté la maison sur la colline. *Les Pignons* ?

C'était le nom inscrit sur la plaque rouillée à côté du portail. Je trouvais un peu prétentieux de vivre dans une demeure portant un nom, mais cela semblait courant dans les parages.

— Tresallick, dit-elle, s'affairant sur sa caisse sans me regarder.

— Pardon ?

— Tout le monde l'appelle Tresallick ici. Par le nom de famille.

— Oh, oui. OK. Moi, c'est Helen, au fait, et voici mon mari George.

Il rôdait devant un étalage de biscuits sablés. La femme ne me donna pas son prénom, ignora mes propos, je m'empressai donc de rassembler en vitesse une poignée d'articles dont nous avions besoin, des sacs-poubelle, des tranches de jambon et des tomates, les lâchant sur le comptoir. Dans mon embarras, je m'en pris à George et pestai :

— Est-ce que tu pourrais te rendre utile ? Prends un truc.

Il parut décontenancé.

— Je ne sais pas ce qu'il nous faut.

— Eh bah, tout.

— Il y a un Sainsbury's à Penzance, dit la femme en saisissant les articles.

Elle avait les doigts raides, de l'arthrite, probablement. Mais ce n'était plus mon travail de remarquer de tels détails.

— Sans doute plus dans votre genre, ajouta-t-elle.

— Oh, OK.

Elle releva les yeux, brièvement, sans aucune chaleur dans son expression.

— Juste pour info, votre maison, là, les gens n'aiment pas en parler.

— Quoi ? Pourquoi ?

Elle plissa les lèvres.

— Ce n'est pas à moi de le dire. Elle a une histoire, c'est tout. Alors je serais vous, je n'irais pas crier sur les toits que je vis là-haut.

Je payai – au moins, ils prenaient la carte – et sortis quasiment en courant pour retourner au soleil. Mes bras me semblaient avoir refroidi à l'intérieur.

— Eh bien, c'était bizarre. Elle n'était vraiment pas aimable !

George se moque d'agacer les gens.

— Elle pense sans doute qu'on est des touristes.

— Mais pourquoi elle serait aussi désagréable avec des touristes ? Et qu'est-ce qu'elle insinuait au sujet de la maison ?

— Dieu seul le sait. Les locaux estiment que les étrangers anéantissent les petits villages comme celui-ci. Qu'ils font grimper les prix, achètent tout l'immobilier.

— Comment tu le sais ?

— J'ai discuté avec des gens les fois où je suis descendu ici. Au pub.

Il me le désigna, puisque nous étions à présent dehors. Je fus déçue de voir un pub de vieux, qui devait avoir des machines à sous et une odeur de cigarette persistante des années après l'interdiction de fumer. L'enseigne indiquait *The Green Man*, avec le curieux dessin d'un visage en forme de feuille. J'avais imaginé un bistro gastronomique, avec des tableaux annonçant à la craie des plats du jour à base de poisson frais.

— Eh bien, tu aurais pu me le préciser avant qu'on vienne vivre ici.

Il rit, me serra le bras et me prit le sac de courses des mains.

— Ne sois pas grognon. Ils verront vite qu'on ne fait pas partie de la brigade des résidences secondaires. Et, de toute façon, tu es pratiquement d'ici ! Mets la dose sur ton accent du Devon et, surtout, n'entre pas dans le débat « crème ou confiture en premier sur les scones ». Certains ont perdu la vie pour moins que ça.

Son évocation du Devon m'y fit penser :

— Nous devrions aller voir maman bientôt. Demain ?

Il acquiesça.

— Bien sûr.

— George… Tu es certain de t'être bien renseigné sur la maison ? Qu'il ne s'y est pas déroulé, je ne sais pas, un horrible meurtre, ou autre ?

— Quel nigaud ! Aurais-je oublié de te parler des horribles meurtres ?

Je roulai des yeux.

— Alors qu'est-ce qu'elle voulait dire par « les gens n'aiment pas en parler » ?

— Oh, allons, Helz, c'est une vieille chouette avec un balai dans le cul dès qu'elle voit des nouveaux venus. Ces endroits sont pleins de vieilles rancœurs, ça n'a rien à voir avec nous.

Je m'aperçus que je tremblais un peu. Je m'étais imaginée parfaitement intégrée dans un ravissant et sympathique village. Au lieu de quoi, le bourg était presque déserté, glauque, froid, balayé par les vents. Alors que nous nous éloignions, je me retournai furtivement vers le pub et vis un homme à l'entrée, ses manches de chemise retroussées et un torchon sur l'épaule. Il semblait avoir autour de soixante ans, et nos regards se croisèrent avant qu'il ne disparaisse aussitôt à l'intérieur.

— Pas grand-chose par ici, hein ?

— C'est un peu le principe de la campagne. On devrait rentrer maintenant de toute manière, les maçons seront bientôt là.

— Les maçons ? m'étonnai-je.

— Je ne t'ai pas dit ? J'ai demandé à quelqu'un de venir faire un devis. Pour les rénovations.

Je le dévisageai.

— Déjà ?

Nous avions à peine emménagé.

— Tu disais que tu voulais que je m'en charge, mon amour. Je m'en suis chargé.

— Bien sûr, c'est juste que… On n'est même pas encore vraiment installés.

George se mit à marcher, le sac de courses en plastique (je m'aperçus que j'aurais dû prendre un tote bag) sur le bras.

— C'est juste un devis, Helz. Autant s'y mettre au plus vite.

J'avais du mal à reconnaître ce nouveau George, si dynamique. Peut-être que le déménagement nous ferait vraiment du bien, après tout. Tandis que nous remontions péniblement la colline pour rentrer à la maison, je pris conscience que je n'avais toujours pas eu une minute à moi pour la googler. Demain, peut-être.

— Infaisable, ma belle.

Deux choses que je déteste : être appelée « ma belle » par un inconnu, et qu'on me dise que les choses sont infaisables.

— Hum, et pourquoi ?

Je sentis George remuer derrière moi, très certainement gêné par mon ton, mais l'artisan commençait sérieusement à me taper sur les nerfs. Un homme dans la soixantaine, costaud, rougeaud, avec un tee-shirt taché de peinture, un crayon calé derrière l'oreille, et une attitude condescendante. Le genre d'individu qui débarquait en permanence à mon service d'urgences avec d'alarmantes douleurs thoraciques. J'aurais pu diagnostiquer un excès de graisse viscérale, et lui recommander de réduire la nourriture industrielle et l'alcool.

Il braqua le crayon vers le mur qui séparait la cuisine du salon.

— Il est porteur. Vous l'abattez, et ça pourrait ébranler toutes les fondations.

J'avais visionné assez d'émissions sur l'immobilier dans les salles d'attente d'hôpital pour savoir que ce n'était pas vrai.

— Je suis sûre qu'il y a moyen de le percer.

— Si vous voulez prendre le risque.

— Eh bien, oui. Cette cuisine est incroyablement sombre et riquiqui, elle doit disparaître.

Je n'avais pas encore eu le courage d'examiner tous les placards, avec leur curieuse gamme de bocaux. J'avais la sale impression d'être dans un labo d'anatomie.

Il regarda autour de lui en se grattant le front.

— Vous avez acheté la maison, vous disiez ?

— Bien sûr. Vente privée.

— Oh ! C'est juste que...

— Quoi ?

— Rien. Je suis surpris de la voir partir, c'est tout. Elle est restée à l'abandon des années, cette baraque.

— Bon, bref... Elle a besoin d'être rénovée, comme vous pouvez le constater. (Je ne comprenais pas sa réticence à démolir les lieux.) Elle n'est pas classée, si c'est ce qui vous inquiète, pas vrai, George ?

Cet appendice de cuisine pouvait forcément être amputé, tout au moins.

George tripotait encore son téléphone, probablement pour essayer d'obtenir du réseau.

— Hmm ? Non. Alors, est-ce que vous pouvez le faire ?

Le maçon aspira de l'air entre ses dents.

— Vous êtes obligés de faire tomber le mur ? Vous ne pouvez pas simplement rénover ?

— Non. Il faut que nous l'abattions.

— Donc, vous voulez une nouvelle cuisine, une nouvelle salle de bains, la démolition de ce mur, le rejointoiement puis la peinture, des tuiles... Ce ne sera pas donné.

— J'aimerais un devis pour les travaux, au moins. Par écrit.

J'avais entendu parler d'artisans véreux dont les factures ne cessaient d'enfler, et tout cela semblait si précipité. Je n'étais même pas entièrement sûre de vouloir rester dans la maison. Mais comment pouvions-nous vendre ? Nous perdrions une fortune en la remettant aussi vite sur le marché.

Il me fallait juste découvrir son histoire, me départir de cette étrange impression de déjà-vu. Comprendre pourquoi les villageois n'aimaient pas en parler.

— OK, très bien, dit-il d'un ton suggérant qu'il se prêterait à mon jeu même si j'étais visiblement cinglée. Je passerai vous déposer un devis.

— Quand pourriez-vous commencer ? demanda George.

Je lui décochai un regard – je n'étais pas persuadée de vouloir engager ce type, s'il comptait se montrer aussi arrogant.

— Semaine prochaine, si vous voulez. On a un gros chantier qui est tombé à l'eau vers Sennen.

— Super ! Merci, mon gars.

— Mais nous devons étudier le devis d'abord, insistai-je.

Je vis alors l'homme hausser les sourcils en regardant George d'une façon qui ne me plut guère. *Stupide bonne femme.* J'avais grandi sans père, et j'étais ensuite entrée en médecine, où les femmes surpassaient désormais les hommes en nombre ; j'étais toujours un peu étonnée quand je rencontrais du sexisme à l'état brut.

George le raccompagna, essayant d'avoir une discussion virile au sujet des gouttières, en prenant un accent bourru dont il n'était clairement pas conscient. Il me rejoignit et vit ma tête.

— Quoi ?

— Quel homme du peuple, hein, *mon gars*. Tu ne pouvais pas me soutenir ? Ce mec est une vraie plaie.

— Bébé, j'ai tenté de contacter dix autres maçons, ils sont tous bookés jusqu'à l'année prochaine, ou bien ils ne m'ont jamais répondu. Le rebond post-Covid, et tout ça. Alors, si tu veux que le boulot soit fait, je pense que c'est notre homme.

— Mais pourquoi, *eux*, ils sont dispos ? Je trouve ça chelou.

— Il avait de bons commentaires sur Internet. (Il s'approcha et me prit par les coudes.) Il reste des gens de confiance, tu sais.

Il avait raison. Je suis une personne suspicieuse, je l'ai toujours été. Rien d'étonnant, vu mon enfance, et l'on nous apprend en médecine à toujours poser des questions, être sceptique lorsque nos patients nous affirment avoir arrêté l'alcool, ou qu'ils ne cherchent pas d'opioïdes, ou qu'ils se sont juste cognés dans une porte. Mais j'ai toujours eu une confiance aveugle en George, ne l'ai jamais soupçonné de mentir, et il ne m'a jamais déçue.

— Bon, très bien. Mais exige un devis en bonne et due forme, par écrit, OK?

— Je ne suis pas idiot, Helz, dit-il patiemment, débarrassant la tasse du maçon qui avait laissé une auréole sur le meuble télé. Heureuse de poursuivre l'aventure, si le devis convient?

— Combien est-ce qu'on peut se permettre?

Il haussa les épaules.

— Soixante-dix mille?

C'était une expérience déroutante pour moi, de ne pas savoir la quantité d'argent dont nous disposions. J'étais tellement épuisée les deux dernières années, à travailler si dur, avec toutes ces vacances annulées, à enchaîner deux, parfois même trois tours de garde pour gérer un flux incessant de patients, que j'avais complètement perdu le fil de nos finances. Les six derniers mois avaient été une espèce de brouillard, où je n'avais été que vaguement consciente lorsque George avait suggéré le déménagement, fait des allers-retours en Cornouailles, qu'il m'avait montré des photos et évoqué des montants imprécis. Avait-il mentionné le nom du village, à l'époque? Je n'en avais aucune idée.

— Il nous reste autant?

— Je te l'ai dit, tout va bien.

Je ne pourrais vraiment pas supporter encore très longtemps cette salle de bains dégoûtante ni cette cuisine terrifiante, si sombre et exiguë qu'elle pouvait contenir une seule personne. Mais, si nous commencions les rénovations, cela signifiait que nous restions.

— Alors, d'accord. Voyons ce qu'il viendra nous annoncer comme chiffre.

— Bien. (Il consulta l'heure sur son téléphone.) Bon, je pensais me mettre un peu au travail cet après-midi, si ça ne te dérange pas de continuer seule ici.

— Au travail ?

Je faillis demander : « Quel travail ? », mais m'en abstins. C'était une bonne chose. Écrire ne lui venait plus facilement depuis un moment. Plus depuis tout ce qui s'était produit.

— Ouais, tu sais. J'ai une idée pour un truc.

— Voilà qui est excitant. Tu peux déjà m'en dire plus ?

Il se tortilla.

— J'en suis qu'au début. Tu sais comment c'est.

— Ouais, je sais. Mais dis-moi juste… Est-ce que c'est un article, ou quelque chose de plus long ?

— Plus long.

Enfin, le livre promis depuis si longtemps. Eh bien, c'était l'idée en venant ici, que George ait le temps et l'espace pour en écrire un, au bout du compte. Et moi, j'organiserais la maison, je rangerais, nettoierais et viderais les cartons, puis déciderais ce que je voudrais faire de ma vie en dehors de la médecine.

— Génial, dis-je nonchalamment pour ne pas l'effrayer.

Il est si vite déboussolé dans son travail – c'est propre à l'état d'esprit créatif, j'imagine.

— Mais tu peux bosser sans connexion Internet ?

Je m'étais toujours enorgueillie d'être la moins accro des deux au téléphone, mais n'avoir qu'une réception extrêmement capricieuse et aucun Wi-Fi me rendait nerveuse. Et si l'on cherchait à me joindre – Mick, ou l'établissement de maman, ou… Oui, bon, c'était tout. Je n'avais plus de travail, et ne connaissais personne dans le coin, il était donc peu probable que quiconque cherche à me contacter.

— Oh, j'ai téléchargé de la doc avant notre départ.

— D'accord. Eh bien, je peux me débrouiller toute seule, ici.

Même si les piles de cartons et le mobilier enveloppé de papier bulle étaient intimidants, c'était peu de le dire. Il faudrait que ce soit fait, ou nous n'aurions nulle part où nous asseoir ni cuisiner. Nous ne pourrions pas continuer de manger des sandwichs à tous les repas, même si nos avis divergeraient sans doute sur ce point. Je l'écoutai monter à l'étage avec fracas sur les marches nues, puis j'entendis le bruissement de ses mouvements dans le débarras qui allait devenir son bureau. Je savais qu'au bout de deux secondes il crierait…

— Helz ? Est-ce que tu aurais vu mon chargeur d'ordi ?

Je souris. Je le connaissais si bien, mon mari, c'était réconfortant. J'aimais anticiper les choses, raison pour laquelle déménager me déstabilisait autant.

— Dans la petite valise ! lui répondis-je.

Je l'y avais rangé moi-même, sachant qu'il le perdrait sinon. Je posai les mains sur mes hanches et j'étudiai le désordre ambiant. Rien ne se ferait si je ne m'y mettais pas.

Il fallait tout d'abord nous débarrasser de ces bocaux dégoûtants. J'allai dans la cuisine – Seigneur, comme je détestais ces meubles vert avocat, qui s'écaillaient et se détachaient du mur ! – et j'ouvris avec précaution une porte de placard. Je trouvai les sacs-poubelle dans le salon et commençai à descendre les bocaux pour les jeter, négligeant le recyclage pour le moment. Les récipients étaient remplis d'étranges choses, de bouts de plantes, et ce qui ressemblait à des scarabées dans l'un d'eux. Qui avait vécu ici ? L'autre bizarrerie, c'était que tous les placards étaient pleins. Des plats et des verres aux motifs démodés que j'avais vus dans mon enfance. L'ancien propriétaire de cette maison l'avait quittée en laissant toutes ses affaires derrière lui. Peut-être était-il mort ? J'aurais adoré connaître l'histoire de ces lieux – peut-être que George en avait encore le descriptif quelque part, ou qu'il y aurait des informations sur Internet, si seulement je pouvais faire fonctionner mon téléphone. Je le ressortis de la poche de mon jean et l'agitai vers le plafond. Les messages passaient de temps à autre, mais impossible de consulter une page Google.

J'étais juchée sur une chaise branlante pour retirer de vieux plats ébréchés du placard, lorsque j'entendis quelque chose. Une espèce de battement qui semblait venir des murs. Je descendis de mon perchoir pour prêter l'oreille. Je le perçus à nouveau : un bourdonnement ténu, puis un petit choc.

— George ?

Pas de réponse. Il devait avoir ses écouteurs et la musique à fond. Je me rendis dans le salon et marquai une pause pour regarder dans le conduit obscur de la cheminée, au cas où un oiseau s'y serait coincé, mais je ne vis rien. Je suivis le bruit jusque dans l'entrée et m'arrêtai devant une porte sous l'escalier, que je n'avais pas vraiment remarquée avant. Étaient-ce des toilettes ? Probablement pas, même si ça pourrait le devenir. Je tournai la poignée lâche et, après avoir un peu forcé sur la porte collante, je réussis à l'ouvrir. Je me trouvais en haut d'une volée de marches, qui menait dans les ténèbres. Une cave ? Je ne savais même pas que nous en avions une.

L'ampoule avait disparu, j'allumai donc la lumière de mon téléphone et je descendis, en faisant attention aux clous et aux échardes. Le bruit venait d'en bas, et je vis bientôt ce que c'était : un oiseau se débattait contre le mur, l'aile cassée, l'œil vitreux. Je reculai devant ses battements frénétiques – comment était-il entré ? Il n'y avait pas de fenêtre. C'était une longue pièce sombre, avec une plus petite porte blanche au bout, qui menait dans un local encore plus exigu – le ronronnement métallique et l'air chaud me laissèrent deviner que c'était la chaudière. À part ça, la cave était remplie de bazar : un vieux landau rouillé, un vélo, des débris de meubles. Le long d'un mur, un établi jonché d'objets, un pilon et un mortier, un jeu de couteaux dans leur support, un gros livre relié en cuir. Alors que je m'approchais, une forte odeur végétale m'assaillit les narines, comme du moisi et autres organismes vivants. Où avais-je mis les pieds ? Quelque chose me frôla le visage, et je fis un bond en arrière en poussant un petit cri – il y avait des bottes de plantes séchées suspendues au plafond. Des herbes aromatiques, des feuilles, des cosses – pour la plupart, je n'aurais su les identifier.

Rien de tout cela n'allait aider ce pauvre oiseau. Je pouvais difficilement le chasser, et il ne survivrait pas sans qu'on lui remette son aile en état. Peut-être trouverais-je un moyen, si George voulait bien le tenir… oh ! Dans un ultime bruissement, et un cri qui résonna dans toute la cave, l'oiseau vola droit dans le mur et le percuta avec un craquement sinistre. Puis il tomba par terre, inerte. Je me précipitai vers lui, le cœur dans la gorge. Il avait l'air mort, le pauvre. Une pie, aux plumes lustrées noir et blanc, les yeux ternes à présent. Je devrais demander à George de l'enlever avant que le corps ne se décompose. *Pourquoi ne pas le faire toi-même ?* s'irrita la féministe en moi. J'étais incapable de l'expliquer. Depuis ce qui s'était produit, je ne pouvais plus affronter la mort. Même celle d'un vulgaire oiseau. Balayant les lieux avec la torche de mon téléphone, je repérai un trou dans le plâtre du mur. J'étirai la tête, et je vis qu'il se prolongeait en remontant jusqu'à la lumière du jour ; c'était probablement par là que la pie était entrée. Il faudrait que les maçons inspectent ça. Je savais bien que George n'aurait pas payé une expertise convenable.

Soudain, j'eus juste envie de sortir de là, je laissai donc l'oiseau où il était et regrimpai au rez-de-chaussée en fermant la porte derrière moi. George pourrait s'en occuper, puisqu'il avait tellement voulu cette maison. Je me posai des questions sur le précédent propriétaire, et ce qu'il fabriquait avec tout ce matériel au sous-sol.

Nous dînâmes une fois de plus de sandwichs, avec le jambon premier prix du magasin général, et nous écroulâmes au lit. George semblait distrait, mais plus heureux qu'il ne l'avait été depuis longtemps, et je voyais presque l'histoire prendre forme dans son esprit, quelle qu'elle soit. Il se chargea même de l'oiseau, roulant juste brièvement des yeux lorsque je décrétai que je ne redescendrais pas dans cette cave. Nous éteignîmes à 22 heures, et je tentai de trouver le sommeil, tandis que démarraient ses ronflements sonores. Allongée là, je songeais à la maison, me demandant comment j'aurais pu venir ici avant, ce que cela signifiait, et comment je pourrais le découvrir sans contrarier George ni maman. Je dus m'endormir, car j'ouvris brusquement les yeux à un moment, et vis qu'il était 3 heures. Je me levai pour aller à la fenêtre, me rappelant l'étrange silhouette de la nuit précédente. Qu'est-ce qui m'avait réveillée ? Un cri d'animal, peut-être, ou le vent dans les arbres, car j'eus beau scruter l'obscurité du jardin, je ne distinguai rien.

Le lendemain matin, nous allâmes voir maman. J'avais été nerveuse dès le réveil, reprochant sèchement à George d'avoir laissé ses chaussures en bas de l'escalier pour que je trébuche dessus.

— Tu essaies de me tuer, c'est ça ? Je sais que j'ai encore cette assurance-vie du boulot, mais quand même, George.

Il vint vers moi les mains tendues, conciliant.

— Désolé, désolé, mon amour. Seulement, on ne peut rien mettre nulle part.

Je me calmai, comme toujours dès qu'il prenait son gentil ton apaisant. Il me massa la nuque tandis que je me brossais les cheveux devant un vieux miroir terni.

— Ça va aller, bébé, ajouta-t-il.

— C'est juste que… je déteste la voir comme ça.

— Je sais, je sais.

Les parents de George sont tous les deux dans une forme écœurante, toujours partis escalader des montagnes et faire du Pilates à la salle polyvalente. Alors que mon père était mort quand j'avais deux ans, et que maman… Bon. Maman ne méritait pas ce qui lui est arrivé. Personne ne pourrait mériter ça.

Je n'étais allée qu'une fois là où elle vivait, lorsque nous l'y avions placée six mois plus tôt. Je m'en voulais d'avoir mis autant de temps à revenir, mais ç'avait été la folie au boulot, et quatre heures de route depuis Londres étaient nécessaires.

Bref, nous avions déménagé à présent, je pourrais donc la voir plus souvent. J'espérais pouvoir m'y habituer, sans me réveiller la boule au ventre et en colère chaque fois que je devrais y aller. En colère que ma mère, à seulement soixante-cinq ans, soit dans une maison de retraite. Non, pardon : un centre de réadaptation. Mais nous savions tous qu'elle n'en ressortirait pas.

Je nous conduisis dans le Devon, un trajet vers l'est de presque deux heures, durant lequel je cherchais la mer des yeux à chaque virage. Mon téléphone était sur le support pour m'indiquer le chemin, mais je ne pouvais pas prendre le risque de googler quoi que ce soit sur la maison avant d'être seule. Je regrettais de ne pouvoir envoyer un texto à Lou, afin de me raccrocher à sa légèreté londonienne, ses bavardages incessants sur les bars à ongles et les Uber, à des années-lumière de mon nouvel environnement. L'autoroute était comme toutes les autres, monotone et grise. Vous pouviez ne pas voir la mer durant de longues périodes, mais ensuite vous tourniez la tête, et elle reparaissait, resurgissant comme l'espoir. L'établissement était un vieux manoir aux abords de la ville, avec un panneau annonçant gaiement *Les Prairies*. Nous nous garâmes sur le parking, et je pris une profonde inspiration chevrotante.

Nous avions installé maman là après cette effroyable soirée l'automne dernier, où j'avais foncé en urgence sur l'autoroute. Un AVC ; Mick l'avait retrouvée par terre dans la cuisine en rentrant du travail. Perte complète de la parole et hémiplégie gauche. Les docteurs ne pouvaient pas dire si elle reparlerait un jour, mais je savais qu'elle était toujours là, derrière ce mur de silence. C'était cruel. J'essayai d'arborer, comme du maquillage, un visage heureux. George me tint la main tandis que nous traversions le bitume, et j'étais soulagée de l'avoir auprès de moi, comme toujours. L'intérieur ressemblait davantage à un hôpital qu'à une maison de retraite. Une odeur d'antiseptique, des vitres de protection et des distributeurs de désinfectant partout. Nous dûmes porter des masques jusqu'à ce que nous entrions dans la chambre de maman. Les sols couinaient. Je détestais cet environnement.

Elle était là, dans un fauteuil devant la fenêtre. Ses cheveux, qui avaient conservé la teinture châtain qu'elle s'était faite six mois et deux semaines plus tôt, étaient gris sur plus de deux centimètres à la racine, et soigneusement brossés. On l'avait vêtue d'un gilet rose pâle et d'un pantalon ample. Elle avait besoin d'aide pour aller aux toilettes, et j'étais certaine qu'elle devait avoir horreur de ça.

— Salut, maman.

Elle tourna la tête de son mieux et sourit d'un côté du visage. Elle me reconnaissait. Peut-être serait-ce plus facile dans le cas contraire ? Je m'assis et serrai ses mains froides et faibles.

— Comment ça va, maman ?

Difficile de perdre l'habitude de poser des questions, même si elle n'était pas en état de répondre. Elle agita la tête pour indiquer qu'elle allait bien. Enfin, dans la mesure du possible.

George se percha avec gêne sur le lit.

— Bonjour, Peggy ! Eh bien, nous voici. Des habitants de l'Ouest ! Je parie que vous n'auriez jamais imaginé Helen revenir vivre ici, hein ? Mais je l'ai arrachée à Londres.

— Ne me le rappelle pas, plaisantai-je – du moins tentai-je de plaisanter. Je n'ai pas bu un macchiato en deux jours, comment vais-je supporter cet enfer ?

Nous poursuivîmes nos bavardages pour combler les blancs aux moments où elle aurait dû parler. Maman me tapota la main comme si elle voulait me demander quelque chose. Il y avait un bloc-notes près d'elle, où des mots étaient minutieusement imprimés – l'un des soignants l'avait peut-être fabriqué pour elle. Je le lui tendis, et elle désigna le mot *où*.

— Où est la maison ?

C'était logique, elle avait vécu là depuis que j'étais bébé, elle voudrait donc savoir précisément où elle se situait. Je lui en avais parlé dans la limite de ce que je savais, au cours d'appels vidéo maladroits, durant lesquels j'ignorais si elle me comprenait vraiment – nous déménagions quelque part en Cornouailles, d'où il serait plus simple de lui rendre visite. Je n'avais pas indiqué l'endroit exact.

George répondit avant que je puisse réfléchir à la façon de le formuler.

— La maison s'appelle *Les Pignons*. Classe, hein ? Et le village, c'est Little Hollow. Près de Penzance… oh, mince !

Maman avait renversé son gobelet en plastique rempli d'eau. Je poussai un petit cri tandis que mon jean s'en imbibait, et George s'était déjà levé pour aller chercher de l'essuie-tout. La bouche tordue de maman laissa échapper un son, un léger bruit de détresse.

— Ce n'est rien, maman, juste de l'eau. Tout va bien ?

— Voilà.

George était penché et me tamponnait les cuisses pour sécher mon pantalon, mais je regardais toujours maman par-dessus sa tête.

— Little Hollow… Tu connais ce nom, maman ?

Mon cœur battait la chamade – c'était risqué de lui poser la question en présence de George, mais il fallait que je sache. Elle secoua la tête, autant que possible. C'était si frustrant, de ne pas pouvoir lui demander si elle avait tenté de me dire quelque chose, ou juste renversé son verre à ce moment-là.

— Parce que ce nom me semblait plus ou moins familier, poursuivis-je. Est-ce que nous y sommes allés quand j'étais petite, ou un truc de ce genre ?

Elle se contenta de secouer une nouvelle fois la tête. *Oh, maman.*

— Bon, eh bien… Il n'y a pas de mal, conclus-je en me mettant debout. Je vais juste aller sécher mon jean. Peut-être que George peut te préparer une tasse de thé en attendant.

Elle avait une bouilloire et des sachets de thé dans la chambre, même si elle serait parfaitement incapable de s'en occuper toute seule. Je filai aux toilettes des dames au bout du couloir ; l'odeur de javel, les pancartes invitant à se laver les mains et porter des masques, tous ces petits détails vous rappelaient que, malgré son titre accueillant de *foyer*, cet endroit n'en était clairement pas un.

Je m'assis sur le siège des toilettes et sortis mon téléphone. Je tapai : *Little Hollow, Cornouailles*. Des coordonnées géographiques, des sites de randonnée. Impatiente, je fis défiler la page.

Et je tombai dessus. *Triple meurtre dans le paisible village cornique de Little Hollow*. Mon estomac se retourna, je fermai les yeux, craignant un instant de vomir. Mes étranges soupçons concernant Little Hollow avaient donc été fondés – j'y étais déjà allée, effectivement. En fait, j'avais vécu à cinq miles de là, jusqu'à mes deux ans. Je savais que nous déménagions en Cornouailles, bien sûr, mais il ne m'était jamais venu à l'esprit que George puisse nous trouver une maison exactement dans le même village. Comment était-ce possible ? Était-ce juste une terrible coïncidence ? Il ignorait la vérité.

On frappa à la porte, et je faillis en lâcher mon téléphone.

— Helz ? s'enquit la voix étouffée de George. Ça va ?

— Oui… Très bien ! Comment va maman ?

Je lui avais causé un sacré choc sans le vouloir. J'aurais aimé pouvoir tout lui expliquer, que je ne connaissais pas le nom du village avant hier, mais pas devant George, je ne pouvais pas prendre ce risque.

— Elle est fatiguée, je pense.

J'eus le cœur serré à l'idée de lui rendre visite ici pendant des années. Comment pourrais-je continuer à lui parler ainsi, comme s'il s'agissait d'un bébé ou d'un animal, incapable de répondre ? Je n'avais pas trouvé meilleur établissement que celui-ci, mais ça restait malgré tout une maison de retraite, ce n'était pas chez elle. Pendant ce temps, nous étions coincés dans une maison qui nécessitait des milliers de livres de travaux et se révélait, je le savais désormais, d'une proximité troublante avec toutes les facettes de mon enfance que je m'étais efforcée de fuir.

J'étais en plein rêve. Je me retrouvais dans la cave, et, cette fois, elle était remplie d'oiseaux, morts ou à l'agonie, dont les ailes me fouettaient le visage…

Je m'assis d'un bond. Quelque chose m'avait réveillée – un martèlement provenant du rez-de-chaussée, comme si l'on déchiquetait du bois. Quelqu'un cherchait à s'introduire dans la maison. La lumière du jour était basse, il était encore tôt. Six heures, d'après le réveil. Mais que se passait-il ?

— George. George !

Il était immobile sous la couette. Je le poussai violemment.

— George !

— Hmmm ?

— Il y a quelqu'un en bas !

— Hmmm…

Il roula en enfouissant son visage dans l'oreiller, et je soupirai bruyamment. Très bien, j'irais moi-même affronter l'intrus, quelles que soient ses intentions. Cherchant mes tongs à tâtons, j'enfilai un sweat à capuche par-dessus le short et le débardeur dans lesquels j'avais dormi, et je descendis. Je regardai autour de moi pour trouver ce qui me ferait office d'arme et m'emparai d'un grand parapluie. L'image de chasseurs et la silhouette indistincte dans les arbres envahissaient mon esprit. Et si les gens pensaient que les lieux étaient toujours inoccupés ? Ou que les villageois étaient venus nous expulser, ou…

Deux jeunes hommes déchargeaient des outils d'un van, dans mon allée.

—Euh, bonjour ?

L'un d'eux riva les yeux sur mes jambes nues.

—On est là pour commencer le boulot.

—Quel boulot ?

—Le boulot de maçonnerie, ma belle.

Je me hérissai.

—Qu'est-ce que vous racontez ?

Puis je vis le nom sur le fourgon. Bob Marks. L'artisan qui était venu ici deux jours plus tôt.

—Mais... Nous n'avons jamais donné le feu vert ! Nous n'avons même pas reçu son devis.

Mais les deux hommes – des garçons, en vérité – continuèrent de décharger.

—Il nous a dit de venir ici et de nous y mettre.

—Eh bien, c'est insensé. Et puis, il est 6 heures du matin ! Vous n'allez quand même pas commencer à cette heure-ci tous les jours.

—Horaires bâtiment, dit l'autre avec un accent d'Europe de l'Est. Pas tôt pour nous.

Je lâchai un profond soupir.

—Est-ce que vous pouvez l'appeler ? Votre patron ? Nous devons régler ça.

Maintenant que j'avais appris que mon impression de déjà-vu était vraisemblablement réelle, que j'étais en effet déjà venue à Little Hollow, je n'étais pas certaine de vouloir rester là. À la minute où ils entameraient les travaux, nous serions obligés de les payer. Ils se concertèrent en murmurant, et celui des pays de l'Est finit par avoir Bob au téléphone. Je ne pouvais entendre que son côté de la conversation.

—Patron, elle dit pas encore le devis... que nous pas attendus... OK... oui, je dis. Je dis ça.

J'enroulai les bras autour de mon buste, consciente de ne porter aucun sous-vêtement. Il déclara enfin :

— Bob venir maintenant.

— Oh ! Dans combien de temps ?

Il haussa les épaules.

— Vingt minutes, peut-être.

Aucun intérêt à me recoucher, dans ce cas. Je rentrai et mis la bouilloire en route, détestant devoir fouiller dans les cartons pour trouver une tasse. Il fallait ranger cet endroit, c'était un vrai dépotoir. Comment pouvions-nous entamer des travaux de rénovation alors que nous n'avions même pas vidé nos cartons ? George avait-il éventuellement donné son accord au maçon, sans me consulter ? Aurait-il même dû me consulter ? Maman me disait toujours – lorsqu'elle pouvait encore parler – que je portais bien trop la culotte dans notre mariage. Que je castrais George. Je lui avais demandé à plusieurs reprises s'il le ressentait ainsi, et il avait explosé de rire. Mais peut-être qu'il en souffrait. Peut-être était-ce pourquoi il avait voulu gérer le déménagement lui-même.

Je buvais mon thé – le lait tournait déjà à cause du vieux frigo défaillant – en déballant des verres d'une humeur grincheuse, lorsque Bob arriva dans un gros crissement de gravier. Je remarquai qu'il conduisait une Mercedes ; tant mieux pour lui. Ça rapportait de plumer des pigeons de classe moyenne qui n'y connaissaient rien. Il frappa à la porte de derrière et entra directement dans la cuisine, s'entassant dans l'espace exigu avec moi. Je reculai avec ma tasse, jusque dans le salon. Je savais que j'aurais probablement dû proposer du thé à ses jeunes employés, mais j'étais trop en colère.

— Alors c'est quoi cette histoire, ma belle ? Les gars m'ont dit que vous refusiez de les laisser commencer.

— On ne vous a jamais demandé de vous charger des travaux. Je voulais d'abord un devis par écrit, si vous vous souvenez.

Bob écarquilla les yeux.

— Je ne sais pas quoi vous dire, ma belle. Vous voulez que le boulot soit fait ?

— Eh bien, oui, mais…

— Et on est là pour le faire. Je veux dire, je peux vous fournir quelque chose par écrit si c'est *vraiment* ce que vous voulez.

— Eh bien, oui, c'est ce que je veux.

Était-ce si fou que ça ? Dans mon travail, nous ne faisions rien sans une autorisation de soins contresignée en trois exemplaires – proposait-il réellement d'entamer un chantier à 50 000 livres sur la seule base d'un accord verbal ? Que nous n'avions, d'ailleurs, pas conclu non plus.

— Et puis, comment pourriez-vous connaître le montant de notre budget autrement ?

— Votre mari me l'a dit. Il est par là ?

Mon sang bouillonnait. Oui, évidemment qu'il voulait parler à l'homme de la maison.

— Il dort. Vu que c'est encore plus ou moins la nuit.

À cette pique, Bob gloussa en roulant des yeux.

— Vous ne voulez pas qu'on démarre si tôt, c'est ça, ma belle ?

— Pas à 6 heures du mat', non.

Là encore, étais-je folle ? Était-ce normal ?

— OK. Bon, les gars sont là maintenant, et on m'attend ailleurs. Vous voulez que ce soit fait ou pas ?

Je pensai à George qui m'avait dit avoir contacté dix autres artisans, en vain. Et ceux-là étaient sur place, et disposés à intervenir, quoiqu'un peu pénibles. En plus, la cuisine était à peine fonctionnelle. Même si nous revendions la maison tout de suite, nous lui ajouterions de la valeur en la rénovant.

Cependant, je restais perplexe.

—Mais… vous n'avez pas besoin de savoir ce que nous voulons comme travaux ?

—Vous nous l'avez déjà dit. Virer ça, une nouvelle cuisine, une nouvelle salle de bains, non ? On abat ce mur ?

Il le claqua avec la paume de sa main charnue.

—Eh bien, oui. Mais nous n'avons pas encore choisi les éléments ni rien.

—Il y a une salle d'exposition près de l'autoroute. Il ne faut pas longtemps pour y aller. Puisqu'on est ici, autant s'y mettre.

—Mais… on n'aura plus du tout de cuisine, alors.

Il roula des yeux, sans même chercher à s'en cacher.

—C'est ce qui arrive quand vous la faites refaire, ma belle. Au moins pendant une semaine ou deux. Vous ferez la vaisselle dans la baignoire, OK ? Et vous brancherez votre cuisinière dans la pièce d'à côté – regardez, c'est une électrique.

Il désigna l'endroit où l'appareil crasseux des années 1970 était branché, même pas fixé au mur.

—Eh bien… OK, alors.

—On peut commencer ?

—Je… J'imagine, oui. Je ferais mieux de voir avec George.

—Faites ça, ma belle.

Il parlait d'un ton si condescendant que j'en avais les nerfs à vif.

Je remontai à l'étage, extrêmement consciente de leurs regards posés sur moi dans mon minuscule short de pyjama, et secouai George, plus vigoureusement cette fois, pour le réveiller. Il était enfoui dans une confusion de cheveux et de couvertures.

—Hmmm, bon sang, Helen ! Qu'est-ce qu'il y a ?

—Les maçons sont là.

—Hein ?

—Est-ce que tu leur as dit qu'ils pouvaient commencer aujourd'hui ?

— Non ! Enfin, j'ai peut-être dit que oui, tant qu'ils envoyaient l'estimation ou quoi, et que le prix nous convenait.

— Eh bien, ils ne l'ont pas fait. Ils se sont juste pointés, à 6 heures du matin, prêts à démolir notre cuisine.

Il s'assit, cherchant ses lunettes à tâtons.

— OK, écoute-moi… C'est peut-être une bonne chose ? Au moins, ils sont là. Tu sais comme c'est compliqué de les faire venir.

Nous avions entendu les misères de nos amis Sam et Karl l'année dernière, dont le maçon avait disparu dans la nature, avec 30 000 livres de leurs économies.

— Tu veux leur donner le feu vert comme ça ? Aucune vérification, pas d'attestation de vigilance ?

Je n'avais même pas eu l'occasion de googler l'entrepreneur ni de trouver le moindre commentaire.

— Nous avons vraiment besoin que ce soit fait.

— Nous n'avons même pas déballé nos affaires ! Je ne sais pas où est le presse-citron !

J'ignore pourquoi j'avais décidé que cet objet en particulier était introuvable, mais je vis George réprimer un sourire.

— Ce sera de nouveau le bordel de toute façon. Et là, on peut juste… le faire. S'en débarrasser. Et je te promets de presser tous les citrons dont tu pourrais avoir besoin d'ici là.

Je poussai un gros soupir.

— Il faut que tu leur parles. Dis-leur de pas arriver avant 8 heures, et veille à ce qu'ils comprennent bien que 70 000 livres est la limite absolue, OK ? Pas de TVA ni rien d'autre en supplément.

En supposant que cette boîte de fumistes paie même des impôts.

— Oui, cheffe.

Il le dit avec légèreté, mais je songeai tout de même aux mises en garde de ma mère.

J'avais espéré que nous aurions un peu de temps avant que nos vies se réduisent à la poussière et au chaos, mais le destin en décida autrement. À l'heure du déjeuner ce même jour, les deux ouvriers, prénommés Borak et Ciaran, avaient abattu le mur entre la cuisine et le salon à coups de masse, arraché l'évier et retiré plusieurs placards. C'était stupéfiant, la rapidité avec laquelle on détruisait, en comparaison avec le travail laborieux de construction. Je ne pouvais regretter les vieux éléments écaillés ni l'espace sombre et exigu, mais désormais nous n'avions nulle part où cuisiner, et je n'étais pas certaine que Deliveroo livre au fin fond des Cornouailles.

Je réorganisais la salle de bains à l'étage, grimaçant dès que j'entendais cogner en bas. J'avais tenté de me doucher, mais l'eau alternait entre glaciale et bouillante, et je me sentais toujours sale. Autour de 13 heures, je m'étais résignée à déjeuner du paquet de gâteaux salés que George avait planqué dans son bureau – une mauvaise habitude qui, je le soutiens, attire les fourmis –, lorsque des cris me parvinrent du rez-de-chaussée.

— S'il vous plaît ?

C'était Ciaran, le plus jeune et maigre des deux ouvriers. Il semblait ne pas avoir plus de dix-huit ans.

— Qu'est-ce qu'il y a ?

J'allai me percher en haut des marches.

— Euh, vous devriez venir voir.

Je regardai la porte du bureau de George, complètement fermée, et d'où s'échappait le son métallique d'une musique. J'aurais dû me réjouir qu'il travaille enfin, mais ça m'agaçait de devoir me coltiner tout le déballage. Je descendis avec fracas l'escalier sale et nu. Les deux garçons se tenaient à côté du mur abattu et à présent réduit à une cavité béante, dont dépassait de l'isolant gris comme la barbe d'un vieillard. La cuisine avait été si piètrement construite que les murs n'étaient pas alignés, et j'apercevais des éclats de lumière. J'éprouvai une pointe d'inquiétude – je n'avais pas pris conscience qu'ils ouvriraient le mur sur l'extérieur.

— On a trouvé ça, dit Ciaran, d'un ton embarrassé.

Ils s'écartèrent lorsque je m'approchai, et je vis Borak se signer. Quoi ? Il y avait par terre un petit bout de tissu. Je me baissai pour le ramasser.

— Touchez pas ! aboya Borak, paraissant ensuite surpris de sa propre réaction. Euh, je pense que vous devriez pas, madame.

Il y avait peut-être de l'amiante. Mais cette maison était trop vieille, non ? Je m'accroupis et j'examinai leur trouvaille. C'était une poupée, avec un corps en toile de jute, un visage grossièrement dessiné, et ce qui ressemblait curieusement à des cheveux humains, blonds et ternis, cousus sur la tête. Et quatre gros clous plantés dans le corps.

Je relevai les yeux vers les ouvriers, me demandant s'ils se fichaient de moi.

— C'était dans le mur ?

Ciaran se racla la gorge.

— On en trouve parfois dans les vieilles maisons, par ici.

— Qu'est-ce que c'est ?

— Une poupée. Genre… pour de la magie. De la magie noire.

Il paraissait gêné de le dire.

— Alors quoi, comme une espèce de poupée vaudoue ?

— Sorcellerie, intervint Borak, qui avait presque reculé jusqu'à la fenêtre. C'est sorcellerie.

Je ne suis pas une personne superstitieuse, je ne l'ai jamais été. Quand les filles de l'école couinaient devant des planches de Ouija, je m'informais sur le phénomène d'hystérie collective. Je n'ai même jamais consulté mon horoscope. Mais malgré tout, les yeux baissés sur cette chose qui s'était trouvée dans mon mur, je me sentis parcourue d'un frisson glaçant.

— Tu es sûr ? Tu ne devrais peut-être pas la toucher.

George me décocha un regard tandis qu'il faisait tourner la poupée entre ses mains pour l'examiner, et je revins sur mes paroles.

— Enfin je veux dire, c'est sale. Il y avait sans doute des souris qui vivaient là-dedans.

— C'est juste un bout de tissu, Helz.

— Et des *cheveux humains*.

— Eh bah, ouais, on fabriquait des poupées pour enfants avec des cheveux humains. On s'en sert encore pour faire des perruques – les extensions de Lou, tu crois qu'elles viennent d'où ? De femmes ouïgoures en camps de rééducation chinois, pour la plupart.

J'interrompis George dans sa tribune politique.

— Tu ne trouves pas ça bizarre ? Genre, vraiment, vraiment bizarre et flippant ?

Les maçons étaient partis peu après leur découverte, marmonnant qu'ils avaient « besoin de pièces ». Je me dis que ça leur avait flanqué la trouille, et je n'en revenais pas d'avoir confié la démolition de ma maison à deux gamins qui craignaient les poupées maléfiques.

— Eh bien, oui – mais c'est fascinant. Tu sais, il y a une véritable tradition de sorcellerie dans cette région – des poupées de ce genre étaient utilisées pour attirer le malheur sur autrui. Si tu l'enterrais dans le jardin d'une personne, ça signifiait que tu voulais la voir souffrir. Ou alors c'était un moyen de renvoyer le mal vers quelqu'un d'autre. On a dû la placer là quand la cuisine a été construite.

— Argh, George ! Mais c'est nous qui habitons ici, maintenant !

— Je sais, c'est trop cool. Tu ne trouverais jamais ça à Londres dans nos immeubles en carton-pâte des années 1980.

Je n'étais pas de son avis.

— Maintenant, j'ai peur que les ouvriers ne terminent pas le boulot. Ils avaient l'air vraiment flippés.

— Ce ne sont que des gamins. Même le grand, il a sûrement quinze ans de moins que nous.

C'était le moment d'aborder la façon dont nous avions bien pu atterrir ici, dans ce village près duquel j'avais vécu enfant.

— George, sérieusement, qu'est-ce que tu sais sur le passé de cette maison ? Est-ce que tu as effectué la moindre recherche avant de faire une offre ?

Il posa la poupée sur la table.

— Un peu. Elle date du XVIIIe siècle.

— Mais… tu sais qui en était propriétaire en dernier ? Genre, pourquoi elle est restée aussi longtemps vide ?

Je me hasardais sur un terrain dangereux, mais il fallait que je sache. Sinon, je ne dormirais peut-être plus jamais.

— Je ne sais pas… Personne n'a vécu ici depuis les années 1980, je crois. Peut-être qu'elle était trop chère pour le secteur ? Aucune idée.

George repartait déjà vers l'escalier.

— Où est-ce que tu vas ? demandai-je sèchement.

Il haussa ses sourcils broussailleux.

— Je travaillais. Tu sais, cette découverte pourrait faire un article intéressant pour une édition du dimanche – comment nous avons acheté une maison hantée à la campagne.

— Ne plaisante pas.

— Allons, Helz ! Tu es la personne la plus sceptique que je connaisse. Ça ne peut quand même pas te faire peur.

— Je sais, mais… c'est réel. Je veux dire, le mal a vraiment été attiré ici. Les mauvaises intentions. (Il s'agissait de méchanceté humaine assez sincère.) Est-ce que tu vas au moins nous débarrasser de cette chose ?

— Comment… Dans la poubelle ?

— Enterre-la. Quelque part dans les bois.

— Tu es sérieuse ? s'esclaffa-t-il. Est-ce que tu te lances dans un remake de *Simetierre* ? Parce que *Spoiler Alert*, ça ne finit pas hyper bien.

— C'est juste que… ça ne me paraît pas normal de la mettre à la poubelle.

Et la brûler faisait un brin mélodramatique.

George la ramassa et me regarda en roulant des yeux.

— Est-ce qu'on a une pelle ?

— Évidemment que non.

À Londres, nous avions à peine eu une jardinière.

— Alors comment…

— Seigneur, je ne sais pas. Utilise une grosse cuillère. Mais, s'il te plaît, débarrasse-nous de cette horreur.

Puis je m'en éloignai pour remonter d'un pas lourd, me demandant pourquoi je me sentais aussi désorientée. C'était cette maison. La maison où j'étais certaine d'être déjà venue, si proche de l'endroit où j'avais vécu enfant.

J'observai George depuis la fenêtre de l'étage, baissé dans le jardin en jean et tee-shirt, malgré la pluie battante. Il était difficile d'imaginer quelqu'un moins dans son élément en pleine nature que lui, et pourtant, il nous avait fait venir jusqu'ici. Étrange – pourquoi ne m'étais-je pas aperçue de cette contradiction avant ? Il grattait la terre avec ce qui ressemblait de loin à ma belle cuillère à salade en céramique. La poupée gisait sur l'herbe à côté de lui, ses yeux aveugles braqués vers le ciel. Bientôt, il renonça à l'ustensile et commença à creuser avec ses doigts, puis je le vis s'agenouiller pour tirer sur quelque chose. Y avait-il un autre objet enfoui là ? Une racine d'arbre peut-être ? Une pierre ? George se releva et tint sa trouvaille à la lumière : un gros bocal, où clapotait un liquide sombre.

— Qu'est-ce que c'est ?

Nous nous tenions sous le porche, frissonnants. Je ne voulais pas de cette chose dans la maison. C'était un gros bocal en verre, semblable à ceux de la cuisine, avec un couvercle qui se vissait, et rempli d'un liquide où flottaient plusieurs éléments. Des feuilles, de l'écorce, et ce qui ressemblait à une petite créature morte. Un campagnol ou une souris ?

— Aucune idée, répondit-il.

Il parlait d'un ton curieux, sans crainte.

— Je n'aime pas ça.

Il y avait de la terre autour de la base, et j'éprouvais une extrême envie de cacher ce bocal, ainsi que la poupée. Tout faire disparaître.

— C'est plutôt cool. Je crois que j'ai déjà lu des articles sur ce genre de chose… C'est une fiole de sorcière, il me semble.

— Une quoi ?

Depuis quand George en savait-il autant sur la sorcellerie ?

— C'est pour piéger les mauvais esprits.

— Seigneur ! C'est quoi, cet endroit ?

Il paraissait toujours plus intéressé qu'alarmé.

— J'imagine que celui ou celle qui vivait ici avait un penchant pour l'occulte.

— George !

— Oh, allez, tu ne trouves pas ça un tout petit peu excitant, au moins ?

— Non, dis-je en frottant mes bras hérissés de chair de poule. Est-ce que tu peux juste nous en débarrasser, s'il te plaît ?

— Oh là là, très bien. Les Cornouailles te rend bizarrement superstitieuse, tu sais ?

Je le regardai l'emporter, le remettre dans son obscure cachette souterraine. J'avais beau essayer, je ne pouvais me départir de mes appréhensions. Il y avait des objets dans les murs, des oiseaux mourants dans la cave, d'étranges bruits la nuit. Les gens du coin refusaient de parler de la maison. Et j'étais probablement déjà venue ici. Rien de tout cela n'avait de sens.

Il m'était insupportable de rester dans la maison telle qu'elle était, avec le mur éventré dont s'échappait l'isolation, la poupée et le bocal flippants dans le jardin. Je pouvais presque le sentir, ce pouls qui battait sous la terre. Je trouvai mon imperméable, le ciré jaune que toutes les petites-bourgeoises londoniennes semblaient posséder, et me dirigeai à pied au village. J'avais l'esprit braqué vers l'avenir, dont je ne cessais de m'inquiéter. Qu'allais-je faire comme travail ? Si George écrivait vraiment un livre, il se vendrait peut-être, ce qui nous laisserait du temps. Mais que serais-je, si je n'étais plus médecin ? Si je n'avais plus la vie des gens entre mes mains ? Le secteur de la santé mentale m'avait toujours intéressée, et il semblait plus nécessaire que jamais. J'avais vu tant de patients à l'hôpital qui auraient pu éviter des dommages corporels ou de la souffrance, si leur douleur intérieure avait été traitée plus tôt. Ils buvaient et prenaient des drogues pour la dissimuler, avaient des relations sexuelles à risque. Se mettaient dans des situations dangereuses. Mangeaient trop, ou trop peu. S'infligeaient des sévices. Peut-être pourrais-je m'orienter vers une autre voie – un parcours de thérapeute, par exemple – et faire le bien de cette manière. J'ignorais si je voulais renoncer pour toujours à aider les gens.

Je m'étais renseignée sur des formations dans le domaine de la santé mentale avant de partir, durant les rares moments que j'étais parvenue à m'accorder. Il était clair que, pour toutes celles-ci, je devrais moi-même suivre une thérapie et fournir des références professionnelles, et l'on découvrirait forcément ce qui s'était produit l'année dernière. Impossible de l'éviter, de ne pas déterrer cette histoire, de ne pas l'affronter. Comme si l'on pouvait cacher une chose pareille !

Je marchais sous une pluie légère, mais pénétrante, et toutes les maisons devant lesquelles je passai semblaient avoir leurs volets clos pour l'hiver. Je me sentais déprimée, l'animation de Londres me manquait, avec ses rues qui n'étaient jamais plongées dans le silence ni l'obscurité. La mer était là, en bas de la colline, d'une couleur sarcelle foncé sous le ciel gris, avec sa langue de sable. Même le bureau de poste était clos – il fermait à 15 heures, apparemment. Mais le pub était ouvert, j'en poussai donc la porte, consciente des yeux qui s'étaient relevés à mon apparition. Ce lieu était un tel cliché rural – n'étaient-ils pas habitués aux étrangers, même hors saison ? Ou savaient-ils qui j'étais, dans quelle maison j'habitais ?

Très mal à l'aise, je me tins au bar jusqu'à ce que la serveuse arrive. Elle paraissait jeune et aimable en tout cas, peut-être âgée d'une vingtaine d'années, avec des cheveux blonds frisottés et teints en rose par endroits, et de grosses lunettes démodées.

— Salut.

— Oh, salut ! Moi, c'est Helen. Je viens d'emménager au village.

Elle hocha la tête, comme troublée par le fait que je me présente. Peut-être que je me trompais complètement, et que les gens ne faisaient pas ça à la campagne.

— OK… Vous vouliez boire quelque chose ?

—Oui, s'il vous plaît. Hum, je vais prendre… (Je n'osai pas demander la carte des vins.) Un gin-tonic, s'il vous plaît. Sans sucre, si vous avez.

Il était tôt pour boire un verre, mais bon, pour l'instant j'étais sans emploi.

—Glaçons et citron ?

—Oui, s'il vous plaît.

Elle se retourna pour trancher le citron, et je me perchai péniblement sur un tabouret – je me dis toujours que ça devrait être illégal d'obliger les gens de petite taille à s'asseoir là-dessus.

—Alors, comme ça, vous venez d'emménager à Little Hollow ? Résidence secondaire ?

Tout le monde allait s'imaginer ça.

—Non, principale, la seule. *Les Pignons* ?

Elle sourcilla.

—Je ne connais pas celle-là.

C'était un petit village, les gens savaient forcément quelles maisons étaient sur le marché.

—En haut de la colline, entourée d'arbres. Une grande et vieille demeure en pierre grise.

Je me rappelai que la dame hostile de la poste avait employé un nom différent.

—Vous la connaissez peut-être sous le nom de Tresallick ?

Ses sourcils – étrangement épais, comme dessinés au marqueur – se haussèrent.

—Oh ! C'est… Ouais, c'est vrai. Elle est restée vide des années.

—Je sais. On est en train de la retaper. Vous savez quelque chose sur les anciens propriétaires ?

Je posai la question d'un ton désinvolte, sirotant le verre qu'elle m'avait servi, en appréciant le pétillement acidulé. L'alcool en journée, une pente glissante.

— Oh, eh bien… J'ai toujours entendu qu'elle était restée dans la même famille, mais inoccupée.

— De quelle famille s'agit-il ? Ils s'appellent toujours les Tresallick ?

Avait-ce été leur propriété depuis le XVIIIe siècle ?

— Hum, bah… Vous l'avez achetée, vous disiez ?

— Ouais, pourquoi ?

— Eh bien, c'est juste que ça n'a aucun sens, parce que…

La fille croisa soudain le regard d'un homme plus âgé qui était apparu derrière le comptoir, arborant le physique robuste des gens qui passent leur vie dehors. Il avait peut-être la soixantaine passée, grisonnant mais en pleine forme. Je l'avais déjà vu lors de notre dernière descente au village – ce devait être le patron.

— Cara, pourquoi tu n'irais pas nettoyer les tireuses à bière ? suggéra-t-il.

— Désolée, oncle Martin, marmonna-t-elle en détalant.

Le dénommé oncle Martin me regarda.

— Alors c'est vous l'épouse ? Votre mari est venu ici deux ou trois fois, quand il descendait voir la maison.

Bien sûr que George aurait été attiré par le pub.

— Est-ce que vous en savez beaucoup sur la maison ?

Durant un instant, il ne répondit rien et prit un torchon pour essuyer l'auréole laissée par mon cocktail.

— La maison… Eh bien, les gens n'aiment pas en parler par ici. Certains endroits ont simplement une histoire, vous voyez.

La dame de la poste avait dit la même chose.

— Quelle histoire ?

Je recommençais à éprouver les mêmes frissons. M'étais-je aventurée sur le plateau d'un film d'horreur à petit budget ? Ou la maison était-elle de quelque manière liée aux meurtres ? Aucun des noms, ni *Les Pignons* ni Tresallick, ne m'évoquait quoi que ce soit. J'aurais presque pu croire que nous avions atterri dans ce village par accident, mais pas dans une maison qui était également liée à ces morts.

— Vous pouvez le découvrir assez facilement. Mieux vaut ne pas en parler en public, c'est tout.

J'étais déroutée, et pas qu'un peu effrayée.

— OK.

Il recula, changeant de ton.

— Helen, c'est bien ça ?

— Helen Gillis.

C'était étrange de ne plus dire « docteur Gillis », comme je m'étais présentée à tant de patients au fil des années.

— C'est un accent de l'Ouest que j'entends ?

— Vous avez l'ouïe fine. J'ai grandi dans le Devon, en vérité.

Moins les deux ans que j'avais passés ici, évidemment, mais je n'étais pas près de lui révéler ce détail.

— Oh, d'accord, et maintenant vous êtes de retour. La famille du mari est d'ici aussi, alors ?

— Oh, non, il est de Reading. Nous voulions bouger pour nous rapprocher de ma mère.

Même si ce n'était pas vraiment la porte à côté. Ce qui était également étrange – pourquoi George avait-il choisi une maison si éloignée ?

— Je vois. Je peux vous servir autre chose ?

— Hum, non, ça ira.

J'avais espéré un pub accueillant et chaleureux, avec éventuellement une cheminée. Au lieu de quoi, celui-ci était froid, et sentait vaguement les frites et le chien mouillé. Un vieil homme avec un chien de berger trempé se tenait voûté à une petite table, et lisait le journal en buvant une pinte. Dans un coin, un couple de jeunes qui ne semblaient pas en âge de consommer de l'alcool étaient assis, scotchés à leurs téléphones. Et c'était tout. Je finis mon gin, dont la fraîcheur picota mes molaires sensibles, puis me levai. En sortant, je vis la serveuse, Cara, qui rôdait près du pub avec une vapoteuse.

— Oh, vous partez, dit-elle. Désolée pour mon oncle. Il est sympa, en vrai, juste super grincheux.

— Ce n'est rien. Écoutez, est-ce que vous alliez me dire quelque chose concernant la maison tout à l'heure ? Ma maison ?

— Hum… Vous ne savez vraiment rien à son sujet ?

— Non. C'est mon mari qui s'est occupé de l'achat. (Je ne voulais pas qu'elle me voie comme une piètre féministe.) Je bossais tellement dur ces derniers temps – je suis docteur. J'étais docteur, je veux dire, pendant toute la période du Covid.

— Ah ouais, OK, ça devait être craignos. Donc vous ne savez pas qui vivait là ?

— Dans ma maison ? Non. Mais nous avons trouvé des choses. Du genre… sorcellerie.

Je m'attendais à ce qu'elle rie, mais elle hocha juste la tête comme si cela ne l'étonnait pas le moins du monde.

— Eh bien, écoutez, je ne devrais pas trop en dire, mais si vous avez l'occasion, renseignez-vous sur l'histoire de la maison. Je ferais mieux d'y retourner.

Elle avait disparu avant que j'aie le temps de l'interroger davantage.

Au moins, j'avais un peu de réseau au sommet de la colline, alors après plusieurs recherches infructueuses sur Google avec *Les Pignons Little Hollow*, *Les Pignons ancien propriétaire*, *Les Pignons Cornouailles*, je composai le numéro de Lou. Elle répondit au bout de quelques minutes, à court de souffle.

— Allô ?

— Je te dérange ?

— Juste un jogging, haleta-t-elle. Je me les gèle, alors tu me rends service.

Elle respira plus lentement, et je l'imaginai en tenue de course, du Sweaty Betty haut de gamme et d'élégantes baskets matelassées, ses cheveux roux tenus en arrière par un bandeau en laine. Lou est toujours en mouvement, à pratiquer un sport ou un autre, à prendre un cours, ou aller à un rencard, un de plus, qui ne mènera à rien.

— C'est comment, la cambrousse ?

— Bof ! Là il pleut, et c'est mort.

— Ouais bon, c'est hors saison, non ? Et la maison ?

Je soupirai.

— Un vrai mausolée. Les maçons ont déjà commencé, au moins.

— C'est bien. Seigneur, les miens ont mis trois mois à rénover ma salle de bains ! Une excuse après l'autre.

Je n'avais pas envie de lui parler de la poupée. Lou est le contraire de moi, elle croit en tout, du tarot aux tantra.

— Hmm. Ce sera cool quand ce sera terminé – pour l'instant, on est un peu dans l'ambiance Famille Addams.

— Certes, mais George t'a acheté une maison en Cornouailles ! C'est tellement romantique.

— Oui, enfin, il ne me l'a pas achetée, c'est de l'argent commun.

Surtout le mien, en fait.

— Mais quand même. Je trouve ça adorable. Et le village, il est mignon ?

Je baissai les yeux vers la mer qui s'illuminait au loin, et les courbes des collines vertes et des falaises.

— Je suppose.

Je ne pouvais pas lui confier mon étrange lien avec cet endroit – c'était simplement plus prudent que personne ne soit au courant, ça l'avait toujours été. Même Lou, qui me connaît depuis l'université, n'a aucune idée de mon passé.

— Il y aura une période d'adaptation, c'est tout. Je parie que tu vas adorer, une fois que ce sera entièrement retapé.

— En revanche, les gens du coin, c'est un peu *Délivrance*. Pas un seul sourire aimable dans le lot.

Dans un roman de *women's fiction*, j'aurais déjà été invitée à rejoindre un club de tricot et je me serais probablement pris la tête avec un pêcheur revêche, mais canon.

Lou s'esclaffa.

— Est-ce que tu es allée au Spar pour demander de la vanille de Madagascar, ou autre ?

— Hum. Je crois que mes rêves d'intégration étaient trop ambitieux, dis-je en l'ignorant.

— Ça prend du temps, voilà tout. La plupart de ces gens ne bougent jamais, alors tout nouveau venu leur paraît bizarre.

— Argh ! Ouais. Bref, parle-moi de toi avant que je n'aie plus de réseau. Dernier rencard ?

— Un chirurgien cardiaque, qui semblait ironiquement dépourvu de cœur. Il n'a pas arrêté de traiter son ex de cinglée et de gémir sur le montant de la pension alimentaire.

— Mariage au printemps, du coup ?

Elle rit, mais sans humour.

— Tu n'es pas si loin du compte. Il n'y a pas grand-chose à se mettre sous la dent. Tu as tellement de chance avec ton adorable George.

Toutes mes amies aimaient George, son enthousiasme, sa culture générale, son sens de la fête.

— Il a l'air plus épanoui ici. Il écrit déjà sans arrêt dans son bureau.

— C'est génial ! Le moment est enfin arrivé où il va le pondre, ce livre ?

— Qui sait ? Je ne pose plus la question.

— Il va mieux, tu penses ?

J'entendais l'inquiétude dans sa voix. George et moi préférions feindre que tout allait bien, mais impossible de cacher qu'il avait traversé une phase proche de la dépression l'année dernière. Une autre raison pour laquelle j'avais accepté de déménager.

— Je pense que oui, en fait. Ouais.

La voix de Lou commença à crépiter.

— ...bar à ongles...

— Lou, je te perds.

— ...m'entends ?

— Non, la réception est pourrie. Désolée. Je t'enverrai un mail. Viens nous voir quand la maison aura des murs !

La ligne avait coupé.

Plantée sur le bord de la route, la pluie tambourinant sur mon téléphone, je me sentis soudain très seule. Mais je ne l'étais pas – George serait à la maison, et même si ladite maison était actuellement froide, humide et mal agencée, au moins j'étais aimée. Au moins, je possédais une maison. Je me rappelai la chance que j'avais. Si seulement nous avions déjà Internet, je pourrais me renseigner sur le passé de cet endroit, apaiser ce doute lancinant dans un coin de mon cerveau. Pestant contre la 3G intermittente, agitant mon téléphone dans toutes les directions comme si ça pouvait changer quelque chose, je googlai *poupées* et *fioles de sorcière*, et trouvai les coordonnées d'un musée de la sorcellerie à environ une heure de là, dans un village appelé Boscastle. Apparemment y était conservée une collection de ces objets. Avant que j'aie le temps de changer d'avis, je m'empressai de leur envoyer un e-mail expliquant ce que nous avions découvert dans le mur.

J'abordai le sujet avec George au dîner ce soir-là. Puisque nous n'avions pas de cuisine, le « dîner » se composait de nouilles instantanées réhydratées à l'aide de la bouilloire, et parsemées de pousses d'épinards, en guise de compromis diététique. George engloutit les siennes avec un plaisir non dissimulé – et des nouilles qui pendaient de ses lèvres.

— Tu ne galères pas sans Internet ? demandai-je.

Moi-même, je trouvais la situation pénible.

Il haussa les épaules.

— Le truc sur lequel je travaille est plus… basé sur des archives. Pas besoin de Google.

— Mais c'est plutôt embêtant, non ? On ne peut pas regarder la télé en streaming, et il n'y a aucun réseau. Quand est-ce qu'on va nous l'installer ?

— Peut-être dans une semaine, environ, marmonna-t-il, la bouche pleine. De toute façon, tu te plains toujours que je passe trop de temps en ligne.

George est plus ou moins accro à Twitter, soutenant qu'il en a besoin pour effectuer des recherches et dévoiler des histoires. Je suis plutôt de la team luddite – j'ai mes propres raisons de ne pas vouloir être localisable.

— Pourquoi tu le veux, d'ailleurs ? Tu vas regarder Netflix toute la journée maintenant que tu es une femme oisive ?

— Non, dis-je avec irritation en débarrassant les sachets de sauce qu'il laissait traîner. C'est pour ici. Il va nous falloir une tonne de choses neuves, des meubles, des ustensiles de cuisine, enfin tu vois... Des coussins. J'espérais commander ça en ligne.

— Des coussins. (Il me regarda en haussant un sourcil.) C'est ce qui nous manque le plus ici ?

Je soupirai.

— Peu importe. Je suis sûre de pouvoir survivre jusqu'à la semaine prochaine.

— Je peux te rejouer des scènes d'*Emily in Paris* si tu t'ennuies vraiment. « Oh, mon Dieu, ce croissant est À MOURIR ! »

Il feignit de se prendre en selfie avec une moue boudeuse.

— Oh, ta gueule, Charles Dickens !

Mais il avait réussi à me tirer un sourire, comme toujours. Même si ma conversation avec Cara m'avait troublée, discuter aussi avec Lou m'avait fait du bien, et je m'endormis rapidement, pour la première fois depuis notre emménagement. Ce fut donc une déception de me réveiller de nouveau dans la pénombre de la chambre, et de voir, d'après les ombres dansant sur le sol, que c'était le milieu de la nuit. Je fis mon trajet désormais familier jusqu'à la fenêtre – nous devions installer un store occultant au plus vite – et regardai dans le jardin. Je ne m'attendais pas vraiment à voir quoi que ce soit, un frisson me parcourut donc l'échine quand je m'aperçus que quelqu'un se trouvait là, encore une fois, au bord de notre pelouse. Oui, c'était clairement une personne, juste à la lisière des bois. L'un des ouvriers, venu récupérer un outil ? Un voile couvrait la lune, je ne parvenais pas à distinguer qui c'était, ni s'il s'agissait d'un homme ou d'une femme – qui que ce soit, cette personne était grande –, mais je voyais que ses yeux étaient braqués sur la fenêtre de notre chambre. L'espace d'une seconde, nos regards manquèrent de se croiser, puis un nuage estompa la lumière. Lorsqu'il refit plus clair, l'intrus avait disparu.

Le lendemain matin, la maison était gelée à mon réveil, mon souffle faisait de la vapeur par-dessus la couette. Les radiateurs étaient froids au toucher, et lorsque je fis couler de l'eau au robinet de la salle de bains, elle était tout aussi glaciale.

— Cette foutue chaudière s'est éteinte ! hurlai-je à George, qui arriva en traînant les pieds, l'air endormi. Et il est plus de 8 heures, les maçons comptent revenir ou quoi ?

— Je ne sais pas.

— Argh ! C'est connu, non ? De commencer le boulot et ensuite disparaître pendant des semaines.

— Je vais les appeler, dit-il, la bouche pleine de dentifrice.

Je me sentis coupable. J'étais celle qui ne travaillait pas, il me revenait de gérer ces corvées-là. Puisque je ne pouvais me résoudre à prendre une douche froide, je m'habillai pour me rendre au sommet de la colline. Sachant que George ne partagerait pas mon inquiétude concernant la silhouette dans les bois qui semblait nous observer, j'avais estimé devoir en découvrir davantage sur cette maison. Et, étant donné nos difficultés d'accès à Internet, j'eus recours aux techniques d'enquête à l'ancienne, et téléphonai à ma belle-mère. Nous n'étions pas spécialement proches, Ruth et moi. Je lui envoyais parfois des textos, en général pour la remercier de ses cadeaux, ou lui demander obséquieusement des recettes, mais je l'appelais rarement. Je trouvai un tronc renversé sur lequel me percher.

Le village s'étendait en contrebas, avec ses bois denses et verts, la mer étincelante de percées de soleil, des nuages blancs qui flottaient au-dessus. Je supposai que ce n'était pas si mal.

— Allô ! Helen ? Est-ce que tout va bien ?

Elle avait une pointe d'inquiétude dans la voix. Comment se faisait-il qu'avec l'âge les gens pensaient que tous les coups de fil annonçaient de mauvaises nouvelles ? Mais je me souvins alors de l'appel m'informant de l'AVC de maman, et mon estomac se noua. Parfois, les nouvelles étaient *effectivement* mauvaises.

— Oh oui, tout va bien. Enfin, la maison est sens dessus dessous, les murs sont éventrés, mais bon, ça va.

— Oh, mon Dieu ! Mais tu aimes quand même la maison, j'espère ? Je ne savais pas trop ce que tu en penserais, mais George m'a dit… Bref, je suis contente que tout se soit bien passé.

Qu'entendait-elle par là ?

— Bien sûr que j'aime cette maison. Elle sera ravissante une fois finie.

J'eus le sentiment que j'allais beaucoup répéter cette phrase durant les mois à venir.

— Même si ça va nous coûter un bras, ajoutai-je.

— Mais il vous reste vos économies, pour la rénover ?

Elle baissa un peu le ton, comme si parler d'argent était grossier. J'espérais qu'elle ne me soupçonnait pas de réclamer implicitement une rallonge.

— Bien sûr ! Enfin, une partie. La majorité a été engloutie dans la maison, évidemment.

— Dans la maison ?

Elle paraissait confuse.

— Oui, pour le prix de vente, vous savez.

Nous l'avions achetée comptant, car George avait craint que ses revenus stagnants des deux dernières années et l'abandon de mon travail ne nous empêchent d'obtenir un prêt.

— Bien sûr, mais…

Elle s'interrompit.

— Qu'est-ce qui se passe ?

— Oh, rien. Rien. Tu parlais… du prix de vente ?

— Oui, je crois que c'était juste en dessous de 200 000 livres, d'après George.

Qu'est-ce qui la perturbait ? Peut-être que George leur avait dit qu'elle coûtait moins ? Ou plus ? Mais je ne voyais pas pour quelle raison il l'aurait fait.

— Bref, nous vous sommes infiniment reconnaissants pour votre soutien financier, et il nous restera largement assez pour les travaux, sans aucun problème.

— J'en suis ravie.

Elle semblait toujours préoccupée.

— Est-ce que George vous a dit où était située la maison ? hasardai-je. Le nom du village ?

Est-ce que cela lui évoquerait quelque chose, d'ailleurs ? J'ignorais ce qu'elle savait précisément. C'était risqué de ma part. J'avais été en sûreté tant d'années que je devenais trop confiante.

Ruth marqua une pause.

— Est-ce qu'il y a un souci, Helen ?

— Oh, non, absolument pas. J'essaie juste… de mettre tout ça au clair, j'imagine.

— Il n'y a rien à éclaircir, ma chérie. C'est juste une maison, et il pensait qu'elle te plairait. S'il vous faut plus de budget pour la rénovation, je suis certaine que nous pourrions…

— Non, non, non, nous n'avons aucune difficulté de ce côté. Tout va bien.

— Bon. Eh bien, je suis désolée, ma chérie, mais je dois filer au yoga maintenant. Montez nous voir quand vous aurez besoin de faire une pause. Bye !

Je restai assise là, les yeux rivés sur l'écran noir de mon téléphone. C'était étrange. Tout ce qu'elle disait était sensé, quoique curieux, mais sa réaction m'avait interpellée. Elle avait eu l'air surprise, comme perturbée par un détail concernant l'achat de la maison. George leur avait-il raconté une version différente ? J'aurais aimé pouvoir juste lui poser la question, mais c'était évidemment impossible. Je me levai en frottant mon jean pour enlever la mousse. Existait-il un moyen de connaître les précédents propriétaires d'un bien immobilier ? Oui, forcément.

La réponse me vint alors que j'envisageais de rentrer : une bibliothèque. Avec un domicile en chantier et sans Internet, tout ce dont j'avais besoin serait là-bas.

Je rentrai pour récupérer la voiture ; le silence régnait chez nous, à part un pianotage frénétique sur un clavier d'ordinateur à l'étage. La bibliothèque était à environ cinq miles, dans un bourg légèrement plus grand du nom de St Edwin. Une part de moi était extrêmement soulagée de voir des boutiques et des cafés ouverts, un Boots, et même un White Stuff. Mon retour à la civilisation ! à la raison – je n'avais quasiment vu personne depuis des jours, à part le patron du pub, la serveuse et les ouvriers bourrus. La bibliothèque était située dans un bâtiment victorien en brique rouge, un peu miteux, mais chaleureux, avec cette espèce de moquette d'école industrielle, et des rayons de livres rassurants. Je dis à la bibliothécaire, une quadragénaire avec une étonnante coupe rasée sur les côtés et un logo de surf sur son haut, que je voulais savoir qui avait vécu dans ma maison avant moi. Elle ne sembla nullement surprise par ma requête, et je supposai devoir remercier les généalogistes amateurs pour cela. J'appris que les archives de recensements étaient en ligne, mais seulement jusqu'en 1911, or j'avais besoin de savoir qui avait possédé la maison les années suivantes. Les listes électorales étaient une autre option, mais celles-ci allaient seulement jusqu'à 1965. Sinon, je pouvais tenter le cadastre, mais une recherche en vitesse sur Google m'informa que les anciens propriétaires n'étaient pas toujours notés sur les titres de propriété des maisons. Il était donc étonnamment difficile de découvrir à qui avait un jour appartenu un endroit. Mais il faisait chaud dans la bibliothèque, l'atmosphère y était légèrement poussiéreuse et soporifique ; il y avait en effet un adolescent assoupi à une table dans la salle voisine, et la voix d'une mère lisant une histoire à son enfant flottait dans le département jeunesse. Je leur souris, nichant de secrets espoirs dans mon cœur.

Je consultai ensuite mes mails. Divers amis et collègues de Londres qui prenaient contact, et j'en fus nostalgique. Un message de Sharon, une infirmière à mon ancien travail, que je supprimai sans le lire. Je ne pouvais pas penser à quoi que ce soit en lien avec tout ça, pas pour l'instant. J'avais également un mail du musée de la Sorcellerie, qui me soutira un léger sourire malgré mon angoisse – ils transmettaient ma demande à une experte locale qui serait peut-être en mesure de m'aider à identifier les étranges objets que nous avions trouvés dans la maison. Le mail suivant provenait de cette même personne, qui se faisait appeler Lisa McSweeney, « guérisseuse et herboriste ». Elle paraissait enthousiaste et m'invitait à venir la voir – elle vivait à quelques miles de Little Hollow. Que les gens me prennent au sérieux me rassurait d'une obscure manière.

Je consultai aussi notre compte joint, où il ne restait plus rien, comme je m'y attendais, à part l'argent pour les rénovations. Rien de surprenant après avoir acheté une maison comptant, mais préoccupant, malgré tout. Puis, après avoir cliqué sur quelques onglets, et saisi les informations de ma carte bancaire, j'appris qu'en 1911, ainsi que dans les années 1960, la maison avait appartenu à une famille portant le nom plutôt classe de Tresallick. Cela correspondait à ce que la grincheuse du magasin m'avait dit. Mais alors, comment expliquer mon étrange impression d'être déjà venue dans cette maison ? Je n'étais toujours pas parvenue à me rappeler quand ni comment, mais il était parfaitement plausible que maman m'y ait amenée enfant, si nous avions vécu un temps dans la région. Une curieuse coïncidence, mais pas si invraisemblable, dans ce genre d'endroit où tout le monde se connaît. Ce qui me taraudait, c'était que George nous ait acheté une maison si proche de celle où j'avais grandi.

Tresallick. Un si joli nom, qui roulait sous la langue comme l'écume des vagues. Mais il ne me disait rien. Je le tapai distraitement sur Google, m'apercevant combien j'en étais devenue dépendante pour répondre à la moindre de mes interrogations. Je saisis *Tresallick Little Hollow Cornouailles*. À mon grand étonnement, plusieurs résultats s'affichèrent. L'un d'eux se démarqua à mes yeux : un extrait d'ouvrage sur Google Livres, un gros volume intitulé *Superstitions corniques*.

> Une famille de Little Hollow, près de Penzance, comptait des sorcières renommées dont on disait qu'elles pouvaient, moyennant finance, jeter des sorts d'amour et des malédictions. Une matriarche du clan, Alanis Tresallick, fut brûlée pour sorcellerie aux assises de 1778, et l'on raconta qu'elle avait laissé un sortilège sur les environs.

Assise dans la bibliothèque surchauffée, je fus parcourue d'un frisson glacial. Tout ça était idiot, évidemment – la chasse aux sorcières s'était résumée à un exutoire pour les misogynes refusant que les femmes soient guérisseuses ou accoucheuses –, mais j'avais quand même trouvé une poupée dans mes murs. Et des bizarreries dans des bocaux, conservées dans du vinaigre, ainsi que des herbes séchées dans la cave. George avait déterré une espèce d'objet magique dans le jardin. Je devais me rendre à l'évidence : je vivais dans une maison imprégnée de sorcellerie.

Et ça aussi, c'était une trop grosse coïncidence, non ? La maison était forcément liée aux meurtres d'une façon ou d'une autre. J'avais presque peur de le découvrir, mais je tirai le clavier vers moi, et, avec la sensation d'invoquer le destin, je googlai *Janna Edwards Little Hollow*.

Et la réponse s'afficha.

> Janna Edwards est une criminelle, née à Little Hollow, Cornouailles. En 1987, elle a été reconnue coupable du meurtre de trois personnes – dont deux enfants – dans la même journée d'octobre 1986. Edwards purge actuellement une peine de cinquante ans de prison, mais a fait appel à plusieurs reprises.

Et sous la rubrique des parents : Père, Robert Edwards, date de mort inconnue. Mère, Eve Tresallick, morte en 1987. Bien sûr. Pourquoi n'y avais-je pas pensé ? La maison avait appartenu à la famille de sa mère, mais elle portait le nom de son père.

Ne serait-ce que cliquer sur le lien Wikipédia paraissait dangereux ; je prenais le risque de voir des images que je ne pourrais pas supporter, de découvrir des détails que je n'avais jamais voulu connaître. J'en savais déjà trop. Janna traversant les bois à grandes enjambées, ses cheveux blonds au vent. Le couteau dans une main. L'autre lui tenant la tête, pour lui trancher la gorge comme à un cochon. Son refus d'exprimer une seule fois des remords. « Il fallait que je le fasse », ce furent ses paroles. Ça, je le savais. Et désormais, je savais aussi que je vivais dans la maison de la femme qui avait détruit ma famille. La maison d'une meurtrière.

J'entendais ma respiration par-dessus le bourdonnement de l'ordinateur, et je fermai vigoureusement les yeux pour éviter les lumières fluorescentes. La nausée me monta à la gorge, à tel point que je dus baisser la tête une minute et respirer profondément pour ne pas vomir. C'était impossible. Comme était-ce arrivé ? Il m'avait bien semblé que cet achat était trop beau pour être vrai. Tout un faisceau de choses invraisemblables : le prix correspondant si exactement au montant de nos économies, la facilité avec laquelle la transaction s'était effectuée, si rapidement que je n'avais pas eu besoin de m'impliquer. Avais-je seulement signé quoi que ce soit ? Car j'entrevoyais une autre possibilité. Qui expliquerait pourquoi Ruth était si déroutée lorsque j'avais abordé le sujet de l'acquisition de la maison. Et pourquoi Cara, la serveuse du pub, pensait qu'elle n'était jamais sortie de la famille. Peut-être était-ce bel et bien le cas. Mais, si c'était vrai, cela induisait des vérités si terribles que je refusais de les accepter. Des mensonges inimaginables.

Je rentrai à la maison, conduisant avec une extrême vigilance, tant j'étais bouleversée et fébrile. La pluie martelait le pare-brise, et j'avais envie de prendre l'autoroute pour faire tout le trajet jusqu'à notre appartement douillet de Stoke Newington. Mais il avait de nouveaux occupants désormais, un jeune couple presque trentenaire, tout en lunettes démesurées et gigantesques casques audio. Cette maison, même hantée, était mon unique domicile à présent.

Elle me sembla menaçante tandis que je roulais dans sa direction. George n'avait pas allumé la lumière ni ouvert les rideaux ; les lieux paraissaient lugubres et délaissés en cet après-midi de fin mars. Comment avais-je pu croire une seconde que cette maison avait été sur le marché ? Son ou sa propriétaire n'y avait pas mis les pieds depuis des années. Comme si on l'avait retenu pour des raisons indépendantes de sa volonté. Un séjour en prison, par exemple.

J'entrai, saisie par la fraîcheur ambiante, les trous béants dans la cuisine, la couche de poussière partout. Les maçons avaient laissé des traces de pas boueuses sur le parquet, des emballages de McDo roulés en boule dans un coin. Cela aurait pu m'exaspérer si je n'avais pas des problèmes autrement plus dramatiques à gérer. Je montai à l'étage. Derrière la porte de George, j'entendais un son métallique, comme s'il écoutait quelque chose au casque. Pas de la musique, plutôt une vidéo, un podcast probablement. J'allai dans la chambre d'amis, où une montagne de cartons attendaient d'être déballés. Peut-être y avait-il là des renseignements sur la maison – si nous l'avions achetée, il y aurait de la paperasse, non ? Des contrats, des diagnostics ? Les papiers de George étaient un fouillis de reçus et de documents, fourrés dans une série de pochettes en plastique. Si j'avais eu le temps d'organiser le déménagement, j'aurais insisté sur les recherches administratives à faire et les expertises à mener, et j'aurais immédiatement reconnu le nom du village. Mais George avait curieusement tenu à tout faire seul. Pourquoi ? Juste pour être un mari serviable, pendant que j'essayais de garder la tête hors de l'eau au travail ? Ou pour une raison plus sombre ?

Je fouillai dans un nombre incalculable de cartons et de boîtes, jetant les feuilles par-dessus ma tête dans une espèce de frénésie. Je savais que je devrais tout retrier, dix ans de factures et de garanties pour des affaires que nous avions laissées à Londres, mais je m'en moquais. Il ne semblait rien y avoir du tout en rapport avec un achat de maison.

J'entendis un bruit à l'extérieur. George avait ouvert sa porte. J'avais une seconde pour décider : devais-je lui révéler ce que je soupçonnais ? Existait-il la moindre chance qu'il ne soit pas au courant, que tout cela ne soit qu'un terrible malentendu ? Bien sûr que c'était possible. Au bout du compte, mon vieil instinct l'emporta, celui qui me soufflait qu'il fallait protéger George. Il passa la tête par la porte, contempla les ravages, puis haussa ses sourcils broussailleux.

— Est-ce que c'est ta nouvelle méthode pour déballer ?

— Désolée. Je… cherchais juste quelque chose. (Je glissai ma jambe sur les documents pour les soustraire à sa vue.) Tu ne sais pas où est notre avis de taxe d'habitation ? Nous n'avons toujours pas prévenu que nous avions déménagé.

Je savais qu'il l'ignorerait.

— Absolument aucune idée. Ces trucs-là ne sont pas en ligne de nos jours ?

— Ouais, peut-être. Je vais ranger tout ce bazar. Tu bosses ?

— Hmm. Qu'est-ce qu'on fait à dîner ?

Ce qu'il demandait, c'était ce que moi, j'allais prévoir pour le dîner.

— Eh bien, la cuisine est encore moins opérationnelle qu'avant, dur à croire, n'est-ce pas ? Il y a des pâtes, je crois. Et un bocal de pesto, peut-être.

— Ça me va. (Il retira sa tête.) Je m'y remets une heure à peu près.

Je reconnaissais sa façon de partir du principe que je cuisinerais et m'occuperais de tout, typique des périodes où il travaillait comme un forcené. J'y étais si habituée que ça ne me dérangeait même pas, et en fait, c'était presque un soulagement de le revoir se comporter ainsi. De plus, avoir un mari distrait par son élan créatif me permettait de cacher toutes sortes de secrets, parce qu'il ne le remarquerait simplement pas. Pour la première fois, cependant, je commençai à me demander si ça marchait dans les deux sens.

Je ne voyais qu'une seule autre personne à qui poser la question, puisque j'étais certaine que Ruth ne me dirait rien par téléphone, et elle était à Reading, à des miles de là. Chaque fois que j'y pensais, j'avais l'estomac noué. La maison avait dû être léguée à George, mais pourquoi maintenant ? Peut-être que mes beaux-parents étaient au courant depuis des années, et venaient juste de décider de la lui donner – peut-être n'avait-il aucune idée du passé de cet endroit. Mais alors pourquoi me dire que nous l'avions achetée ? Et où étaient passées nos économies si nous ne les avions pas dépensées pour la maison ?

Ce matin-là, les ouvriers m'avaient réveillée dès 7 heures. Je sursautai, le cœur en panique, mais George ne bougea pas d'un cil. Je ne pris même pas la peine de me lever pour aller leur ouvrir – ils avaient leur propre clé, autant les laisser se mettre au travail. Je détestais cette sensation de ne pouvoir descendre dans ma propre maison, mais au moins, la salle de bains était utilisable. Après une douche qui fut, au mieux, chaude par intermittence, j'examinai mon visage dans le vieux miroir piqué, mes traits marqués par l'angoisse et le manque de sommeil. J'avais presque l'impression de ne plus être cette même personne qui avait quitté Londres moins d'une semaine plus tôt. Je grinçai des dents aux bruits habituels de coups et de perceuses provenant du rez-de-chaussée, mais fus tout de même surprise, en sortant de la salle de bains uniquement couverte d'une petite serviette, de tomber nez à nez avec un inconnu qui regardait par la fenêtre du palier.

— Seigneur ! criai-je.

Au moins, cela réveilla George, qui surgit de la chambre en pyjama.

— Qu'est-ce qui ne va pas ?

Je montrai d'un doigt tremblant le visage dont la vieille vitre ne laissait distinguer que des dents et une peau blafarde.

— Attends.

George retourna dans la chambre et ouvrit la fenêtre, par laquelle il interpella l'individu. Recroquevillée dans le couloir, je n'entendais pas ce qu'il disait. Il revint un instant plus tard.

— Ça va, ils bossent juste à l'avant de la maison aujourd'hui. Pour le rejointoiement. Quoi que ça veuille dire.

— Mais comment ça se fait qu'il soit là-haut ?

— Il a grimpé sur le porche pour en vérifier les tuiles.

— Sur le toit en pente ?

— Sur le toit en pente, Helz. C'est bon, je te promets. Va voir quand tu ne seras plus à moitié nue.

Ce que je fis, après m'être habillée en vitesse dans la chambre d'amis, sans tenir compte de tous les cartons ni des toiles d'araignées qui voilaient les coins. J'avais envisagé de peindre cette pièce avec des canards et des oursons, mais ce projet me semblait désormais à des années-lumière. Je ne pouvais m'imaginer laisser un enfant dormir seul dans cette effrayante maison. Dans la maison de cette *femme*.

Dehors, le type rampait sur le toit du porche, avec ses ardoises manquantes et ses pignons de travers.

— Ça pourrait être dangereux, lançai-je à George.

Il était allé dans son bureau, qui donnait aussi à l'avant de la maison.

— Je sais, je lui ai dit, mais il m'affirme que ça ira. Il fait ça tout le temps.

C'était un homme d'un âge indéterminé, entre vingt-cinq et quarante-cinq ans, avec une polaire miteuse, et le genre de visage anguleux et buriné que vous aviez en vous livrant à une sérieuse consommation de drogues et/ou d'alcool. J'aurais pu diagnostiquer une malnutrition chronique.

— Qu'est-ce qu'il fabrique, en fait ?

— Seigneur, je n'en sais rien.

Je vis que George s'était à présent habillé, avec son pantalon de survêtement et son sweat à capuche de la fac. Je craignais que les ouvriers ne le voient, et pensent qu'il frimait d'être allé à l'UCL.

— Tu ne te douches pas ?

Il haussa les épaules.

— Je veux me mettre direct au boulot. De toute façon, c'est une calamité, cette plomberie.

D'ordinaire, si George arrêtait de se laver, je m'inquiétais, mais là, le contexte semblait différent. Presque une énergie frénétique plutôt qu'une dépression. Était-ce autre chose dont je devrais m'alarmer ? Il avait trente-quatre ans. Ça se serait déjà manifesté, non ? Un tel trouble ? La dépression, nous pouvions gérer, mais la bipolarité se classait dans une tout autre catégorie.

Je le dévisageai jusqu'à ce qu'il incline la tête, perplexe.

— Quoi ?

Sais-tu à qui appartient cette maison ? Est-ce que tu m'as menti pendant tout ce temps ?

— Rien. Bon courage. Je sors. Pour aller voir une sorcière.

Cela retint son attention, comme je m'y attendais.

— Oh ?

— Exactement, une guérisseuse du coin. Je me disais que je pourrais l'interroger sur cette chose. La poupée, tu sais. Tu veux venir ?

Il soupira.

— Oh, j'adorerais, mais je ferais mieux de me remettre au boulot.

Quoi que soit ce boulot.

La sorcière – désolée, la guérisseuse – vivait dans un petit hameau un peu plus loin sur la route de Land's End ; juste quelques maisons, une boutique de poterie qui faisait office de café, et une rivière froide et limpide dans un écrin d'épaisse verdure. Je dépassai quelques couples sur la route, qui appréciaient le grand air en anorak, des bâtons de marche à la main. Je m'étais dit que George et moi pourrions partager de telles journées avant que je décide de ce que je voulais faire du reste de ma vie. Escalader des collines, déguster des *cream teas*, boire des panachés dans des pubs d'extérieur. Je n'avais pas misé sur le fait qu'il plongerait tête baissée dans un nouveau projet. Apparemment, le déménagement s'était révélé un peu trop efficace. Mais je ne devais pas m'en plaindre.

J'avais envoyé un texto à Lisa McSweeney la veille au soir, espérant que le message pourrait passer de justesse si une barre de réception apparaissait, mais je ne reçus sa réponse qu'après avoir quitté Little Hollow. Nous avions élu domicile dans une étrange zone blanche. Cela semblait à peine croyable, après des années passées à Londres, mais les Cornouailles comptait de larges secteurs qui n'étaient desservis par aucun réseau. Celle-ci m'invitait à lui rendre visite, d'un ton aimable et intéressé.

Lisa avait autour de la quarantaine, estimai-je, ses cheveux étaient longs et emmêlés, et elle portait une robe tie-dye qui lui descendait aux chevilles, avec des tas de bijoux en argent. Elle vivait dans un pavillon neuf, ce que je n'avais pas imaginé, situé dans un beau jardin où la végétation poussait librement. Il y avait une petite cabane dans le fond, décorée de guirlandes lumineuses. Elle suivit mon regard vers la cabane en ouvrant la porte de sa maison.

— C'est là-bas que je donne mes traitements. Reiki, massages, ce genre de soins.

C'était peut-être ce qu'elle entendait par guérisseuse. Je devais garder l'esprit ouvert, me rappeler qu'il y avait des preuves cliniques tangibles pour certaines de ces pratiques. À l'intérieur, la cuisine moderne était remplie d'herbes qui séchaient, de casseroles en cuivre, d'un bloc de couteaux menaçants, d'une pile de livres froissés sur la médecine douce, les plantes, le tarot, etc. Elle ne me proposa pas d'eau ni quoi que ce soit d'autre, ses yeux papillotant sur moi. Je n'avais pas apporté de sac, juste fourré mon téléphone dans la poche de mon jean.

— Vous ne l'avez pas prise avec vous ?

— La poupée ? Oh, Seigneur, non, nous l'avons enterrée. (Je me sentis un peu stupide de dire ça.) Je craignais qu'elle soit… sale. Vous pensez vraiment que c'était une poupée maléfique ?

J'allumai mon téléphone pour lui en montrer une photo. Elle examina attentivement l'écran. Quelque part, elle était encore plus sinistre vue ainsi, gisant innocemment sur ma table à manger, avec ses yeux en boutons rivés aveuglément au plafond.

— Et ce sont des clous qui sont plantés dedans ? demanda-t-elle d'un ton assez factuel.

— Ouais. Et les cheveux… Je crois que ce sont des cheveux humains.

— Hmm. Oui. Probablement, c'est très courant dans la région. Ça signifie juste que quelqu'un voulait jeter un sort aux occupants – ou alors la personne qui vivait là voulait repousser les mauvais esprits. Elle était peut-être dirigée vers la maison de quelqu'un à qui l'on souhaitait du mal.

— Oh !

J'avais espéré l'entendre me donner une explication plus anodine. Je me rappelai qu'on parlait juste de tissu et de cheveux traversés par du fer. Le mal existait, certes, mais il ne pouvait pas s'infiltrer dans ma vie. Si ?

— Pouvez-vous me dire de quelle maison il s'agit ? Ça fait des années que nous n'avons pas trouvé de poupée comme ça. Elle est ancienne ?

— Je crois qu'elle a été construite au XVIIIe siècle. C'est à Little Hollow. *Les Pignons.*

— *Les Pignons*, répéta-t-elle. C'est drôle, je connais bien le village, mais pas la maison dont vous parlez.

— Je pense que ce nom-là est récent. C'est celle sur la colline, si vous situez. Avec une porte verte.

Elle inspira bruyamment.

— Oh ! Je vois. Chez les Tresallick.

— C'est ça. Nous venons de l'acheter.

Enfin, je n'en étais pas entièrement sûre.

— Vous l'avez achetée ?

— Hum, ouais.

Elle se mordillait la lèvre, les yeux fixés sur un point lointain.

— Tout va bien ?

— Helen, c'est ça ?

— Oui.

— Hmm. Que savez-vous de l'histoire de votre maison ?

— Pas grand-chose, pour être honnête.

Juste qu'elle avait appartenu à une sorcière meurtrière.

— Bon. Écoutez, ce n'est peut-être pas à moi de vous la raconter. Et si vous ne croyez pas aux énergies négatives, dites-vous que ce n'est qu'une maison, OK ?

— Est-ce qu'il s'est passé quelque chose là-bas ?

Pas à ma connaissance. Mais clairement mes connaissances étaient limitées.

— Ce n'est pas tant ce qui s'y est passé que la personne à qui elle a appartenu. Les gens peuvent laisser des traces puissantes.

— Des traces de quoi ?

Je ne voulais pas savoir tout ça. Pourquoi posais-je la question ? Quoi que je découvre, ça ne pourrait qu'ébranler ma vie, en démolir ses parois et pulvériser ses fondations.

Lisa me regarda dans les yeux, et je vis que les siens étaient noisette clair, avec un cercle plus foncé autour des pupilles.

— Eh bien, des traces du mal.

J'essayai de le prendre à la légère.

— C'était il y a longtemps. La maison est restée vide des dizaines d'années, non ?

Ce n'était qu'une maison. Même si elle avait un lien étrange avec moi, même si une meurtrière y avait vécu, elle se résumait à des briques et du mortier.

— Je crois savoir de quoi vous parlez, poursuivis-je. Êtes-vous en train de me dire qu'elle vivait là, la femme qui… Enfin, vous voyez, celle des meurtres ?

Elle me regardait sans ciller.

— Vous le savez déjà, je pense.

— Je… J'ai lu un article là-dessus. Vous croyez qu'elle lui appartenait, cette poupée ?

Elle haussa les épaules.

— C'est possible. On disait que sa grand-mère était aussi une sorcière – toutes les femmes Tresallick. Sauf sa mère, qui a toujours été de santé fragile. Mais toutes les autres.

Je ne savais pas trop pourquoi j'étais venue là. Espérais-je l'entendre me dire que je me trompais, sur tout ce que je soupçonnais ?

— OK. Mais ça remonte à longtemps, non ? Ça semble encore chambouler les gens.

Elle recula et croisa les bras sur son ventre.

— Vous n'auriez pas dû venir ici, Helen. Vous devriez quitter Little Hollow tant que vous le pouvez.

Profondément choquée, je m'arrêtai dans le pub le plus proche et mangeai une assiette de frites noyées de ketchup en buvant la moitié d'un panaché. Lisa avait refusé de m'expliquer plus en détail pourquoi elle me conseillait de quitter le village, et elle m'avait quasiment mise à la porte. Je me dis qu'à l'évidence elle était un peu dérangée – forcément, si elle croyait en l'occulte... Le fait est que nous avions atterri dans la maison d'une meurtrière, quelqu'un qui s'adonnait aux sorts et aux malédictions. Bon, et alors ? Je ne croyais pas à ces sornettes de toute façon, elles ne pouvaient donc pas m'affecter. J'étais plus préoccupée par l'opacité qui entourait l'achat de la maison. J'avais baissé ma garde, les derniers mois – étant à peine opérationnelle en dehors du travail –, ce ne serait donc pas surprenant si certains signaux d'alerte m'avaient échappé. Parce que nous retrouver, parmi toutes les maisons qui existent, propriétaires de celle-ci, précisément, ce ne pouvait pas être une coïncidence quand même ! La question étant : voulais-je vraiment suivre ce fil jusqu'au bout du labyrinthe ? Il renfermait des vérités auxquelles je n'avais pas pensé depuis des années – je ne me l'étais pas autorisée. Et des secrets que je voulais garder dans l'ombre.

En rentrant à Little Hollow, je pris une sortie dont le panneau indiquait un parc naturel. L'Autel du diable, l'appelait-on – un nom mélodramatique pour ce qui n'était qu'un rocher au milieu des bois. Il n'y avait personne alentour, aucune autre voiture sur le petit parking en bord de route. J'enfilai ma veste, et je commençai à suivre le chemin de terre entre les arbres. Rien que le chant des oiseaux et la brise, le bruit lointain de la circulation. Des feuilles sous mes pieds et, partout, une verdure luxuriante. La pierre en question se situait dans une petite clairière. Une plaque taguée expliquait qu'elle avait peut-être eu une signification païenne, et s'adressait aux visiteurs dans ces termes enjôleurs : « Ne changez rien à l'endroit, laissez-le plutôt vous changer. » Mignon. Il existait de nombreux sites de ce genre autour de Penzance, des cercles mégalithiques, des puits sacrés et des églises en ruine. Aucune allusion n'était faite au violent événement qui avait eu lieu ici, comme on pouvait s'y attendre. C'était juste un grand rocher plat, avec une surface lisse blanc-gris, entouré de jacinthes des bois et de primevères, gisant paisiblement sous une percée de soleil. Si le paysage avait oublié ce qui s'était déroulé ici, peut-être le pouvais-je aussi ?

Lorsque je rentrai à la maison, ruminant encore mes révélations, il me fallut un instant pour m'apercevoir que quelque chose clochait. Il y avait une ambulance stationnée devant chez nous. Je me garai en travers, le cœur dans la gorge. Le van des maçons était là ; Bob se tenait lui-même auprès d'un secouriste en combinaison verte, avec ses gros bras croisés. Où était George ?

Je passai à toute vitesse devant eux, contournant l'ambulance. Quelqu'un était écroulé sur le gravier de l'autre côté du porche, et un second secouriste s'occupait de lui. *Oh, Seigneur !* Mon vieux réflexe aurait été de me ruer vers la victime, comme un médecin le devrait, et de me mettre à genoux pour tenter d'aider, mais au lieu de ça, je me pétrifiai une fois de plus. Le même problème, la raison pour laquelle j'avais quitté mon travail. *Et si j'empirais les choses ?*

Et où était George ? Je m'étais trompée en pensant qu'il allait bien, j'avais raté des signes de détresse ? Ou toute cette poussière dans la maison avait fini par déclencher une crise d'asthme ? Oh, Seigneur, après toutes ces années à le surveiller…

Puis je le vis, sortant de la maison, sain et sauf, dans la même tenue crasseuse qu'à mon départ. J'étudiai de nouveau le corps par terre – évidemment, c'était un ouvrier. Celui qui avait grimpé sur le toit un peu plus tôt. Les deux autres types étaient là aussi, Ciaran et Borak, regardant d'un air effrayé le secouriste s'affairer sur leur collègue. Il avait les membres pliés dans des angles anormaux.

Je m'accroupis à côté de lui.

— Quel est son état ?

Le secouriste, un jeune homme qui ne pouvait avoir plus de vingt ans, releva la tête.

— Il est stable. En revanche, il faut qu'on l'immobilise avant de le bouger.

— Il y a un risque de déplacement vertébral – je ne vois aucun saignement ? (Il me dévisagea.) Je suis docteur. Pas dans la région.

— Aucun signe évident d'hémorragie. Je pense que c'est la colonne qui a encaissé le plus gros du choc, alors pas de traumatisme crânien visible. Il a réagi au stimulus.

« Je suis docteur », avais-je dit. Pas : « J'étais docteur. » Et pourtant, mon corps m'avait trahie, clouée sur place lorsque j'aurais dû me précipiter pour l'aider.

— Bon. C'est bien.

Il survivrait donc à cet accident, mais il ne remarcherait peut-être jamais, si les dommages étaient graves. Sa colonne vertébrale serait gonflée et enflammée pendant plusieurs jours avant que l'on puisse se prononcer. Je m'obligeai à me lever et reculer.

— Qu'est-ce qui s'est passé ? crachai-je à George.

Je lui agrippai le bras – j'avais besoin de sentir son corps chaud et noueux, de vérifier qu'il était en vie et indemne.

Mais il était blême.

— Oh, bon Dieu, Helz ! C'était affreux. Il est tombé.

— J'avais dit que c'était dangereux !

— Je sais. Je sais. J'imagine que… l'une des tuiles a glissé et qu'il est parti avec. Je l'ai vu un peu chanceler un instant – il avait presque retrouvé l'équilibre –, et puis… argh ! (Il prit une profonde inspiration chevrotante.) Est-ce qu'il… va s'en sortir ?

— Je ne sais pas. Il est vivant, en tout cas. S'il n'a pas de trauma crânien, c'est bien.

S'ensuivit une grande agitation, et les secouristes soulevèrent l'homme sanglé à une civière, pour l'amener à l'ambulance. Il avait le teint gris, les yeux fermés. L'une de ses jambes avait l'air cassée. Bob me décocha un regard purement fielleux. Il nous le reprochait ? Mais pourquoi ?

Je ne pus m'empêcher de l'interpeller.

— Je suis sincèrement désolée que ce soit arrivé. Il est juste tombé ?

Bob évita mon regard.

— Vos tuiles étaient mal fixées. Vous auriez dû nous avertir.

— Mais… nous n'en savions rien ! Nous vous avons embauchés pour arranger tout ça. (Je sentais George remuer à côté de moi, et tentai de modérer mon intonation.) C'est juste un terrible accident. J'avais bien demandé si ce n'était pas dangereux.

— Vous êtes en train de dire que c'est *ma* faute ?

Je fus véritablement choquée par le ton de Bob. Froid, et furieux.

— Je ne prends pas soin de mes employés, c'est ça ?

— Non ! Ce n'est la faute de personne.

— Parce que, s'il faut causer responsabilité, je vous rappelle que nous sommes sur votre propriété. Pas d'assurance maître d'ouvrage, je parie ?

Je me contentai de le dévisager. Pourrions-nous être légalement responsables de cet accident ? Certainement pas. L'ouvrier avait eu un comportement à risque, et il était tombé.

— D'autant que c'était votre échelle, intervint Ciaran.

Il était venu se poster auprès de Bob. L'autre type me fusillait du regard. Je fus désarçonnée par cette soudaine irruption d'agressivité – à l'évidence, ils étaient secoués, mais pourquoi diriger leur colère contre nous ?

C'était incroyable. Les secouristes jetaient des coups d'œil dans notre direction tandis qu'ils immobilisaient l'homme dans l'ambulance. Me tenaient-ils aussi pour responsable ?

— Écoutez, tout le monde est bouleversé, j'en suis consciente. Souhaitons juste un bon rétablissement à…

Oh, Seigneur, je ne connaissais même pas son prénom.

Bob m'adressa un regard mauvais.

— Lukas. Un de mes meilleurs gars.

— Eh bien, espérons juste que Lukas ira bien. Nous pourrons régler le reste plus tard.

Bob émit une espèce de grognement, et, avec ses deux autres employés, ils commencèrent à jeter de gros sacs dans leur fourgon tandis que l'ambulance descendait la colline. Les sirènes n'étaient pas mises, j'espérai donc que c'était bon signe pour Lukas. Les maçons partirent à la suite de l'ambulance, bien plus vite, sans dire au revoir. Leurs roues projetèrent des gravillons, comme des crachats de méchanceté.

Je me tournai vers George, incrédule.

— C'était quoi, ça ? C'est un vrai connard ! Ça ne peut quand même pas être notre faute ?

George passa une main dans ses cheveux, qui restèrent dressés sur son crâne. Je voyais qu'il ne s'était toujours pas douché.

— Hum. Je crois que j'ai écrit un billet là-dessus une fois, pour la page finances. Dans certaines circonstances, tu peux être tenu responsable, si quelqu'un se blesse sur ta propriété.

— Mais il n'a jamais dit qu'il nous fallait une assurance ! Nous n'avons jamais signé un seul papier… si ?

Et c'était insensé, maintenant que j'y pensais. Voilà ce qui se produisait quand je laissais les commandes à George.

Ils allaient peut-être nous attaquer en justice, et ensuite nous perdrions la maison que nous venions juste d'acquérir, et ce serait retour à la case départ.

— Est-ce qu'ils comptent revenir terminer le travail ? (Nous avions un trou dans le mur et plus de cuisine.) Est-ce que… George, tu ne leur as pas encore versé d'argent ?

Il prit un air penaud.

— George !

— J'étais bien obligé ! Il m'a dit qu'il avait besoin d'acheter du matériel, de payer les gars. On ne peut pas attendre des gens qu'ils travaillent avant d'être payés.

— C'est littéralement le principe de tous les jobs du monde. Pour l'amour du ciel !

— Écoute, perdre ton sang-froid n'arrangera rien à l'affaire. C'est comme ça.

J'ai toujours eu horreur de cette phrase. Le dernier bastion de ceux qui ont la flemme d'essayer de changer quoi que ce soit.

— Nous devons au moins reboucher le mur, s'ils ne comptent pas revenir.

C'était incroyable que des types puissent encaisser votre argent, causer des dégâts majeurs dans votre maison, et ensuite foutre le camp pour toujours. Dans n'importe quel autre domaine, on qualifierait cela de crime, mais avec les gens du bâtiment, il fallait les supplier de nous finir le boulot.

— Avec quoi ? demanda-t-il.

Je craquai, devant son air désemparé et ses taches d'encre sur les doigts, sachant qu'il avait juste envie de retourner écrire, plutôt que résoudre les divers désastres dans lesquels nous étions empêtrés. Plutôt que vivre dans le monde réel.

— Je m'en fous. Mais trouve un truc, OK ?

Il me regarda, bouche bée.

— Qu'est-ce qui t'arrive ?

— C'est juste que… je n'aime pas être ici, George ! La maison est froide, affreuse et sale, les gens du coin ne veulent pas de nous chez eux, et…

Je ne sais pas si tu m'as dit la vérité sur la manière dont nous avons obtenu cette maison.

Je me retins de le dire. Des brèches peuvent s'ouvrir, et pas seulement dans les maisons. Dans les murs de votre mariage, de votre amour. George m'avait de nombreuses fois exaspérée, mise en colère, même, mais pas une seule fois n'avais-je douté de son honnêteté. Et je ne voulais pas que ça commence. Je devais d'abord en découvrir plus.

Le lendemain, je harcelai George pour qu'il prenne des nouvelles de Lukas par texto.

— Alors ?

Il secoua la tête distraitement. Il avait apporté son ordinateur à la table du petit déjeuner, et je brûlais d'envie de voir ce qu'il y avait à l'écran, mais cela violerait l'un des accords les plus profondément ancrés dans notre relation.

J'avais passé la soirée à googler la responsabilité pénale du propriétaire en cas d'accident de chantier, et il avait raison, nous étions potentiellement en tort, d'autant qu'ils avaient utilisé notre échelle. Je ne savais même pas que nous en avions une.

— Super. Donc si ça se trouve, on va recevoir la lettre d'un avocat, et ils auront empoché notre argent sans finir le boulot.

— On n'en sait rien, dit George sans même relever les yeux. Je remonte. J'ai à faire.

Il ne me demanda pas ce que j'avais de prévu. Je m'étais depuis longtemps habituée à ne plus exister pour George lorsqu'il était plongé dans son travail. Cela pouvait expliquer certaines choses. Si vous gardez des secrets, il est plus sûr d'avoir un mari qui ne vous prête pas trop d'attention.

Alors qu'il se dirigeait vers l'escalier d'un pas traînant, son ordinateur sous le bras, je lançai dans son dos :

— Je repasserai peut-être chez maman aujourd'hui. À la maison.

Il se retourna en haussant les sourcils.

— Mick n'est pas là ?

— Eh bien, si. Il est peut-être temps d'enterrer la hache de guerre, vu l'état de maman.

Quelle étrange expression, *enterrer la hache de guerre*. Si brutale.

— Je trouve ça bien, Helz. Il faut se serrer les coudes dans les moments difficiles.

Facile à dire pour lui – il avait une famille unie et aimante, du moins celle qu'il connaissait.

— Je ferai des courses en rentrant.

— OK.

En temps normal, il ne s'intéressait pas beaucoup à la nourriture, en dehors des innovations les plus dignes d'en faire un article – un bar à céréales, ou un burger de la taille d'un chihuahua. Je devais surveiller ses apports en calories, ou alors il perdait trop de poids – ce qui, en l'état actuel, ne serait pas dramatique. Je regrettais qu'il ne me confie rien de son projet, mais j'étais bien trop avisée pour poser la moindre question.

Les visites étaient autorisées tous les jours jusqu'à 15 heures, et il était presque 14 heures lorsque j'arrivai là-bas. Aucune importance. Ce que j'avais à dire ne prendrait probablement pas très longtemps. C'était difficile de sourire au personnel, d'acquiescer et de répondre à leurs questions polies sur ses progrès. J'étais persuadée que l'on me trouvait très grossière, mais j'étais simplement trop inquiète. Au sujet du maçon, de la maison, de George.

Ma mère était assise au même endroit devant la fenêtre, scrutant l'horizon comme si elle cherchait quelque chose. Ou quelqu'un. J'attendis que l'infirmière se retire, et l'observai fixement. Plus de paroles entre nous désormais. Elle avait toujours les mêmes yeux, d'un bleu perçant, et ses mains étaient entortillées sur ses genoux comme de petites créatures mortes.

— Maman, tu as reconnu le nom du village où nous avons déménagé, n'est-ce pas ?

Elle ne répondit évidemment rien, mais détourna le visage.

— Tu savais quelle maison c'était, aussi. C'est pour ça que tu as renversé ton gobelet d'eau. J'y suis déjà allée, non ? Quand j'étais bébé.

Un lent clignement de paupières. *Oui.*

Je tremblais. Tout ce que je pensais savoir s'écroulait. J'avais à peine deux ans quand j'avais quitté les Cornouailles, il était miraculeux que je puisse m'en souvenir.

Je regardai ma mère en face. Je ne parvenais pas à trouver le courage, même après tout ce temps, d'évoquer cette chose que je ne lui avais jamais dite. Je m'étais reposée sur la certitude qu'elle ne pourrait jamais l'apprendre, qu'il n'y avait aucun moyen même qu'elle le devine. Mais si c'était le cas ?

— Je suis désolée, maman. J'ignorais totalement de quelle maison il s'agissait avant qu'on arrive là-bas. J'imagine que c'est juste… une affreuse coïncidence. George cherchait une maison pas chère en Cornouailles, et elle était restée vide tout ce temps, alors voilà.

Croirait-elle ce bobard ? C'était à peu près plausible. Du moins si vous ne saviez pas ce que j'avais découvert.

S'ensuivit un silence. Il y avait tant à dire que je ne savais pas du tout par quoi commencer.

— Bref, c'est juste que… Enfin, il n'a pas besoin d'apprendre ce qui la relie à moi.

Le visage de maman était expressif, malgré son relâchement. Il disait : *Mais* toi*, tu le sauras, Helen.*

Et je le savais. Tout comme je savais, au plus profond de moi, que nous n'avions pu acheter cette maison-là par hasard. Non, il n'y avait qu'une seule explication. Nous ne l'avions pas achetée du tout, et c'était pourquoi Ruth s'était montrée aussi évasive au téléphone, pourquoi elle pensait qu'il nous restait plus d'argent que nous n'en avions réellement, pourquoi George avait géré le déménagement lui-même. Tout cela n'était qu'un vaste mensonge.

Jusqu'à son AVC, maman avait habité une petite maison dans une impasse en périphérie d'Okehampton. Des pavillons des années 1970, des jardins carrés, le genre de rue qui pourrait se trouver n'importe où dans le pays. J'étais garée devant à présent, et j'empruntai l'allée, remarquant combien tout faisait soigné, résidentiel, avec le gravier ratissé et les parterres de fleurs. Puis je sonnai, ce qui déclencha un joyeux *ding-dong*. Je savais qu'il serait là – il n'allait jamais nulle part, en dehors de son trajet quotidien aux magasins pour acheter le journal et faire des courses, et c'était toujours à 10 heures. Sans surprise, sa silhouette massive apparut derrière le verre dépoli de la porte, et il m'ouvrit.

— Helen !

Il avait l'air choqué de me voir, et c'était prévisible.

— Salut, Mick. Je peux entrer ?

Je l'avais toujours appelé Mick, même quand il m'avait proposé de l'appeler *papa*. Ce n'était pas sa faute – il avait essayé. Lorsqu'il avait rencontré maman au pub local, où il animait la tombola de viande, et qu'il l'avait épousée, j'étais une enfant agressive de neuf ans. Mick fut à peu près le seul père que j'eus de toute ma vie, mais je ne pus lui permettre d'en être un. Une obscure loyauté envers mon vrai père, peut-être. C'est aussi pourquoi j'avais gardé mon ancien nom de famille, et refusé de porter le sien, Keown. Même s'il m'avait fallu atteindre mes dix-huit ans pour m'apercevoir qu'en réalité Gillis n'était pas mon nom de naissance, maman ayant repris son nom de jeune fille lorsque nous étions parties vivre dans le Devon.

Je m'assis sur le canapé pendant qu'il me préparait du thé. Mick ne cuisinait jamais à l'époque où maman était encore elle-même, et je voyais maintenant qu'il vivait de boîtes de conserve et de plats surgelés. Le lait était UHT. Je m'armai de courage lorsqu'il revint avec le plateau.

— Écoute, je voudrais tout d'abord te présenter mes excuses. Je n'aurais jamais dû t'accabler de reproches quand maman est tombée malade. Je sais que ç'a été dur.

Il s'assit en face de moi, le papa typique dans sa polaire et son jean ample. Mick aurait fait un merveilleux père, si je l'y avais autorisé, si maman et lui avaient eu des enfants ensemble.

— Oh, ce n'est pas grave, ma chérie. Je sais que tu étais bouleversée.

J'avais hurlé contre lui dans le couloir de l'hôpital. Pourquoi n'avait-il rien vu venir ?! Pourquoi n'avait-il pas appelé l'ambulance plus vite ?!

— Je… n'avais pas les idées claires.

Terrorisée à la perspective de perdre le seul parent que j'avais connu.

— Ces choses-là sont imprévisibles, ma chérie. Une minute elle allait bien, assise là à regarder *Rénovation XXL : Bienvenue au château*, et la suivante, elle était par terre dans la cuisine, avec son thé renversé partout.

Je hochai la tête, et nous restâmes silencieux un instant, pensant sans aucun doute à maman, jadis si brillante, si vive d'esprit, et désormais muette à cause de l'explosion qui s'était produite dans son cerveau.

— En tout cas, je suis désolée. C'était un moment affreux.

— Ce n'est rien, dit-il en serrant sa tasse à deux mains avec embarras. Bon alors, comment est la maison ?

— Oh, Seigneur, un vrai désastre ! Nous avons recruté des maçons, mais je ne suis pas certaine qu'ils sachent ce qu'ils font. Ils ont laissé un énorme trou dans le mur.

Il secoua la tête avec désapprobation. Mick n'a jamais concrètement travaillé dans le bâtiment – c'est un ingénieur de métier –, mais il est de ces hommes qui savent bricoler. George et lui ont très peu de points communs, mais Mick met toujours un point d'honneur à lire ses articles afin d'avoir de quoi discuter avec lui. C'est quelqu'un de bien. C'est entièrement ma faute si je ne l'ai jamais accepté.

— Écoute, Mick, ça te dérange si je fouine un peu ? J'ai encore quelques affaires dans les combles, je pense. Ça me semble être le bon moment pour les apporter à la maison.

— Bien sûr, ma chérie. Je te les descends, si tu veux ?

— Oh non, ça ira. C'est plus simple que je jette un coup d'œil là-haut. Je suis sûre que maman ne voudrait pas de cartons qui traînent dans tous les coins !

Nous feignions tous les deux de croire que maman rentrerait à la maison.

Dans un grand tapage, il alla chercher la perche pour tirer l'échelle escamotable, et grimpa pour m'allumer la lumière.

— Ne marche pas entre les poutres, ou tu vas redescendre d'un étage direct !

— Promis.

Les combles étaient éclairés par une faible ampoule qui se balançait, projetant des ombres délirantes sur les murs. Je savais exactement ce que je cherchais. Une boîte qui avait un jour contenu des Tunnock's Teacakes, posée contre le mur du fond, et à présent recouverte d'une fine couche de poussière que j'essuyai. Elle avait été scellée avec du scotch que les années avaient séché et décollé, elle s'ouvrit donc sans peine.

Une pile de coupures de presse, jaunies par le temps. Le gros titre sur la première : « Un homme tué dans les bois en Cornouailles ». Le journaliste citait le nom du bois en question, et du rocher : l'Autel du diable. Il n'avait pas mentionné le village voisin, ce qui expliquait peut-être pourquoi je n'avais pas immédiatement fait le lien, mais je savais qu'il s'agissait de Little Hollow. L'article contenait une photo de l'entrée d'un sentier forestier, celui-là même que j'avais emprunté la veille. Celui-là même qu'un homme avait pris un jour de 1986, pour s'enfoncer dans les bois jusqu'au fameux rocher, où il s'était assis et avait bu du thé dans une thermos lorsqu'une femme s'était approchée, lui avait tranché la gorge, avant d'abandonner son corps là, tandis qu'il se vidait de son sang sur la surface plate en pierre. La femme au couteau s'appelait Janna Edwards, une Tresallick du côté de sa mère, dont la famille avait été, sur plusieurs générations, propriétaire de la maison où je vivais désormais. Et l'homme qu'elle avait tué ce jour-là, égorgé et laissé pour mort, c'était Adam Jeffries.

Mon père.

George

Mes parents sont des gens prévisibles. Je pourrais vous dire précisément ce qu'ils vont commander chaque fois que nous allons au restaurant. Pas de pain pour maman, qui est convaincue d'être intolérante au gluten, et le plat qu'elle estimera le moins calorique. Pour papa, rien d'épicé ni d'aillé, idéalement un blanc de poulet nature. Ma vie avec eux s'était révélée semblable : prévisible, sans risque, parfois ennuyeuse. J'avais grandi dans une maison mitoyenne aux abords de Reading. Papa était comptable, maman ne travaillait pas quand j'étais petit, puis elle avait proposé son aide à mon école primaire et fini par devenir assistante d'éducation. Tous les soirs, j'étais assis entre eux sur le canapé, à boire des tasses de thé et manger des biscuits (maman nous encourageait papa et moi à grignoter autant que nous le voulions, elle ne surveillait que sa propre ligne.) En bon ado lunatique qui se la jouait créatif, je trépignais d'envie de quitter la banlieue. Je me mis à soumettre des critiques de concerts au journal local alors que j'étais encore au lycée, avant de faire une licence d'anglais à l'UCL (je fus recalé à Oxford, OK). Ensuite, ma maîtrise de journalisme en poche, j'acquis une expérience professionnelle dans des magazines de musique (papa et maman payaient mon loyer, comme Helen aime me le rappeler), puis je décrochai un poste fixe dans l'un des quotidiens nationaux. Une ascension sans effort dans un secteur difficile. Jusqu'à ce que tout bascule.

Comme je disais, mes parents sont prévisibles, leur maison est mon refuge, où le papier peint est toujours le même, où ils n'ont pas changé de marque de thé en vingt ans. Où la boîte à biscuits est toujours pleine, où maman gère toujours ma lessive en l'espace d'une soirée. Je fus donc surpris, c'est peu de le dire, lorsque mes parents me révélèrent soudain l'existence d'une maison dont j'ignorais tout, dans la campagne en Cornouailles. Elle m'avait été léguée, semblait-il, et cela se présenta exactement au bon moment. Pas seulement pour Helen, tiraillée entre son désir d'être là pour sa mère sans pour autant abandonner son travail, un travail qui la réduisait lentement en miettes, mais aussi pour moi. Les deux dernières années, j'avais regardé ma carrière, si soigneusement bâtie, fondre comme neige au soleil, et rien de ce que je faisais, ni argumentaire, ni réseautage, ni écriture, ne semblait pouvoir y remédier. Une fois passé le choc initial en apprenant que j'héritais de cette maison, je m'aperçus que c'était le catalyseur que je cherchais. J'allais faire de cette rude découverte un cadeau, et sauver ma carrière dans la foulée.

Helen fut facile à convaincre – elle n'avait absolument pas le temps de penser à l'achat d'une maison, et voilà que celle-ci apparaissait clé en main. Elle pourrait lâcher son travail, puisqu'il n'y aurait aucun prêt à rembourser, et se rapprocher de sa mère. Durant toute la période de Covid, alors que j'étais inactif et me sentais parfaitement inutile, j'avais regardé Helen devenir pâle et maigre, bataillant au quotidien pour sauver des vies, comme plongée dans le sang jusqu'à la taille. Ce serait bon pour nous – et s'il me fallait déformer un peu la vérité pour la convaincre de quitter Londres, ce serait fait avec les meilleures intentions. Je ne pouvais pas précisément lui révéler que j'avais hérité de la maison, en tout cas, pas dans l'immédiat. Je me persuadai que ce n'était qu'un petit mensonge, pour notre bien à tous les deux. Elle comprendrait le moment venu.

La première fois que je vis la maison, j'y montai seul en voiture alors que la nuit tombait. Elle était cernée de longues ombres projetées par les arbres. Des cyprès, d'un vert foncé, d'après moi, qui semblaient absorber la lumière. La maison était imposante – deux étages plus une cave et un grenier, avec un grand jardin. La peinture, d'un profond vert mousse, s'écaillait des portes et des fenêtres, et le toit en ardoise ainsi que les murs en pierre grise étaient jaunis par le lichen. Mais elle m'appartenait, et elle était vieille, et elle pourrait être belle. Je me dis que son histoire et ses anciens propriétaires n'avaient aucune importance. Je ne croyais pas en ces choses-là. C'étaient juste des pierres.

Pousser la porte demanda un effort, bloquée comme elle était par les feuilles mortes et le montant gonflé d'humidité. Je cherchai un nom en particulier dans le courrier, mais ne trouvai rien, seulement des flyers et des prospectus adressés AU PROPRIÉTAIRE. Eh bien, c'était moi à présent. Je prenais possession. Quel mot étrange, avec son double sens. Je parcourus les pièces, retenant mon souffle pour une certaine raison. Tout n'était que crasse, poussière et débris de meubles abandonnés. Dans la cuisine, un équipement des années 1970 et d'étranges bocaux dans les placards. Helen détesterait, je le savais, avec son aversion pour la saleté et le désordre. Mais je pourrais la convaincre. La maison était gratuite, et si nous ne quittions pas bientôt Londres, il serait peut-être trop tard.

Debout devant la cheminée en faïence du vaste salon, j'éprouvai une bouffée d'optimisme. Il découlerait de bonnes choses des terribles révélations que j'avais eues sur mon passé et ma famille, et qui s'articulaient autour de cette demeure. Que mes parents m'en parlent à ce moment précis, je le voyais comme un signe, si vous croyez à ce genre de concept. C'était arrivé à point nommé.

Depuis que nous avions emménagé, cependant, tout se déroulait mal. Comme prévu, Helen semblait contrariée par la maison, son délabrement et sa saleté, et la présence des ouvriers l'énervait ; j'avais pourtant pensé lui faire plaisir en les embauchant aussi rapidement. Je n'avais pas voulu lui avouer combien c'était compliqué de trouver quelqu'un pour travailler sur la maison – dès que je prononçais son nom, on me raccrochait au nez. Et puis, il y eut l'incident de la poupée bizarre dans le mur, le bocal enterré dans le jardin – elle parut plus perturbée par ces objets que je ne l'aurais imaginé. Je trouvais ça juste intéressant ; une bonne matière pour une future histoire, mais Helen était sacrément déstabilisée. Elle s'était même mise à poser des questions sur la maison, sur le montant que j'avais payé, et je n'aimais vraiment pas ça.

Le lendemain de la chute du maçon, Helen s'était encore absentée, pour aller rendre visite à sa mère et son beau-père. Je savais que quelque chose l'avait préoccupée les derniers jours – elle n'avait quand même pas pu découvrir la vérité ? Cette affaire n'était pas si connue, donc, même si elle apprenait le nom de l'ancienne propriétaire, il y aurait peu de chances qu'elle fasse le lien. Ou peut-être était-ce de notoriété publique dans la région. Ou alors quelqu'un du village lui avait-il parlé ; ou Google, tout simplement. Quand bien même, les événements remontaient à très longtemps, et elle n'était pas superstitieuse, ou du moins ne l'avait jamais été. Je me répétai que je le faisais pour son bien – pour notre bien à tous les deux.

L'accident de l'ouvrier avait été effroyable. Je le vis même se produire. Alors assis dans mon nouvel espace de travail – le bureau Ikea à peine assemblé, et mon fauteuil avec ses pieds encore enveloppés de papier bulle –, j'avais senti l'inspiration me consumer. Mes inquiétudes concernant Helen, ma crainte que la vérité n'éclate, tout cela s'évanouit, car j'avais une idée, et elle m'absorbait comme ça ne m'était pas arrivé depuis des siècles. C'était une bénédiction, vraiment, ce genre de focalisation créative, rien que les mots, pas le temps de ruminer ni de s'angoisser pour l'avenir, ou le passé. Juste l'histoire. Mais s'il y avait une chose que je n'aimais pas, c'était que l'on me sorte de ce flux créatif, qui m'avait fui tant d'années. Il y avait du bruit dehors. Un raclement, comme si un gros oiseau s'était posé sur le toit. Plus gros qu'un oiseau. Irrité, je me levai pour aller regarder par la fenêtre. Le gars était de nouveau là, s'affairant sur les tuiles du porche. Fallait-il qu'il soit aussi bruyant ? Je regrettais d'avoir été d'une telle efficacité en engageant des ouvriers aussi vite, même si je savais que Helen ne se contenterait pas longtemps de la cuisine ni de la salle de bains dans leur état actuel. L'épisode de la poupée l'avait vraiment secouée – je devais toutefois admettre que c'était l'amorce parfaite pour mon livre. « C'était juste un morceau de tissu avec des yeux en boutons. Et, bien sûr, les gros clous plantés dans son corps en chiffon. Une poupée maléfique. Une malédiction, en quelque sorte. » Je tapai encore quelques lignes.

Un autre bruit éclata. Je ne pouvais décidément pas travailler dans ces conditions ! Avec des sifflements de perceuse, des coups de marteau et le grésillement de la musique qu'ils mettaient sur leur téléphone ! Je me relevai et croisai soudain le regard de l'ouvrier. J'ignore ce qui arriva ensuite – il semblait parfaitement en équilibre sur la pente du toit, comme s'il en avait l'habitude. Puis une expression traversa son visage, il blêmit, et son corps parut s'affaisser. *Il va tomber !* Je m'avançai brusquement. Mais que pouvais-je faire depuis mon poste d'observation ? Il glissa, lentement, sans même tenter de se rattraper, et heurta le sol dans un craquement qui fit vibrer les objets sur mon bureau.

Je courus à la fenêtre, juste à temps pour voir son corps plonger, puis se chiffonner comme un tas de tissu par terre. Tremblant, je sortis mon téléphone, tandis que j'entendais les deux autres ouvriers courir vers lui en criant. Pas de réseau. Nous étions si isolés que je ne pouvais même pas appeler les secours.

Voici le tableau : j'avais quitté le journalisme en me plantant de façon spectaculaire, et, de mon point de vue, je n'avais qu'un moyen de revenir. Il fallait que j'écrive un livre. Quelque chose de pertinent, une non-fiction percutante qui, idéalement, me propulserait dans les meilleures ventes et les interviews des éditions du dimanche. À partir de là, je pourrais négocier mon retour en tant qu'éditorialiste. Payé des milliers de livres à pisser une idée par semaine. Les caisses en libre-service ne sont-elles pas bizarres ? N'est-ce pas gênant d'avoir affaire à une femme de ménage ? Ce genre de conneries pour petits-bourgeois.

Je n'ai pas dit que ce plan serait facile. Juste que c'était ma seule issue. Pendant presque un an, j'avais cherché une idée, ratissé Google jusqu'à en avoir les yeux brûlants, passé des heures à écumer la bibliothèque de Londres, avant de m'apercevoir que je ne pouvais plus me permettre la cotisation. Helen, parce qu'elle était épuisée et ne prêtait plus la moindre attention à nos finances, m'avait laissé tenir les cordons de la bourse ces deux dernières années, et, bon, celles-ci n'étaient pas au meilleur de leur forme. Un peu comme le carré de jardin qu'elle m'avait également chargé d'entretenir, aujourd'hui étouffé par les mauvaises herbes, avec son banc moisi et son eau stagnante qui s'accumulait dans des détritus qu'apportaient les renards. J'avais essayé. J'avais même écrit le début de plusieurs livres, des échantillons de chapitres, et tant d'ébauches de commencements de projets que j'aurais pu redécorer toute la maison avec. Les scandales littéraires à travers les âges. La biographie d'un obscur aristocrate qui avait été espion pendant la guerre. Celle d'un prestigieux rédacteur en chef de Fleet Street, qui aurait été fascinante pour moi, et allez, disons dix autres personnes dans les médias britanniques. Une dizaine de théories différentes sur la musique moderne, le cinéma actuel, la santé mentale, le Brexit. J'avais soumis toutes ces propositions à plus d'agents et d'éditeurs que je ne l'avais dit à Helen, car je préférais qu'elle me voie comme un feignant déprimé plutôt qu'un raté. Un agent, un type à pantalon rouge prénommé Roland, était allé jusqu'à m'emmener prendre un café, m'avouant qu'il avait beaucoup aimé mes articles de l'époque où l'on m'en commandait encore.

— C'est une honte ce que vous avez subi, mon vieux. Pas de bol, vraiment.

— J'essaie de revenir, mais c'est compliqué.

— Ouais, c'est coton d'être un homme blanc de nos jours. On ne peut rien dire, hein ? Tout ce qu'ils veulent, c'est de la « diversité », avait-il dit en esquissant des guillemets amers dans les airs.

Cela m'avait fait tiquer, mais je m'étais tu, en me détestant.

— Alors qu'est-ce que vous... Vous pensez que j'ai une chance ?

Je n'avais pas parlé de ce rendez-vous à Helen, mais les jours précédents, je m'étais senti soulagé et excité à mesure égale. Il allait m'embaucher, forcément, il n'aurait pas pris la peine de me rencontrer sinon. Le vent tournerait, et ce ne serait pas trop tôt.

Il s'était calé au fond de son siège, retroussant sa jambe de pantalon pour révéler des chaussettes extrêmement voyantes.

— Le truc, c'est que si vous êtes en effet un homme blanc, de classe moyenne, issu de la banlieue de Londres, sans histoire larmoyante ni diversité à incarner, eh bien… les gens veulent-ils encore écouter votre point de vue ? À moins que vous ayez des compétences vraiment uniques. Ce gars avec ses bouquins de géographie s'en sort très bien.

Avais-je des compétences ? J'avais été un journaliste classique, maîtrisant autant la musique que le cinéma, la politique et les ragots people. Aucune spécialité autour de laquelle écrire un livre. Et puis, mes parents m'avaient offert ce qui était, selon le prisme par lequel vous le regardiez, un merveilleux cadeau, ou une terrible malédiction. Dans les deux cas, c'était une histoire, exactement ce dont j'avais besoin. Pour que ça marche, nous devions emménager dans la maison, ce que nous fîmes. Helen fut étonnamment disposée à quitter Londres. Je pense qu'elle avait simplement renoncé, brisée par des années et des années à s'éreinter au travail pendant que j'étais sur mon ordinateur chez nous. Sans parler des espoirs secrets de grossesse que nous n'abordions pas vraiment, mais qu'elle nourrissait, je le savais. Être hors de Londres, et se retrouver plus d'une heure par jour au même endroit, ça ferait forcément la différence. Mais maintenant nous étions ici, et les étranges événements, l'hostilité des gens du coin, les poupées maudites dans le mur, les maçons fumistes, tout cela commençait à l'atteindre… mais constituait aussi un très bon sujet. Je devais juste la persuader de rester.

Le lendemain de l'accident, j'attendis que Helen sorte la voiture, et reculai mon fauteuil pour aller enfiler le stupide imper jaune qu'elle m'avait acheté. J'étais encore secoué, dès que je fermais les yeux, par le souvenir de cette chute, de ma réactivité insuffisante pour empêcher qu'il... Je n'arrivais pas à me poser pour écrire, j'allais donc plutôt effectuer des recherches. Je me rendis tranquillement au village, traînant dans les rues calmes aux volets clos, avant de pousser la porte du pub. Si jamais Helen m'avait aperçu, elle aurait juste pensé que j'abusais à nouveau de l'alcool. Il y a des avantages à être considéré comme un idiot à problèmes, ce que je suis assez souvent, pour être honnête.

Martin était derrière le bar, et regardait les courses hippiques avec un journal et le son baissé. Il hocha la tête vers moi. Pas d'amabilité outrancière à Little Hollow. Je l'avais vu plusieurs fois quand j'étais venu visiter la maison, mais il n'en était pas devenu plus chaleureux pour autant.

— Eh, un demi, s'il vous plaît.

L'alcool de midi, comme au bon vieux temps. Avant, le journalisme consistait essentiellement à bavarder au pub et faire le pied de grue sous la pluie ; aujourd'hui, ça se résumait à du putaclic et au ratissage d'Instagram. Un demi ne me ferait pas de mal. Je montai d'un bond sur le tabouret, et Martin reposa à contrecœur son journal.

— Votre dame est passée l'autre jour.

— Oh ?

— Elle pose des questions sur la maison. À qui elle a appartenu, tout ça.

Ah ! C'était donc ça qu'elle fabriquait – pour essayer d'en savoir plus sur la poupée, imaginais-je.

— Ouais ?

J'avais été obligé de lui confier que je connaissais l'histoire de la maison, ou je n'aurais pas pu avancer dans mes recherches.

Il m'adressa un regard noir.

— Elle ne sait pas. (C'était une affirmation.) Qui vivait là-bas.

— Je ne voyais pas l'intérêt de l'inquiéter, non. C'est juste une maison, après tout, on s'en moque de qui l'a habitée.

— Pas nous, répondit-il, la voix teintée d'une légère amertume. Ça ne fait pas si longtemps, tout de même.

— Vous êtes certain de ne rien pouvoir me dire d'autre ? Sur… ?

— Je vous le répète. Je suis arrivé dans le village seulement à cette époque. Je l'ai à peine connue.

— Eh bien, la maison est à nous, maintenant. Nous allons la retaper, et ce sera bien plus agréable pour le village qu'un vieux tas de ruines.

— J'ai entendu qu'un des gars de Bob était tombé de votre toit.

— Ouais, un coup dur. Ils n'utilisent pas de harnais, vous savez ! Ils se contentent de grimper là-haut.

— Bob dit que les tuiles étaient instables.

— C'est une maison ancienne. Écoutez, c'est affreux, ce qui est arrivé, mais je partais du principe qu'ils savaient ce qu'ils faisaient.

Il grogna.

— Vous feriez mieux d'être prudent, c'est tout. Bob raconte des choses.

— Quel genre de choses ?

— Qu'il y a peut-être un souci de responsabilité. Quelques billets à se faire dans l'histoire.

— C'est insensé !

Était-ce le prochain chapitre : les gens du village allaient encore plus se liguer contre nous, convaincus que nous avions fait du mal à l'un des leurs ? Les Londoniens égoïstes, qui démolissaient les lieux, comme une version moderne de Tom et Daisy Buchanan. *C'étaient deux êtres parfaitement insouciants.* Mais ce n'était pas notre cas. Helen était la personne la plus consciencieuse que j'aie connue. Bien sûr qu'elle creuserait l'histoire de la maison ; j'avais été stupide de penser le contraire. J'avais oublié que cette apathie dans laquelle elle s'était renfermée les deux dernières années n'était pas son état naturel, juste le résultat d'un épuisement extrême. Mais, au pire, elle apprendrait qu'elle vivait dans la maison d'une meurtrière. Il était impossible qu'elle découvre comment je l'avais obtenue.

— Le truc, poursuivit Martin avec une fausse décontraction, c'est que cette maison n'a jamais été mise en vente, ça, je le savais.

— C'était une vente privée.

— Je ne crois pas. Les Tresallick, elles ont toutes dû promettre à leur arrière-grand-mère que la baraque ne sortirait jamais de la famille ; une femme de sagesse, qu'elle était… Un peu sorcière. On dit qu'elle avait jeté des espèces de… sorts maléfiques ou de protection sur les lieux. Elles ne l'auraient jamais vendue.

Il riva les yeux sur moi. Il ne pouvait pas savoir, impossible.

— Écoutez, j'essaie juste de préserver mon épouse. Elle a passé une sale période pendant le Covid. Elle bossait au service de réanimation, elle a perdu énormément de patients.

Je voulais l'amener dans un chouette endroit, mais sans la perturber en lui racontant le passé de la maison.

Il s'attendrit légèrement.

— Des héros, tous ces gens-là.

— Je ne voulais simplement pas l'inquiéter. C'est une jolie maison – du moins elle a du potentiel –, et elle désirait se rapprocher de sa mère. En vérité, elle est d'ici, Helen, vous savez. Enfin, du Devon.

Je voulais lui montrer que nous n'étions pas de parfaits étrangers dans la région, malgré mon accent des abords londoniens.

Il parut suspicieux.

— C'était quoi son nom de jeune fille, déjà ?

Ne lui dis pas. Je m'aperçus, sans savoir pourquoi, qu'il valait mieux ne rien révéler d'autre sur Helen.

— Euh, elle n'a pas de nom de jeune fille, mon gars. Elle est médecin, pourquoi est-ce qu'elle porterait le mien ?

Il se retira alors en marmonnant quelque chose, sans aucun doute sur cet affreux féminisme rampant.

— Ne faites pas attention à oncle Martin, c'est un vrai ronchon.

Je levai les yeux et vis une jeune femme derrière le bar, avec des mèches roses dans les cheveux.

— Pardon d'être indiscrète, mais vous avez bien dit que vous aviez emménagé dans l'ancienne maison de Janna Edwards ? Vous êtes le mari de Helen ?

— Euh, ouais.

— C'est trop cool, que vous viviez là-bas.

Je clignai des yeux – je ne m'étais pas attendu à cette réaction.

— Vous trouvez ?

— Eh bah, ouais. C'était une authentique sorcière, vous savez. Une vraie de vraie.

— Mais… une meurtrière, aussi, donc voilà.

Je le prononçai comme si cela ne signifiait rien pour moi. Elle plissa les yeux en essuyant la base des tireuses à bière.

— Uniquement si vous croyez qu'elle était coupable.

— Oh… est-ce que… les gens pensent qu'elle pourrait être innocente ?

Mon cœur battait la chamade. Au début, quand j'avais appris la vérité, j'avais voulu croire à ça : une erreur judiciaire, une terrible méprise. Mais sa condamnation s'était avérée si irréfutable, et sa peine si longue, que mes espoirs s'étaient vite évanouis. Et elle avait avoué, non ?

— Il n'y a aucune preuve concrète, vous savez ? Pas de témoins. Et les gamines mortes… Eh bien, elle n'était même pas sur les lieux à ce moment-là, elle a toujours affirmé qu'elle n'avait rien à voir avec ça. Ce sont des preuves circonstancielles, au mieux. J'ai écouté des podcasts là-dessus.

Ah ! Une fan d'histoires criminelles. Je les aurais méprisés à une époque, ces zozos-là, et pourtant, voilà que je tentais d'écrire un livre précisément de ce genre.

— Et la sorcellerie, vous y croyez ?

— Bien sûr. Je la pratique aussi. Enfin, je suis juste un bébé sorcière, mais j'ai de plus en plus de followers sur WitchTok. Je suis @L'ApprentieWiccane. (Je la regardai d'un œil vide.) Vous savez, WitchTok, c'est une sous-communauté de TikTok.

Je ne voyais que vaguement ce qu'était TikTok.

— Ah oui, d'accord. (Il me vint une idée.) Écoutez… désolé, comment vous appelez-vous ?

— Cara.

La nièce de Martin, supposai-je.

— Vous n'avez pas grandi dans la région ?

Elle n'avait pas l'accent cornique, plutôt écossais.

— Non, mais on y venait tout le temps, et ensuite, quand j'ai quitté l'école, oncle Martin a dit que je pouvais venir vivre un peu ici. C'est le frère de mon père.

— Donc vous connaissez du monde au village.

N'étant pas du coin, je sentais qu'il y avait une limite à ce que les gens voudraient bien me confier. De plus, j'étais un peu ignorant en matière d'histoires criminelles, sans parler de sorcellerie.

— Dites-moi, Cara, ça ne vous intéresserait pas d'effectuer un petit travail de recherche ? J'écris un livre, voyez-vous. Sur l'affaire. Je suis journaliste.

Elle hocha la tête avec enthousiasme.

— Bon Dieu, ce serait génial, c'est tellement chiant ici en hors saison. Je peux vous envoyer des podcasts, aussi. (Elle sortit son téléphone de son jean baggy et me le tendit.) Enregistrez votre numéro là-dedans.

— Hum… OK.

Je m'exécutai, me demandant si ça paraîtrait louche à son oncle qui me regardait déjà de travers. Elle ne devait pas avoir plus de vingt ans.

— Vous pensez vraiment qu'elle était innocente… Janna ?

Prononcer son prénom à voix haute me suscitait encore un frisson.

— Je pense qu'il existe des preuves qui l'indiquent. C'est classique, non, d'accuser une femme de sorcellerie juste parce qu'elle sait piler trois brins d'herbes. Mais, en réalité, personne ne peut savoir ce qui s'est déroulé dans ces bois. Et, dans les deux cas, elle n'aurait jamais dû écoper de *cinquante* ans. Même si c'est bien elle qui l'a tué.

J'étais de son avis – la punition semblait extrême.

— Eh bien, merci pour les infos. Je vous enverrai un message, et nous pourrons discuter du paiement.

— Ça doit être teeeellement flippant de vivre là-bas, lança-t-elle d'un ton mélancolique. On s'y introduisait quand on était petits, mais sans jamais dépasser l'entrée. Tout le monde disait qu'elle nous jetterait un sort, depuis l'au-delà.

— Non, non, c'est juste une vieille maison.

Je sentais que Cara perdrait la tête si je lui racontais l'épisode de la poupée maléfique dans le mur.

Je vidai mon verre et quittai le pub. Que dirait Helen, si elle savait ce que je manigançais ? L'idée de la perdre, ou même de porter atteinte à notre mariage, me rendait malade. Mais une part effroyable de moi-même, ce fameux « éclat de glace » dont parle Graham Greene, se demandait déjà comment insérer l'élément suivant dans le livre : ... *C'est alors que mon couple commença à s'effondrer sous le poids des secrets.*

Je traversai le village, désert, et j'observai tristement le petit café, fermé pour l'hiver. J'aurais tué pour un cortado, mais je n'en aurais sans doute pas trouvé à moins de vingt miles de là. Bientôt, j'arrivai au rivage où il n'y avait plus rien à regarder. Tandis que le vent soufflait autour de moi et brassait la mer grise, je m'abritai sous un arrêt de bus et j'appelai Andy. Lorsque sa photo apparut à l'écran, je pris conscience que j'aurais dû modifier sa fiche sur mon téléphone. Quelques années auparavant, il avait décidé d'utiliser son véritable prénom, Anoj, estimant que sa consonance tamoule n'était plus l'obstacle qu'elle avait pu constituer pour réussir dans le journalisme. En effet, Roland, l'agent, aurait probablement déclaré que c'était un avantage. Mais je l'avais toujours connu sous le prénom d'Andy, depuis que nous nous étions rencontrés en faisant nos maîtrises à la City University, et l'habitude était dure à perdre.

Son visage apparut sur mon écran, et je vis qu'il était dans un café animé, ses Beats sur les oreilles, une belle veste en cuir enveloppant sa maigre silhouette, et j'en fus presque viscéralement jaloux. Même s'il s'était marié, à la drôle et sexy KC, et qu'il avait un bébé, Lola, Andy n'avait jamais perdu son côté cool. Il avait toujours tous les derniers vinyles sortis, continuait d'aller dans les boîtes branchées, et connaissait le meilleur endroit où déguster la cuisine tendance du moment (mongole, d'après son dernier article pour *GQ*). Il signait des papiers à la chaîne, et faisait partie des rares journalistes qui gagnaient assez pour contracter un prêt immobilier dans la zone 2 de Londres. KC avait une entreprise de yoga pour bébés, ou quelque chose comme ça. Pendant ce temps-là, Helen et moi avions passé des années dans un appartement délabré en location, et elle se tuait à la tâche. Et même si nous essayions depuis longtemps, pas de bébé Lola pour nous.

Je m'efforçai de ravaler ma jalousie. Après tout, nous avions une maison à présent, et peut-être que le reste suivrait.

— Salut, mec, dis-je.

— Tu es où, dans une soufflerie ?

La brise sifflait virulemment dans mes écouteurs bas de gamme. Je voulais des Beats, mais Helen les trouvait ridicules.

— Presque. Il fait un peu frisquet hors saison.

— Comment se passe la fuite à la campagne ?

— Eh bien, la maison est un peu… Elle a besoin de travaux. Mais j'écris.

— C'est fabuleux !

Andy, plus que quiconque, avait été témoin de mon désespoir croissant concernant ma carrière. Il compatissait et essayait de m'aider, mais il était difficile d'apporter votre soutien lorsque vous aviez exactement ce que l'autre personne désirait. La jalousie s'était insinuée entre nous, et avait distendu notre amitié. Peut-être la distance aiderait-elle.

— Alors, c'est plutôt long, ou…

— Je pense à un livre.

Andy en avait déjà publié deux, un sur l'expérience d'être anglo-asiatique, et l'autre sur l'histoire de la britpop, dont j'étais follement envieux. Ça lui avait permis de passer tout un après-midi en compagnie de Liam Gallagher. Mais je détenais quelque chose à présent, un truc énorme. Personne au monde ne pouvait écrire le livre que je gardais sous le coude.

— C'est génial… Sur quel thème ?

— Hmm, j'y réfléchis encore. C'est plutôt personnel. Du genre mémoires.

— Ouais, ouais, il y a un marché propice pour ça.

Il pensait probablement que je parlais d'un nouveau récit sur ma santé mentale. Comment je restai au lit une semaine entière jusqu'à ce que ma femme me dise que je puais et que je devais prendre une douche, sinon elle me donnerait un bain à l'éponge. Comment ma candidature à un job de livreur Deliveroo avait été rejetée. Mais non, j'avais mieux que ça.

— Qu'en pense Helen ? s'enquit-il.

— Hmm, ouais, je ne lui en ai pas encore parlé. C'est, disons… au sujet de la maison. En partie, du moins.

— Ah, ah ! Le « retour aux sources », ça marche toujours… Quel ton ? Humoristique ?

— Pas vraiment. (Ce serait difficile de trouver le ton adéquat.) Peut-être un peu plus… enquête criminelle.

— Ah ouais ?

Il semblait perplexe, à juste titre. Ça faisait beaucoup d'éléments différents à caser dans un seul livre.

Je pouvais lui raconter. L'histoire entière, tout ce que je cachais à Helen. Mais je n'étais pas prêt à encaisser sa confusion, son jugement en apprenant que j'avais menti à ma femme. Le regard altéré qu'il porterait peut-être sur moi, une fois qu'il saurait la vérité.

— Est-ce que tu as déjà entendu parler de l'affaire Janna Edwards ?

— Ça me dit quelque chose, peut-être bien.

Andy n'avouerait jamais qu'une histoire lui avait échappé. Je percevais des clics, et devinais qu'il était en train de googler celle-ci sur son ordinateur portable au moment même où nous parlions.

—Ah oui. Triple meurtre dans un village de Cornouailles – c'est le tien ?

—Ouais. Little Hollow.

—Et est-ce que… Attends, il y a un rapport avec la maison ?

—Elle y vivait.

—Sans déconner. Tu as acheté la maison d'une meurtrière ?

—Ouais. (Mensonge, mais il ne pouvait pas savoir ce que Helen ignorait.) Tu penses que je tiens une histoire ?

—Tu veux dire, en racontant que tu as découvert par hasard que tu avais acheté la baraque d'une criminelle, ce genre de chose ?

—C'est l'idée.

Et le reste, le lien unique et intime qui me rattachait à elle.

—Mais ce n'était pas un accident, je présume ?

—Eh bien… non. Mais l'intrigue est meilleure si je le découvre après coup.

—Est-ce que *Helen* est au courant ?

—Hum, pas encore. Écoute, je ne voulais pas l'inquiéter inutilement. Tu sais qu'elle en a bavé ces derniers temps.

—Je sais, je sais. Mais… hum. OK, mec. Je suis persuadé que tu sais ce que tu fais. Quel est ton angle d'attaque – la réouverture du dossier ? Il y a un rebondissement, là, genre, ce n'est pas elle la coupable, finalement ?

J'aurais aimé être sûr de moi.

—Seigneur, je ne sais pas. Elle a avoué le premier meurtre, alors elle l'a probablement commis. Mais elle a toujours clamé qu'elle n'avait pas empoisonné les filles. Et l'homme… Eh bien, elle a dû le tuer pour une bonne raison, je suppose. Tu ne te lèves pas un matin en décidant d'égorger quelqu'un.

—Non. J'imagine.

Andy semblait incertain, et je commençais à regretter de lui en avoir parlé.

— Et puis je me disais que je pourrais faire le parallèle avec, tu sais, ce qui m'est arrivé. La chasse aux sorcières que j'ai subie, et le fait qu'on l'accusait de sorcellerie.

J'entendais Andy hésiter.

— Quoi ? demandai-je avec irritation.

— Oh, rien. Ça fait juste beaucoup à digérer.

— Tu penses que ça ne fonctionnerait pas ?

— Oh, si. C'est juste que…

— Quoi ?

— C'est délicat de trouver le ton juste. De ne pas donner l'impression que tu… enfin, de nier ce qu'elle a vécu. Emylia. Ce qui s'est passé.

— Mais je le nie ! Elle s'est complètement méprise sur mes propos.

— OK, OK. Mais tu penses que les gens vont le croire ?

— Je pensais que toi, au moins, tu le croyais.

Je parlais à présent d'un ton glacial.

— Bien sûr que oui. Je parle juste… du public. Des médias.

Ne faisions-nous pas tous deux partie des médias ? Ou lui, du moins. Était-il en train de dire qu'il n'avait pas confiance en ma version des événements ?

— Écoute, mec, poursuivit-il, c'est tellement génial que tu te remettes à écrire. Et c'est une bombe, ton histoire. Vraiment inédite. Seulement, je ne veux pas que tu y laisses des plumes une fois de plus.

J'étais contrarié – il m'avait gâché mon plaisir, et je n'étais plus persuadé que ce livre soit le coup de baguette magique que j'avais espéré.

— Bien sûr.

— Désolé, mec, c'est juste que…

— T'inquiète, t'inquiète, ce sont les prémices, etc. Bon, et toi, comment tu vas, ça roule la petite famille ?

Argh, je me détestais d'avoir dit « ça roule ».

— Fabuleux. Lola a fait ses premiers pas ! Et KC s'en sort à merveille avec son activité.

Andy est l'exemple même des hommes qui sont populaires sur les réseaux sociaux en mettant leur femme en avant. Helen et moi nous envoyions en secret des captures d'écran de ses tweets pour nous faire rire. Enfin, quand elle avait encore le temps d'aller sur Twitter. KC est une influenceuse sur Instagram, son fil est une cascade de poses de yoga, de photos de bébés et de citations inspirantes. De chignons soigneusement décoiffés, de leggings moulants, d'amour et de lumière. Malgré cela, j'ai beaucoup d'affection pour elle.

— Et Helen se fait bien au déménagement ? demanda Andy.

— Elle… Bon. C'est un peu dur pour elle de ne plus travailler, peut-être. La maison est plus délabrée qu'elle ne le pensait, j'imagine. Mais elle sera magnifique, une fois finie. Les maçons s'y sont déjà mis.

Enfin ils ont démoli notre cuisine avant de disparaître, mais je n'allais pas lui raconter ça. Je devais passer une petite couche de vernis sur l'ensemble, au moins pour me convaincre que j'avais fait le bon choix en nous amenant ici, en laissant notre vie londonienne derrière nous. J'aurais aimé être celui qui était assis dans ce café super cool, en train de rédiger un article sur les nouvelles tendances de la vie nocturne. Un article qui serait imprimé sur le papier glacé d'un magazine diffusé chez tous les marchands de journaux du pays. Un article avec sa photo. Une enfant adorable. Tout ce qu'il avait, je le voulais. Mais il y en avait assez pour tout le monde, non ? Je n'avais pas besoin de le jalouser.

Je n'avais plus envie de lui parler.

— Je ferais mieux d'y aller, mec, il faut que je m'y remette. Et il commence à pleuvoir ici.

— Eh bien, ç'a l'air absolument ravissant. Mieux vaut ne rien montrer à KC – elle me harcèle depuis des années pour qu'on achète un cottage à la campagne. Je crois qu'elle veut baratter son propre beurre ou je ne sais quoi.

Il s'esclaffa. Il faudrait une attaque nucléaire pour qu'il sorte de la zone 2 ; avant, je pensais être pareil. En vérité, il y avait un tas de choses que j'ignorais sur moi-même.

Nous nous quittâmes là-dessus et, après avoir raccroché, je contemplai ce village aux volets clos sous la pluie, démoralisé. Il y avait si peu de vie dans les environs. J'avais fantasmé de longues heures au pub, des soirées ciné à la salle des fêtes, des danses folkloriques et des conneries du genre. Mais hors saison, tout le monde semblait se retrancher, tirer ses rideaux et regarder la télé. Et la nôtre n'était pas branchée, ni même sortie de son carton. Je me demandai où était Helen. Peut-être aurais-je dû aller voir Mick avec elle, leur dernière entrevue s'était révélée tendue. Je ne devais pas la négliger – Helen m'avait sauvé la mise à d'incalculables reprises. Avec ce déménagement à la campagne, j'espérais pouvoir lui rendre la pareille.

Janna Edwards est née en 1956 dans le petit village de Little Hollow, en Cornouailles. Rien dans ses premières années ne présageait qu'elle deviendrait si tristement célèbre. Elle s'occupait de sa mère, atteinte de sclérose en plaques, travaillait en tant qu'assistante d'éducation à l'école primaire locale, et, sur son temps libre, elle préparait des potions à base de plantes pour soigner diverses affections, d'après des recettes transmises par sa grand-mère, Alice Tresallick. Il n'y eut jamais d'hommes Tresallick, me précisa un villageois. Ils ne restaient simplement pas longtemps dans les parages. Le père de Janna, dont elle tira le nom d'Edwards, s'était attardé le temps d'épouser sa mère, Eve, mais il avait déguerpi lorsque Janna avait cinq ans, et la communauté la voyait comme une femme Tresallick. Forte, compétente. On la disait capable de guérir la goutte et l'insomnie, de mettre au monde des bébés et des agneaux, et même de proposer des sortilèges d'amour. De vengeance, aussi, affirmaient certains, même si elle n'aimait pas le faire. « Le mal peut se retourner contre vous », disait-elle toujours. Elle lisait les cartes de tarot, possédait des cristaux, pratiquait des rituels de pleine lune et dressait des horoscopes. De la petite sorcellerie d'un genre redevenu populaire (regardez WitchTok, si vous voulez avoir l'impression d'être un dinosaure). Mais, lorsque

Janna fut envoyée en prison pour un triple meurtre, tout éclata au grand jour. Les journaux crièrent aux rituels sataniques. Au sacrifice de sang. Aux offrandes humaines. Peut-être parce que Janna ne fournit jamais aucun mobile. Elle n'expliqua jamais pourquoi un beau jour d'Halloween, en octobre 1986, elle suivit un homme dans les bois aux environs de Little Hollow pour lui trancher la gorge. L'affaire reste entourée de mystères et de rumeurs.

Ce livre va changer tout cela. Et j'espère qu'au passage il nous aidera à comprendre comment Janna Edwards, que tout le monde connaissait comme une jeune femme attentionnée, pragmatique et légèrement mystique, a pu commettre des crimes d'une telle brutalité.

Assis à mon bureau, je me reculai du Mac, m'apercevant que je respirais bruyamment. Cela faisait longtemps que les mots n'avaient pas ainsi jailli de mes doigts, et je voyais s'ouvrir devant moi la voie sur laquelle poursuivre. J'avais téléchargé les comptes-rendus d'audience avant que nous quittions Londres, ce qui m'avait donné une liste potentielle de personnes à interviewer. Maintenant que j'avais rencontré Cara, je pouvais lui envoyer le nom des gens que je voulais retrouver, et je pourrais ensuite me concentrer sur la rédaction proprement dite, l'âme du livre. Ses allusions avaient suscité chez moi un sentiment complexe, que j'identifiai comme de l'espoir. L'idée que tout le monde ne condamnait pas Janna, que tout le monde ne pensait pas qu'elle avait commis des actes aussi effroyables. Il est vrai qu'elle avait toujours nié avoir tué les filles – leurs morts auraient pu être accidentelles. Mais l'autre – l'homme égorgé ? Aurait-elle pu avoir un mobile pour son meurtre ? La légitime défense, ou autre chose ? Ou y avait-il une autre explication – quelqu'un qu'elle protégeait ?

Je pris conscience que je tremblais d'énergie, d'excitation, d'émoi. Oui, c'était un sujet douloureux à coucher sur le papier, et ma vie ne serait plus jamais la même si ce livre était publié. Je ne savais pas comment Helen réagirait, et j'imaginais comment je plaiderais ma cause : *Il fallait que je le fasse. J'avais simplement besoin de comprendre.* Cela exhumerait de mauvais souvenirs pour les gens du coin aussi, des événements qu'ils avaient tenté d'oublier. Peut-être ne nous serait-il même plus possible de rester habiter ici. Mais je verrais le moment venu ; pour l'heure, je devais juste continuer d'écrire.

Qu'Adam Jeffries fasse les gros titres était une chose tout aussi imprévisible. Un garçon brillant, né sur la côte du Kent, il avait étudié à l'université de Bristol, avant de retourner à Londres pour suivre une formation d'enseignant. Il s'y était marié et avait vite été nommé directeur d'une école primaire à Camden. Mais c'est alors que le mystère commence – il n'y travailla qu'un trimestre avant d'accepter un poste moins bien payé à la petite école communale de Little Hollow. C'est là qu'il croisa la route de Janna Edwards, l'assistante d'éducation, une conjonction fatale à l'issue de laquelle leurs vies seraient à jamais anéanties.

Je m'interrompis pour prendre une gorgée de mon café instantané, à présent froid (la cafetière était encore dans un carton quelque part), et me demandai si je n'exagérais pas un peu. Conjonction fatale ? Oh, bon, je pourrais toujours rectifier ça plus tard.

La première fois que je rencontrai Helen, je ne me souvins pas d'elle. Elle aime me taquiner à ce sujet, sur le fait qu'elle sut immédiatement que j'étais « le bon », alors que je ne me rappelais même pas ce moment. Pour ma défense, j'étais ivre mort. C'était à l'UCL, où elle faisait médecine et j'étudiais l'anglais, nos chemins n'étaient donc vraiment pas censés se croiser de la sorte. J'étais au bar de l'union des étudiants, et je venais de remporter un débat dont la question était de savoir si le Royaume-Uni aurait dû ou non participer à la guerre en Irak. Ma victoire avait été retentissante, et si je n'étais pas sorti de la chambre parlementaire porté sur les épaules d'un public conquis, j'avais tout de même été abreuvé d'applaudissements, de tapes dans le dos et de shots par des étudiants libéraux de gauche. Même si ce que je pensais ne changeait rien, moi le gamin chatouilleux affublé d'une vieille veste militaire, qui se faisait pousser une barbe de Che Guevara sans voir l'ironie de la chose – nous étions en guerre, de toute façon. Tout ça pour dire que j'étais bourré. Je chancelais vaguement dans un coin sur du Oasis, pendant que mon partenaire de débat, Matt, était parti aux toilettes, ou payer d'autres shots, ou je ne sais quoi. C'est alors qu'elle arriva vers moi.

Je m'en souvins plus tard, lorsqu'elle me rafraîchit la mémoire, et que je pris conscience de l'importance qu'avait eu cet instant pour le reste de ma vie. La légère pression de quelqu'un passant devant moi en s'appuyant sur mon bras pour aller au bar. Le moelleux furtif de ses seins dans une chemise en flanelle – Helen s'est toujours habillée simplement, même à l'époque. Un halo de cheveux roux, un maquillage minimaliste, une odeur de rose.

— George, c'est bien ça ?

— Hm-hm.

Je pouvais à peine parler à ce stade, alors, selon Helen, je me contentai de pointer les doigts en pistolet, lâchant mon gobelet de bière dans la foulée. Ça la fit rire. Je me rappelle ce son, frais et cristallin comme une clochette.

— Ah ouais, quand même ! Eh bien, George... on discutera une autre fois.

Je finis la soirée en vomissant dans un parterre de fleurs et sans jamais retrouver mes chaussures – somme toute, ce fut un excellent moment. Le lendemain matin, j'étais au resto U, tentant de dessoûler avant mes TD sur Chaucer à 9 heures, avec deux sandwichs saucisse-ketchup et quatre cafés versés dans une grosse tasse de voyage en métal, lorsque quelqu'un arriva et s'assit à côté de moi. Un halo de cheveux roux, une odeur de rose.

— Salut ! Pas trop mal au crâne ?

J'avais dû esquisser un sourcillement révélant que je ne la remettais pas, car elle poussa ce même rire de clochette.

— Tu ne te souviens pas de moi ?

— Je... Peut-être vaguement. Désolé, j'étais cuit.

— Et l'homme de la soirée, apparemment.

Ce jour-là, elle portait un pantalon en velours côtelé bleu marine et un sweat-shirt de l'université. La plupart des filles de la fac étaient assez glamour, avec des cheveux brillants et de longs cils, elle retint donc un peu mon attention. Comme la statue d'une sainte, pâle et robuste, ses cheveux la nimbant telle une auréole.

— Moi, c'est Helen, au fait.

— George.

— Bah, je le *sais*, déjà.

Sa façon de le prononcer, comme si j'étais quelqu'un d'important, fit bondir mon cœur.

— Qu'est-ce que tu étudies ? m'enquis-je.

— Je fais médecine. J'ai un cours magistral à 9 heures, donc voilà.

Elle mangeait des flocons d'avoine et une banane. Depuis toujours, elle est aussi obsédée par son hygiène de vie que je suis négligent concernant la mienne. Je me demandais à l'époque – et c'est encore le cas – ce qu'elle me trouvait.

— Et toi ?

— Anglais. Et oui, je connais toutes les blagues du type : pourquoi un étudiant en anglais ne tire pas les rideaux le matin ?

— Pour avoir un truc à faire l'après-midi ?

— C'est bien ça.

Son rire à nouveau. J'avais envie de l'entendre en permanence. Malgré mes aisselles moites, ma bouche pâteuse et l'horreur existentielle de ma gueule de bois, Helen me mettait de bonne humeur. Elle se leva alors, en vidant son thé d'un trait.

— Bon. Il faut que j'aille démembrer un corps.

— Est-ce que j'ai dit quelque chose qui t'a énervée, ou… ?

Un autre éclat de rire.

— À une prochaine, George.

Je devais absolument la revoir. C'était une grande université, je pourrais ne jamais la recroiser du tout, et, soudain, l'idée me paraissait insoutenable.

— Attends… Tu vas souvent à l'union des étudiants, ou…

Elle se retourna, sa sacoche de livres à la main, la lumière ruisselant des hautes fenêtres sur sa chevelure.

— Quelquefois. Il y a beaucoup de soirées en médecine, tu sais. Beaucoup de beuveries. Ça nous occupe.

— Il y a un concert vendredi. British Sea Power. J'ai des billets.

Je comptais y amener Matt, mais il pouvait aller se faire foutre.

— Je devrais les connaître ? Je n'ai pas beaucoup de temps pour la musique.

J'avais toujours pensé avoir besoin d'une fille branchée indé avec qui débattre de qui était le meilleur groupe entre Oasis et Blur, qui grimperait sur mes épaules aux concerts, se cernerait les yeux d'eye-liner noir et pleurerait sur du Elliott Smith. Alors que la culture musicale de Helen se limitait en gros aux Spice Girls.

— Eh bien, j'ai deux billets. Si jamais on t'accorde un peu de temps libre entre deux pillages de tombe.

Elle sourit. Sur le moment, je ne sus comment interpréter ce sourire, la lente courbe, presque triste, de ses lèvres, et il me faudrait longtemps, très longtemps pour le comprendre.

— Je ne sais pas si c'est une bonne idée.

— Allez, qu'est-ce qui pourrait mal tourner ? Si tu détestes, tu peux partir après la première chanson, même si, pour info, elle durera peut-être vingt minutes.

Elle hocha finalement la tête.

— Très bien. Si ça ne te dérange pas que je n'y connaisse rien à leur musique.

Je la trouvai alors si belle, si infiniment fascinante, et elle l'est toujours.

Tout cela, c'était pour elle, même si elle ne s'en rendrait peut-être pas compte tout de suite.

Le lendemain de sa visite dans le Devon, Helen était pâle et renfermée, et parla vaguement d'aller à Penzance pour regarder les papiers peints.

— Est-ce que je devrais aussi passer à l'hôpital, voir Lukas ?

— Qui ?

J'avais l'esprit ailleurs.

Elle me dévisagea.

— Le gars qui est tombé de notre toit.

— Oh ! Je ne pense pas, pour être honnête. Je doute qu'on veuille de nous là-bas. Et puis, ça pourrait être considéré comme un aveu de culpabilité, non ?

Je songeai à ce que Martin m'avait dit.

Elle se mordilla la lèvre.

— Tu crois vraiment qu'ils vont nous poursuivre ?

— J'espère bien que non.

— Je vais devoir demander conseil à Lou.

La meilleure amie de Helen est avocate, mais si tête en l'air que j'ai toujours trouvé mystérieux qu'elle parvienne à garder un emploi.

— Bonne idée.

J'avais le cerveau trop encombré pour m'inquiéter des maçons, même si, évidemment, ça me tourmentait, et que j'avais de nouveau l'estomac noué dès que je pensais à cette chute. Je me revoyais courir à la fenêtre, toujours trop tard pour l'empêcher.

— Tu sors, aujourd'hui ? demanda-t-elle en me voyant mettre mes baskets.

— Ouais, juste pour effectuer des recherches.

— Oh !

Elle scruta mon visage, comme pour y trouver des réponses. En revanche, elle ne poserait aucune question sur le livre, ça au moins je le savais.

Je lui fis un signe de main alors qu'elle s'éloignait en voiture, et descendis une fois de plus au village, content de porter l'imper ringard qu'elle m'avait fait acheter. Il n'était peut-être pas aussi cool que le cuir vieilli d'Andy, mais je serais mort de froid avec ça. Les lieux n'étaient pas plus animés aujourd'hui ; j'aperçus quelques promeneurs frissonnants sur la plage, dont un ou deux bravaient la saison en mangeant des glaces achetées au minuscule magasin général – celui-ci ne pouvait certainement pas vendre assez de boîtes de caramels pour tenir tout l'hiver. J'imaginais qu'à cette période il ne devait pas y avoir non plus une grosse demande en seaux et pelles, mais les coupe-vent aux couleurs vives pourraient s'avérer utiles. Une protection contre les bourrasques violentes sur la plage, *so British* comme concept. Dans d'autres pays, on n'irait simplement pas se balader en bord de mer par un temps pareil.

Puisque Helen avait pris la voiture, je dus aller sur le site du meurtre à pied. Du dernier meurtre, devrais-je dire, si vous comptiez les deux filles. Pour moi, ce point était une zone d'ombre, et j'estimais que Janna n'aurait jamais dû être inculpée de ces deux crimes-là, alors qu'il subsistait tant de doutes autour des faits, que l'on ignorait même si ces morts étaient volontaires. Je me rendais donc sur le site du meurtre incontestable, l'égorgement, supposément satanique, qui avait eu lieu dans les bois en périphérie de Little Hollow, à environ un mile du village. Assez loin pour devoir piétiner dans le vent et les averses.

J'entrai dans le bois en empruntant le sentier balisé, rapidement englouti par des arbres mouillés qui égouttaient leurs branches. Un écrin de verdure, où ne résonnaient que le crépitement de la pluie et le chant des oiseaux. Mais il n'avait rien eu d'un refuge pour Adam Jeffries, ce soir d'Halloween en 1986. Bien entendu, on avait aussi beaucoup spéculé sur la date – fêtes celtiques, sacrifices, Samain. Personnellement, je croyais à une simple coïncidence. On était le dernier vendredi du trimestre. La situation avait atteint un point critique et devait être réglée. Je tentai d'imaginer ce qu'avait éprouvé Janna en s'enfonçant dans les bois pour le suivre. Elle avait le couteau sur elle, peut-être à la main, ou attaché à la jambe sous sa longue jupe froufroutante – elle n'avait ni sac ni veste. Elle le sentait à chacun de ses pas. Solide, lourd, voire un peu douloureux, mais pour son bien. Une lame pour trancher dans le vif de sa peur.

Les bois étaient déroutants, les sentiers piètrement balisés, et mon téléphone était complètement largué, ne montrant qu'un point bleu perdu dans un océan de blanc. J'aurais dû emporter une boussole. Comme si j'avais su me servir d'un tel engin. Je parie que Helen saurait. Enfant, elle avait été scoute, détail sur lequel j'aime la taquiner. Je finis par apercevoir un tout petit panneau marron arborant une flèche, et, après avoir suivi le sentier jonché de feuilles quelques minutes, je vis s'ouvrir une clairière. J'y étais. L'Autel du diable.

Évidemment, il ne s'agissait pas d'un véritable autel. Juste d'un gros rocher plat, et les gravures « anciennes » sur son flanc n'étaient que des graffitis de l'époque victorienne, mais il donnait la chair de poule dans la pénombre verte.

Sa surface grise et lisse luisait de pluie. Ce fameux soir, il avait dégouliné de sang. Les journaux affirmèrent qu'elle l'avait ligoté, mais ce n'était pas vrai – il n'y avait nulle part où attacher des cordes. Elle l'avait simplement drogué, en usant de sa grande connaissance des plantes. On avait trouvé plusieurs substances dans la thermos de thé d'Adam Jeffries, et la façon dont elles y avaient atterri n'était pas claire – y avait-elle glissé une potion ce jour-là à l'école, ou juste avant l'attaque, pendant qu'il ne regardait pas ? Avaient-ils un peu discuté avant qu'elle ne sorte son arme ? Dans tous les cas, c'était prémédité. Elle avait emporté le couteau, elle avait donc dû le prévoir. D'une manière ou d'une autre, elle avait amené Jeffries à s'allonger sur le rocher, et lui avait tranché la gorge. Il était mort en quelques secondes.

Les mutilations commises sur son visage et ses mains étaient plus difficiles à analyser. Il était possible que des animaux l'aient attaqué au cours des heures qu'il avait passées gisant là, alors qu'il avait fallu appeler la police de Penzance, et que les modestes forces de l'ordre locales tentaient de décider quoi faire. Ou peut-être l'avait-elle scarifié. Elle ne confirma jamais rien.

Dans la confusion qui suivit le meurtre, on attendit presque 20 heures pour contacter l'épouse d'Adam Jeffries. Celle-ci était chez eux, dans un autre hameau situé à cinq miles de là, mais n'avait ressenti aucune inquiétude, aucune intuition du danger que son mari courait. C'était le dernier jour du trimestre, il n'y avait eu classe que le matin, et Jeffries avait prévu d'aller camper dans les bois. Il adorait les activités en extérieur, et allait souvent dormir sur la lande ou les falaises. La laissant chez eux avec leur petite fille, alors âgée de deux ans. Ses absences ne dérangeaient donc pas Margaret Jeffries ? L'épouse était un champ vide dans mon livre, qu'il me faudrait combler, en supposant que je puisse découvrir où elle était partie en quittant Little Hollow. L'un des nombreux mystères qui entouraient l'affaire.

Je revins brusquement à moi – j'étais une fois de plus en train d'écrire le livre dans ma tête. Cela faisait du bien de me sentir si absorbé, mais je pris soudain conscience que j'étais à des miles de tout, entièrement seul. C'est alors que j'entendis ce bruissement. Quelque chose dans le feuillage. Peut-être un oiseau, ou un cerf. Peut-être une personne.

— Il y a quelqu'un ? lançai-je.

Rien. Puis une nuée d'oiseaux jaillit d'un arbre.

— Bon Dieu !

Je reculai en trébuchant, subitement saisi d'une peur stupide. C'était juste la campagne. Il n'y avait pas d'yeux m'épiant depuis le couvert des arbres, pas de figurines énigmatiques suspendues aux branches. Je n'étais pas dans *Le Projet Blair Witch* – il y avait une grande route à vingt minutes de marche. Je pourrais toutefois intégrer ce détail, la puissante atmosphère des lieux. Je sortis mon téléphone pour prendre quelques photos, en me disant vaguement que si le livre se vendait, on enverrait peut-être un photographe sur le site. Est-ce que je m'emballais ? Probablement, mais c'était si agréable d'avoir un avant-goût d'espoir, pour la première fois depuis bien longtemps.

L'Autel du diable n'était pas la seule scène de crime à Little Hollow. J'avais localisé la seconde en recoupant divers reportages dans la presse locale – j'avais eu raison de conserver mon abonnement aux archives de journaux, même si cela avait un coût –, et en consultant les registres de ventes immobilières autour de cette période. Sans surprise, les parents Monkton avaient déménagé juste après le drame. Qui ne l'aurait pas fait ? Le lieu en question était un modeste pavillon situé dans une petite impasse à la sortie du village. Des murs en crépi, des poubelles à roulettes dans les jardins. Tout le monde imaginait qu'une maison en Cornouailles était forcément un ravissant cottage avec un poêle à bois, mais il y en avait aussi beaucoup d'affreuses. Numéro 16. Je rôdai dans la rue, prenant subrepticement une photo de temps à autre. Alors que je me tenais là, une femme sortit avec un enfant à trottinette. Je ne m'y connaissais pas beaucoup en la matière, mais il s'agissait d'une fille, et âgée de cinq ou six ans à vue d'œil. En uniforme scolaire dans tous les cas, et racontant à plein volume une chose que Mlle Crawford avait faite. Je dressai l'oreille – je savais que c'était la nouvelle directrice de l'école du village, le poste qu'Adam Jeffries avait un jour occupé. Il faudrait que je lui parle plus tard.

— Eh bien, on dirait qu'il l'a mérité, s'il a pincé sa camarade, répliqua la mère en me jetant un coup d'œil.

Je fis défiler l'écran de mon téléphone, comme si je cherchais une adresse – elle croirait peut-être que je livrais un colis. Ou peut-être que cela arrivait régulièrement, lorsque vous viviez dans une « maison du crime ». Peut-être qu'elle connaissait parfaitement l'histoire de la maison et s'en moquait, ou elle n'en savait rien. Elle semblait avoir autour de trente ans, même pas née au moment où ces dramatiques événements se déroulèrent. La poussière du temps finit par recouvrir même les pires tragédies.

À la fin des années 1980, le numéro 16 s'avérait plus délabré, les portes et les fenêtres étaient encore en PVC bon marché, le toit menaçait de s'effondrer, le jardin n'était pas entretenu. Les filles étaient allées chez Grace Monkton ce jour-là, parce que ses parents travaillaient tous les deux, le père employé dans un entrepôt à Newlyn, la mère femme de ménage dans des locations de vacances ; la maison était donc vide. L'autre fille, Lucy Fillane, était issue d'une famille un peu plus aisée. Le papa était avocat à St Ives. La maman ne travaillait pas. Au moment de la mort de Lucy, sa mère donnait leur goûter à ses deux plus jeunes enfants, à la table de la cuisine, à moins de cinq cents mètres de là. Lucy avait prévenu qu'elle était chez Grace, puisqu'elles n'avaient pas cours l'après-midi, sa mère ne s'était donc pas inquiétée. Le village était sûr. Que pouvait-il bien arriver ?

La chose se serait déroulée à peu près au même moment où Jeffries se faisait trancher la gorge. Les filles avaient bu la potion – le poison – mélangée à de l'orangeade, de la marque Kia-Ora, je crois. Pour masquer l'amertume, peut-être. Je me demandais si elles avaient trinqué toutes les deux, en gloussant un peu. En faisant un vœu. Impossible de le savoir, car lorsque la mère de Grace était rentrée et les avait cherchées dans toute la maison, elles étaient déjà mortes. Mme Monkton regarda par la fenêtre de la chambre de Grace et aperçut quelque chose de blanc dans l'herbe. C'était la main de sa fille. Les deux amies étaient étendues comme Roméo et Juliette, les verres d'orangeade empoisonnée tombés de leurs mains.

Le contenu correspondait à celui d'un flacon abandonné près du corps d'Adam Jeffries, et aux substances trouvées dans sa thermos. Un flacon pharmaceutique marron, étiqueté dans une écriture soignée : *Pour attirer l'amour et l'affection*. Il fut bientôt confirmé que c'était l'écriture de Janna. Le flacon était couvert de ses empreintes. Comment les filles se l'étaient-elles procuré ? C'était le nœud du problème. Janna soutint qu'elles l'avaient volé chez elle lorsqu'elles étaient venues lui rendre visite la semaine précédente. Elle travaillait dans leur école, et les enfants avaient l'habitude de venir jouer dans son grand jardin embroussaillé. L'avaient-elles bu par erreur, voyant cela comme une bonne blague ? Ou quelqu'un le leur avait-il donné ? Mais, dans ce cas, comment le flacon avait-il fini dans les bois avec Janna, avec Adam ? Elle avait dû l'emporter. Il contenait assez de digitaline pour tuer dix hommes adultes. Lucy et Grace étaient des fillettes d'à peine onze ans, frêles et fragiles. De quoi succomber en quelques secondes. Était-ce un double suicide ? Je crois que la police n'envisagea même pas cette possibilité. C'étaient des enfants, à qui la vie souriait. Il s'agissait plus vraisemblablement d'un jeu, de l'espoir mièvre que quelqu'un tomberait amoureux d'elles. Elles n'avaient pas pu être conscientes du danger. Quoi qu'il en soit, leurs corps furent découverts juste avant celui d'Adam Jeffries, et Janna Edwards fut également inculpée de leur meurtre, raison pour laquelle elle croupissait toujours en prison plus de trente ans après. L'âge des victimes, les aspects sataniques – tout cela s'accumula contre elle. Même si ce n'était pas vrai.

Je m'aperçus que je devais bouger de là – des rideaux avaient frémi dans la maison derrière moi, et je ne voulais pas prendre les gens à rebrousse-poil. Pas encore, en tout cas. Je me mis en route pour grimper l'immense colline jusqu'à chez nous. Jusqu'à la maison de Janna.

À mon retour, Helen était là, mais aucun signe des maçons. Elle balayait avec lassitude une couche fraîche de poussière et de saleté, puisque la bâche inadéquate qu'ils avaient clouée par-dessus le mur se gonflait de vent. Il ne devait pas faire plus de douze degrés dans le salon.

— Salut.

Elle ne me demanda pas où j'étais allé, et je ne lui posai pas non plus la question. J'avais l'impression que nous nous immergions tous deux dans l'affaire, mais sous des angles différents. Je ne pouvais pas encore lui révéler ce que je savais.

Elle me surprit alors en lâchant :

— George, est-ce que tu crois qu'on devrait déménager ?

— Déjà ? (Je ne comprenais pas.) On vient à peine d'arriver.

Elle désigna le mur.

— Ce n'est pas vraiment habitable en l'état, si ? On se les gèle, la chaudière ne fonctionne que quand elle veut… Quand est-ce qu'ils vont réparer tout ça ?

— J'ai envoyé un SMS au patron, mais… (Je haussai les épaules pour mimer le silence de Bob le Maçon.) Il est probablement accaparé par l'histoire de Lukas.

— Eh bien, ce n'est pas une raison. Tu vas devoir l'appeler, ou même passer là-bas. Nous ne pouvons pas vivre avec un trou dans le mur, pas par ce temps.

— Je pourrais essayer de le barricader.

Je percevais le ton dubitatif de ma propre voix. Je doutais de mes capacités à entreprendre une tâche pareille.

Helen se contenta de me regarder.

— Je n'aime pas cet endroit, George. Même avant qu'ils démolissent le mur, avant l'accident. C'est… Enfin, j'ai entendu au village que la maison avait un passé plutôt flippant.

— Comme la plupart des vieilles maisons, répliquai-je avec désinvolture en me baissant pour ramasser ce qu'elle avait balayé avec la pelle à poussière.

— Est-ce qu'elles ont toutes des poupées vaudoues dans les murs ? Une espèce de, je ne sais pas, de laboratoire dans la cave, des oiseaux qui entrent et meurent sur place ? C'est juste que… Si ça s'annonce aussi galère, cette rénovation, est-ce que ça en vaut la peine ? Peut-être qu'on devrait revendre, minimiser les pertes.

Si nous vendions cette maison, Helen saurait que je lui mentais depuis des mois.

— Nous perdrions beaucoup d'argent, objectai-je.

Helen n'aimait pas perdre d'argent.

Elle me fusilla du regard.

— Parce que tu as déjà payé les maçons.

— C'est comme ça que ça marche. Promis, je l'appelle demain. J'irai le voir s'il ne répond pas au téléphone. Ça va aller.

J'avais juste besoin de temps pour écrire le livre. Encore un mois, et j'aurais achevé le plus gros. Je jouai alors un atout, sachant que c'était injuste, mais je le fis quand même.

— J'écris tellement bien ici, tu sais. Ça m'inspire.

Elle hocha tristement la tête.

— Je m'en réjouis. C'est juste que… je ne supporte pas cette crasse et ce bordel.

— C'est toujours comme ça quand tu rénoves. Tu te rappelles Pete et Mary ? Et maintenant, c'est magnifique chez eux. Si tu détestes vraiment les Cornouailles une fois les travaux finis, on fait la culbute, et on se trouve autre chose. On retourne à Londres !

Elle se mordit la lèvre.

— Je devrais rester dans le coin pour maman, je suppose. Au moins ici, c'est plus près.

— C'est vrai. Comment allait-elle l'autre jour ?

Je m'aperçus que j'avais oublié de le lui demander.

— Oh, toujours pareil.

— Et Mick ?

— Ouais, il était… Ç'a été. On a bavardé.

— Bien.

Elle soupira en posant le balai contre le mur.

— Je ne sais pas ce qu'on peut se faire à dîner, avec la cuisine hors service. Je n'ai même pas très faim, ça me fout la gerbe, tout ce chaos.

— Je pourrais nous préparer des pâtes au thon avec de la mayonnaise ? Idéalement mangées à même la casserole pour éviter la séance de vaisselle ? Tu adorais ça avant.

— En 2005, peut-être.

Mais elle le dit en souriant, et je savais qu'elle pensait aux premiers temps de notre rencontre, quand nous étions si heureux que rien d'autre ne comptait.

Non pas que nous fûmes tout de suite en couple, bien entendu. Elle m'avait fait ramer pour ça, comme j'aime le lui rappeler. Après notre premier rencard et les heures passées à discuter dans ma chambre, j'avais attendu de la revoir avec une impatience indécente, bondissant légèrement dès que j'apercevais une rouquine à la fac. Matt m'avait demandé quel était mon problème :

— L'amour, mon pote, avais-je répondu d'un ton grandiloquent.

— Tu as vu cette fille deux fois, mec.

— Trois ! Bon, j'avoue que je ne me souviens pas de la première, mais voilà.

Il avait secoué la tête.

— Pathétique.

Et, en effet, je m'étais senti un peu pathétique lorsque Helen m'avait envoyé un texto pour annuler notre deuxième rendez-vous, sous prétexte qu'elle avait trop de travail. J'avais essayé d'en rire, mais j'en étais morose. Pourquoi avait-elle annulé ? Ne sentait-elle pas, comme moi, qu'il se passait quelque chose entre nous ? Car je n'avais jamais eu aucun doute vis-à-vis d'elle, depuis ce premier instant.

Espérant lui rappeler comment je l'avais conquise à l'époque, je mis mes bras autour de sa taille et ma tête sur son épaule jusqu'à ce qu'elle s'arrête de balayer.

— Tout va s'arranger, tu sais.

— Il y a un trou dans notre maison.

— Je vais régler ça. S'il te plaît, essaie juste de me faire confiance, mon amour.

Je la sentais se radoucir dans mes bras. Mais ce que je lui demandais n'était pas juste – pourquoi devrait-elle me faire confiance alors que je lui mentais ?

Cette nuit-là, j'eus du mal à dormir, ce qui ne me ressemblait guère. D'habitude, je suis capable d'écraser, toute la journée, si je m'y autorise. Mais j'avais l'esprit assiégé par Janna, la maison, le maçon, les secrets que je gardais. À côté de moi, Helen dormait, roulée en boule, le visage apaisé par le sommeil. J'en étais heureux, car je savais qu'elle avait eu des nuits agitées depuis notre emménagement.

La lune était claire. Helen me répétait qu'il nous fallait de nouveaux rideaux, peut-être un store occultant, mais c'était si bas sur la liste des priorités que je ne m'en étais pas du tout soucié. Peut-être pourrais-je en acheter un et l'installer, lui montrer que j'étais un bon mari. Mais j'ignorais totalement comment faire ce genre de chose.

Je me levai pour tirer le fin rideau, et c'est alors que je le vis. Exactement comme Helen l'avait dit, quelqu'un se trouvait dans notre jardin et nous observait, au bord de la pelouse. Je me reculai rapidement, le cœur battant. C'était une personne, n'est-ce pas ? Elle n'avait rien imaginé. Une silhouette sombre parmi les arbres qui bordaient notre propriété. Il fallait que je sorte affronter cet individu, lui demander pourquoi il nous espionnait. Un villageois mécontent, peut-être ? Un pervers du coin ? J'attendis, longtemps, et finis par réaliser que je ne descendrais pas. J'étais trop froussard pour lui faire face, comme c'était le cas avec tant d'autres sujets dans ma vie. Je retournai donc me coucher.

Je me réveillai avant Helen le lendemain matin et m'enfermai dans le bureau. Je craignais qu'elle ne lise sur mon visage que, moi aussi, je commençais à avoir peur de cette baraque. En plein jour, avec le soleil étincelant au loin sur la mer et les arbres qui s'égouttaient, ce sentiment paraissait stupide. Je devais juste avancer sur le livre. Ma mission suivante était de me rendre à l'école où Janna et Adam Jeffries avaient travaillé. Où ils s'étaient rencontrés. Est-ce que l'on éprouve un frisson, me demandai-je, quand on croise son meurtrier pour la première fois ? La sensation que cette personne causera votre perte ? Bien sûr que non, mais Janna l'avait peut-être cru, s'adonnant à la sorcellerie. La grande question que tout le monde se posait à l'époque, c'était : avaient-ils une liaison ? Mais Janna l'avait toujours nié. Elle voulait que la femme de Jeffries sache que ce n'était pas le cas. Elle l'avait même précisé au tribunal.

Alors pourquoi l'avoir tué ?

Elle n'avait jamais fourni aucune réponse à cela, aucun mobile, aucune défense, en conséquence de quoi, elle purgeait toute sa peine, trente-six ans après.

L'école était très vieille et toute petite. À l'époque de Janna, il y avait encore des foyers ouverts, même dans des classes remplies d'enfants de cinq ans. Pendant un moment, l'école avait failli fermer, mais une arrivée massive de Londoniens à la recherche d'une vie meilleure avait grossi les rangs, et aujourd'hui elle était de nouveau pleine, avec une centaine d'élèves, deux fois plus qu'en 1986. Adam Jeffries en était alors le directeur, et enseignait dans une classe à double niveau pour les dix et onze ans, tandis que les plus jeunes étaient pris en charge par une certaine Mme Jenkins, malheureusement décédée depuis longtemps, et une Mlle Bodger, Susan Bodger, qui avait déménagé peu de temps après les meurtres. Elles avaient toutes deux témoigné au procès, tout comme Nancy Dunne, la secrétaire. Je faisais de mon mieux pour retrouver la trace de Nancy et Susan, ainsi que celle de Margaret Jeffries, ou quel que soit son nom à présent. Janna avait apporté son aide à l'école en tant qu'assistante volante, en quelque sorte, puisqu'elle n'avait pas de qualifications officielles. Mais plusieurs personnes avaient déclaré au tribunal qu'elle gérait quasiment l'établissement.

J'y descendis volontairement à 15 h 45, une fois Helen partie se promener. D'après mes estimations, les enfants auraient fini leur journée, mais les enseignants seraient peut-être en train de ranger. Dans les années 1980, la méfiance vis-à-vis des adultes à proximité d'enfants n'avait pas encore infusé la société, mais aujourd'hui, les gens étaient en alerte rouge dès qu'un homme débraillé traînait devant une cour de récréation. Je frappai à la porte en verre bullé de l'école et vis un petit couloir, tapissé de dessins d'enfants, qui menait à plusieurs salles de classe exiguës, avec des mobiles suspendus au plafond, de minuscules tables et chaises, des murs peints d'un jaune vif. Un endroit agréable. On avait du mal à croire qu'il puisse être associé à une telle horreur.

La porte fut ouverte par une femme vêtue d'un gilet et d'une jupe mi-longue. Elle était étonnamment jeune, la trentaine peut-être, et métissée, ce que je fus également surpris de voir en Cornouailles, même si je n'aurais pas dû l'être, je suppose.

— Oui ?

Elle m'accueillit avec ce mélange d'hostilité et d'impatience que l'on réserve si souvent à un adulte seul dans un espace pour les enfants.

J'expliquai que j'écrivais un livre sur les meurtres, et que j'avais récemment acheté une maison dans le village. Je vis son expression – d'abord fermée, sans aucune intention de me parler – se radoucir très légèrement lorsqu'elle sut qu'en fait j'habitais ici.

— Vous venez de Londres ?

— Eh bien, oui. Mais ma femme est originaire des environs.

Mentionner une épouse aidait aussi, en général. C'était sain, rassurant.

— D'accord. Eh bien, je n'étais évidemment pas là quand c'est arrivé, alors je ne peux pas vous dire grand-chose.

— Vous n'avez pas grandi ici ?

— Non, à Portsmouth. Je suis venue suivre ici ma formation d'enseignante, et disons que je n'ai pas pu partir.

— Oui, je comprends, c'est une très belle région. Alors est-ce qu'il y a quelqu'un dans le coin qui pourrait se souvenir de Janna – un des gamins qui étaient en classe avec Grace et Lucy ?

Elle ne broncha pas à la mention de leurs prénoms – elle venait de l'extérieur, après tout, et ça ne signifierait pas grand-chose pour elle.

— Hmm, je ne sais pas trop. Il y a de vieilles photos de classe accrochées dans la salle des profs – les effectifs d'élèves étaient plus réduits à l'époque, bien entendu.

— Est-ce que je peux y jeter un petit coup d'œil ?

— J'imagine, oui. L'école ne va pas être montrée sous un mauvais jour dans ce que vous écrivez ?

— Ah ! Bon alors, en vérité, tout relève du domaine public – ça veut dire que n'importe qui peut écrire ce qu'il veut sur l'affaire. Ma préoccupation est de veiller à ne pas nuire au village de la moindre façon. Ni à l'école.

Bon Dieu, je l'avais toujours. Cette capacité de journaliste retors à mentir sur commande.

—Alors puis-je… ?

—D'accord.

—Mlle Crawford, c'est bien ça ?

—Irina, oui.

Je me demandai comment une jeune femme comme elle s'en sortait dans un patelin aussi petit et renfermé. Si elle avait un copain, un mari, quelqu'un. J'essayai de ne pas spéculer, de chasser ça de mon esprit, afin que mon visage ne me trahisse pas. Ce n'était pas prudent de poser ce genre de question de nos jours, je le savais trop bien.

La salle des professeurs était une pièce minuscule avec la place pour quatre chaises et un micro-ondes. Les murs arboraient des photos encadrées des enfants admis au fil des rentrées, tout beaux et souriants. Les groupes étaient plus larges aujourd'hui, mais dans les années 1980, il n'y avait que dix à douze élèves par classe. Je trouvai la bonne – 1986. Un homme posait à l'extrémité d'un rang, les bras croisés : Adam Jeffries. Il était séduisant, avec d'épais cheveux bruns, et des yeux bleus perçants, même sur la photo fanée par le soleil. Trois femmes d'âge moyen y figuraient, boulottes dans des robes mal ajustées. Et, au bout, ses cheveux blonds brillants malgré la médiocrité du cliché : Janna Edwards. Je retins mon souffle. On aurait dit une star de cinéma, prise au dépourvu par les paparazzis, peut-être. Au lieu de sourire, elle affichait un air vigilant, presque traqué. Une photo réunissant la victime et sa meurtrière, et elle n'avait jamais été divulguée à la presse ? C'était parfait pour mon livre. Je me penchai pour lire les noms des enfants imprimés en dessous. Grace Monkton. Lucy Fillane. Avant que l'enseignante me l'interdise, je pris une photo avec mon téléphone des filles avec les huit autres élèves de la classe. Certains seraient forcément encore dans la région.

— Merci ! Je vous laisse travailler, je suis sûr que vous avez beaucoup à faire.

— Très bien.

Elle parut déstabilisée, comme si elle m'avait accordé une liberté dont elle ignorait la portée.

Je marquai une pause dans le couloir et tentai de les imaginer foulant le même sol, dans ces salles, ces gens alors vivants, dont l'un était enterré depuis longtemps, et l'autre moisissait en prison. Dans cet espace clair et chaleureux, à côté du « mur de la gentillesse » qui débordait de bonté et d'espoirs si simples, je m'aperçus que j'en étais incapable.

Je repris mon chemin sur la route balayée par le vent pour aller en ville, détournant le visage des rafales qui faisaient écumer la mer. Encore une semaine ici, et le sable m'aurait décapé la peau jusqu'à l'os. Il fallait vraiment que j'achète une tenue d'extérieur adaptée, comme me l'avait suggéré Helen, mais je m'entêtais, essayant de rester le George londonien. Même si cet homme-là était mort depuis longtemps, flingué avec sa carrière. Mais ça allait. J'avais un plan pour le ressusciter.

J'avais découvert que l'on tenait une buvette à la salle des fêtes – avec des fontaines à thé et des pâtisseries maison disposées sur des assiettes en carton. J'entrai, puis je sortis mon ordinateur de mon sac à dos, même si je sentais les regards curieux et désapprobateurs des autres clients, principalement des mères avec leurs enfants. Mais pourquoi est-ce qu'avoir une progéniture autorise les gens à prendre autant leurs grands airs ? Et mieux valait qu'ils s'habituent aux MacBook s'ils voulaient que la révolution du télétravail réinsuffle de la vie dans leur village moribond. Malgré tout, en regardant les bébés joufflus, je ne pouvais m'empêcher de me poser la question. Helen serait-elle heureuse si nous pouvions aussi fonder une famille, après tant d'années ? Je n'étais pas sûr d'être un très bon père, mais elle le désirait plus que tout, je le savais, même si elle ne l'avait jamais exprimé. Peut-être était-il temps de demander de l'aide à la science, même si cela coûterait de l'argent que nous n'avions plus. Si mon livre se vendait, peut-être. *Quand* mon livre se vendrait, devais-je plutôt penser – Andy penserait ainsi. Il ferait exister les choses par la seule force de l'esprit, comme l'y encourageait toujours KC.

Je me payai un thé dans un gobelet en plastique et un bout de gâteau parsemé de marshmallows. Helen aurait secoué la tête face à tant de sucre, mais il fallait bien que j'aie des vices, et je n'avais pas bu un verre depuis des semaines. Enfin, un vrai verre. Le demi occasionnel au pub ne comptait pas, c'était dans le cadre de recherches essentielles. Les patrons de pub sont toujours au courant de tout dans les petits villages.

Je zoomai sur la photo que j'avais prise à l'école et commençai à googler les noms des enfants un par un. Tous anglo-saxons, en majorité corniques – ce n'était pas un lieu de diversité à l'époque, mais je regardais maintenant autour de moi et dénombrais plusieurs visages non blancs. Je ne trouvai absolument rien en ligne, jusqu'à cette élève sur la liste : Lisa McSweeney. Il y avait un site web à ce même nom, pour une personne qui pratiquait « la massothérapie et le reiki », et vivait juste à la sortie de Little Hollow. Le site ne contenait aucune information ni photo d'elle, mais il devait s'agir de la même Lisa qui était allée à l'école avec Grace et Lucy. Les jeunes victimes. Une classe de dix élèves, et deux qui disparaissaient – le traumatisme avait dû être terrible parmi les survivants.

Exalté, j'ouvris WhatsApp. Je vis que maman m'avait envoyé un message, Bonjour mon ange peux-tu appeler quand tu auras une minute ? LOL xxx, ponctué de l'émoji langue tirée, qu'elle avait inexplicablement adopté ces dernières années. Je m'occuperais de ça plus tard. Je composai le numéro de téléphone indiqué sur le site de Lisa McSweeney, récoltant ainsi d'autres regards hostiles de la part des clients, qui me semblaient être une belle bande de luddites. Répondeur, avec le message standard.

— Hum, salut, Lisa, balbutiai-je. J'aimerais beaucoup prendre rendez-vous pour, euh, une séance, j'ai un sérieux mal de dos. Pourriez-vous me recontacter par SMS un de ces jours, peut-être ?

J'égrenai mon numéro, même si elle l'aurait à la suite de mon appel, et je raccrochai avant de m'apercevoir que je ne lui avais pas donné mon nom. Oh, tant pis !

Pour me récompenser de ma dure journée de labeur, je mangeai mon carré de gâteau en une bouchée. Après avoir essuyé mes doigts couverts de chocolat sur la fine serviette en papier, je les posai sur le clavier et me replongeai dans l'histoire. Je consultai mon plan – je devais toujours retrouver l'épouse, Mme Jeffries, et inciter davantage de villageois à se confier. Si je parvenais à mettre la main sur le policier qui avait arrêté Janna, ça planterait bien le décor – il avait vécu quelque part dans les environs. Et ensuite, bien sûr, le gros morceau, l'interview que j'avais été incapable d'affronter, même dans l'hypothèse où elle accepterait de me parler : Janna en personne. Avais-je le cran de la contacter ? Honnêtement, je n'en étais pas sûr.

En rentrant à la maison, j'étais assez content de moi. Le rez-de-chaussée était toujours une zone sinistrée – le vent soufflait à travers le mur, tout était froid et sale –, mais je voyais une lueur provenant de l'étage, où Helen avait aménagé un espace de vie temporaire dans la chambre d'amis. Elle était douée pour ce genre de chose, rendre les endroits accueillants. Je me souvins de la première fois où j'avais vu sa chambre d'étudiante, après des mois de tentatives infructueuses, avec ses guirlandes lumineuses et sa literie à fleurs – il ne m'était même pas venu à l'idée d'acheter mes propres draps. Il m'avait fallu un sacré bout de temps pour visiter cette chambre ; après notre premier rencard, au concert des British Sea Power, Helen s'était esquivée, et je ne l'avais pas revue avant plusieurs semaines. Pas de réponses à mes textos, silence total. Je me suis toujours demandé si elle voyait quelqu'un d'autre en parallèle, bien qu'elle me jurât le contraire. Je suis un mec tenace – vous devez l'être, dans le journalisme –, mais pas un taré. Je m'apprêtais à renoncer quand, étrangement, elle était revenue vers moi. Parfois, je me dis qu'il aurait été si facile de laisser tomber, de n'avoir jamais été avec Helen, et j'en ai des sueurs froides.

À présent, elle était sur un gros coussin par terre avec son téléphone, et je reconnus le mouvement rapide qu'elle esquissa : celui de quelqu'un qui veut cacher son écran à son conjoint. Ça peut être anodin – un cadeau pour lui, ou un stupide article putaclic que l'on perd son temps à lire –, ou autre chose. J'avais saisi un aperçu de ce que son écran affichait : *Formations en santé mentale*. Eh bien, tant mieux, elle cherchait quelle suite donner à sa carrière, mais alors pourquoi arborait-elle une expression si choquée ?

— Qu'est-ce qu'il y a ? m'enquis-je. Pourquoi as-tu l'air aussi... ?

Elle avait tout découvert. Je m'y attendais, mon angoisse se déclencha automatiquement. Oh, Seigneur ! J'élaborais déjà mes excuses.

— Hum... Tu es allé sur Twitter aujourd'hui ?

Je me détendis très légèrement. Elle n'était pas en colère contre moi, elle s'inquiétait *pour* moi. Mais... cela signifiait que quelque chose n'allait pas.

— Non, pourquoi ?

— Je... Il y a eu un article. Sur... ce qui s'est passé.

— Quoi ?

Ce devait être la raison du message de maman. Elle avait créé une alerte Google à mon nom.

Helen me tendit son téléphone.

— J'ai fait une capture d'écran.

Je pris l'appareil et le tins avec embarras devant moi. Il mit des siècles à charger l'image, nous recevions toujours aussi mal. Il s'agissait d'un article du *Guardian* : « Quand les journalistes deviennent des sujets d'actualité ». Le type qui avait inventé des citations de Bowie, celui qui avait été tué et démembré – cette histoire-là semblait d'un goût douteux –, d'autres qui avaient été pris en otage. Et moi. George Sanderson. « Défraie la chronique début 2020 lorsque la pop star Emylia (quinze ans à l'époque) l'accuse de comportement inapproprié durant une interview. »

J'en eus le souffle coupé. Je lui rendis le téléphone avant qu'il ne m'échappe des mains.

— Oh !

— Écoute, ce n'est rien, juste une note de bas de page dans un article plus long.

— Comment est-ce que tu as… ?

Helen ne va pas sur Twitter, évidemment, elle est bien trop sensée.

— Quelqu'un me l'a envoyé. Ce n'est rien. Toi et moi savons ce qui s'est vraiment passé.

En effet. J'avais soutenu que je plaisantais, que c'était une référence purement britannique qu'Emylia n'avait pas comprise parce qu'elle venait de l'Amérique puritaine, qu'elle avait sorti mes propos de leur contexte. Mais elle avait tout de même rendu cette histoire publique, s'était plainte dans d'autres interviews des vieux journalistes qui lui posaient des questions déplacées, et avait mentionné le nom de mon journal, tout le monde avait donc su que c'était moi. Bon Dieu, ce jour-là. Convoqué dans le bureau de mon rédacteur en chef, l'estomac noué en voyant sa tête, la même que Helen aujourd'hui, mais dans une version plus furieuse. L'interview dans un journal concurrent circulant sur Internet, à l'apogée de MeToo. D'autres collègues, hommes et femmes, s'exprimant sur l'horreur que je leur inspirais. Des gens que j'avais considérés comme des amis. Andy ne les avait pas ralliés, au moins, mais il ne m'avait pas non plus défendu publiquement. Ma disgrâce, la perte de tout ce que j'avais bâti depuis dix ans. « Bon, on ne peut plus t'envoyer en interview maintenant », m'avait annoncé mon rédacteur en chef. Et un journaliste qui ne peut pas faire d'interviews ne sert plus à grand-chose.

J'étais reparti chez moi, prenant ma sacoche et ma veste dans une espèce d'hébétement. Je ne voulais pas déranger Helen à son travail, où elle était probablement occupée à sauver des vies. Lorsqu'elle était rentrée, de nombreuses heures plus tard, elle m'avait trouvé assis sur le canapé, la sacoche encore à la main. En état de choc. Ouvrir Twitter m'avait épouvanté comme jamais, et, sans surprise, j'avais un millier de notifications.

C'était tellement stupide. Une remarque désinvolte à une ado – je lui avais demandé en toute ironie si les hommes étaient glauques avec elle, référence à ce « compte à rebours jusqu'à la majorité » qu'avait lancé le *Sun* pour Emma Watson à une époque, etc. Elle l'avait mal interprété, et désormais, j'étais catalogué comme un pervers, un agresseur sexuel. Assimilé aux violeurs et aux pédophiles. Tel était le monde moderne ; vous pouviez gravir les sommets, mais au moindre dérapage, vous dégringoliez, et tous ceux qui grimpaient avec vous se contentaient de vous regarder déchoir sans tendre une main pour vous sauver. Ils revendiqueraient même votre place à cor et à cri.

Helen n'est pas une personne connectée. Elle n'avait pas réagi au départ, me demandant de tout lui expliquer encore et encore, tandis que je fulminais, faisais les cent pas, et pleurais, même. Ce n'était pas *juste*. C'était ce qui m'affectait le plus. Je ne le méritais pas. Au bout du compte, elle avait hoché la tête, et j'avais vu qu'après mûre réflexion elle me croyait. Je n'avais rien d'une ordure, je restais son mari, en qui elle avait confiance. Sans ce soutien, je n'aurais pas tenu, je le crois sincèrement.

— Alors qu'est-ce qu'on fait ? avait-elle dit.

— Dieu seul le sait. Je ne peux pas publier de réfutation, je vais juste paraître minable.

— Est-ce que tu peux dire que c'était sorti du contexte ?

— Ouais, mais… bon, c'est public maintenant. Les gens y croient, ils sont trop feignants pour remettre l'histoire en question ou se renseigner sur ce qui s'est vraiment passé. Et les médias sont si foutrement pressés de montrer qu'ils sont pro-femmes qu'ils se liguent pour me condamner.

— Elle a quinze ans ?

Helen avait examiné une photo d'Emylia, habillée chic pour une cérémonie de remise de prix, avec maquillage et bijoux. Elle semblait en avoir au moins vingt.

— C'était juste une plaisanterie anodine, rien de plus. J'avais oublié que ces foutus Américains n'ont aucun sens de l'humour.

Tandis que je râlais, un doute s'était sournoisement insinué dans mon esprit. Avais-je eu tort de lui tenir ces propos ? Avais-je présumé de sa maturité, en raison de son assurance, de son succès et de ses tenues d'adulte ? Elle n'avait que quinze ans, après tout. Je soutenais le mouvement MeToo, évidemment, je me joignais aux critiques pour blâmer quiconque avait dérapé. Cela signifiait-il que j'étais vraiment coupable, moi aussi, si la foule s'en prenait désormais à moi ?

Helen m'avait alors jaugé d'un air franc.

— Je ne te le demanderai qu'une seule fois. Est-ce que tu me jures qu'aucune autre affaire ne risque d'éclater ? Personne ne va débouler avec une histoire sur toi, aussi petite soit-elle ? Flirt, attouchements ou… d'autres « plaisanteries », comme tu dis ?

Je l'avais dévisagée.

— Helz, le journalisme fonctionne à la plaisanterie. Je ne pourrais pas t'énumérer toutes les personnes avec qui j'ai blagué en dix ans !

— Mais rien de ce genre.

— Je…

C'était ça le pire, je ne savais même pas. Je me repassais le film de toutes les interactions que j'avais eues au cours de ma carrière.

— Rien qui me vienne à l'esprit, avais-je répondu.

Elle avait inspiré et s'était mise debout, comme si elle prenait une décision.

— Très bien. Je suis de ton côté.

Mais l'insinuation était là – *à moins qu'il y ait autre chose*. Et il n'y avait rien eu d'autre, et peut-être aurais-je pu m'en relever une fois que tout le monde aurait oublié, mais ensuite, il y avait eu le Covid, le confinement. Le journalisme s'effondrait, et puisque j'avais été renvoyé au pire moment possible, ce fut d'autant plus difficile d'y reprendre ma place. Et aujourd'hui, voilà qu'on exhumait cette affaire. La dernière chose dont j'avais besoin était de me retrouver dans l'actualité, du moins avant que le livre soit achevé.

Je sentis un contact froid sur ma nuque : Helen s'était levée et avait posé sa main là, sa main guérisseuse.

— Allons. Nous sommes sortis de ce monde, maintenant. Ça intéresse qui, ce que les gens disent sur Twitter ?

Mais je devais m'y intéresser, à moins d'admettre que j'avais définitivement renoncé au journalisme, pour devenir moniteur de planche à voile, ou une autre de ces écœurantes activités de plein air. Helen avait toutefois raison de me rappeler qu'il existait un monde en dehors de la bulle médiatique de Londres. Que la plupart des gens du coin n'auraient même jamais entendu parler d'Emylia, encore moins du journaliste qu'elle avait accusé de vagues agissements. Si mon rédacteur en chef m'avait davantage apprécié, si j'avais été moins cher et revêche, s'il n'avait pas prévu de mettre l'un de ses potes à mon poste, il se serait battu pour moi, peut-être, et la tempête se serait calmée. Mais il m'avait fait lâcher la corniche au bord de laquelle je me retenais, et, une fois tombé tout en bas, il est tellement plus dur de regagner le sommet.

J'enfouis mon visage dans l'épaule de Helen, humant son odeur de propre, de shampoing et de savon, et sa chaleur me fit prendre conscience de la distance dont elle avait fait preuve les derniers jours. Je devais être prudent, car si je la perdais, tout ça n'avait plus aucun intérêt. Il fallait que je lui dise la vérité, mais je devais aussi finir le livre et découvrir tout ce que je pouvais sur l'affaire Janna Edwards. Poursuivre encore un peu mon numéro d'équilibriste. Plus que quelques mensonges, et tout serait terminé.

Au lit, cette nuit-là, Helen me tint en se serrant contre mon dos, comme si elle savait que j'avais besoin de réconfort. Le lendemain matin, nous entendîmes le son familier des pneus sur le gravier, les cris et fracas auxquels nous nous étions habitués. Les maçons étaient là. Curieusement, cela me réconforta aussi.

— Eh bien, au moins, ils sont revenus.

Nous ne serions pas coincés avec un trou dans le mur de notre maison. Cela signifiait-il également qu'ils ne nous attaqueraient pas en justice ?

Helen expira longuement, marmonnant dans son oreiller.

— Je craignais qu'ils nous aient plantés pour toujours.

Je me levai pour regarder par les rideaux.

— Eh bien, ils sont là tous les deux, en chair et en os, et bruyants comme quatre. Ciaran et Machintruc. Pas de Bob en vue.

— Parfait. Je déteste Bob, ce connard condescendant.

— Imagine, être bricoleur et se faire appeler Bob. Le mec n'a honte de rien.

Helen poussa un petit rire, encore à moitié endormie. Tout se passerait bien.

Désormais, elle refusait carrément de parler aux ouvriers, même si elle les croisait dans la maison toute la journée. De mon propre chef, je descendis tranquillement l'escalier en slip et tee-shirt. Maintenant, ça ne me dérangeait même plus qu'ils sachent que je venais juste de me réveiller. Il était 8 heures du matin, et j'étais écrivain en free-lance – pourquoi allais-je me lever tôt alors que rien ne m'y obligeait ?

— Bonjour, dis-je en bâillant.

Ciaran était à l'ouvrage avec une espèce de ciment boueux sur une truelle.

— Bonsoir.

Très spirituel.

— Est-ce que votre, hum… Votre collègue, comment va-t-il ?

— Pas top, répondit l'autre – Borak, c'était ça son prénom ? – depuis la cuisine. À l'hôpital.

— Désolé de l'apprendre.

Est-ce que dire qu'on était désolé se révélait légalement répréhensible ? S'ils étaient revenus, c'est qu'ils ne prévoyaient pas de nous traîner en justice.

— Est-ce que par hasard vous pourriez jeter un coup d'œil à la chaudière tant que vous êtes là ? Elle ne semble fonctionner que par intermittence.

Ciaran soupira.

— Il vous en faut une nouvelle, mon gars. C'est pas notre faute.

— C'est juste que, la moitié du temps, on n'a pas d'eau chaude.

Il continua d'appliquer grossièrement sa boue sans un mot, puis dit :

— Il faudra que je demande à Bob, rapport au budget.

Je les avais déjà payés pour pièces et main-d'œuvre, ils avaient donc forcément de quoi se débrouiller pour le moment. J'éprouvai un frisson d'angoisse, à l'idée d'avoir investi tant d'argent dans cet endroit et de le voir s'écrouler.

Je passai devant Ciaran pour chercher la machine à café, que Helen avait déballée. Elle était branchée dans le mur à côté de la télé, déjà entourée de gouttes marron.

J'imaginai que j'aurais dû leur proposer à boire, mais merde, ils étaient malpolis et ils avaient peu de chance d'apprécier mon café torréfié que je payais 7 livres le paquet au marché de Columbia Road. Tandis que l'appareil ronronnait, je regardai autour de moi. L'autre ouvrier était perché sur une échelle dans la cuisine, en train d'arracher les placards restants. Très bien. Nous devrions bientôt aller commander de nouveaux éléments, ce qui impliquait de piocher dans les économies dont une grande partie avait déjà été engloutie. Je devrais me montrer astucieux, veiller à payer moi-même, à ce que nous options pour de l'équipement bon marché, ou idéalement un quelconque plan de financement, ou…

Un juron en polonais retentit dans la cuisine. Seigneur, pas encore un accident ! Je bondis, me renversant du café sur le bras, et poussai un petit cri.

Ciaran avait couru voir ce qui se passait, mais son collègue – Borak – allait bien. Il avait sauté de l'échelle pour détaler de la cuisine jusque dans le salon, et ses mots se bousculaient dans une langue étrangère. Je croisai le regard de Ciaran – ni lui ni moi n'avions la moindre idée de ce qu'il baragouinait. Puis il s'adressa à nous.

— Quelque chose en haut. En haut placard. *Chose.*

Quelle chose ? J'allai voir. La pièce avait un drôle d'aspect bancal à présent, avec ses éléments retirés et jetés par terre, destinés à la déchetterie. Il y avait un espace entre le placard et le plafond irrégulier et incliné. C'était là qu'il l'avait trouvée : la dépouille desséchée de ce qui semblait être un lapin. Les yeux vitreux, la fourrure raide, encore rouge de sang coagulé. Honnêtement, c'était quoi cette maison ? Des bestioles mortes dans la cuisine. Une cave remplie d'herbes séchées et d'oiseaux assommés. Des choses mystères flottant dans des bocaux, des poupées planquées dans les murs – je commençais moi-même à être un peu épouvanté.

Lorsque je sortis de la douche – glaciale –, Lisa McSweeney m'avait laissé un message vocal d'une voix légèrement essoufflée, que je parvins à écouter en me penchant un peu par la fenêtre.

— Bonjour ! Alors je suis installée vers Calzean, c'est juste un minuscule lieu-dit à la périphérie de Little Hollow. Vous pourrez trouver, j'en suis certaine ! Tout le monde a Google Maps de nos jours, non ? Bref, oui, vous avez probablement vu mes tarifs sur mon site, c'est 40 livres pour le massage en profondeur. Et si vous voulez ajouter une thérapie par cristaux ou reiki, nous pouvons en discuter. Bref ! Est-ce qu'aujourd'hui 11 heures vous conviendrait, si vous avez ce message à temps ? Tenez-moi au courant. Par SMS ou appel. Oh ! – moi, c'est Lisa, au fait.

Puis elle avait raccroché, en riant.

Très curieux. J'avais déjà décidé que Lisa ferait un excellent personnage secondaire pour l'histoire – elle était un peu barrée, clairement, et avait été l'élève de Janna et d'Adam à l'école du village. Et la camarade de classe de Lucy et Grace. Je lui répondis donc par texto, acceptant sa proposition pour un massage à 11 heures.

Je descendis et trouvai Helen en train d'explorer les débris laissés par les ouvriers. Ils avaient déjà déguerpi pour aller « chercher des pièces ». Je doutai de les revoir ce jour-là, surtout après cette macabre découverte. Je m'en étais discrètement débarrassé dans la poubelle extérieure, sans en parler à Helen. Il y avait des tas de raisons pour que cette chose se retrouve là-haut. Janna prévoyait de s'adonner à la taxidermie en amateur, ou de fabriquer des pattes de lapin porte-bonheur, qui pouvait savoir ? Elle n'avait pas vraiment eu le temps de planifier son départ.

— J'ai besoin de la voiture, si ça ne te dérange pas.

— Oh ? Pourquoi donc ? soupira-t-elle en se passant les mains dans les cheveux. Ils reviennent aujourd'hui, les maçons ?

— Pas sûr.

— Ils ont laissé la cuisine dans un tel chantier. L'évier pend à moitié du mur ! Qu'est-ce qu'on va faire ?

— Je leur donnerai un coup de fil.

Ma réponse habituelle.

— Tu disais que tu sortais ?

Elle m'observait avec perspicacité.

— Ouais, je m'en occuperai avant. Qu'est-ce que tu fais aujourd'hui ?

— Je pensais essayer de nettoyer. Mais je ne suis pas persuadée que ça en vaille la peine. Ou aller faire une longue promenade sur la plage. Il n'y a pas vraiment d'autre activité dans le coin.

— Je croyais que c'était ce que tu voulais. La paix et le calme.

— En effet. Et je le veux toujours. C'est juste que… les villageois ne sont pas très sympas. Je veux dire, ça me surprend. Chaque fois que j'essaie de discuter avec les gens d'ici, ils m'envoient balader, ou ne répondent même pas. Cette femme du bureau de poste, par exemple ! Elle est trop bizarre. Et le patron du pub, je ne me sens clairement pas la bienvenue là-bas.

— Il y a un petit café à la salle des fêtes certains matins, tu sais. C'est pour les mamans, je pense, mais on ne te refoulerait pas ! On m'a bien laissé entrer, après tout.

Helen se tut un instant, et je sentis ce poids invisible nous voûter brièvement les épaules, tandis que nous nous tenions dans l'espace crasseux et jonché de gravats qui avait été notre salon. Nous n'avions pas évoqué le sujet depuis un bon moment, mais c'était constamment là. L'espoir inexprimé que le miracle se produirait, maintenant que nous avions plus de temps. Maintenant que nous dormions dans le même lit – maintenant qu'elle rentrait vraiment à la maison, au lieu de tomber de sommeil sur des brancards à roulettes en attendant le prochain déferlement de patients dont elle aurait la vie entre les mains. Le stress n'aidait pas, nous le savions pertinemment. Je tendis de nouveau le bras vers elle pour lui serrer le coude, et elle me rendit mon sourire. Nous n'avions pas besoin de parler.

— Eh bien, je ferai peut-être ça, alors. Si je peux le caler dans mon emploi du temps de ministre.

— Super. OK, est-ce que je rapporte des courses pour le dîner ?

Elle haussa les épaules.

— Tout ce qui peut se préparer sur deux feux. Je n'ai toujours pas grand appétit.

Elle était de nouveau pâle, et j'espérai qu'elle ne couvait pas quelque chose.

Je feignis d'y réfléchir.

— Et pourquoi pas… une recette d'inspiration italienne ?

Elle roula des yeux.

— Pour changer.

— *Pasta al pesto* de Sainsbury's ?

— Ça sent le jamais-vu.

— On pourrait faire une folie et prendre le pesto rouge, pour une fois. Tout chambouler.

Helen s'esclaffa.

— Prends juste deux ou trois trucs, et je me débrouillerai. Je ne t'ai pas épousé pour tes talents de cuisinier, Dieu merci, sinon notre divorce aurait été prononcé depuis longtemps.

Alors que je quittais Little Hollow, roulant sur l'étroite route côtière, je sentis mon moral remonter. Le soleil illuminait la mer d'argent et d'étain, et de petits oiseaux papillonnaient dans les haies regorgeant de fleurs printanières. Je dressai mentalement une liste de questions pour Lisa, mais je m'aperçus que j'étais excité, car voilà enfin quelqu'un qui l'avait aussi rencontrée en personne. Janna Edwards. Tous les gens à qui je parlais ajoutaient une nouvelle nuance au portrait que j'élaborais de cette femme. Cheveux blonds, visage impassible, incarcérée à trente ans pour la moitié de sa vie. J'apercevais son ombre sur les murs de ma maison, je sentais son souffle sur mon cou, la voyais à tous les coins de rue du village. Certains disaient que c'était une meurtrière de sang-froid, une sorcière, une empoisonneuse. Ayant volé les vies de deux fillettes et d'un père de famille avec un enfant. D'autres affirmaient qu'elle était gentille, attentionnée, intelligente, qu'elle valait mieux que ce village. Que c'était une herboriste, et non une empoisonneuse, quoique la même plante puisse être un poison ou un remède, selon le contexte. Qui était-elle vraiment ? Lisa McSweeney serait peut-être en mesure de me l'apprendre, ou au moins de consulter les cristaux ou autre.

Lisa McSweeney devait avoir environ dix ans de plus que moi. Dans les quarante-cinq ans, mais elle les portait bien, avec de longs cheveux bruns rehaussés par des mèches, et une peau fraîche. Peut-être était-ce son côté hippie qui la maintenait jeune – son studio de massage était rempli de tapis et ballons de yoga, de pierres fines, de livres sur la guérison de l'âme, les tantra et le tarot. Un diffuseur d'huiles essentielles embaumait agréablement les lieux dans un nuage de vapeur. Le local était une minuscule cabane au fond de son jardin, à peine assez grande pour que nous y tenions tous les deux debout. J'entendais les vagues s'écraser à quelques mètres de là.

Elle était plus efficace que je ne m'y étais attendu : elle me demanda de laisser mes vêtements sur un fauteuil en osier, de m'allonger avec le visage dans le trou de la table et de me couvrir d'une serviette. Autant vraiment profiter du massage d'abord, avais-je estimé, puisque ma nuque me faisait réellement souffrir, à cause du bureau que je m'étais improvisé.

Elle sortit pendant que je me mettais en position, me sentant étrangement vulnérable. Puis j'entendis le cliquetis de la porte et les pas feutrés de Lisa sur le plancher en bois. Elle avait passé une sorte de robe blanche et fluide sans manches, et je la sentis m'effleurer, dans un nuage d'huiles différentes, peut-être de la lavande. Elle avait une voix apaisante.

— OK, George, pouvez-vous prendre trois profondes inspirations pour moi ? Inspirez, expirez.

Je m'exécutai, pendant qu'elle commençait à m'appuyer sur le dos. J'étais vaguement honteux des poils qu'elle y découvrirait, sans parler des poignées d'amour que je m'étais laissé pousser durant ces deux années à m'apitoyer sur mon sort dans le canapé, tandis que ma femme se tuait au travail.

Elle se mit à me pétrir les épaules, et je lâchai un petit gémissement – j'en avais vraiment besoin. Mais il ne me fallait pas perdre de vue l'interview.

— Vous êtes du coin, alors ? marmonnai-je à travers le papier de soie.

— Exact. Little Hollow, j'y suis née et j'y ai grandi.

— Je viens juste d'emménager ici. J'ai acheté une maison dans le village.

Je me demandai combien de gens savaient désormais que ce n'était pas vrai. Que je ne l'avais pas du tout *achetée*.

— Ah oui ?

Ce n'était pas à proprement parler une question, mais je poursuivis.

— *Les Pignons* ? Vous connaissez ?

Aucune trace d'hésitation dans ses doigts. Des doigts étonnamment puissants.

— Je crois, oui.

— La maison de Janna Edwards.

— Je sais, oui.

Elle fit monter et descendre ses mains le long de ma colonne vertébrale, massant si fort que j'en haletai.

— Vous y êtes déjà allée ?

— Janna travaillait à mon école. Vous le savez probablement.

— Vous avez à peu près l'âge qui correspond, j'imagine.

— C'est pour ça que vous avez réservé un créneau avec moi ? Pour me poser des questions ?

Elle ne s'arrêta à aucun moment de me masser. Elle ne parut pas non plus spécialement contrariée – curieuse, plutôt.

— En partie. La maison que j'ai achetée m'intrigue. Mais j'ai le cou en vrac, aussi.

— C'est clair. (Elle enfonça plus vigoureusement ses doigts, et je lâchai une expiration hachée.) Qu'est-ce que vous lui avez fait ?

— Je suis resté assis à peu près toute ma vie. À taper non-stop sur un clavier. Sans jamais faire d'exercice. Enfin vous voyez, le topo classique.

— Vous avez envisagé un bureau debout ?

Seigneur, le lobby du bureau debout ! Qui veut écrire planté comme un poteau ? J'aurais choisi un métier différent si être assis toute la journée n'était pas ma condition idéale.

— Peut-être une fois que je serai installé, ouais. Nous sommes encore en plein emménagement.

— Vous pouvez me poser des questions. Ça ne me dérange pas de parler de Janna. Après tout, ça s'est produit. Faire comme si de rien n'était n'aide personne.

Bingo ! J'avais vu juste – évidemment que la hippie croyait en la franchise et la vérité guérisseuse. Contrairement au reste du village, qui voulait juste mentir et brouiller les pistes, sans prendre conscience que nous étions dans le monde moderne, où l'on ne pouvait simplement plus retenir les informations.

— Et Grace et Lucy ?

Prononcer leurs prénoms donnait l'impression de formuler un sort, ou une prière, dans l'ambiance cotonneuse et parfumée de la pièce, si sombre que je voyais à peine le sol par le trou où reposait mon visage.

— Elles étaient dans ma classe, oui.

— Vous étiez amies ?

Je la sentis hausser les épaules.

— Nous l'étions tous, je suppose. C'était une très petite classe, on était seulement dix.

— Il y en a d'autres qui vivent encore dans la région ?

— Je pense que nous sommes quatre, environ.

Elle appuya son coude sur mon muscle trapèze, et je sifflai.

— À votre avis, qu'est-ce qui s'est passé ce jour-là, Lisa ?

— Comment ça ? Vous savez bien ce qui s'est passé – tout le monde le sait.

Je n'étais pas certain d'être de son avis, mais admettons.

— D'accord, mais... Le poison. C'était juste un accident ?

Je perçus pour la première fois une hésitation chez elle, une rupture dans le rythme de ses doigts.

— Janna ne souhaitait pas qu'elles meurent, j'en suis sûre. Je pense qu'elles l'ont volé. Elles chipaient toujours des choses et traînaient beaucoup chez elle. Elle leur disait de ne pas le faire, que ce n'était pas correct, mais je crois qu'elles étaient un peu obsédées par Janna. Comme peuvent l'être les filles de cet âge. Elles étaient convaincues que M. Jeffries et elle entretenaient une espèce de grande histoire d'amour.

— Mais ce n'était pas le cas ?

— Il était marié.

La voix de Lisa s'était durcie, voilée d'une intonation que je ne parvenais pas à déchiffrer.

— Donc elles ont juste volé le flacon et l'ont bu pour rigoler ?

— Elles faisaient toujours n'importe quoi. Elles ont probablement pensé que c'était un véritable philtre d'amour ou un truc du genre.

— Et M. Jeffries ? Vous avez une idée des raisons pour lesquelles Janna l'aurait tué ?

— J'avais dix ans, George. J'ignorais totalement pourquoi tout ça s'est produit. Soudain, mes deux amies étaient mortes, mon instit aussi, et mon autre instit était envoyée en prison.

— Ça vous est arrivé de lui rendre visite ?

— Pourquoi j'aurais fait ça ?

Elle s'exprimait d'un ton presque glacial à présent. Même ses mains paraissaient froides sur ma peau.

— Elle était condamnée pour meurtre, et j'étais une enfant. De toute façon, c'est loin, où elle est. À quelques heures d'ici, au moins.

— Je me demandais juste si quelqu'un du village était allé la voir.

Était-ce étrange, dans le cas contraire ? On aurait abandonné à son sort cette femme qui avait été si populaire, si appréciée par la communauté ? On l'aurait laissée moisir en prison pendant presque trente-six ans ?

— Pas que je sache. Ce n'est pas une chose dont les gens veulent se souvenir.

— Bien sûr.

Ça devenait difficile de parler, ainsi allongé, et j'avais légèrement l'impression d'étouffer. Je me tus un instant, pendant qu'elle manipulait l'articulation de mon bras.

— Merci. Ça fait du bien.

— Vous êtes très crispé.

Revenir à la tâche en cours semblait la radoucir. Et elle était douée, à ce que je pouvais en juger. Je ne suis pas très adepte du massage, mais ça semblait fonctionner. Helen, d'autant que je sache, ne s'est jamais fait faire un massage, un soin du visage, ni même une manucure de toute sa vie. J'ai une épouse à faible entretien. Des deux, c'est moi l'hypersensible.

Au bout de vingt minutes environ, Lisa appuya les mains sur mon dos et me demanda une fois encore de prendre trois profondes respirations, ce qui marquait apparemment le terme du rituel.

— OK, George, c'est la fin de la séance. Pensez à boire beaucoup d'eau pour éliminer les toxines. Je vais sortir maintenant et vous laisser vous rhabiller.

Avec le sentiment obscur d'avoir raté mon coup, je passai ma chemise sur mon corps saturé d'huile, et me glissai dans mon jean et mes chaussures. Lorsque j'ouvris la porte, Lisa fumait une cigarette, voûtée sur un banc en pierre dans le coin de son jardin. Une grande diversité de fleurs y poussait, et je regrettais de ne pas en connaître les noms. Le décor serait mieux planté dans le livre si je pouvais dire : « Son jardin regorgeait de lavande et de... » je ne sais quoi. Des fleurs. Lisa était différente dehors, la masseuse à voix douce de la cabane paraissait maintenant vulnérable et à vif.

Je la regardai droit dans les yeux pour la première fois.

— Je suis désolé de vous avoir tendu une embuscade. Mais j'avais aussi sincèrement besoin d'un massage.

— Ouais, vraiment. Je n'ai jamais vu un dos noué à ce point.

Elle expira de la fumée, et j'en perçus les effluves dans l'air iodé.

— Janna m'a appris à jardiner, vous savez.

— C'est ravissant.

Mon œil fut attiré par une fleur jaune au cœur noir. Je n'avais aucune idée de ce que c'était, mais elle avait un aspect un peu sinistre. Janna cultivait des plantes toxiques aussi, bien entendu.

— Herbes aromatiques, plantes médicinales, toutes ces choses-là, elle m'a montré la voie. Elle était très bienveillante envers nous, les filles de l'école. Nous pouvions toujours aller chez elle si nous avions des ennuis à la maison, ou besoin d'un repas ou d'un endroit où nous réfugier. Mon père, il... (Elle s'interrompit.) C'était chaotique chez nous. Beaucoup de colère, de cris. Elle m'autorisait à rester avec elle, et juste creuser la terre, couper les plantes en silence. Ça sentait toujours si bon. Elle m'apprenait lesquelles éviter, lesquelles étaient utiles.

— Vous avez dû être surprise, quand elle a commis ces actes ? Si elle était toujours aussi gentille ?

Elle reprit une longue bouffée.

— Mais elle les a commis, non ? Quel intérêt d'essayer de comprendre pourquoi ? C'est arrivé, il est mort, point final.

— Comment était-il ? Les gens me parlent beaucoup d'elle, dans des propos assez contradictoires la plupart du temps, mais lui, c'est une sorte d'énigme pour moi.

Elle regarda vers la mer, turquoise et agitée aujourd'hui.

— C'était… eh bien, un homme comme les autres, je suppose. Certaines filles – Lucy et Grace – craquaient pour lui, elles écrivaient son nom sur leurs cahiers en gloussant, ce genre de niaiseries. Il était beau, j'imagine. Grand.

— Et vous ?

C'était une question vraiment grossière, mais Lisa n'eut aucune réaction. Elle semblait être partie loin dans sa tête.

— Non. Non, je n'ai jamais craqué pour lui. Comme je vous disais, j'avais dix ans. Et j'étais très peu mature pour mon âge.

Puis un long moment s'écoula, et elle sembla reprendre brusquement ses esprits, écrasant sa cigarette sur le banc.

— Bon ! lança-t-elle. Ça fera 40 livres pour le massage, s'il vous plaît. Je vais juste chercher mon lecteur de carte. Je suppose que vous n'avez pas de liquide, qui en a encore de nos jours ?

Je la regardai s'éloigner, avec le mégot soigneusement serré dans sa main, sa robe blanche bruissant, telle une prêtresse des temps modernes, mais munie de feuilles à rouler Rizla et d'un terminal PayPal.

Sur le chemin du retour, je fis halte au village pour faire des courses, en me garant à côté du monument aux morts. Les lieux étaient plus agréables aujourd'hui, ensoleillés par endroits, même si un vent froid soufflait toujours. Je composai le numéro de maman en marchant vers le magasin, sachant que si je tardais à l'appeler, elle ne ferait que s'angoisser davantage et finirait par contacter Helen, ce que je ne souhaitais clairement pas.

La ligne grésillait.

— Salut, maman.

— Te voilà enfin, mon chéri ! Nous commencions à nous inquiéter.

— Désolé, mais nous ne captons pas à la maison. C'est vraiment la cambrousse ! Et on ne nous a pas encore installé Internet.

Il fallait absolument que je me charge au plus vite de résoudre ce problème. J'en aurais bientôt besoin pour effectuer des recherches.

— Est-ce que tu as vu le… ?

— L'article ? Ouais. Ce n'est rien, maman. J'ai à peine été cité.

— Je suis juste inquiète parce que…

— Je sais. Mais ça ne pourra pas causer plus de dégâts. De toute façon, je n'écris pas d'articles en ce moment. Je travaille sur un livre.

— Ça va, financièrement ?

Je grimaçai. La réponse était, pas vraiment, mais ils nous avaient déjà donné 50 000 livres.

— Ouais, ouais.

— Helen m'a appelée la semaine dernière.

— Ah oui ?

La situation était pire que je ne l'avais imaginé, si elle s'était résolue à appeler ma mère.

— C'était un peu troublant, George. Elle semblait penser que nous vous avions donné de l'argent pour acheter la maison. Et qu'il ne vous en restait plus beaucoup.

— Oh ?

Eh bien, évidemment qu'elle pensait ça. C'était mot pour mot ce que je lui avais raconté. Comment expliquer autrement le trou de 200 000 livres dans nos finances, tout ce que nous avions économisé pour acheter une maison ?

— Un malentendu, je suppose.

— Mais vous avez bien de quoi payer les rénovations ?

— Bien sûr. C'était pour ça les 50 000 livres, que vous avez eu la gentillesse de nous donner.

Elle paraissait toujours soucieuse.

— Il me semblait que vous aviez aussi des économies ? Que vous essayiez d'acheter une maison depuis un bout de temps ?

— C'est vrai, maman, mais je n'ai quasiment pas travaillé en deux ans. C'est cher, Londres, tu le sais bien.

Helen aussi le savait, mais elle ignorait totalement à combien s'élevait réellement le montant de ma dette. Les emprunts que j'avais contractés quand on ne me commandait plus aucun article. Les débits différés dont j'avais atteint le plafond avant de perdre mon emploi, persuadé que je continuerais toujours de gravir les échelons. Les soirées à boire et dîner avec des célébrités, pour décrocher des scoops. J'étais déjà bien dans le rouge avant même de me faire virer.

— Tu ne lui as rien dit, n'est-ce pas ? De qui tu as hérité la maison…

— Eh bien, non. J'ai juste évoqué une parente éloignée. Je ne veux pas la perturber. Elle est encore très fragile, après ce qui s'est passé l'année dernière.

— Mais ne va-t-elle pas le découvrir ? Les gens du coin risquent de savoir qui en était propriétaire, non ?

— Peut-être. Mais le nom ne lui dirait rien, si ? Ça fait un bail.

S'ensuivit un silence empli d'inquiétude et de chagrin.

— Chéri, je sais que c'était un sacré choc, quand nous t'avons parlé de la maison. Nous aurions peut-être dû le faire plus tôt, mais tu semblais toujours… Tu n'as jamais eu l'air de t'y intéresser. Et tu n'as pas à m'en informer si tu décides de la contacter. Janna. Mais je te soutiendrais dans ta démarche. Quoi que tu décides, ça nous conviendra à papa et moi.

Je fermai les yeux.

— Je le sais, maman. Merci.

Mais ce n'était pas aussi facile que ça, n'est-ce pas ? De simplement la contacter. Simplement ouvrir cette voie, alors que j'ignorais encore son existence quelques mois plus tôt.

Je vis quelqu'un me faire signe depuis la porte du pub : Cara. Aujourd'hui, étrangement, elle avait les cheveux verts.

— Maman, je dois y aller. À bientôt.

Je raccrochai et me dirigeai vers le pub.

— Salut !

— J'ai des infos pour vous. Vous avez le temps d'entrer ?

Au pub un midi, une fois de plus ? Eh bien, elle ne m'avait pas vraiment laissé le choix, et ce n'était pas comme si nous pouvions nous voir ailleurs au village. L'intérieur était presque désert, à part le même vieux avec son chien, qui me jeta le même regard hostile. Cara retourna derrière le comptoir.

— Vous buvez quelque chose ?

— Ça ira. Oh, allez, juste un demi. Alors, qu'est-ce que vous avez découvert ?

Elle me servit, puis consulta des notes sur son téléphone.

— Bon, c'est cuit pour le flic qui a arrêté Janna, il est mort depuis des lustres. Pareil pour l'instit des plus petites classes de l'école, qui était déjà vieille à l'époque.

— Ouais, je m'en doutais.

— Mais l'autre instit, Susan Bodger, j'ai son numéro de téléphone.

J'étais sincèrement impressionné.

— Mais comment... Elle est dans l'annuaire ?

— C'est quoi un annuaire ? Je déconne. Non, une dame du club de tricot l'avait, j'ai juste demandé dans le village.

— Vous faites partie d'un club de tricot ?

— Oh, ouais, les activités manuelles, c'est tellement apaisant. En plus, c'est un art traditionnellement féminin qui est souvent sous-estimé. Pour ce qui est de l'épouse, Margaret Jeffries, je ne trouve rien sur elle, alors je pense qu'elle s'est peut-être remariée. Il y a moyen de consulter les actes de mariage, apparemment – il faut, genre, aller dans un bureau d'archives ou une bibliothèque.

J'avais la sensation d'être un dinosaure en parlant à Cara, mais elle avait obtenu des résultats concrets.

— C'est génial, merci.

— Je vais continuer mon enquête. Il y a encore quelques personnes à qui je voudrais essayer de parler. Des gens de l'école, des élèves, etc., tous ceux qui ont pu la connaître.

— Ça me paraît bien. Poursuivez comme ça.

J'écoutais à peine – je songeais toujours à ce qu'avait dit ma mère, au risque que Helen sache probablement déjà que je nous avais installés dans la maison d'une meurtrière. Tant qu'elle en ignorait la raison, ça irait.

La maison était froide et silencieuse à mon retour, aucun signe de Helen, et je ne savais absolument pas où elle pouvait être. Le fossé se creusait entre nous. Alors que j'allais dans le salon pour préparer du café, j'entendis un bruit. Une espèce de cognement et de mouvement virevoltant, qui semblait provenir de sous mes pieds. Dans la cave.

Je m'y dirigeai et remarquai que la porte était ouverte – les ouvriers y étaient peut-être descendus, finalement. J'éprouvai une peur stupide en parcourant les marches – il faisait si sombre, et ça sentait l'humidité. Y avait-il encore un oiseau pris au piège – comment diable se débrouillaient-ils pour entrer ? Je tournai sur moi-même et scrutai les recoins, mais ne vis rien. L'étrange bruit avait cessé.

Helen me réveilla en me secouant le lendemain matin.

— Hmm ?

— Il n'y a ni eau chaude ni chauffage, annonça-t-elle d'un ton vaguement hystérique. La chaudière doit encore être en panne. Est-ce que les ouvriers y ont jeté un coup d'œil ?

Je cherchai mes lunettes à tâtons, me rappelant comment ils avaient détalé après avoir trouvé le lapin mort. L'air était glacial dans la chambre, peu accueillant.

— Aucune idée.

— Eh bien, il faut que tu règles ça. C'est déjà assez pénible d'avoir zéro cuisine, un trou dans le salon, mais maintenant on n'a même plus de chauffage, et je ne peux pas me laver les cheveux !

— Ohé, du calme, ça va.

— Non, ça ne va pas !

J'avais rarement vu Helen aussi contrariée. Elle se laissa retomber sur le lit, avec ses cheveux roux emmêlés, vêtue des tee-shirt et short dans lesquels elle dormait. Le découragement se lisait sur son visage blême.

— George… Je ne peux pas… Je ne sais pas si je peux vivre ici. Depuis qu'on est arrivés, j'ai juste… Les choses ne sont plus pareilles.

— Qu'est-ce que tu veux dire ?

Je tentai de prendre un ton décontracté, mais mon cœur s'était emballé. Par pitié, faites qu'elle ne soit au courant de rien.

—Oh, c'est juste que tout le monde est si bizarre et hostile, et ta mère – oui, j'ai appelé ta mère –, elle avait l'air vraiment perplexe au sujet de l'argent qu'ils nous ont donné pour acheter la maison.

Oh non.

—Oh, tu connais maman, elle comprend toujours tout de travers. Elle a presque soixante-dix ans, Helz.

—Mais… nous ne savons pas si tu retrouveras un jour du boulot, ni ce que je vais pouvoir faire après, et nous avons besoin d'argent pour retaper cet endroit. Beaucoup d'argent.

—Je croyais que tu te renseignais sur les métiers de la santé mentale.

—Mais ça coûte aussi de l'argent. Et… je serais obligée de leur révéler ce qui s'est passé l'année dernière. On me demanderait de suivre une thérapie.

Personnellement, je ne trouvais pas ça si dramatique, mais vu que j'avais moi-même toujours refusé d'en suivre une, j'étais mal placé pour donner mon avis.

—Écoute, ça va s'arranger. J'appellerai les maçons – je suis sûr que ce n'est pas si compliqué de rallumer la chaudière. Si ça se trouve, je peux m'en occuper moi-même, avec un peu d'aide de YouTube.

Helen émit un gémissement incrédule.

—On ne capte quasiment rien ici. Pas de réseau téléphone, pas d'Internet, pas d'eau chaude… On est globalement retombés à l'époque victorienne.

—OK, OK. Écoute, je suis vraiment près du but avec mon livre. Je peux peut-être bientôt envoyer une proposition, et qui sait, il pourrait se vendre à partir de ça, avec quelques chapitres.

Elle parut sceptique.

—Vraiment ?

—Oh, ouais – c'est comme ça qu'Andy a vendu son dernier bouquin.

— Hmm.

« Mais c'est Andy », aurait-elle pu répliquer. Elle s'en abstint. Mais je savais qu'elle était en train de le penser.

— George, tu me promets que tu m'as tout dit à propos de cette maison ?

Oh, Seigneur ! Il y avait tant de choses que je lui avais cachées. Il me fallait juste un peu plus de temps.

— Je suis désolé, bébé. Je pensais honnêtement que tu apprécierais la tranquillité, et que nous pourrions la rénover agréablement. C'est toujours un cauchemar, les travaux. Un jour, nous repenserons à tout ça en admirant la mer, assis dans notre ravissant salon.

Helen poussa un profond soupir.

— Débrouille-toi pour qu'ils réparent la chaudière, OK ? Franchement, je ne peux pas tenir sans une douche.

Je me demandai si elle avait remarqué qu'en vérité je n'avais pas répondu à sa question.

Nous descendîmes, et j'allai mettre en route la machine à café d'un pas traînant pendant que Helen allait chercher le courrier à la porte d'entrée. Après quelques instants, je l'entendis crier.

— Quoi ?

— Je n'y crois pas, bordel !

— Qu'est-ce qui se passe ?

Elle rentra, pâle et tremblante, en me tendant une feuille de papier et une enveloppe déchirée. Une lettre, imprimée à moindre coût. Je la parcourus rapidement, relevant le nom d'un cabinet d'avocats local. *Lettre avant poursuite judiciaire. Ce courrier fait référence à un incident survenu sur votre propriété où des dommages ont été subis par un employé de notre client, M. Robert Marks…* C'était Bob le Maçon. Il nous attaquait, ou nous en menaçait.

— Qu'est-ce que c'est que ça ? s'offusqua Helen. Ce ne sera pas recevable au tribunal, si ?

—Je ne sais pas. On dirait qu'il a juste filé un billet à un avocat du coin pour qu'il lui gribouille un courrier officiel. Je doute qu'il nous intente vraiment un procès.

—Il demande 10 000 livres d'indemnisation !

Pour blessures et atteinte à la réputation de l'entreprise, apparemment. Ça me paraissait complètement bidon.

—Il tente juste le coup, Helz. Ce n'est pas grave.

—Mais si, c'est grave, George ! Déjà, il y a peu de chances qu'ils reviennent finir le boulot s'ils nous attaquent, non ?

—Je vais m'en occuper.

—Quand ? Comment ?

Elle avait raison. Je ne cessais de lui répéter que j'arrangerais les choses, et jusqu'ici j'avais littéralement échoué.

—Je… Laisse-moi lui parler.

—Quand ?

—Maintenant. Promis, je vais tout de suite monter en haut de la colline et l'appeler.

Fourrant mes pieds dans mes Crocs sans même prendre une gorgée de café, je partis retrouver la zone où l'on captait.

Au sommet de la colline, je composai le numéro de Bob. Lâchement soulagé de tomber sur sa messagerie, je lui demandai de me rappeler. Je laissai mes instructions sur un ton que je voulais déconcerté, comme si, de mon point de vue, nous étions encore tous potes et qu'il ne pouvait quand même pas nous menacer d'action en justice. Je tentai ensuite de contacter Nancy Dunne, l'ancienne secrétaire de l'école, une fois de plus en vain. Je laissai un autre message, lui expliquant qui j'étais. Puis je tapai le numéro de Susan Bodger, sans réellement m'attendre à ce qu'elle décroche – plus personne ne le faisait de nos jours.

—Allô ?

Elle avait répondu. D'une voix sèche et impatiente.

— Allô, vous êtes bien madame Bodger ?

— Mademoiselle. Qu'est-ce que vous voulez ?

— Hum, eh bien, mon nom est George Sanderson, et je suis écrivain. Je travaille sur l'affaire Janna Edwards, et je me demandais si vous accepteriez…

Elle m'interrompit.

— Pourquoi se donner la peine d'écrire au sujet de cette femme diabolique ?

— Oh… Vous la croyez coupable, donc ?

— Est-ce que je la crois coupable ? Elle a été condamnée à cinquante ans de prison. Elle a tué un merveilleux enseignant, époux et père de famille, sans parler des deux fillettes.

— Oui, mais…

— Il n'y a pas de *mais*. Je me moque de ce que disent les gens sur les preuves ou les témoins. C'était une créature maléfique – je n'irais pas jusqu'à dire qu'elle vénérait le diable, mais pas loin. C'était vraiment une menteuse, une manipulatrice, une salope sournoise.

Je pris une vive inspiration – le terme choquait tellement plus sur ce ton cinglant.

— Je vois.

— Ne me contactez plus, monsieur Sanderson. Je ne veux plus jamais entendre le nom de cette femme.

Et elle me raccrocha au nez.

Ce n'était pas la première fois que cela m'arrivait – Alex James l'avait fait un jour, quand j'avais dit un truc grossier sur son fromage –, mais j'en fus secoué. Elle avait paru si furieuse, comme si le dossier était toujours ouvert pour elle. J'imagine que je m'étais habitué à l'idée que Janna était peut-être innocente, concernant les meurtres des deux fillettes tout au moins – Cara semblait le penser, et Martin était resté vague sur le sujet. Lisa McSweeney l'avait tout autant suggéré. Mais à présent, pour la première fois, je saisis ce que la plupart des villageois devaient éprouver. Ce qu'elle avait détruit à leurs yeux, les horreurs qu'elle avait déposées à leur porte.

Alors que je me levais pour repartir – je devais encore me laver et prendre mon petit déjeuner, et il faisait froid et humide au bord de la route –, mon téléphone reçut une notification. Cara. J'ai une touche !

En effet. Elle était allée à la bibliothèque finalement, et avait trouvé Margaret Jeffries, sur une liste électorale datant de 1987. Celle-ci avait déménagé après le meurtre de son mari, si c'était bien la même Margaret, et, à en juger par la date de naissance, j'en étais certain. Je commençais à avoir le souffle court, et des fourmis dans les doigts en tapant. Il me fallait juste une adresse, et, après avoir renseigné mes coordonnées de carte bancaire et payé une modique somme, j'en eus une. EX20 – le code postal ne me disait rien, mais je pourrais m'y rendre sans problème en voiture. Les gens n'ont pas idée à quel point c'est facile de remonter leurs traces. J'imaginais qu'elle avait changé de nom, s'était probablement remariée, mais si elle habitait encore dans cette même maison qu'en 1987, je la retrouverais. Dans le cas contraire, il y avait une chance pour que les nouveaux occupants aient une adresse de réexpédition. Une fois douché, j'irais la débusquer.

Je répondis à Cara tandis que je me mettais en route. Bien joué !

Elle répondit aussitôt. Pas de souci. Il y a une autre piste, aussi. Je veux l'explorer un peu plus avant d'en parler, mais ça pourrait être ÉNORME !

Elle était si jeune, encore excitée par ce genre d'événements funestes, s'imaginant qu'elle en serait toujours hors d'atteinte. Malheureusement, je savais d'expérience que c'était une erreur.

Helen ne me demanda même pas où j'allais ce jour-là. Elle semblait repliée sur elle-même, s'enfermant dans la chambre pour la « ranger », un processus qui paraissait souvent aboutir à un désordre plus grand qu'au départ. Elle s'affairait sur les chaussettes, les pliant d'une étrange manière dans les tiroirs de la nouvelle/ancienne commode qu'elle avait dénichée chez un antiquaire.

— Je prends la voiture, OK ?

— OK.

Elle releva les yeux, agenouillée sur le plancher nu. Il nous faudrait acheter un tapis, ou une carpette.

— George, est-ce que tu…

J'attendis.

— Est-ce que je quoi ?

Encore cette petite palpitation de peur dans mon cœur. Elle découvrirait la vérité, tôt ou tard. Peut-être que c'était déjà le cas, mais que, pour une certaine raison, elle me le cachait.

— Oh, rien. Rapporte quelque chose pour le dîner, tu veux bien ? Je ne peux vraiment plus retourner au magasin général, cette femme est trop malpolie.

— OK.

Tandis que je m'éloignais en voiture, je répétais ce même discours que j'avais prévu de lui réciter depuis des semaines. « Helz, je n'ai pas été totalement honnête avec toi. Je n'ai pas du tout acheté cette maison. J'en ai hérité. De qui ? Eh bien, voilà, le truc, c'est que... »

C'était là que je calais toujours. Je pouvais lui avouer que j'avais menti sur l'achat fictif de la maison, et peut-être même répondre à la question qui suivrait inévitablement – « Où est parti l'argent, dans ce cas ? » –, même si ce ne serait pas beau à voir. Mais je ne pouvais pas lui révéler comment j'avais hérité de cet endroit. Qui me l'avait légué, et pourquoi. Pas avant que moi-même j'en saisisse davantage la raison, que je comprenne l'affaire et ce que ça signifiait pour moi. S'il y avait une chance que Janna Edwards ne soit pas coupable, eh bien, cela changerait tout, et peut-être que ce terrible poids qui m'accablait, depuis que j'avais connaissance de cette maison, quitterait mes épaules. Helen comprendrait forcément. Non ?

Le trajet jusqu'au Devon me prit presque deux heures, et, en quittant l'autoroute, je commençai à avoir une étrange impression de déjà-vu. J'étais venu ici, non ? Je reconnaissais ce garage BP, le petit village avec la jolie place, les canards dans l'étang. Je compris mieux lorsque le GPS me guida vers une impasse à la sortie d'Okehampton, où étaient regroupées des maisons avec des façades en crépi et des toits pentus. C'était tout près de chez la mère de Helen, la maison où ma femme avait grandi.

S'agissait-il d'une étrange coïncidence ? Il y avait un tas de lotissements semblables dans le Devon, supposai-je. Je n'avais évidemment jamais écrit à sa mère, et elle avait toujours conduit quand nous étions venus ici, ou bien nous avions pris le train avant de pouvoir nous offrir une voiture. Je m'aperçus que je n'aurais su dire quelle était leur adresse. Mais la rue me semblait être la même. Cela m'évoquait quelque chose à présent : Carlton Close. Je voyais Helen l'écrire sur l'enveloppe d'une carte d'anniversaire.

Assailli par une peur surréaliste, je me garai puis marchai vers le numéro 24. Bien sûr que je la reconnaissais.

C'était la maison de la mère de Helen.

Vraiment ? Ou juste une maison quasiment identique ? Je devenais fou. Cela n'avait aucun sens.

Je sonnai d'une main tremblante, et évidemment, évidemment que je connaissais la personne qui m'ouvrit. Mick Keown, le beau-père de Helen. Il lui fallut une seconde pour me remettre – nous ne nous étions pas vus depuis un bon moment, et je surgissais de nulle part.

— George ! Quelle surprise !

Pas autant que pour moi. Car j'avais suivi les indications pour me rendre chez Margaret Jeffries, veuve de la victime du meurtre, et le GPS m'avait conduit à la maison d'enfance de ma femme. La maison de sa mère – dont le prénom était Peggy ! Peggy Keown ! Pourquoi ne l'avais-je pas vu venir ? –, et il n'y avait qu'une conclusion à en tirer.

Ma belle-mère était la veuve d'Adam Jeffries. Ce qui voulait dire que ma femme adorée, l'intégrité incarnée, qui à ma connaissance n'avait jamais raconté un mensonge de sa vie… Ma femme était la fille d'Adam Jeffries.

Il fallait que je sache. Le moment était enfin arrivé. Après avoir prétexté que j'étais venu emprunter un escabeau parce que j'étais dans le coin – tout ce trajet depuis les Cornouailles pour un escabeau ! –, je remontai dans ma voiture et restai assis là un moment. Il avait paru me croire – il aurait cru n'importe quelle absurdité que ferait un Londonien vaguement artiste tel que moi, comme parcourir cent miles pour une interview fictive dans les parages. Je pris mon téléphone sur son support, les mains tremblantes. Je repoussais ça depuis des mois ; allais-je vraiment débarquer là-bas, en vieux jean et tee-shirt Wilco ? Je n'étais pas sur la liste des visiteurs, et je me doutais qu'il faudrait réserver un créneau au préalable. Je pouvais au moins voir quelles étaient les démarches pour caler une visite. J'aurais dû le faire plus tôt. Je pris conscience que ça ne pourrait pas bien se passer.

Je vis que Helen m'avait envoyé plusieurs messages, pour me demander où j'étais. Eh bien, elle n'avait qu'à gamberger. Je composai le numéro de la prison.

Le système de traitement automatisé me pria d'indiquer le nom de la détenue pour laquelle j'appelais.

— J-Janna…

Je bafouillai sur son prénom, celui qui défilait en boucle dans ma tête depuis que j'avais appris la vérité. *Janna, Janna, Janna.*

— … Edwards.

Janna Edwards. Meurtrière, enseignante, sorcière.

Janna Edwards, ma mère.

Janna

La plupart des gens pensent que si vous êtes condamné pour meurtre, vous allez en prison toute votre vie. Ce n'est pas du tout le cas – la perpétuité signifie généralement quinze ans au Royaume-Uni, et vous pourriez être libéré plus tôt pour bonne conduite, au bout de douze ans, peut-être. Et puis, il y a des moyens de réduire la peine : faire en sorte, même si vous avez tué quelqu'un, que ce ne soit pas techniquement un assassinat – des circonstances atténuantes, on appelle ça. Si quelqu'un vous a provoqué, au point que vous craquiez et ne vous maîtrisiez plus. Si vous ne l'avez pas prémédité – vous n'avez pas emporté d'arme, par exemple. Si vous avez eu un accès de folie, ou que vous avez perdu l'esprit de quelque manière – on parle alors de « responsabilité diminuée ». Si vous craigniez pour votre vie. En vérité, c'est surprenant combien la peine que vous purgez pour un homicide peut être courte. C'en vaudrait presque le coup de passer à l'acte. Si vous estimez que quelqu'un devrait vraiment mourir.

Je n'ai pas eu de chance. Quand on m'a condamnée pour meurtre, j'ai écopé de la perpétuité, mais ça s'est révélé plus proche de la vraie définition que des quinze ans auxquels cette peine se résume habituellement. Cinquante ans, on voulait donc que je meure en prison. Lorsque ça vous arrive, c'est très, très compliqué de sortir. Mais pas impossible.

Ma vie se divisa assez nettement en deux l'année de mes trente ans. Il y eut un avant – mon quotidien à Little Hollow, où je connaissais chaque habitant du village, je travaillais à l'école, préparais mes remèdes, veillais sur maman. Et puis, un après – la même petite cellule de prison dans laquelle je suis depuis ces trente-six dernières années. Parfois, je regarde le plafond de ma cellule, avec sa peinture crème défraîchie et écaillée, et je m'imagine que ce sont les toits de Florence, les karsts de Rio de Janeiro, ou même la tour Eiffel. Mais non, c'est toujours ma cellule de prison sur Salisbury Plain. Je n'ai pas de codétenue, j'ai droit à une télé, et je travaille au service éducation, je suppose donc que ç'aurait pu être pire, mais ce n'est pas exactement ce que j'avais espéré, en tant que jeune trentenaire, amoureuse pour la première fois, les yeux tournés vers l'avenir.

Longtemps, je crus que ma vie s'était scindée en deux le jour des meurtres, lorsque les filles étaient mortes. Le pire jour de ma vie à l'époque, qui fut bientôt suivi par un jour pire encore, quand j'accouchai menottée, et que l'on emporta mon bébé hors de la salle avant même que je puisse le tenir dans mes bras. Mais je pense que la division se produisit bien avant ça. Je crois, désormais, que le moment fatidique où mon futur se lézarda eut lieu lorsque je rencontrai Adam Jeffries pour la première fois. J'ai eu beaucoup de temps pour y réfléchir, coincée en prison, et tout est très clair dans ma tête. Le jour où Adam Jeffries arriva à Little Hollow marqua la fin de ma vie telle que je la connaissais.

Avant les événements de 1986, j'avais mené une existence tranquille. Une ou deux visites à Londres, des vacances en Espagne avec une camarade d'école, un voyage scolaire au Lake District. Si j'avais su que c'était tout ce qui me serait accordé, j'en aurais profité au maximum. J'aurais pris des amants, vécu dans différentes villes. J'aurais aimé aller à l'université, la faculté de médecine, et j'avais les notes qu'il fallait pour y être admise, mais maman avait besoin de moi à ses côtés. Elle avait été virtuellement confinée à la maison depuis que j'étais petite, et j'avais commencé à aider ma grand-mère pour ses soins dès mes huit ans. En grandissant, au lieu de devenir médecin, comme j'aurais peut-être aimé le faire – je jouais toujours au docteur avec mes poupées, jamais à la jeune mariée comme mes amies –, je trouvai un poste à l'école primaire locale. Même pas comme institutrice, puisque je n'en avais pas les qualifications. Assistante d'éducation. Le reste du temps, je rendais visite aux malades du village, leur prodiguais mes concoctions, et faisais office de thérapeute officieuse pour les villageois. Les gens avaient l'habitude de venir consulter grand-mère pour leurs soucis, leurs fausses couches, leurs chagrins d'amour et leurs pieds gonflés, et elle les renvoyait chez eux avec une mixture en flacon. Après sa mort, j'avais repris une partie de son exercice. J'avais dix-huit ans. Fonctionnaient-elles – c'est ce que les gens veulent toujours savoir –, les potions ? Évidemment. Les remèdes sont juste des composés chimiques, et c'était ce que faisait aussi grand-mère, même si elle ne connaissait pas les noms scientifiques. La plupart de ses recettes reposent sur des bases empiriques, et si l'on ne peut guérir un cœur brisé par une potion, peut-être est-ce possible avec une oreille attentive, des conseils avisés, et surtout de l'espoir. C'était ce qu'elle leur offrait, et j'essayais de faire pareil.

J'avais trente ans quand Adam Jeffries prit ses fonctions de directeur, au moment où Mme Critchley partit enfin en retraite et alla s'installer dans le sud de la France. C'était elle qui m'avait formée, et ce fut un bouleversement pour le village quand les responsables annoncèrent qu'ils affecteraient à ce poste une personne de l'extérieur. Du sang frais – c'est ainsi qu'ils le présentèrent ; ils n'auraient jamais pu prévoir que cette expression prendrait un tel sens. Je fus perturbée par ce changement, et je suppose que je ruminais mon avenir. Atteindre la trentaine avait braqué mon esprit sur ma situation : célibataire, sans enfant, vivant avec ma mère. Je m'étais tellement peu *amusée*, voyez-vous. Je voulais davantage. Je voulais quitter ma ville natale, explorer d'autres horizons. *Faites attention à ce que vous souhaitez*, dit le proverbe. Ces temps-ci, je donnerais n'importe quoi pour revoir Little Hollow, le sable blond de la baie, les ajoncs du chemin côtier, le panneau du pub, *The Green Man*, se balançant au gré du vent, et Martin derrière son bar.

Le jour où Adam Jeffries arriva, j'avais mené une discussion avec les CM1 et CM2 sur les thèmes abordés dans *Le Géant de fer* – celui de Ted Hughes. Je me rappelle que c'était un après-midi chaud et somnolent, la première semaine d'école après l'été ; les enfants étaient agités et nerveux, les yeux rivés à la fenêtre, perdus dans leurs souvenirs des longues journées d'août à jouer dans les bois environnants et sur la plage. Notre nouveau directeur avait repoussé sa rentrée de quelques jours – des vacances en famille prévues depuis longtemps, ce qui me semblait étrange, mais je l'acceptai –, je ne l'avais donc pas encore rencontré. Nancy, la secrétaire, Mme Jenkins, la gentille institutrice des plus jeunes, qui approchait déjà la soixantaine à l'époque, la mielleuse Susan Bodger, l'autre enseignante de cette minuscule école, et moi-même étions toutes impatientes de voir à quoi il ressemblait.

Je m'apprêtais à laisser les enfants sortir tôt pour aller s'ébattre dans la douceur de cet après-midi-là, lorsque Nancy frappa à la porte et entra sans attendre d'un pas raide. L'établissement était si petit, à peine quatre salles, que nous étions toujours les uns sur les autres. Et je n'étais pas enseignante, comme on me le rappelait par le biais d'un million de détails – je m'étais pourtant chargée seule des deux plus grandes classes la majorité de l'année précédente, tandis que Mme Critchley réduisait progressivement son activité.

— Janna, il est là, me chuchota Nancy en aparté.

Les têtes des enfants se tournèrent alors brusquement.

Je leur souris.

— Bien, les enfants, maintenant vous fermez sagement vos cahiers, sans un bruit, et vous les empilez sur mon bureau.

S'ensuivit une précipitation de pages froissées et de piétinement.

— Qui est là ? demandai-je à Nancy.

Elle était rouge d'excitation. Je ne pouvais pas lui en vouloir – il n'y avait pas souvent de quoi être excité à Little Hollow.

— Le nouveau directeur. M. Jeffries ! Il est passé nous rendre visite.

— Je croyais qu'il ne commençait pas avant la semaine prochaine.

— Eh bien, il est là. Il veut jeter un coup d'œil, et Susan est déjà partie. Rendez-vous chez le dentiste.

En vérité, Susan aurait préféré être appelée Miss Bodger par la secrétaire de l'école, mais Nancy ne se laissait intimider par personne.

— Très bien, je lui ferai faire le tour. Mais bon, il n'y a pas grand-chose à voir, il le sait, ça ?

Je voyais rarement Nancy secouée ; qu'il s'agisse de l'infestation de poux que nous avions eue l'année précédente, de la sale histoire avec le père de Robin Matley qui se servait beaucoup de ses poings, de la mouette qui était entrée dans la salle des enseignants et avait dû être chassée avec un balai. Alors, quand elle avança et se mit à glousser – à glousser ! –, je fus surprise.

— Oh, Janna ! Il est si beau, vraiment. Vous verrez. Marié, malheureusement.

Je m'étais toujours méfiée des hommes beaux. Mon père était beau, d'après maman, et voyez où cela nous avait menées. Néanmoins, quand Adam Jeffries entra dans la salle de classe, se voûtant un peu pour franchir la porte basse, mon corps réagit malgré moi. Le traître ! Jeffries mesurait quinze centimètres de plus que moi, il était mince, fort, arborant les muscles de quelqu'un qui travaillait en extérieur (ce n'était pas le cas, mais j'apprendrais plus tard qu'il pratiquait régulièrement la randonnée et le cyclisme), des yeux bleus perçants, des cheveux bruns. Certaines personnes ont des traits qui vous paraissent tout simplement harmonieux – j'ai entendu que c'était une question de symétrie, de familiarité et de compatibilité génétique. Quelle qu'en soit la cause, il avait l'un de ces visages à mes yeux. Avec l'alignement parfait du menton, du front et du nez. Et ça, c'était avant même qu'il m'adresse ce sourire qui me coupa légèrement le souffle. Je compris alors l'étrange vertige qui s'était emparé de l'austère Nancy.

— Bonjour, vous devez être la fameuse Janna.

— Fameuse ?

Il me prit la main – sa poigne était puissante, mais ne m'écrasa pas.

— L'école ne pourrait pas tourner sans vous, m'a-t-on dit. Ni sans Nancy, ici présente.

Elle gloussa de nouveau.

— Vous devez être monsieur Jeffries.

Je dégageai ma main, déstabilisée.

— Oh, appelez-moi Adam, je vous en prie. Je suis sûr que nous serons comme une famille ici, dans une si petite école.

Il regarda la salle de classe autour de lui. Autorisée à la diriger en l'absence d'un troisième enseignant, j'avais invité les enfants à la remplir de feuilles d'automne, de longues guirlandes de papier coloré suspendues au plafond, de nids d'oiseaux, de jolis cailloux ramassés sur la plage. Pas très ordonné, mais d'une beauté intéressante.

— Quelle composition ! C'est si créatif.

Je me sentis légèrement rayonner sous son attention et m'empressai d'étouffer ma réaction. Je n'avais pas confiance en ce genre de réflexe. Grand-mère m'avait toujours dit de ne jamais me laisser diriger par mon corps, et j'avais bien appris ma leçon. En grande partie, du moins.

— Merci. Que vouliez-vous voir ? En vérité, nous n'avons que ces trois salles et celle réservée au personnel. C'est un minuscule établissement. Vous arrivez de Londres ?

Cela paraissait curieux, d'abandonner ses fonctions dans une grande école, où le salaire était sûrement deux fois plus élevé qu'ici.

— Oui… J'étais un peu fatigué du bruit et de l'agitation. J'ai toujours adoré les Cornouailles.

Il détourna ses yeux clairs, et je sentis qu'il taisait peut-être quelque chose. Une raison de partir, qu'il ne souhaitait pas me dévoiler.

— Vous vivez dans le village ? m'enquis-je.

— À quelques miles.

— Avec votre épouse ?

J'avais remarqué son alliance.

Ses yeux se durcirent une fraction de seconde.

— C'est ça. Et notre petite fille âgée de deux ans.

— Oooh ! roucoula Nancy, qui d'ordinaire n'avait rien d'une sentimentale. Elle pourra nous rejoindre ici dans quelques années. Comment s'appelle-t-elle ?

— Helen.

Il lui répondit sans toutefois me quitter des yeux. Des yeux qui me jaugeaient. Et, même si je n'aurais absolument pas pu deviner que je finirais en prison pour le meurtre d'Adam Jeffries, je sus à partir de cet instant que nous aurions des ennuis, lui et moi. Je ne savais simplement pas de quel ordre.

Le lendemain matin, j'arrivai à l'école légèrement plus tard que d'habitude – maman avait passé une mauvaise nuit, et je m'étais endormie après 5 heures, attendant qu'elle cesse de gémir et de trembler. Elle appelait mon père dans de tels moments. *« Robert, je suis désolée. Pardonne-moi ! »* Je m'étais promis depuis longtemps de ne jamais réclamer un homme de cette manière. De ne jamais avoir besoin d'un homme.

Je me sentais également malade et épuisée en me traînant au travail. Je n'avais pu avaler le moindre petit déjeuner, comme cela devenait la norme ces temps-ci, et je savais que je maigrissais trop. Peut-être suivais-je le même chemin que maman, menant à la solitude et à la névrose. D'habitude, la cour de récréation fourmillait d'enfants quand j'arrivais, leurs parents les déposant avant d'aller travailler sur les bateaux de pêche ou dans les usines. En hiver, leurs souffles formaient un nuage chaud au-dessus de l'école tandis qu'ils jouaient et criaient, aucunement perturbés par le mauvais temps. Aujourd'hui, ils étaient déjà partis en réunion générale ; elle se tenait dans la plus grande salle de classe, celle qui avait été brièvement la mienne. Les plus petits enfants y étaient assis en tailleur sur le vieux parquet. Mais il restait deux filles dehors, qui chuchotaient entre elles. Les meilleures amies du monde, inséparables : Grace Monkton et Lucy Fillane, dix ans toutes les deux.

— Les filles, vous ne devriez pas être à l'intérieur ?

Moi-même, j'aurais dû l'être, bien entendu. Mme Critchley comprenait bien ma situation avec maman, mais peut-être que le nouveau directeur ne serait pas aussi arrangeant. D'après mon expérience, les hommes semblaient souvent penser que les sales besognes de la vie, nourrir les enfants, changer les lits, laver les toilettes, s'accomplissaient toutes seules comme par magie.

Grace gloussa.

— Le nouveau directeur est là.

— Oui, je sais. Vous ne voudriez pas vous le mettre à dos dès le premier jour, alors rentrez.

Lucy murmura quelque chose, et Grace, son éternelle porte-parole, me demanda :

— Est-ce que c'est vrai qu'il est marié, mademoiselle ?

Les enfants avaient l'habitude de m'appeler ainsi, juste « mademoiselle ». Pas Mlle Edwards, puisque je n'étais pas institutrice. Ça ne me dérangeait pas qu'ils m'appellent Janna, même si Nancy les réprimandait à ce propos.

— Je ne pense pas que ça nous regarde, les filles.

Je posai la main sur la porte en verre trempé de l'école – c'était un bâtiment ancien, mais que l'on avait modernisé dix ans auparavant, telle une vieille bique affublée d'une nouvelle perruque.

D'autres gloussements jaillirent comme des bulles.

— Mademoiselle, il a apporté une *guitare*.

J'ignorai cette réflexion et entrai prestement, puis ouvris la porte de ma classe. J'entendais les filles trottiner derrière moi en traînant dans le couloir. Elles avaient presque onze ans à présent, et seraient gênées d'arriver en retard devant toute l'école, même si celle-ci ne comptait qu'une cinquantaine d'élèves. Sans surprise, Adam Jeffries se dressait à l'avant de la salle et chantait en jouant de la guitare acoustique. C'était l'un de nos hymnes habituels : *Make Me a Channel of Your Peace*, mais son interprétation était un peu jazz, folk. Mme Jenkins suivait péniblement sur le vieux piano, et je voyais que Susan tapait des mains, flanquée de Nancy qui se balançait à côté d'elle. C'était comme si toute l'école était tombée sous le charme de cet homme.

Aujourd'hui, il portait un pantalon de costume avec une chemise aux manches retroussées et une cravate. Il avait les yeux fermés en chantant, et sa voix était puissante et mélodieuse. Je fus traversée par une sorte d'irritation. Tous les enfants du premier rang, des bambins de quatre à sept ans, le regardaient bouche bée, et à l'arrière, les filles plus âgées, de dix et onze ans, chuchotaient toutes entre elles. Je reconnus cette même expression qu'affichaient Lucy et Grace. Oh, Seigneur – nous avions un séduisant directeur, et allions maintenant au-devant d'une série de béguins gênants. Il était si tendre, cet âge où vous commenciez à remarquer les garçons et les hommes, mais sans vraiment savoir que faire de vos sentiments, de votre intérêt vif et soudain pour ce qui n'était, hier encore, que d'agaçants parasites qui lâchaient des pets et jetaient des crayons. Vous ne saviez même pas quel mot mettre là-dessus. C'est ce qui rendait les filles si vulnérables.

J'avançai sur la pointe des pieds pour prendre place auprès de Nancy, essayant de passer inaperçue. Les enfants s'écartèrent à mon passage telle une mer Rouge de petits visages relevés, et mes sandales parurent très bruyantes sur le parquet nu. Adam ouvrit les yeux et cessa de chanter – Mme Jenkins poursuivit lourdement sur quelques notes avant de s'en apercevoir.

— Désolée, murmurai-je.

Mais Adam me lança un regard noir. Il joua encore une note ou deux, puis s'arrêta, comme si le charme avait été rompu. Il consulta l'horloge.

— Maintenant que Miss Edwards est ici, je vois qu'il est presque 9 h 15, vous feriez donc mieux de tous retourner dans vos classes. Les CM1 et CM2, on remet les chaises et les tables en place. En vitesse.

— Oui, monsieur, répondit-on par saccades.

Résonnèrent ensuite un chœur de petits cris et des bavardages de plus en plus sonores.

— EN SILENCE ! aboya M. Jeffries.

Et le vacarme se dissipa.

Je vis Susan me jeter un coup d'œil en allant à sa classe. Nancy paraissait légèrement troublée, évitant de croiser mon regard tandis qu'elle aussi sortait, suivie par Mme Jenkins et sa couvée de jeunes élèves. Adam posa la guitare contre le mur et m'observa.

— Je suis désolée, répétai-je à voix basse afin que les enfants ne m'entendent pas. Je ne voulais pas vous interrompre.

— J'avais quasiment terminé. (Il consulta de nouveau l'horloge.) Vous arriviez seulement, Janna ? J'apprécierais que vous soyez là avant 9 heures, je vous prie. Ce n'est pas juste que Mlle Bodger surveille la récréation toute seule.

J'aurais pu lui dire que j'étais là tous les deux jours à 8 heures, que je restais souvent le soir après 18 heures pour ranger, nettoyer et accrocher les dessins que les enfants avaient faits. Mais j'avais trop de fierté.

— Bien sûr, approuvai-je.

J'employai un ton encore plus glacial que le sien, imaginant sa peau devenir bleue et raide sous l'effet de mes mots. Je le maudissais, aurait dit ma grand-mère, même si je faisais de mon mieux pour éviter ce genre de chose, bien que ses livres regorgent de charmes et autres incantations. J'ai toujours pensé que le mal se retournait inévitablement contre celui qui le souhaitait.

— Cela ne se reproduira plus, ajoutai-je.

Je me tournai pour aller dans la classe de Susan – je l'aidais pour les cours d'art le vendredi –, mais il me rappela, les yeux levés vers mes fleurs séchées et feuilles suspendues, les pierres et nids d'oiseaux que j'avais disposés partout dans la salle.

— Oh, encore une chose, Janna ? J'aimerais que vous me décrochiez tout ça, dès que possible. Ça pourrait provoquer un incendie, vous ne saviez pas ?

Cette confrontation me déconcerta, à tel point que je fis ce que je m'étais interdit, et passai au pub en rentrant de l'école. Il était à peine 17 heures, les lieux étaient donc assez tranquilles, il y avait du foot à la télé, et quelques vieux ivrognes assis dans les coins. Martin était derrière le comptoir, occupé à faire des mots croisés. Il releva la tête en me voyant.

— « Petits riens qui partent en fumée ». Onze lettres.

J'y réfléchis un instant, en montant d'un bond sur un tabouret.

— Clopes… Clopinettes.

— Tu es trop douée.

Il écrivit les lettres dans la grille, et je regardai ses mains, puissantes et bien proportionnées, leurs dos parsemés de taches de rousseur dues au soleil.

— Qu'est-ce que je peux te servir ?

— Oh, juste un jus d'orange.

Je n'ai jamais été une grosse buveuse. Impossible, quand vous êtes sensible à tout.

Il posa mon verre et balaya d'un geste mon argent.

— Tu ne vas pas garder ton commerce très longtemps comme ça, plaisantai-je. En offrant des coups à la première venue.

— Tu es loin d'être ça, dit-il brièvement, sans croiser mon regard.

— Pas de Morag aujourd'hui ? m'enquis-je en essayant de prendre un ton léger.

En général, sa femme était quelque part à l'arrière du bar.

— Argh, non, elle… ne se sent pas très bien.

Je savais ce que cela signifiait. Sans le vouloir, je connaissais son cycle aussi précisément que le mien.

— Alors, qu'est-ce qui t'amène ici ? demanda-t-il.

— Oh, c'est l'école. Tu as déjà rencontré ce nouvel instit ? Le directeur ?

Il roula des yeux.

— Le beau gosse ? Oh, il est venu, en effet. Il s'est présenté à tout le monde, même à Alan.

Alan était un ancien pêcheur qui n'avait jamais adressé la parole à qui que ce soit au pub, même en y passant absolument toutes ses soirées.

— Il ne t'a pas plu ? demandai-je.

Martin savait cerner les gens. Il avait cette sagacité. Cette sensibilité. En général, elle était plus émoussée chez les hommes. Il m'avait parlé de sa grand-mère originaire des Hébrides extérieures, qui avait « le don de vision ».

Il haussa les épaules.

— Pas mon genre de personne. Tu t'es déjà disputée avec lui ?

Il me connaissait trop bien.

— Oh, j'étais un peu en retard aujourd'hui, et il en a fait tout un foin. Ensuite, il a viré toutes mes décorations. Tu sais, au plafond. Et il chantait. Pour les enfants.

— Tu as appelé les flics, j'espère ? ironisa-t-il en arquant les sourcils.

— Ha, ha ! C'est dur à expliquer, mais… Il y a un truc chez lui qui me met mal à l'aise. Je ne pourrais pas dire ce que c'est. Je ne lui fais pas confiance, c'est tout.

— Tu te trompes rarement sur ces choses-là, Janna.

En effet, et c'était là le problème. Lorsque vous savez qu'il va se produire un malheur mais que vous ignorez comment et pourquoi, que pouvez-vous y changer ? C'était semblable au sort de Cassandre, condamnée à voir se profiler une catastrophe, et impuissante à l'empêcher. Les animaux sont meilleurs que nous pour ça. Ils se fient à leur instinct, leurs poils hérissés ; à l'intuition que nous pouvons facilement expliquer, non par de quelconques pouvoirs de sorcière, mais simplement par des sens ancestraux que nous avons oubliés, ou que nous ne comprenons pas tout à fait. Des sens, qui nous ont permis de rester en vie dans la nature, aujourd'hui engourdis par la civilisation.

— Ouais. Mais tous les autres semblent l'adorer. Les enfants, les enseignantes, même Nancy est sous son charme.

Charme. J'avais employé le terme dans son acception courante, mais il faisait bizarrement écho chez moi, comme la note d'une cloche cassée.

— Il est populaire chez les dames, c'est clair. Je les entendais toutes piailler sur lui au bureau de poste tout à l'heure. Si beau, si envoûtant.

Martin était beau – à mes yeux, du moins –, mais personne ne pouvait dire de son austère franchise qu'elle était envoûtante. Pour ma part, j'en étais heureuse. Je m'étais toujours méfiée de l'envoûtement exercé par certains, notamment parce que ce terme a lui aussi une autre signification.

— Qu'est-ce que je peux faire, à ton avis ?

Il répondit en haussant les épaules :

— Reste juste attentive. Ne laisse peut-être pas les gamins tout seuls avec lui.

Sur le moment, j'accordai peu de poids à ses propos – n'y voyant qu'un avertissement global, prononcé en l'air –, mais il est vrai que Martin avait également un petit don de vision.

Peut-être était-ce pourquoi nous avions tissé de tels liens, lorsqu'il était venu habiter ici deux ans plus tôt.

— Tu as déjà vu l'épouse ? demanda-t-il.

— Non, ils vivent dans la campagne alentour, c'est ça ?

La « campagne », ce qui signifie ici tout ce qui se trouve hors de la métropole effervescente de Little Hollow, avec ses deux rues, son pub, sa poste et son église.

— Ouais. Mais elle vient le chercher tous les jours, et l'attend sur le front de mer dans sa voiture. Il ne conduit pas, va savoir pourquoi.

Intéressant. Même si j'avais extrêmement envie de rester parler avec Martin, je savais que j'avais déjà abusé de ma chance, je finis donc mon jus d'orange et repris mon chemin.

Ce soir-là, au moment de dîner, maman était trop faible pour se redresser, je lui apportai donc de la soupe au lit. Elle occupait la grande chambre glaciale à l'avant de la maison, avec les deux fenêtres séparées par le toit du porche. Une branche de lierre jaillissait à travers la vitre – la maison entière avait besoin de travaux. Nous aurions pu déménager dans un pavillon, l'un de ceux récemment construits dans le village, ou même dans la ville voisine, mais c'était hors de question pour nous. Cette demeure abritait des Tresallick depuis des générations, et nous ne serions pas celles qui la laisseraient sortir de la famille. Je mangeai mon habituel dîner en solitaire au rez-de-chaussée – crackers et cheddar. Je ne parvenais à trouver le moindre appétit pour un repas, si je ne le partageais pas. Parfois, je m'imaginais un mari en face de moi, quelqu'un qui s'informerait de ma journée. Je lui servirais un rôti, ou des spaghettis bolognaise. Ou il cuisinerait pour moi – c'étaient les années 1980, après tout. Je ne me le serais jamais avoué, mais une part de moi attendait que maman nous quitte pour pouvoir commencer ma vie. Ce n'était pas sa faute, mais je n'étais pas en mesure de rencontrer quelqu'un alors que je devais vider sa chaise percée et la nourrir à la cuillère.

Livrée à moi-même et piquée par la récente critique dont j'avais fait l'objet, je finis par me tourner vers le tarot. Il s'agissait d'un vieux jeu, constitué d'épaisses cartes en relief, dans la famille depuis des années, et ça me réconfortait de voir leurs dessins, d'en toucher la surface. Je fis un tirage à trois cartes, pour représenter le passé, le présent et l'avenir. Elles ne me soulagèrent guère. L'hermite – ç'aurait pu être moi, seule, mais en paix. Je retournai ensuite le valet d'épées – ça pouvait représenter un homme cruel, qui blesserait et couperait. Et enfin, le dix d'épées, qui me donna des frissons. C'était un homme criblé de lames, avec la mer en arrière-plan. J'avais toujours trouvé que l'image ressemblait beaucoup à Little Hollow. Cette carte pouvait signifier un changement brutal, des fins douloureuses, des tourmentes. Mais, au bout du compte, ce n'étaient que des cartes, et, malgré mon côté sorcière, je savais qu'elles me renvoyaient juste le reflet de mes propres pensées. Ce que je pouvais y voir n'allait pas forcément se réaliser. Le cours pourrait toujours en être modifié.

À la recherche d'autre chose, d'une sagesse que je ne pouvais tirer de mon propre esprit, je descendis à la cave, pour prendre le livre de grand-mère sur son étagère. J'en avais eu peur enfant – avec sa reliure en cuir, ses pages tachées de thé, son odeur de moisi –, et ensuite, à l'adolescence, je l'avais trouvé plutôt cool. Les femmes de ma famille étaient des sorcières ! Nous avions un véritable grimoire ! Aujourd'hui, âgée de trente ans, je l'approchais avec une sorte de révérence circonspecte. En vérité, c'était un traité sur les plantes, une liste de différentes recettes et de remèdes maison. Le genre de potions que les gens utilisaient pour se soigner avant l'existence des antibiotiques. Peut-être qu'elles étaient efficaces, peut-être pas. La dernière partie du livre était consacrée aux formules qui ne concernaient pas les maux physiques, mais les problèmes comme la maladie d'amour, le deuil et même la vengeance. J'avais toujours jugé ces sorts idiots, mais je me tournais maintenant moi-même vers ce chapitre, rédigé dans l'écriture à fioritures de mon arrière-grand-mère, la mère de ma grand-mère, une femme que je n'avais jamais rencontrée, mais dans l'ombre de qui j'avais toutefois vécu dès mon arrivée au monde. On m'avait donné son prénom – c'est-à-dire Jennifer, celui qui apparaît sur mon certificat de naissance, mais apparemment mon père avait des racines celtes, d'où *Janna*. Ça semblait injuste qu'il ait décidé de mes nom *et* prénom, alors qu'à mes cinq ans il avait déjà déguerpi. Jennifer Tresallick aurait pu être une personne très différente. Une personne qui pourrait vivre à Paris, Rio, n'importe où.

Sort contre le mal, lus-je. *Remplir un bocal d'eau matinale.* En d'autres termes, d'urine. *Ajouter des herbes et des fleurs, de la tanaisie si vous pouvez en trouver, du romarin pour la mémoire. Un scarabée séché ou un petit rongeur.* C'était un sort de protection, à enterrer dans votre jardin, afin d'être à l'abri de la malchance et de détourner les mauvais souhaits. Il y avait toutes sortes de charmes et protections cachés dans cette propriété, dissimulés dans les murs, dans le jardin, suspendus dans le grenier. Me rappelant la façon dont Adam Jeffries m'avait regardée, j'étais persuadée qu'un de plus ne ferait pas de mal. Alors plus tard ce soir-là, dans la profonde obscurité qui enveloppait toujours la maison, sous la lueur de la lune qui se reflétait au loin sur la mer, j'enterrai le bocal et j'allai me coucher avec de la terre sous les ongles.

Je crois que l'événement qui suivit, ce fut une visite de Morag. Oui, Morag, la femme de Martin. Elle ne s'était jamais intégrée au village comme lui – les gens oubliaient parfois qu'il était arrivé récemment de Glasgow. Il était simplement doué pour trouver sa place. Morag, en revanche… Les villageois avaient du mal avec son accent écossais, et, malheureusement, son visage affichait toujours un air renfrogné, quelle que soit son humeur. Une tronche de peste, dirait-on plus tard. Nous n'étions pas vraiment proches, elle et moi ; je fus donc surprise, et le mot est faible, de la trouver sur mon perron le lendemain matin, avant l'école. Elle n'avait pas d'enfant et travaillait dans un pub, pourquoi était-elle debout si tôt ?

— Salut, Janna.

Son ton n'était pas très chaleureux, et mon estomac se noua. Je redressai l'échine.

— Bonjour, Morag. Tout va bien ? Ma mère dort encore, désolée.

— Oh, ce n'est pas grave. J'avais juste quelque chose à te demander.

— Oui, quoi donc ? (Je compris en la voyant hésiter.) Viens, on descend.

Pour éviter de déranger maman, je préparais la plupart de mes remèdes à la cave, un endroit vétuste plein de toiles d'araignées qui sentait la terre et les légumes, et où je revoyais mon grand-père mettre des bulbes en pot. C'était un homme globalement silencieux, ce qui n'était guère un choix quand vous épousiez une femme Tresallick, et il était mort quand j'avais quatre ans. Nous entrâmes sans un bruit dans la maison, les sandales de Morag résonnant légèrement sur le parquet. J'ouvris la porte grinçante de la cave, la laissai entrouverte, car il faisait extrêmement sombre en bas, et tirai sur la ficelle pour allumer la faible et unique ampoule.

Morag regarda autour d'elle en clignant des yeux, à juste titre. C'était un peu oppressant, tous ces bocaux où flottaient des choses, les herbes séchées qui pendaient du plafond, la forte odeur de lavande et de sauge.

— Tu as toujours les mêmes problèmes ?

Elle était venue me voir quelques mois plus tôt, pour des règles abondantes et douloureuses, et je l'avais renvoyée chez elle avec du gingembre, du fenouil et de la racine de réglisse.

— Ouais. C'est pire, en fait.

Elle semblait crispée, embarrassée.

— Désolée de l'apprendre. Tu veux réessayer la même chose ? (Je parlais avec précaution, consciente des non-dits entre nous.) Ou ça n'a rien à voir ?

— Il faut que je tombe enceinte, dit-elle avec précipitation. Tu le sais. Tout le monde le sait, n'est-ce pas ? C'est le plus gros ragot du village. Que je n'y arrive pas.

Je ne répondis rien, mais c'était vrai. Tout le village se demandait pourquoi un jeune couple qui emménageait dans un tel endroit n'avait pas d'enfant.

— C'est moi, tu sais. Lui, ça va. Moi… Eh bien, ça ne marche pas comme ça devrait. J'ai essayé, encore et encore, et on n'a pas les moyens pour cette histoire d'éprouvette qu'on peut se payer de nos jours. Donc… Est-ce que tu pourrais faire quoi que ce soit pour moi ?

Je descendis le grimoire de son étagère, surtout pour me détourner. La cave était sombre, son unique ampoule insuffisante pour éclairer les coins ténébreux où s'entassait le bazar des Tresallick depuis des décennies. Le visage de Morag était marbré d'un jeu d'ombres.

— Il y a certainement des plantes que tu peux essayer, qui pourraient être efficaces. Mais si le problème est… Enfin, si c'est physique, et non hormonal, disons, eh bien… alors, c'est plus difficile… de faire quoi que ce soit.

Moi aussi, j'étais mal à l'aise. Je me rappelai qu'il s'agissait juste d'une patiente, comme toutes les autres, ayant besoin d'aide.

— Tu sais, poursuivis-je, une intervention chirurgicale ou autre serait peut-être nécessaire.

— J'essaierai tout ce que tu as. N'importe quoi.

Tandis qu'elle se perchait sur un tabouret haut, je m'affairai dans l'espace exigu pour écraser des herbes dans mon mortier, parfumant l'air d'une odeur de verdure séchée, avant de les emballer dans du papier kraft. Lorsque j'eus terminé, je lui tendis trois paquets.

— Fais-les infuser, pendant au moins trois minutes, et bois-en tous les matins pendant un mois. Si tu n'aimes pas le goût, tu peux ajouter du miel.

— L'amertume ne me dérange pas. Tant que ça marche.

Elle prit les petits paquets, les remua dans ses mains.

— Combien est-ce que je…

— Oh, rien du tout. Nous sommes amies, non ?

Non, mais Martin et moi, oui. J'acceptais parfois d'être payée, si le patient avait les moyens, et que ça paraissait normal. Mais Morag… J'avais une dette morale envers elle, et je le savais. Elle aussi, peut-être, car elle se contenta de hocher la tête et de les mettre dans son sac à main. Je sentais qu'elle n'était pas encore prête à partir.

— Fais bien attention avec ça – ne prends pas d'autres médicaments en même temps, et ne dépasse pas la dose que j'ai indiquée là-dessus.

Le visage détourné comme pour lire les étiquettes sur mes bocaux, elle me lança d'un ton léger :

— On m'a dit que tu faisais aussi des philtres d'amour !

— Oh, ça. C'est surtout pour le folklore, tu sais. Pour les touristes et les jeunes filles. Au mieux, ça peut donner un petit regain de confiance, et souvent, c'est tout ce qu'il faut.

J'avais perpétué certaines pratiques de grand-mère, et je vendais parfois des potions aux fêtes de village pour gagner un peu d'argent, même si je me sentais stupide de le faire. Ce n'était pas exactement que ça ne fonctionnait pas – plutôt que c'était difficile d'en contrôler les effets.

— Qu'est-ce qu'il y a dedans ?

Elle paraissait plus sérieuse à présent.

— Des herbes, principalement. Il faut suivre… une certaine méthode.

Je n'aimais pas aborder avec le premier venu cette facette-là de mon travail, trop facilement mal interprétable.

— Comme un rituel ?

— On pourrait dire ça.

Elle hocha la tête.

— Eh bien, tu peux éventuellement… me tenir au courant. Si jamais tu en fabriques.

J'étais choquée. Je n'aurais pas dû, mais je l'étais.

— C'est un long processus, et…

— Je te paierai. Quoi que ça coûte.

Je ne savais pas quoi répondre à ça. La dernière chose que je souhaitais sur cette terre, c'était concocter un philtre d'amour pour Morag Macrae. Mais je ne pouvais pas non plus refuser.

— Je te dirai si je trouve le temps d'en faire. Ça demande certains ingrédients qu'il est difficile de se procurer.

— Merci, dit-elle en prenant une profonde inspiration. N'en parle pas à Martin, OK ? Ne lui raconte rien de tout ça.

Mon cœur chavira. *Elle savait.*

— Bien sûr que non, acquiesçai-je d'une voix la plus neutre possible en regardant ailleurs.

Après cela, elle partit, et je détectai une plus grande légèreté chez elle. Comme si elle avait transféré le poids de ses soucis sur moi, et je les sentis tel un carcan reposant sur mes épaules. Seule à la cave, je me retrouvai à feuilleter le livre jusqu'à la partie sur les malédictions. Comment jeter un sortilège à quelqu'un afin qu'il saigne des yeux et meure en deux jours. Comment tuer ses vaches et empoisonner ses puits. Comment rendre un enfant malade.

Eh oui, les femmes de ma famille, en dehors de ma pauvre mère, ont peut-être aidé les gens, mais elles n'étaient pas pour autant gentilles. Vous n'auriez certainement pas voulu les fâcher. Je rangeai le livre, troublée sans trop savoir pourquoi.

Avant, je ne dormais pas bien en prison. L'absence de lumière naturelle avait profondément brisé quelque chose en moi, ma connexion au monde extérieur, et je ne savais jamais quand me réveiller ni fermer les yeux. J'étais fatiguée en permanence, mais incapable de me reposer. Toutefois, on s'habitue à tout, et, trente-six ans plus tard, je ferme simplement les yeux et m'éteins quand on me le dit, comme la prisonnière modèle que je suis. Mais les choses sont en train de changer. Je sais qu'il est là, quelque part sur terre, et qu'il doit enfin avoir connaissance de mon existence. Cela suscite toutes sortes d'interrogations et de sensations inopportunes. Je me dis, par exemple, qu'il a peut-être honte de moi. Il aura uniquement entendu la version officielle de mes horribles crimes, pas ce qui s'est réellement passé. Je regrette par-dessus tout de ne pouvoir lui dire la vérité, mais évidemment, je ne peux pas.

J'étais réveillée avant que l'alarme ne se déclenche aujourd'hui, la journée démarrant comme d'habitude avec le fracas des barreaux et les cris des surveillantes. J'avais les yeux rivés au plafond taché d'humidité qui est le mien depuis des années. C'est Magda, ma gardienne préférée, qui vint déverrouiller ma cellule. Elle a des problèmes de poids, mais porte toujours du rouge à lèvres carmin, se coiffe toujours avec soin. C'est une source d'inspiration pour nous autres : ne jamais perdre espoir. Ne jamais baisser les bras.

— Déjà debout, Janna ?

— Je n'arrivais pas à dormir.

Je lui souris. Aucun intérêt à se faire des ennemis – c'est juste un job pour elle ; ce n'est pas sa faute si je suis ici.

— Bon, file à la douche avant que ce soit la cohue. Il y a un nouveau savon aujourd'hui.

— Tu es un ange.

Je commençai à rassembler ma serviette et ma trousse de toilette.

— Tu n'en as plus pour longtemps, hein ? lança-t-elle gentiment.

— C'est ce qu'on m'a dit.

Je gardai un ton désinvolte – après tout ce temps, j'avais appris à ne pas me faire trop d'illusions. Mais il est vrai que ma situation évoluait, après être restée si longtemps bloquée. Qu'il y avait enfin un espoir pour moi. J'entrevoyais la lumière du jour.

— Eh bien, ça va te paraître bizarre, mais tu vas nous manquer ici, Janna.

Je ris.

— Pas sûre de pouvoir affirmer la même chose, Magda, mais merci.

D'une certaine façon, elle avait raison, bien entendu. Même si je finissais par obtenir ce que j'avais le plus désiré pendant toutes ces années, ce serait un grand changement. Je serais enfin en mesure de voir les gens face à face, et peut-être même de réparer certains torts causés en 1986.

Le deuxième élément le plus important de mon histoire est la manière dont je rencontrai Margaret Jeffries, la femme d'Adam. Elle était absente du procès, avide de mettre de la distance entre elle et moi, et je le comprenais, mais j'aurais aimé que nous discutions une dernière fois. Car ce que personne ne savait, ce qui ne fut jamais relaté dans la presse, c'est que Margaret et moi étions amies, en quelque sorte.

Je la croisai un jour où j'étais allée à la poste après l'école; j'avais fait un détour pour déposer un remède à Barbara Walsh, qui tenait une petite activité de tricot dans une ferme à la sortie de la ville. Elle souffrait d'arthrite, et j'avais de quoi redonner leur envol à ses doigts. Le bureau de poste avait toujours été miteux, trop peu approvisionné, géré par la femme la plus antipathique du monde, Angie Carter. Son rejet du tourisme était si violent que je l'avais vue littéralement faire pleurer des gens qui passaient demander leur chemin, acheter une glace, ou des seaux et des pelles. C'était dommage, car Little Hollow aurait pu être une cité balnéaire prospère, si nous avions bien voulu apprendre à accueillir les étrangers. Peut-être qu'alors, avec une économie florissante, des restaurants et hôtels animés, des gîtes en location et de jolies boutiques, les événements qui ébranlèrent le village n'auraient pas eu lieu. Les gens sont prêts à commettre des horreurs lorsqu'ils se sentent acculés.

J'étais allée au magasin d'Angie pour acheter de la viande; c'était à peu près la seule chose que je ne pouvais pas me procurer chez moi, à moins de tuer un lapin dans les bois, et je n'y étais pas disposée. Je faisais pratiquement tout moi-même à cette époque, bouillons, sachets de thé, sauces, et je cultivais mes propres légumes – j'imagine que j'étais un précurseur du mouvement écologiste. Vingt ans plus tard, j'aurais pu vendre mes savons et bougies 5 livres pièce dans les boutiques artisanales du coin, mais dans les années 1980, c'était considéré comme une étrange démarche. Angie tenait un petit comptoir de boucherie au magasin, la viande si écorchée et saignante que ça me retournait l'estomac. J'avais été végétarienne la majorité de ma vie, mais plus maman était malade, moins elle tolérait d'aliments. J'avais pensé préparer un bouillon d'os à moelle, ou un ragoût avec de la viande, pour essayer de lui redonner des forces. En approchant de la poste, je vis une poussette stationnée devant, et dans laquelle se trouvait une fillette, d'environ deux ans, peut-être. Elle avait une tête pleine de boucles rousses, et regardait autour d'elle avec une expression curieuse et alerte en serrant un chien en peluche élimé dans ses poings.

Je ne pus m'en empêcher. Je me penchai pour lui sourire.

— Bonjour, ma puce. Alors, où est ta maman ?

Elle m'observa avec intérêt en mâchouillant l'oreille de son doudou.

Si j'avais eu un enfant, je ne l'aurais jamais laissé seul dans la rue. Même dans un endroit tranquille comme Little Hollow. Réprimant l'envie pressante de monter la garde, j'entrai dans le magasin en faisant carillonner la porte, et distinguai la voix tranchante d'Angie.

— Vous voulez quoi ?

Quelqu'un répondit – une femme –, mais d'une voix trop basse pour que je comprenne.

— Parlez plus fort, voulez-vous, je ne vous entends pas.

Je roulai des yeux. Angie était tellement grossière. C'était une chose d'être désagréable avec nous autres, qui avions vécu ici toute notre vie et la connaissions bien, mais pas avec les étrangers. Notre village écoperait d'une mauvaise réputation.

— Je me demandais si vous aviez de la crème pour le change, répéta la femme un peu plus fort.

— Oh non, nous n'avons pas ce genre de produits en stock. Vous devriez aller au grand supermarché si vous cherchez ce genre de fantaisies.

Je passai la tête à l'angle du rayon derrière lequel je me trouvais, et vis une femme mince aux cheveux couleur abricot, vêtue d'un imperméable terne et d'escarpins bleu marine à talons bas. Je sus aussitôt qui c'était – il y avait peu de gens que je ne reconnaissais pas au village. Et il devait s'agir de sa fille dans la poussette. Après avoir finalement estimé préférable d'attraper du gibier moi-même si je comptais m'en servir, je suivis cette femme dehors, me retournant pour jeter un regard noir et critique à Angie. Je la rattrapai devant la vitrine du magasin et ses vieux jouets de plage poussiéreux. Elle avait l'air abattue, les épaules affaissées.

— Ne faites pas attention à Angie, dis-je.

Elle sursauta légèrement.

— Oh ! Elle était un peu… hostile, j'ai trouvé.

— Elle est comme ça avec tout le monde. Ce n'est pas une excuse, mais rien de personnel non plus.

— Merci.

Elle avait le visage pâle, et était très menue. Je songeai immédiatement aux herbes que je lui préparerais si j'en avais l'occasion, pour la requinquer un peu – du ginseng si j'en trouvais, de la sauge, peut-être.

Je souris à l'enfant.

— J'imagine que c'est votre fille ?

— Oh ! Oui, voici Helen. Dis bonjour à la dame, Helen.

La petite se contenta de me regarder, la tête inclinée sur le côté.

— Vous savez, je fais une crème qui fonctionne à merveille pour l'érythème fessier. Bien mieux que celles vendues dans le commerce, qui sont juste bourrées de produits chimiques.

La femme parut confuse.

— Je fais ce genre de chose, voyez-vous. Je suis herboriste. Enfin, je travaille à l'école, aussi – avec votre mari.

Elle redoubla de confusion, et je me rappelai pourquoi les gens me qualifiaient parfois de sorcière. Je fais des déductions dont les autres sont incapables, je suppose.

— Je... Désolée, j'ai juste deviné qui vous étiez. Étant donné qu'on ne voit pas beaucoup de nouvelles personnes par ici.

Ça faisait tellement provincial.

— Ce n'est rien. Oui, je suis Margaret Jeffries. Je vais justement le chercher.

— Il ne conduit pas ?

— Hum, non, il... Enfin, d'habitude, il se déplace à vélo, mais il s'est blessé à l'épaule il y a quelques mois, donc je le conduis depuis.

C'était avant la révolution des hommes en Lycra sur des vélos qui coûtent plus cher qu'une voiture, il semblait donc assez excentrique qu'Adam parcoure les cinq miles entre l'école et chez lui en pédalant. Comme moi, il était sous certains aspects en avance sur son époque.

— Il travaille tard aujourd'hui ?

J'avais quitté l'école à 16 heures, n'y voyant déjà plus le havre d'autrefois, et il était dans sa classe, en train de ranger, de noter des copies ou autre. Je ne lui avais pas dit au revoir, encore chagrinée par ma salle dénudée, où de tristes bouts de scotch constituaient les seuls vestiges de ma belle composition. Il me fallait cependant colmater la brèche entre nous d'une façon ou d'une autre – il ne pouvait régner d'animosité au sein d'une équipe aussi réduite que la nôtre. Peut-être sa femme serait-elle un moyen d'y parvenir.

Elle jeta un coup d'œil à l'élégante montre en cuir qu'elle portait au poignet.

— Il devrait avoir fini maintenant.

— Je vais marcher avec vous. Je dois récupérer quelque chose dans la classe.

Ce n'était pas vrai, mais une fois encore, mon instinct me souffla de l'accompagner. Comme si cette femme fragile avait besoin de ma protection, de quelque manière.

Tandis que nous cheminions, avec Helen dans la poussette, j'en appris un peu plus à son sujet ; elle était originaire du Kent, le déménagement de Londres en Cornouailles s'était avéré soudain – elle ne le formula pas ainsi, mais je pouvais aussi comprendre à demi-mot.

— Nous nous sommes juste dit : « Un nouveau départ, pourquoi pas ? »

Un nouveau départ. Intéressant. Je me demandai pourquoi ils avaient eu besoin d'une telle chose.

— Helen étant encore en bas âge, ça paraissait le moment idéal pour partir. Et, bien sûr, l'air d'ici est si pur, le village si charmant.

J'éprouvai une pointe d'inquiétude pour elle ; Little Hollow n'était pas toujours un charmant village. On n'y était pas toujours bienveillant envers les étrangers.

— Écoutez, dis-je, je vais vous préparer cette crème pour le change, si vous voulez. Ça ne me dérange pas.

— Très bien. Merci… Janna, c'est ça ?

Il avait dû lui parler de moi.

— C'est bien ça.

Nous arrivions à l'école, qui semblait toujours d'un calme surnaturel sans les enfants. Les lumières étaient encore allumées, Adam devait donc être là. J'ouvris la porte, et nous empruntâmes le couloir. Je me rappelle la façon dont les escarpins à talons bas de Margaret résonnaient, en comparaison de mes chaussures plates plus discrètes. Je me rappelle avoir vu que la porte de la classe était fermée, mais pas à clé, puis l'avoir poussée, et m'être alors aperçue que celle de la réserve – un petit local donnant dans la classe, où nous pouvions ranger des livres, ou préparer une tasse de thé – était également close.

À côté de moi, je sentis Margaret vaciller, et sa peur était presque palpable. Refoulant mes propres intuitions, j'avançai d'un pas raide et frappai à la porte de la réserve. Je savais qu'elle n'avait pas de serrure, même si nous l'avions souvent regretté, lorsque les enfants nous épuisaient. Sans attendre de réponse, je l'ouvris.

Nous ne vîmes rien. Pas vraiment. Juste Adam Jeffries à l'intérieur, assis sur une chaise en plastique, et sur une autre, Lisa McSweeney, une élève de CM2, âgée de dix ans, comme Lucy et Grace. Rien de déplacé, et ils avaient des livres devant eux sur les genoux, mais ils avaient tous deux la tête relevée avec d'étranges expressions coupables. Lisa avait l'air effrayée ; Adam, furieux.

— Janna, dit-il, je travaille, là. Je donne des cours de soutien à Lisa.

— Votre épouse vous cherchait.

Je ne pris même pas la peine de modérer mon intonation.

Il sourcilla avant de se lever.

— Margaret, je t'ai déjà dit de ne pas venir ici. Helen n'a en à faire dans l'école. Je serais sorti d'ici peu.

— Je sais, je ne… Ce n'était pas mon intention.

Elle tortillait ses mains, comme de petits lapins étranglés. 'uis l'expression d'Adam s'effaça, comme s'il avait secoué an magique, ce jeu que les enfants adoraient. La colère place à sa cordialité habituelle.

— Lisa, je pense que c'est tout pour aujourd'hui. Bravo !

Elle détala en me jetant un coup d'œil craintif. Une fillette nerveuse et maigre, qui venait souvent à l'école en portant les marques de violence de son père. Exactement le genre d'enfant qui s'épanouirait si on lui accordait une attention particulière.

Lorsqu'elle nous eut laissés entre adultes, nous nous regardâmes tous les trois. Je savais que je devais dire quelque chose, faire comme si de rien n'était. Le terrain était glissant, mais Jeffries pouvait toujours soutenir de façon plausible qu'il n'y avait rien d'inconvenant à ce qu'il se trouve là seul, après la classe, avec une enfant. Il se tint l'arête du nez et soupira, comme si j'étais la personne la plus agaçante au monde.

— J'aurais souhaité que vous ne nous interrompiez pas, Janna. J'avais enfin réussi à lui faire comprendre la division longue.

J'ouvris la bouche. *Dis-le !* Dis-le, que quelque chose clochait, qu'il n'aurait pas dû être dans cette minuscule pièce avec elle, porte fermée. Et, de toute façon, pourquoi étaient-ils là et non dans la salle principale ? La classe avec de larges fenêtres à travers lesquelles n'importe qui pouvait regarder ? Mais je me tus. J'avais peur, il m'intimidait, et depuis, je suis obligée de vivre avec les conséquences de ma lâcheté.

— Bon, allons-y.

Il prit sa femme par le bras – le geste était peut-être courtois, ou dominateur. Elle jeta un coup d'œil par-dessus son épaule, le visage hanté par nombre d'émotions – la culpabilité, la honte, la confusion –, et ils partirent.

Il faudrait que je ferme à clé. À présent que j'étais seule à l'école, le silence et le voile déposé par la poussière de craie commençaient à me donner des frissons.

Rita est ma seule amie en prison. Non que je me fie à qui que ce soit ici – j'ai trop vu ce que les gens pouvaient faire par désespoir. Je sais qu'elle me vendrait pour des cigarettes ou un jour de peine en moins, même si elle n'est pas près de sortir. Rita a étouffé sa fille encore bébé en 1997, en proie à une psychose post-partum, comme on appelle ça maintenant, mais cette interprétation est arrivée trop tard pour elle. Elle a seulement la quarantaine, mais paraît plus âgée que moi, j'en suis flattée. Je n'ai pas renoncé. J'ai toujours été persuadée que je sortirais un jour, et j'ai des affaires à régler, après tout, ce qui a tendance à mobiliser l'esprit. Je ne me suis jamais mise à fumer, et je troque tout ce que je peux contre un flacon supplémentaire d'après-shampoing, afin que mes cheveux ne soient pas rêches comme ceux des autres détenues. Je ne m'embête pas à me maquiller, vu que personne ne me verra ; en revanche, je mets de la crème pour le visage, en attendant le jour où ça pourrait arriver.

Pour la première fois, j'avais commencé à regretter de ne pas avoir de produits de beauté, moi aussi.

Rita, qui occupe la cellule voisine de la mienne, leva des yeux choqués lorsque j'entrai pour lui faire ma requête.

— Tu veux du *fond de teint* ?

— Oui. Ou un truc du genre.

Je me regardai dans son miroir éraflé, et j'y vis une vieille femme ridée, avec de longs cheveux gris. Dans ma tête, j'étais toujours la Janna de trente ans, blonde et mince, qui n'avait jamais porté de maquillage, n'en avait jamais eu besoin.

— J'ai juste envie d'être présentable. Pour le moment où je… verrai des gens.

— Tu crois vraiment qu'on va te relâcher, alors ?

Rita est peut-être brisée, mais pas stupide. Elle conserve une photo de sa fille, celle qu'elle a tuée, glissée dans le cadre du miroir, et tous les ans, à la date d'anniversaire de l'enfant, elle échange tous ses articles de cantine afin de préparer un petit gâteau dans une tasse, où elle plante une allumette, faute de bougies. Les gens sont rarement tout noirs ou tout blancs.

— Je crois, oui. Je l'espère.

Je n'avais aucune raison d'être optimiste, après les nombreux refus que j'avais essuyés, mais je gardais espoir malgré tout.

— Tu vas essayer de retrouver ton fils ?

— Bien sûr.

Je n'avais pas vu mon fils depuis le jour où on me l'avait pris, arraché à mon corps en sang, avant de me réincarcérer et de le confier à une personne jugée plus digne. Elle m'avait écrit, la mère adoptive. Une gentille femme, semblait-il. Elle m'avait proposé de rester en contact, de lui parler de moi, comme ça se fait souvent dans le cadre d'adoptions. Mais je n'avais pas voulu qu'il me voie comme ça, ici. Je l'avais abandonné, mais sans jamais perdre l'espoir de sortir un jour et de le retrouver.

Rita était si ravie qu'elle éteignit même sa télé, où passait un programme de matinée dont le présentateur rayonnait de jeunesse et de gloss à lèvres.

— Tu me laisses te relooker ?

— Oh, Seigneur ! Tu es obligée d'employer ce terme ?

— S'il te plaît, Janna. J'aimerais tellement – je me rappelle encore comment faire.

Rita était coiffeuse avant d'atterrir ici. Aujourd'hui, comme nous toutes, elle n'est plus rien.

— Bon, d'accord. Rien de trop tape-à-l'œil ! Et pas de teinture sur mes cheveux, je les aime gris.

En réalité, ils étaient argent, après avoir jadis été or, et ça me plaisait. La lune et le soleil. Les métaux précieux.

— Oui, oui.

J'avais illuminé sa journée, si ce n'est son mois. C'était triste, comme nous avions appris à nous contenter de si peu, ici.

Après l'étrange confrontation dans la réserve, je ne savais pas comment agir. D'ordinaire, j'aurais demandé conseil à Martin, mais j'étais consciente de l'avoir sollicité trop souvent. Depuis que sa femme était venue me voir, j'avais réalisé qu'elle le pensait aussi, et que je devais donc garder mes distances, même si c'était dur. Dans un petit village, un soupir mal placé suffit à déclencher une rumeur. J'essayai plutôt de parler avec Lisa à la récréation. Comme toujours, elle était blottie près du grillage, et ne jouait pas avec les autres enfants. Lucy et Grace sautaient à la corde avec leur frivolité coutumière, chantant et criant à leurs camarades de se joindre à elles.

— Tu ne sautes pas à la corde avec les filles ? demandai-je.

Parfois, elles jouaient avec Lisa, comme avec une poupée. D'autres jours, elles l'ignoraient.

Elle haussa les épaules. Elle avait ce tic nerveux de mâchouiller ses tresses, et ça me démangeait d'éloigner sa main de sa bouche. Je voyais qu'elle avait des bleus tout autour du poignet – John McSweeney était connu pour avoir le coup de poing facile, et je compatis. Je n'avais que cinq ans lorsque mon père était parti, mais je me rappelle encore la sensation d'être recroquevillée sur les marches en l'écoutant hurler contre ma mère, ainsi que les marques qui allaient apparaître sur nos peaux le lendemain matin.

—Alors, comme ça, M. Jeffries te donne des cours de soutien.

—Oui, acquiesça-t-elle d'une voix faible.

—Est-ce que c'est bien ce que tu veux, Lisa ? Tu ne préférerais pas être dehors avec tes copines ?

Elle me décocha un regard, et je me sentis honteuse. Lisa n'avait pas de copines.

—M. Jeffries dit qu'il m'aidera à réussir l'examen d'entrée. Pour aller dans une bonne école.

—C'est gentil de sa part, approuvai-je en choisissant soigneusement mes mots. Et… ça t'a plu d'étudier avec lui ? Tu n'as pas eu l'impression, je ne sais pas, de t'ennuyer, ou d'avoir peur ?

De nos jours, il y a des protocoles pour parler aux enfants de telles choses. Vous ne seriez jamais seul avec un enfant, de toute façon. À l'époque, j'avais tenté d'aborder le sujet à ma manière, et il est clair que je m'y étais extrêmement mal prise.

—Peur ?

Elle secoua la tête en faisant voler ses tresses trempées. Elles étaient tellement serrées que je me demandais si c'en était douloureux. La mère de Lisa, femme de ménage chez une famille à Mousehole, partait travailler à 7 heures. Son père manœuvrait les bateaux de pêche et commençait encore plus tôt.

—Il m'aide, dit-elle.

Elle était la plus jeune de la famille, et on la laissait bien trop souvent seule.

—Bon, d'accord. N'oublie pas que tu peux me parler de tout. Absolument n'importe quoi.

Et alors, peut-être agacée que Lisa ait toute mon attention, Lucy Fillane lui fit signe de venir.

—J'appelle Li-sa, Li-sa !

À ces mots, elle bondit, rougissant de plaisir, puis s'éloigna en courant, mais dans son impatience, elle se prit les pieds dans la corde. Je regardai Lucy et Grace, ces filles aimées, bien nourries, intelligentes et pleines d'assurance, se moquer de sa maladresse, et déplorai que le monde soit si injuste.

Je relevai la tête et vis Adam Jeffries à la porte de l'école, une tasse de café fumant à la main. Il braquait les yeux sur moi, et je sentis mon cœur s'emballer, comme si, d'une façon ou d'une autre, il avait deviné ce que j'avais dit à Lisa.

— La récréation est terminée, les enfants ! lança-t-il. Vous rentrez, maintenant.

C'était cinq minutes avant l'heure, et ils s'arrachèrent tous à leurs ballons de foot et leurs cordes à sauter avec des grognements réticents, pour former des groupes approximatifs par classe. Un garçon, Bobby Jackson, n'avait pas entendu les sommations, et courait encore dans tous les sens à l'autre bout de la cour pour faire l'avion. Aujourd'hui, on diagnostiquerait à Bobby un TDAH, mais à l'époque, il était juste considéré comme un élément dissipé. Je savais qu'il ne recelait aucune méchanceté, je lui fis donc signe de venir, tandis que les autres enfants disparaissaient à l'intérieur.

— Allons, Bobby, M. Jeffries vous a appelés.

Il arriva en fonçant vers moi. Il était rouge d'effort, rayonnant de joie, et avait son pull négligemment noué autour de la taille. J'adorais cette énergie chez les enfants, cet enthousiasme pour la vie.

— Désolé, mademoiselle !

— Ce n'est rien, rentre.

Jeffries était toujours à la porte, comme s'il me surveillait. Bobby passa devant lui avec précipitation, maladroit comme un chiot, et cogna sa tasse de café, de telle sorte qu'un long filet de liquide marron tacha sa chemise blanche. Si soigneusement lavée et repassée – par Margaret, sans aucun doute. Il recula d'un bond et s'exclama :

— Regarde où tu vas, pour l'amour du ciel !

Bobby s'arrêta.

— Oh, désolé, monsieur.

— « Désolé, monsieur », tiens donc ! Espèce de petit morveux !

Je me tenais encore à quelques mètres de là, mais je vis la scène se produire, avec limpidité : le directeur étendit sa main libre et gifla le garçon. Bobby parut abasourdi. Je me hâtai vers lui.

— Bobby, ça va ?

Je mis mon bras autour de lui et examinai son visage.

— Hum… oui, mademoiselle.

Il avait posé une main sur sa joue, qui portait la marque de la gifle, et il avait l'air plus choqué qu'autre chose. Bobby était dans la classe de Susan.

— Dépêche-toi. Mlle Bodger va se demander où tu es.

Il ne restait plus qu'Adam Jeffries et moi. Je le dévisageai. Il avait frappé un enfant. Il lui avait mis une claque dans la figure – même dans les années 1980, c'était tellement inacceptable que je ne savais pas par où commencer.

— Il ne… C'était juste un accident. Bobby est un peu maladroit, c'est tout, dis-je d'une voix si faible et chevrotante que je me détestais.

Il tamponnait toujours la tache de café.

— S'excuser ne suffit pas. Tout le monde ici doit apprendre un peu la discipline. Pas seulement les élèves, les enseignants aussi.

Et, sur cet avertissement sans équivoque, il retourna à l'intérieur.

Plus tard ce jour-là, nous eûmes une réunion du personnel. Une fois que les enfants furent partis, nous nous rassemblâmes tous les cinq dans la petite salle des enseignants, où il y avait à peine assez de place pour tout le monde. Je ne parvenais pas à croiser le regard d'Adam, et gardai les yeux rivés au sol en me demandant comment je pourrais évoquer mes inquiétudes sans attiser sa colère.

Nancy s'était éternisée sur des formulaires de consentement pour un voyage scolaire prévu dans l'année, et Susan souligna la nécessité que tous les élèves soient sur leur chaise à 8 h 55 tous les matins. Personnellement, je ne voyais pas de mal à accorder une certaine flexibilité – souvent, leurs parents se démenaient pour se rendre au travail, ou ils vivaient dans la campagne à plusieurs miles de là et devaient venir à pied. Je n'ai jamais compris le besoin d'appliquer les règles uniquement pour le principe.

Alors que la conversation s'essoufflait, je m'avançai sur mon siège et me raclai la gorge.

— Euh… Je voulais juste soulever un point, si vous le permettez.

Jeffries me jeta un coup d'œil.

— C'est au sujet de… Je pense que nous devrions revoir nos procédures de protection de l'enfance. Vous savez… Le fait que nous ne devrions jamais nous retrouver seuls avec les élèves.

— C'est évident, voyons, dit sèchement Susan. (Elle regarda l'horloge, puis se mit à ranger ses affaires.) Ce n'est même pas un sujet.

— Je parle plus précisément de… eh bien, de cours particuliers. Individuels.

Les trois autres parurent confuses.

Adam Jeffries intervint.

— Je crois que Mlle Edwards fait allusion au cours de soutien que j'ai donné à l'une des élèves de CM2. J'espérais les aider à atteindre un niveau correct – je crains que cela ait été un peu négligé par Mme Critchley ; peut-être qu'à l'approche de la retraite elle s'était un peu démobilisée, dirons-nous.

Et c'était moi qui avais pris la relève, c'est ça ? Je perçus l'affront implicite dans ses propos.

— Mais nous ne devrions pas… Nous ne sommes pas censés être seuls avec eux. N'est-ce pas vrai ?

Il haussa les épaules.

— Tout dépend de ce que nous entendons par *seul.* Notre établissement est très petit, sans autre espace à disposition pour travailler, alors je suis sûr que nous avons tous déjà utilisé les réserves à l'occasion pour une discussion au calme. Mlle Bodger ?

Susan acquiesçait.

— Je me sers de la mienne pour évaluer leur niveau de lecture.

— Exactement. C'est juste ce que nous devons faire, Janna.

Il parlait d'un ton condescendant, et j'aurais aimé répliquer qu'il y avait une différence entre ce qu'il faisait, et prendre un enfant à part un moment, dans une classe pleine, avec la porte ouverte.

— Je sais bien, mais je… En dehors des heures de cours, tout de même ?

Il soupira.

— Il y en a certains parmi eux qui n'ont nulle part où aller après l'école, si leurs parents travaillent. J'estime plus prudent qu'ils restent ici et utilisent leur temps à bon escient.

— Susan ? Est-ce que vous… vous trouvez ça normal ? lui demandai-je.

Occupée à mettre sa gamelle vide qui empestait le thon dans son sac à main, elle n'écoutait pas vraiment. Mais elle me lança un regard sévère en arquant les sourcils. Elle aurait aimé que je l'appelle Miss Bodger.

— Janna, je pense que ce n'est pas à vous d'intervenir. Après tout, vous n'êtes pas une enseignante qualifiée. Et si monsieur le directeur veut accorder davantage de temps aux enfants, eh bien, c'est très gentil de sa part. Dieu sait que certains en auraient grand besoin.

« Monsieur le directeur », elle l'appelait toujours ainsi. Ça me donne la nausée quand j'y repense maintenant.

— Bon… très bien. Je voulais juste vérifier quelles étaient nos procédures.

— Vraiment admirable de votre part, Janna, commenta-t-il d'un ton effroyablement sec. Cela dit, je vous ai vue serrer un enfant dans vos bras tout à l'heure. Voilà un geste que nous devrions aussi condamner.

Je fus incapable de réfléchir quelques instants.

— Vous parlez de Bobby ? Mais il était… Il était bouleversé.

Parce que vous l'avez frappé.

— Malgré tout. S'il doit y avoir des procédures strictes, elles s'appliquent à tout le monde.

Même Nancy hochait la tête en rédigeant le procès-verbal. Je voyais que ce sujet serait aussi une impasse, et j'aurais aimé être le genre de personne qui pouvait simplement renoncer, lâcher prise, dire que ce n'était pas son problème. Malheureusement pour tous les intéressés, je n'étais *pas* ce genre de personne.

— Viens bosser ici, proposa Martin en essuyant la sueur sur son front après avoir remonté un fût de la cave. Sérieusement. Dis-lui de se fourrer son boulot où je pense, ils ne t'apprécient pas à ta juste valeur là-bas, de toute façon.

— Tu n'as besoin de personne ici.

Et travailler avec Martin était par ailleurs une très mauvaise idée. J'aurais même dû résister à l'envie de venir au pub, mais je m'étais sentie faible, affectée par les événements de la journée.

— Tu devrais lui glisser quelque chose dans son thé. Lui régler son affaire, me suggéra-t-il avec un clin d'œil.

— Ha, ha ! C'est pile ce qu'il me faut – les gens pensent déjà que je suis la sorcière locale. Comment va Morag ? demandai-je à ce propos.

Elle n'avait pas surgi de l'arrière du bar pour m'observer avec suspicion, comme elle en avait l'habitude.

— Pas trop la forme ces jours-ci. Elle vomit, tout ça.

— Oh !

Cela pouvait signifier deux choses. Mes herbes fonctionnaient, et elle était enceinte. Ou alors elles l'avaient rendue malade. En cas d'interaction, il pouvait y avoir parfois des effets indésirables. Il ne m'était pas vraiment possible de creuser la question avec lui, car je ne trahirais jamais la confiance d'une femme.

— Désolée de l'apprendre. Oublie ce que je t'ai dit sur Jeffries, OK ? Peut-être que je me trompe. Toutes les autres semblent l'apprécier.

— Tu crois vraiment qu'il… avait de sales intentions, avec cette gamine ?

J'avais tout raconté à Martin, surtout pour l'énoncer à voix haute et analyser mes paroles, tenter de découvrir d'où me venait ce mauvais pressentiment.

— Seigneur, je n'en sais rien. Je n'ai rien vu d'inconvenant. Mais c'est une fille très vulnérable, et il n'aurait jamais dû se retrouver seul avec elle.

Martin s'appuya sur les tireuses à bière en me regardant avec une exaspération affectueuse. Cette expression était trop dangereuse ; je détournai les yeux.

— S'il y a bien quelqu'un qui n'est jamais démuni, c'est Janna Edwards. Tu as des moyens d'éviter ça. Je le sais.

Tandis que je rentrais chez moi, les cheveux fouettés par le vent, je pris conscience qu'il avait raison. Il m'avait dit en blaguant de glisser quelque chose dans le thé de Jeffries, mais je pouvais effectivement le faire, non ? Quand mon père vivait encore avec nous, grand-mère lui avait administré de quoi juguler ses crises de violence. Préparées de la bonne manière, certaines herbes et plantes avaient le pouvoir de changer la situation. De renverser la haine. De neutraliser une personne en colère, de la rendre docile, léthargique, malléable. Je devais juste trouver comment amener Adam Jeffries à ingérer mon remède.

Mais non, c'était insensé. Je n'étais pas réellement une sorcière, quoi que les gens aient pu dire, et je n'intervenais que pour guérir, uniquement si on me le demandait. Évidemment que je n'allais pas droguer le directeur à son insu.

Ce soir-là, me rappelant ce que je m'étais juré au magasin, je fabriquai un piège à lapin, avec un pieu de bois et une boucle de fil métallique, comme me l'avait montré grand-mère des années auparavant. En l'enfouissant dans la terre, je formulai un sortilège de pardon, pour la petite vie innocente que je m'apprêtais à capturer.

— Tu es certaine que tu n'en veux pas ?

Rita tripotait la corbeille en plastique rose dont je me servais pour emporter mes affaires de toilette aux douches. Un objet sans grande valeur, mais je savais qu'elle la convoitait, nous avions si peu ici.

— Bien sûr. Je ne prendrai rien avec moi quand je sortirai.

Je ne possédais pas grand-chose de toute manière. Quelques livres, des friandises, des effets personnels. J'allais tout distribuer à mes codétenues, tel quel.

— Mais, Janna, tu ne…

Elle s'interrompit.

— Je sais que ce n'est pas encore confirmé. Mais je sortirai cette fois. J'en suis persuadée.

Elle acquiesça. Rita a toujours chaleureusement accepté mon côté sorcière.

— Tu es vraiment belle.

Je l'avais laissée m'épiler les sourcils, faire un rinçage de couleur à mes cheveux, même me montrer des astuces de maquillage. Je n'émergerais pas de là en vieille mégère grisonnante, alors que j'étais une jolie jeune femme de trente ans en arrivant.

— Qu'est-ce que tu feras, une fois dehors ?

— Oh, j'ai quelques personnes à retrouver. Des gens du passé.

— De vieux amis ?

Je me souris dans le petit miroir en plastique, mes yeux bleus plus perçants que jamais.

— On pourrait dire ça. Quelques amis. Quelques ennemis aussi. Tu sais ce que c'est.

Il s'écoula un certain temps avant que je revoie Margaret Jeffries – je pense que je l'avais effrayée, après cet étrange moment dans la classe. Mais, quelques jours plus tard, je l'aperçus tandis qu'elle retournait à la poste, en s'armant de courage, sans aucun doute. Il n'y avait pas d'autre magasin à des kilomètres à la ronde : voilà pourquoi Angie se permettait impunément une telle impolitesse. J'accélérai le pas, et rattrapai Margaret à la porte. Helen, une fois de plus dans sa poussette, leva la tête et me salua de la main, ce qui me serra soudain le cœur. Elle portait une salopette en jean sur laquelle étaient brodés de petits canards.

— Vous repartez au front ? dis-je à Margaret. Bonjour, Helen !

Je tendis le bras pour toucher sa main, douce et potelée.

— Bonjour, dit-elle timidement.

Margaret parut rougir en me voyant.

— J'avais besoin de liquide vaisselle. Et le trajet en voiture jusqu'au grand supermarché… Eh bien, je trouvais que ça n'en valait pas la peine.

— J'ai fait ce baume pour vous. Pour le bébé.

Je l'avais dans mon sac depuis des jours, espérant la croiser.

— C'est gentil à vous.

Elle avait l'air hésitante, à juste titre.

— Vous pouvez demander à toutes les mamans du coin, ma crème pour le change est meilleure que tout ce qui existe dans le commerce. Sans parabène ni produits chimiques artificiels – juste des plantes apaisantes. De la camomille, du calendula.

— Très bien, alors. Merci. Elle en souffre beaucoup, pauvre bébé. (Elle caressa la tête bouclée de Helen.) Elle apprend à devenir propre, mais il lui faut encore une couche la nuit.

Je sortis le baume, contenu dans un petit flacon marron, comme la plupart de mes préparations, soigneusement étiqueté. Puis j'en sortis un autre, en toute innocence.

— Je vous ai fait ça aussi – vous m'avez parlé de la blessure d'Adam, son problème à l'épaule. C'est génial pour soulager les problèmes musculaires.

Et c'était vrai – je n'avais pas menti.

— Oh ! Je ne sais pas s'il voudrait…

— Oh, Seigneur, je sais comment sont les hommes, vous devez les obliger à prendre soin d'eux, n'est-ce pas ? Mais si rien d'autre ne marche, et qu'il ne souhaite pas prendre d'antidouleurs trop puissants, ça vaut le coup d'essayer ça.

— Qu'est-ce qu'il y a dedans ?

Elle prit les flacons avec incertitude.

— Un mélange de plantes. Ç'a un effet anesthésiant et relaxant – un peu comme ces pommades chauffantes, mais en plus efficace. Et entièrement naturel.

J'avais essayé plusieurs composants – le houblon, que l'on pouvait se procurer facilement, et la valériane, dont le goût fort et amer ne semblerait pas anormal dans une lotion. Le gattilier, dont j'avais un petit stock séché à la cave. Pour couronner le tout, j'avais ajouté une substance chimique appelée la scopolamine. Un puissant alcaloïde, dérivé de plantes de la famille des solanacées, dont l'une était la jusquiame noire. Parfois dénommée « l'herbe des sorcières », elle avait nombre d'applications utiles – analgésique, anesthésique, intense euphorisant, et pouvait même aider pour des troubles tels que la démence. Comme tout le reste, elle pouvait guérir ou empoisonner. La plupart de ces herbes auraient plus d'effet par voie orale, mais je craignais de causer trop de dégâts. De me faire prendre. On disait qu'elles pouvaient calmer un homme. Réduire certaines envies irrépressibles. J'espérais que ça rendrait peut-être Jeffries plus docile, que ça le tiendrait à distance des enfants, le temps que je décide quoi faire, si mes doutes étaient fondés. Ce n'était pas gagné, mais j'avais bon espoir de prendre peu de risques.

— Merci, dit Margaret, l'air toujours hésitant.

Je me demandai quelles chances il y avait pour qu'il teste mon remède – elles étaient minces, devinais-je.

— Ne précisez peut-être pas que ça vient de moi ? Je ne crois pas qu'il soit mon plus grand fan ! lançai-je d'un ton enjoué.

Elle ébaucha un faible sourire. J'en déduisis qu'il avait parlé de moi chez lui. Une pensée affreuse me vint alors à l'esprit.

— Et surtout… Ne les confondez pas, en aucun cas. Ce serait bien trop puissant pour un bébé.

J'éprouvai une crainte soudaine. C'était dangereux, ce que je faisais. Illégal, même. Mais il fallait que je tente quelque chose, et si cela fonctionnait, ce serait, au bout du compte, pour le bien de ce bébé aussi.

Margaret me remercia à nouveau et entra dans le magasin. Je voyais Angie me regarder, avec son hostilité coutumière, et je lui fis signe en souriant. La vie m'apprit par la suite que vous pouviez obtenir plus de résultats ainsi.

Quand vous êtes condamnée pour meurtre par empoisonnement, on vous voit comme la plus sournoise et inconsidérée des criminelles. Si vous étranglez ou poignardez quelqu'un, il faut l'approcher de face, le regarder dans le blanc des yeux, le voir prendre conscience que c'est vous qui le tuez. Ce n'est pas le cas avec le poison. Alors oui, je l'admets, j'ai bien empoisonné Adam Jeffries, dans le sens où le poison est une simple question de dosage. Mais je n'essayais pas de le tuer. Malheureusement, la distinction fut assez difficile à prouver le moment venu.

J'observai Jeffries les jours suivants, à l'affût du moindre signe que la lotion fonctionnait. Il était un peu éteint, peut-être. Je le vis rouler son épaule plusieurs fois. C'est dangereux, le vélo.

L'école suivit son cours normal, et j'essayai de le croiser le moins possible. Puis, à la fin de la semaine, vers 15 heures, les enfants coururent à la porte, impatients de sortir jouer, ou de rentrer chez eux pour manger des biscuits et regarder leur programme préféré. J'étais dans la classe pour aider Jeffries à remettre de l'ordre, ranger les livres et le matériel de bricolage. J'étais nerveuse et agitée, comme s'il me fallait dire quelque chose afin d'étouffer la peur innommable que j'éprouvais en sa présence.

— Un problème avec votre épaule, monsieur Jeffries ?

Il me jeta un coup d'œil.

— Ce n'est rien. Je me suis blessé il y a quelques mois, c'est tout.

— Il y a des solutions pour ça, vous savez. Des remèdes à base de plantes.

Il me scrutait curieusement, et je me demandai si je n'avais pas montré mon jeu trop vite. Margaret lui aurait-elle révélé que la lotion venait de moi ? Il pouvait peut-être le deviner.

— Je ne sais pas trop. On ne peut jamais vraiment être sûr de ce qu'il y a là-dedans, si ? Ça pourrait être n'importe quoi.

Je me mordis la langue. Il n'avait donc probablement pas utilisé la lotion, ou peut-être ne la lui avait-elle même jamais donnée. Je venais de nettoyer les pinceaux lorsque j'entendis de légers pas dans le couloir. Je m'aperçus alors que Lisa était encore là, allant et venant en se retournant toutes les deux secondes pour jeter un coup d'œil dans la salle. Jeffries vit que je l'avais remarquée.

— Lisa, lança-t-il. Entre.

Elle arriva en courant, le visage enflammé.

— Lisa, je me disais, ce serait bien de rassembler des décorations pour la classe. Elle fait tellement dénudée.

— Oui, monsieur, quel genre de choses ?

Il me regarda en parlant.

— Des feuilles mortes, peut-être des baies, de jolies pierres et des plumes, ce genre d'objets ? (Exactement comme ma composition avant qu'il ne la détruise.) Tu pourrais en chercher pendant le week-end.

Je n'intervins pas. Je fermai la porte du placard et tournai la clé.

— Oh… et j'ai trouvé ça, Lisa. Je me disais que ça te plairait.

Du coin de l'œil, je le vis lui tendre quelque chose. Un petit caillou, vaguement en forme de cœur.

— Oh, merci, monsieur ! C'est pour moi ?

— Oui, pour toi. Et la semaine prochaine, nous poursuivrons nos cours, d'accord ? (Il enfila son sac à dos et prit ses clés.) Bonne soirée, Janna. Vous fermerez ?

— Bien sûr, monsieur le directeur.

Je ne pouvais rien dire d'autre.

Lisa et moi nous retrouvâmes seules, et je la vis glisser le caillou dans la poche de son imperméable peu épais.

— Tu n'es pas rentrée chez toi ? lui demandai-je.

Elle baissa les yeux.

— Papa m'a confisqué ma clé. J'ai oublié de mettre la lessive en route, vous savez. Il dit qu'on ne peut pas me faire confiance.

Elle n'avait donc nulle part où aller, en cette fin de journée grise et venteuse.

— À quelle heure est-ce qu'ils rentrent, tes parents ?

Elle mâchait de nouveau ses nattes.

— Dix-huit heures, marmonna-t-elle.

Je n'allais pas laisser une enfant errer dans le village pendant trois heures.

— Très bien, Lisa, viens avec moi.

Il n'était pas normal de l'emmener toute seule, surtout après m'être ouvertement indignée que Jeffries fasse pareil, je fus donc soulagée de voir que Lucy et Grace traînaient toujours près de la grille de l'école. À manigancer quelque chose, probablement.

— Je vais chez Janna ! fanfaronna Lisa.

Pauvre gamine.

— Vous pouvez venir aussi toutes les deux, si vous voulez, proposai-je d'un ton désinvolte.

Je vis une lueur d'intérêt – elles avaient toujours envie de connaître la vie secrète des enseignants. Lisa se rembrunit légèrement – elle voulait être spéciale. Mais cela lui ferait du bien de se lier d'amitié avec les autres filles, de ne pas rester aussi solitaire et singulière que moi quand j'étais enfant, quoique pour des raisons différentes.

Grace haussa les épaules, dans cette gestuelle d'adolescente qu'elle avait déjà. Même si elle n'atteindrait jamais son onzième anniversaire.

— OK. On n'a rien d'autre à faire, de toute façon.

Nous remontâmes depuis le village, Lisa trottinant à mes côtés, cherchant mon attention. Les deux autres filles se comportaient avec plus de détachement, comme des chats, cherchant aussi mon attention, mais trop fières pour la réclamer. Je m'aperçus que je pensais à la sinistre histoire du *Joueur de flûte de Hamelin*. Les habitants avaient refusé de le payer, alors il avait emmené leurs enfants. Mais sans blague !

— Bon, les filles, j'espère que vous ne ferez pas trop de bruit – ma mère ne se porte pas très bien, vous savez.

— Qu'est-ce qu'elle a ? s'enquit Grace, en éternelle cheffe de bande.

C'était une bonne question. Officiellement, maman avait une sclérose en plaques, mais selon moi, perdre mon père, après des années de violence et de colère, avait brisé quelque chose en elle. Je savais qu'il y avait des jours difficiles, quand la douleur la tordait comme une main cruelle. Mais d'autres fois, je la voyais regarder, d'un air presque mélancolique, la mer par la fenêtre. Je lui avais proposé à maintes reprises de l'y conduire, même si pousser son fauteuil en haut de la colline aurait été une gageure, mais elle n'approuvait pas l'idée. Elle avait renoncé à la vie, et il n'y avait rien que je puisse faire pour l'y ramener.

Maman était toujours vivante quand on m'envoya en prison. Je ne la revis jamais après mon arrestation, et, environ un mois après ma condamnation, j'appris qu'elle était morte.

De manque de soins, sans aucun doute, de douleur, de chagrin. Cela peut vous tuer plus rapidement qu'un cancer.

Ce jour-là, je servis aux filles du jus d'orange, dilué à l'eau du robinet, et me rendis compte que je n'avais pas de biscuits ni friandises à la maison. Je n'aimais pas ce genre de choses, et, ayant perdu l'appétit dernièrement, je m'étais mise à manger comme maman, des quantités qui n'auraient pas nourri un oiseau. Je perdais du poids, bien trop. Si je ne faisais pas attention, mon cœur lâcherait, lui aussi.

Les filles déambulèrent dans le jardin avec leurs verres, curieuses de tout.

— Mademoiselle, est-ce que c'est vrai que vous faites des potions ? demanda Lucy.

Elle commençait déjà à se développer, et j'eus de la compassion pour elle – on perd si vite son innocence d'enfant. Le temps file quand votre corps devient celui d'une femme.

— Pas des potions. Des médicaments. C'est juste la guérison par les plantes, ce n'est guère différent de ce que le docteur te prescrit, pas vraiment. Ce sont les mêmes substances chimiques.

À la nuance près que les miennes étaient fournies gratuitement, produites par la terre, et que les leurs avaient été synthétisées, copiées, et visaient à apporter du profit.

— On peut voir ?

— D'accord.

Je ne voyais pas de mal à leur apprendre deux ou trois choses. J'ouvris la porte de la cave, tirai sur la corde de la faible ampoule, et les laissai examiner les flacons marron, le mortier et le pilon, les herbes en train de sécher, ma collection de couteaux.

— Ne touchez à rien, les filles. Quoi que vous fassiez.

Il y avait assez de poison dans mon attirail pour les tuer plusieurs fois.

— Waouh !

Elles étaient véritablement impressionnées, et peut-être en fus-je un peu flattée. Adam Jeffries avait sapé mon amour-propre, en me rappelant que je n'étais qu'une assistante d'éducation, sans réelles qualifications ni pouvoir. Mais ça, je maîtrisais.

— Mademoiselle, est-ce que vous savez préparer des philtres d'amour ? demanda Grace. Genre, pour plaire à des gens ?

J'éclatai de rire.

— Ça, ce n'est pas possible, Grace. Tu peux faire des mélanges qui donneront peut-être un peu plus confiance en soi, rien d'autre. Et tu peux renforcer le cœur, avec diverses plantes. Parfois, c'est tout ce dont nous avons besoin, d'un petit coup de pouce. Mais tu ne peux pas inciter quelqu'un à t'aimer si ce n'est pas ce qu'il éprouve.

Pourtant, j'avais commencé à rassembler une partie des ingrédients afin de concocter un philtre pour Morag – boutons de rose, aubépine. Pourquoi faire une chose pareille ? Je me sentais coupable, je suppose. Je lui étais redevable.

— Est-ce qu'on peut en goûter ?

Grace examinait les étiquettes sur les flacons.

— Absolument pas. Ceux-là sont pour les adultes, bien trop puissants pour toi. Bon allez, maintenant on va sortir prendre l'air dans le jardin.

Je les fis remonter, fermai soigneusement la porte derrière moi et lâchai la clé dans un petit pot sur le rebord de fenêtre de la cuisine.

Dehors, les filles se dispersèrent en courant dans le grand espace comme de jeunes poulains, la mer scintillant au loin.

— Mademoiselle, vous pouvez nous dire quelles sont ces plantes ?

Je voyais que Lisa était plus hardie loin de l'école. Son excitation était presque palpable, à l'idée que Lucy et Grace soient peut-être ses amies désormais, qu'elle devienne populaire après cette journée, et que sa vie change comme par enchantement. J'ignore pourquoi les gens sont si sceptiques vis-à-vis de la magie – tout le monde semble y croire sous une forme ou une autre. En matière de changement, de chance, d'amour.

Pensant pouvoir leur montrer les rudiments de l'herboristerie, je nommai certaines des plantes communes de mon jardin. Le romarin, épineux et parfumé ; l'ail des ours ; la lavande, pour le réconfort et le repos. Lisa était assidue, posant des questions, alors que Lucy et Grace s'étaient éloignées depuis bien longtemps, pour jouer sur une balançoire qu'un proche avait jadis suspendue à un gros saule. Probablement mon grand-père, qui était un homme gentil et doux. Les raisons pour lesquelles il avait épousé grand-mère Tresallick demeuraient un mystère. Ma mère avait hérité de sa douceur, d'après grand-mère. Mais pas moi. Elle me voyait comme son héritière, et je n'eus guère le choix à cet égard.

— Attention, les filles, les cordes sont très vieilles.

Elles m'ignorèrent. J'admirai leur assurance, et les laissai donc tranquilles. Les filles en manquaient déjà assez comme ça.

— C'est quoi, celle-là ? demanda Lisa en s'agenouillant devant une plante qui poussait à l'ombre du gros chêne.

Il y avait toujours une abondance de végétation à cet endroit particulier, j'y faisais une riche récolte de champignons en automne.

— N'y touche pas, ordonnai-je d'une voix plus cinglante que je ne l'avais voulu. Elle peut être toxique.

La jusquiame noire. Des feuilles vert foncé, une fleur blanc-jaune avec des pétales marbrés, comme un cadavre, et un cœur sombre. Assez anodine, mais plutôt inquiétante, si près de la maison. Je me rappelais que grand-mère avait planté celle-ci, une bouture qu'elle avait prélevée au fond des bois. L'Autel du diable, c'est ainsi que les enfants appelaient la clairière où elle poussait, même s'il s'agissait juste d'un rocher plat. Absolument aucune signification occulte, mais cela faisait une bonne histoire. J'avais appris à mes dépens que les histoires étaient encore plus puissantes que les plantes, et parfaitement impossibles à contrôler.

Je laissai Lisa jardiner un peu – c'était une chose que j'adorais faire à son âge, moi-même enfant unique –, pendant que j'allais voir les autres filles. Je vis qu'elles s'ennuyaient. Grace était debout sur le siège de la balançoire, faisant tourner les cordes sur elles-mêmes, et Lucy la poussait dans des cercles indolents.

— Alors, les filles, ça vous plaît l'école cette année ?

Elles échangèrent un regard et haussèrent les épaules.

— C'est l'école, répondit Grace. Ce n'est pas censé être marrant.

— Vous aimez bien votre nouvel enseignant ?

J'essayai de les interroger d'un ton décontracté, en raclant l'écorce de l'arbre. On pouvait en faire un thé pour apaiser les douleurs menstruelles, une chose à laquelle ces filles seraient bientôt confrontées, le sang et la souffrance qui allait avec. Cela semblait injuste. Je les protégerais aussi longtemps que je le pourrais de ce monde d'adultes. Surtout Lisa, qui était si loin d'être prête.

— Ça va. Par contre, il aide toujours Lisa – elle est tellement en retard, dit Lucy.

Elles décochèrent toutes les deux un regard amer à leur camarade, qui avait cueilli un bouquet de grandes mauves, et l'examinait avec une curiosité enfantine.

— Les filles, essayez d'être sympas avec Lisa. Vous deux… Eh bien, vous êtes bonnes amies, et les choses sont faciles pour vous.

J'entendais par là qu'elles étaient malignes, qu'elles seraient jolies, qu'elles avaient des parents qui prenaient soin d'elles, et ne les envoyaient pas à l'école avec des chaussettes dépareillées et trouées comme cette pauvre Lisa. Mais elles étaient trop jeunes pour me comprendre. Des bébés animaux, sans aucune perception de la gentillesse ni de l'altruisme.

— Mais on *est* sympas avec elle, protesta Grace. On la laisse jouer avec nous, non ?

— Eh bien, c'est très gentil de votre part. (Je n'y croyais pas une seconde.) Quand M. Jeffries aide Lisa, est-ce qu'il ferme la porte ?

— Ouais, répondit Lucy, ne voyant pas la portée de ma question. Il la fait sortir de classe, et nous on doit juste lire nos livres. C'est ennuyeux.

Mais Grace, quant à elle, comprit ce que je demandais. Elle me lança un coup d'œil circonspect. Si j'insistais, j'en découvrirais peut-être davantage.

— Ça dure longtemps ?

— Ouais, pendant à peu près une heure, parfois. Ce n'est pas juste, pourquoi c'est elle qui reçoit toute l'attention ?

Je devais choisir mes mots très, très soigneusement. Je regardai vers Lisa, qui jouait parmi les fleurs, l'innocence incarnée.

— Est-ce que ça vous dérange, les filles ? Ça vous effraie, peut-être ?

Lucy parut confuse.

— Quoi ? Non, c'est simplement injuste.

Je tentai de croiser le regard de Grace, mais elle se détourna, ses cheveux blonds lui retombant sur le visage. Elle serait si jolie dans quelques années – je m'inquiétais pour elle.

Soudain, Lisa poussa un petit cri aigu.

— Qu'est-ce qui se passe ?

Je la rejoignis en courant, pensant qu'elle s'était peut-être piquée avec une épine.

Elle sanglotait en pointant du doigt les herbes hautes bordant les arbres.

— Il est mort. Il est mort !

Je m'y précipitai, et découvris que mon piège avait capturé un jeune lapin. Les yeux sombres et vitreux, la fourrure encore soyeuse, il était mort dans la terreur, asphyxié, et j'en eus la nausée. Je me forçai à me comporter en adulte.

— Lisa, tu vis à la campagne, tu sais que les gens attrapent des lapins, quand même.

— Papa dit que ce sont des nuisibles, déclara Grace, qui arrivait en flânant, aucunement perturbée par la petite créature morte. Ils abîment les cultures.

— Mais ils ne méritent pas de *mourir*, riposta Lisa avec passion.

Grace roula des yeux.

— Tu manges de la viande, pas vrai ? C'est la même chose.

J'étais d'accord avec elle, bien entendu ; nous devions être prêts à tuer pour nous nourrir, je fus néanmoins peinée de le voir, et je n'étais pas du tout sûre de pouvoir le dépecer pour le cuisiner. Je le poussai du bout du pied derrière des herbes.

— Bon, allons préparer des sandwichs, OK ? Vous devez avoir faim.

Il était à présent plus de 17 heures, et je pourrais bientôt les renvoyer chez elles. Je les encourageai à s'éloigner en hâte, espérant que Lisa oublierait peut-être le lapin avec le ventre plein.

Plus tard, au procès, l'accusation insista beaucoup sur cette journée, sur les raisons pour lesquelles j'avais emmené les filles chez moi, sur le moment précis où elles étaient entrées en contact avec le flacon de « poison », comme on le qualifia. Tout peut devenir un poison, administré à la mauvaise personne ou avec le mauvais dosage. Je suis certaine que ce n'était pas ce jour-là qu'elles se l'étaient procuré – je les aurais vues le prendre à la cave, mais peut-être qu'elles m'avaient vue mettre la clé dans le pot sur le rebord de fenêtre, et qu'elles étaient revenues une autre fois en douce. Peut-être était-ce imprudent de ma part, de montrer à des enfants de dix ans où je préparais mes remèdes, mais il ne m'était guère venu à l'esprit qu'elles me voleraient. J'étais tellement occupée à surveiller un plus grand démon, celui dont je devais les protéger, que je ne compris pas que tout individu est capable d'actes répréhensibles, aussi jeune, aussi démuni qu'il soit.

De toutes mes années en prison, je n'eus pratiquement aucune visite. Je refusais que quiconque me voie ainsi, et la majeure partie du village m'avait tourné le dos de toute façon. Par ailleurs, j'en avais observé l'effet sur les femmes, combien elles étaient brisées et secouées après avoir vu leur famille, surtout celles qui avaient de très jeunes enfants. Mais, aujourd'hui, j'allais voir quelqu'un. Il s'agissait d'une visite que j'avais repoussée depuis longtemps, mais je m'estimais à présent prête à connaître la vérité. Malgré tout, j'avais honte d'éprouver cette incertitude, cette peur, alors que je m'étais depuis longtemps entraînée à me libérer de ces émotions, à être détachée de tout afin de ne jamais être déçue. Je restai assise des heures sur mon lit, à regarder la lumière changer par la fenêtre, incapable de me concentrer sur un livre ou une activité. Puis je l'entendis – ce mouvement, suivi d'un cliquetis, annonçant l'heure de visite. Des portes s'ouvrant, des femmes parlant fort, des pieds traînant sur les sols sonores. D'habitude, je restais là, à écouter les bruits se succéder, mais aujourd'hui, je me levai avec les autres pour aller faire la queue. Je vis qu'elles le remarquaient, se donnaient des coups de coude – « Regarde, Janna a un visiteur. » Enfin.

Je n'étais pas venue au parloir depuis si longtemps que je ne savais pas qu'il y avait toute une rangée de nouveaux distributeurs, et j'eus un instant le cœur serré d'être passée à côté de ces diverses friandises, sucrées et salées, composées de produits chimiques et de parfums artificiels. Comme mon monde s'était réduit. Fut une époque où je n'aurais jamais laissé ces aliments franchir la barrière de mes lèvres. C'est ça le vrai poison, si vous voulez mon avis.

À l'autre bout de la salle, un homme se leva. Il était comme je l'avais imaginé – d'âge moyen, vêtu d'un imperméable, la barbe négligée, l'accent bourgeois. C'était un ex-militaire, je le savais, qui s'était tourné vers ce type de travail après avoir été blessé au front. Je n'avais pas été aussi près d'un homme depuis une éternité, ça me rendait nerveuse. Sa jambe gauche était raide, et je regrettais de ne pouvoir lui donner de quoi la soulager. De la camomille, peut-être, pour la relaxation musculaire, ou de l'huile de menthe poivrée.

— Mlle Edwards. Bonjour, ravi de vous rencontrer.

Vous n'entendez pas cela souvent lorsque vous êtes condamnée pour meurtre.

— Je vous en prie, asseyez-vous. (Nous tirâmes nos chaises dans un raclement.) Mitchell, c'est bien ça ?

Mitchell Hargreaves. Un détective privé, à qui j'avais écrit quelques semaines plus tôt, anticipant que j'étais enfin, après presque trente-six ans, libérable sur parole.

Nous prîmes place sur les chaises en plastique, et le vacarme de la salle était oppressant de tous les côtés : des enfants qui pleuraient, tout le monde qui criait pour être entendu, le sifflement irritant de la machine à café qu'ils avaient aussi installée, m'aperçus-je – et qui proposait des boissons à 2,50 livres, ce qui me paraissait énorme. J'étais angoissée par cette salle, où l'espace n'était plus délimité, où l'extérieur était autorisé à pénétrer.

— Alors, est-ce que vous…

Il acquiesça.

— J'ai tous les renseignements que vous m'avez demandés.

— Vous les avez… tous ?

— Bien sûr. C'est assez simple de retrouver des gens. Même les adoptions plénières ne sont plus secrètes.

Il sortit de sa poche un bout de papier – inoffensif, juste une liste de noms et de numéros. Rien qui puisse affoler les détecteurs de métaux, même si je savais par les autres femmes que l'on vous confisquait des choses surprenantes : montre, baume à lèvres, écouteurs.

— Vous m'avez engagé pour retrouver plusieurs personnes. Margaret Jeffries, de son ancien nom. Lisa McSweeney, Susan Bodger, Denise Jenkins, Nancy Dunne. Et le principal, George Sanderson.

George Sanderson. Le nom d'un étranger, comme s'il n'avait absolument aucun lien avec moi.

— Il n'a jamais essayé de vous retrouver, d'après ce que j'ai compris. Je ne pense pas qu'il connaissait la vérité sur sa naissance, au-delà de son adoption.

— Non. Ils ont jugé que c'était préférable, je présume.

Ses parents adoptifs. Je les imaginais fiables, solides. Ennuyeux. Pour son bien, je lui souhaitais qu'ils soient ennuyeux, remplis d'amour ordinaire, monotone.

— Et puis, il a pris possession des clés de la maison en Cornouailles, il y a quelques mois.

Je le savais par le notaire qui s'était chargé de la transaction. Je lui avais cédé la propriété dès la mort de ma mère, dans une tentative désespérée de la conserver dans la famille. C'était à ses nouveaux parents de lui en parler, s'ils le décidaient, s'ils voulaient qu'il connaisse sa propre histoire. Elle était probablement restée vide toutes ces années, ma ravissante maison, tombant en ruine. Qu'est-ce qui avait poussé George à emménager dedans ? Que savait-il de moi – avaient-ils fini par lui révéler la vérité ?

— Il y vit ?

— Oui. Avec sa femme.

Sa femme. Étrangement, je n'avais pas imaginé ça.

— Parlez-moi d'elle.

Il consulta le bout de papier.

— Son nom est Helen Gillis. Elle était médecin jusqu'à tout récemment. Trente-sept ans.

J'étudiai son visage – il y avait quelque chose qu'il ne me disait pas sur cette inconnue, ce spectre que mon fils avait épousé.

— Quoi d'autre ?

— Un élément que je n'ai pas bien compris. Peut-être que je me suis embrouillé. Quand j'ai creusé le passé de Helen Gillis, j'ai découvert qu'elle avait eu la même adresse qu'une autre personne figurant sur votre liste. Une maison dans le Devon, à Okehampton. Habitée par Margaret Jeffries – elle a changé de nom, elle s'est remariée. C'est Margaret Keown, maintenant.

— Je ne vous suis pas.

— J'ai eu aussi du mal à piger pendant un temps. Il semble que cette femme, l'épouse de votre fils... Margaret Keown est sa mère. Gillis était le nom de jeune fille de Margaret.

J'étais complètement perdue. Helen. Oui, il y avait eu une Helen, n'est-ce pas ? La petite fille aux boucles rousses. L'enfant de Margaret. Qui devait avoir deux ans quand George est né, presque trois... Mon cerveau s'enraya, puis je percutai. Mais cela ne pouvait pas être vrai. Je le regardai, bouche bée.

— Vous ne voulez quand même pas dire que... ?

Il haussa les épaules. Après tout, ce n'étaient que des noms pour lui.

— Il est apparemment marié à la fille de Margaret Jeffries, oui. Vous l'ignoriez ?

— Oui. Oui, je l'ignorais.

Comment. Comment cela avait-il pu se produire ? Elles avaient déménagé, après le procès. C'était logique que Margaret change leur nom de famille, reprenne son nom de jeune fille. Mais…

— Je ne comprends pas comment cela a pu se produire. George a grandi à Reading, elle vivait dans le Devon… Vous êtes en train de me dire que c'est juste une énorme coïncidence qu'ils se soient rencontrés et mariés ?

Comment était-ce possible ? Que les deux enfants impliqués dans cette affaire, mon fils et la fille d'Adam Jeffries, se soient même croisés au départ ?

— Je ne sais pas. Qu'est-ce que ça pourrait être d'autre ?

C'est ce que j'allais devoir découvrir. Et, une fois sortie, je pourrais les retrouver et avoir le fin mot de l'histoire.

Alors, nous y sommes. À ces derniers jours, où tout se dégrada subitement. J'ai eu beaucoup de temps pour y réfléchir, imaginer ce que j'aurais pu faire différemment, me demander s'il y avait le moindre moyen d'empêcher ce qui se déroula. J'aurais pu emmener Lisa chez moi et l'y garder en sécurité. J'aurais pu aller voir la police – mais je ne suis pas persuadée que cela aurait changé quoi que ce soit, puisque aucun flagrant délit n'avait été commis à ce stade. Ou j'aurais pu quitter le village et partir loin. Mais je ne suis pas le genre de personne capable de se défiler, même sans maman. Il n'y avait peut-être donc aucun moyen d'échapper à mon destin, après tout. Cette pensée devrait être plus réconfortante qu'elle ne l'est.

Tandis que nous approchions la fin du trimestre et Halloween, j'avais commencé à avoir peur d'entrer dans l'école, inquiète au sujet de Lisa et des intentions de Jeffries. Je ne l'avais pas revu passer du temps seul avec elle, et je vérifiais attentivement chaque jour qu'elle rentrait bien chez elle, au lieu de le rejoindre après la classe. Lui aussi semblait partir à l'heure, et Margaret venait le chercher. Je ne l'avais pas revue depuis le jour où je lui avais donné la lotion, ce qui m'attristait – j'avais le sentiment que nous aurions pu devenir amies, dans d'autres circonstances, et je me faisais du souci pour la petite fille aux boucles brillantes et à l'expression curieuse. Mais peut-être m'étais-je trompée.

Peut-être qu'Adam Jeffries avait mis fin à ses agissements, quels qu'ils soient, ou peut-être ne s'était-il même rien passé au départ.

Un jour, Lisa traînait une fois de plus devant le bâtiment de l'école, déjà en larmes, se mordant la lèvre et raclant ses vieilles chaussures dans la terre. L'une de ses semelles commençait à se décoller.

— Lisa, tout va bien ?

Elle acquiesça, sans conviction.

— Papa a encore pris ma clé. Il fait... vraiment froid pour attendre dehors, mademoiselle.

Les températures avaient chuté, et il régnait une fraîcheur automnale.

— Tu veux venir chez moi ?

Je ne pouvais pas la laisser là, toute seule et bouleversée.

— Oui, s'il vous plaît.

Nous partîmes, et tandis que nous grimpions la colline, je pressai légèrement le pas.

— Je suis désolée, Lisa. Je ne me sens pas très bien.

J'eus à peine le temps d'arriver aux toilettes du rez-de-chaussée pour tomber à genoux et vomir, frissonnante. Je relevai les yeux et vis Lisa à la porte de la salle de bains, m'observant avec curiosité.

— C'est juste... quelque chose que j'ai mangé, sûrement.

J'avais envie qu'elle s'en aille, mais je ne pouvais pas la chasser, et on ne lui avait pas inculqué assez de bonnes manières pour qu'elle le suggère d'elle-même.

— Est-ce que je peux regarder dans votre cave, mademoiselle ?

— Bien sûr que non. Tu sais, elle contient des substances dangereuses, Lisa. Qui peuvent tuer des gens si elles sont mal dosées. C'est risqué pour les enfants.

— Je ne suis pas une *enfant*. Et je suis prudente.

— Eh bien… peut-être plus tard. Pourquoi ne pas jouer un peu dans le jardin – me cueillir un bouquet ? J'ai besoin de m'allonger une minute.

Je montai l'escalier d'un pas faible, me demandant quel pouvait bien être mon problème. L'espace d'un instant, j'eus l'idée insensée que Jeffries m'avait empoisonnée. Mais non, il n'y avait que moi pour avoir la folie de toucher à de telles choses.

Maman était assise au lit, plongée dans la lecture d'un livre – l'un de ses vieux romans de Jackie Collins en format poche. Elle était donc dans un bon jour.

— Qu'est-ce qui t'arrive ? s'enquit-elle en remarquant mon teint gris.

— Je ne sais pas. C'est un truc que j'ai mangé.

— Tss-tss ! Tu n'as pas porté tes gants, n'est-ce pas ?

— Eh bien… non.

Je négligeais de le faire quand je travaillais avec des herbes, une habitude imprudente, puisqu'elles peuvent être absorbées par la peau.

— Elle te mettait en garde contre ça.

Inutile de demander de qui elle parlait – *elle*, c'était toujours grand-mère, qui occupait une place importante dans nos vies, même en étant morte douze ans plus tôt.

— Je sais.

— Viens ici.

J'entrai et m'assis sur son lit, humant l'air vicié par la maladie et la déception, et elle me posa une main froide sur le front. C'était agréable, d'être un peu maternée. J'avais dû m'en charger moi-même la majorité de ma vie.

— Hmm… Pas de température. (Elle me regarda attentivement.) Ta grand-mère dirait que tu es enceinte, pâlotte comme tu es.

Je me détournai en rougissant.

— Eh bien, à l'évidence, ce n'est pas ça.

Je considérais toujours maman comme une invalide sans défense – en voyait-elle plus que je n'en avais conscience ? Je me levai et j'ouvris la fenêtre.

— Aérons un peu, puisque tu te sens mieux.

— Cette fille traîne encore ici.

La voix fluette de Lisa nous parvenait depuis l'extérieur. Elle chantait, quelque chose à propos de Xanadu.

— Elle n'a nulle part ailleurs où aller.

— Tu n'es pas obligée de sauver le village entier, Janna.

Au contraire. Qui d'autre le ferait ?

— Il vaudrait mieux que je descende la rejoindre. Ce jardin peut être dangereux, si elle ne cueille pas la bonne plante.

— Janna, je sais que ta grand-mère t'a appris à te mêler de tout, mais elle n'était pas toujours avisée. Elle a fait des choses répréhensibles, et tu le sais. N'est-ce pas ?

Je hochai la tête à contrecœur, regardant vers le vieux chêne par la fenêtre. J'aurais pu dire que je voulais seulement d'aider. Que j'avais l'impression que des horreurs étaient commises, même si je n'en avais aucune preuve tangible, et que j'essayais de m'interposer entre les enfants et le mal. Mais pourquoi faisais-je tout cela ? Je n'étais pas la mère de Lisa, ni même son enseignante. Ça m'agaçait, que maman ait vu clair dans mes tentatives navrantes de changer les choses. D'interférer. Et si, d'une certaine manière, j'empirais la situation ?

Je me traînai dehors, dans la lumière déclinante de l'après-midi, prenant une bouffée d'air au parfum d'herbes pour essayer de calmer mes nerfs à vif.

— Ça va, mademoiselle ?

Lisa cessa de virevolter. Elle s'était confectionné une couronne de pâquerettes, telle une princesse des bois.

— Je crois, oui. Que dirais-tu d'un sandwich avec un jus ?

— OK. (Elle se baissa pour cueillir une fleur violet pâle.) Regardez, c'est un colchique d'automne. Il m'a montré ça, dans les bois.

— Qui ?

Je l'écoutais d'une oreille distraite, m'efforçant juste de ne pas être malade une fois de plus.

— M. Jeffries. Il m'emmène dans les bois, vous savez – c'est là qu'on se donne rendez-vous, en dehors de l'école. Puisqu'on ne peut plus aller dans la réserve, maintenant que vous nous avez cafardés.

— Quoi ? m'écriai-je avec les sens en alerte rouge. Lisa... qu'est-ce que tu veux dire ? Est-ce que M. Jeffries t'a fait quelque chose ? Parce que si tu m'en parles, je peux t'aider.

Elle examinait la fleur avec attention. Elle avait la voix rêveuse, lointaine.

— Il me demande de le rejoindre devant le gros rocher, l'Autel du diable. C'est notre endroit à nous.

J'essayai de me redresser, et m'aperçus que mes jambes se dérobaient sous moi. En regardant de plus près, je vis qu'elle avait arraché les pétales de la fleur un par un, et les avait jetés par terre.

— Je ne m'étais pas trompée, Martin.

Je ne voyais personne d'autre à qui me confier, alors le lendemain matin, aux aurores, j'avais frappé à la porte du pub, priant pour que ce ne soit pas Morag qui vienne m'ouvrir, et je lui avais demandé de descendre au rivage avec moi.

— Lisa m'a dit qu'il lui donnait rendez-vous dans les bois. Jeffries.

— Et est-ce qu'elle a dit ce qu'ils… y faisaient ?

— Elle s'est tue après ça, pas moyen d'en tirer un mot de plus. Mais elle présente tous les signes d'abus. Je le sais.

Je faisais les cent pas sur le sable compact, le vent soufflant dans mes cheveux jusqu'à les emmêler. Malgré l'air marin et froid que j'inspirais à pleins poumons, j'étais à court d'haleine.

— Qu'est-ce que je fais ?

Martin y réfléchit. C'était l'une des nombreuses choses que j'aimais chez lui, il prenait son temps.

— Tu ne devrais pas avoir à gérer ça toute seule. Il n'y a personne à l'école dont c'est le rôle ?

Je lâchai un rire sec.

— C'est lui le responsable de la protection de l'enfance. Et personne d'autre ne semble voir ça sous le même angle que moi.

— Et la famille de Lisa ?

— Je ne suis pas encore allée les voir. Ils ne sont pas très souvent chez eux.

— C'est ce qu'on devrait faire en premier. Je vais venir avec toi, et on va leur parler.

Je n'aurais su décrire à quel point j'étais réconfortée par son soutien. De ne pas devoir affronter ça seule, quoi que ce soit.

Il était tôt, à peine 7 heures. Mon moment préféré de la journée, quand la plage est déserte, balayée par les vagues, les oiseaux fouillant les mares résiduelles.

— Maintenant, ce serait peut-être bien.

Je savais que les parents de Lisa partaient travailler à 7 heures, et elle restait souvent seule chez elle de longs moments. Ce n'était pas normal, mais que pouvaient-ils faire d'autre ? L'économie rurale était stagnante, les salaires y étaient parmi les plus bas du pays.

Martin et moi traversâmes tranquillement le village, lui en jean et tee-shirt, moi dans ma longue robe violette dont l'ourlet avait trempé dans l'eau de mer, les cheveux au vent. Nous devions former un drôle de couple, et j'étais consciente que les gens nous jetaient des coups d'œil depuis leurs portes et fenêtres tandis qu'ils entamaient leur journée, alimentant sans aucun doute les ragots.

Les McSweeney vivaient dans les logements sociaux d'une petite rue en arc de cercle à la sortie du village. Ceux-ci étaient d'un gris déprimant, avec des murs en crépi et des volets sans peinture. Je montai au numéro 8, remarquant sur la pelouse non entretenue le vélo d'enfant abandonné, auquel manquait une roue. Il y avait également quelques crottes de chien, et, en sonnant à la porte, je déclenchai un concert d'aboiements. J'ai toujours eu peur des chiens – mon énergie semble les perturber, et je regardai Martin. J'étais tellement soulagée qu'il soit là, avec ses bras musclés de porter sans cesse des fûts, et son air sombre. Je n'avais jamais déterminé ce qui était le plus douloureux : être près de lui mais qu'il me soit inaccessible, ou ne pas le voir du tout.

C'est le père de Lisa qui nous ouvrit, un gaillard rougeaud qui dégageait une odeur persistante de poisson. Il avait déjà mis ses bottes en caoutchouc, et je devinais qu'il s'apprêtait à rejoindre les bateaux à Newlyn.

— Quoi ?

Les aboiements s'intensifièrent ; un bâtard venait d'apparaître en grognant à ses pieds. La maison sentait les aliments frits et les poils d'animaux.

— Bonjour, monsieur McSweeney… Je travaille à l'école de Lisa ?

— Je vous connais, ouais. Qu'est-ce qu'il y a ?

Il jeta un coup d'œil à Martin, se demandant forcément en quoi le patron du pub local pouvait être concerné. J'avais entendu que John McSweeney y passait beaucoup de temps.

— Je voulais vous parler de… Eh bien, de Lisa.

— Qu'est-ce qu'elle a encore fait ?

— Rien, rien. Je suis juste un peu inquiète.

Je voyais bien que ça ne marcherait pas. Le chien, le pas de la porte, son humeur – rien n'allait.

— Y a-t-il un meilleur moment où je pourrais venir vous parler, à vous ou votre femme ?

— On travaille, ma belle. Pas le temps de bavasser. Dites-moi ça tout de suite, je dois filer.

— J'ai simplement remarqué que Lisa semblait renfermée, et…

Comment exprimer qu'à mon avis son instituteur, notre directeur bien-aimé, lui faisait subir des choses ?

— LISA ! hurla-t-il, penché en arrière.

Le chien l'imita en aboyant encore plus fort. Oh non – ce n'était pas du tout ce que je voulais.

Elle apparut, déjà en uniforme scolaire, mais pas coiffée, et l'air terrifié. L'air d'une personne prise en faute.

— C'est quoi cette histoire comme quoi tu as des ennuis à l'école ?

Je l'interrompis.

— Non, non, elle n'a aucun ennui, je voulais juste discuter avec vous et la maman de Lisa, voir si nous pouvions l'aider d'une façon ou d'une autre.

— Elle est encore à la traîne, hein ? Je croyais que ce gars de Londres lui donnait des cours.

— Oui. C'est précisément à ce propos que je souhaitais…

— Très gentil de sa part. En plus, c'est gratuit.

— Eh bien, le problème, c'est qu'il ne devrait pas vraiment…

— Donc si elle est toujours aussi nulle en classe, il faut lâcher l'affaire, hein ? Elle n'est juste pas très futée. Rien de mal à faire un boulot manuel, en usine, à la ferme ou autre. Servir dans un magasin.

Je retentai le coup. Lisa se faisait la plus petite possible, avec le regard furtif d'une proie prête à détaler. Derrière elle, j'eus l'impression qu'il y avait quelques enfants plus âgés, ses frères et sœurs qui travaillaient ou allaient en secondaire à Penzance, et à qui leur mère criait de s'habiller en vitesse.

— Lisa, est-ce qu'il y a quelque chose dont tu voudrais parler à ton papa ? Au sujet de notre conversation d'hier ? De M. Jeffries ?

Son père sourcilla.

— Qu'est-ce que c'est que cette histoire ?

Lisa balbutia.

— R-rien. Je ne vois pas ce qu'elle veut dire.

Trahison. Mais je l'avais trahie, moi aussi, en venant ici. Je le lisais dans ses yeux.

Il me regarda en soupirant.

—Écoutez, ma grande, je n'ai pas le temps pour ça. Et je ne vois pas pourquoi vous avez amené Martin ici.

Martin l'avait mis une ou deux fois à la porte du pub, je le savais, ce n'était donc pas le grand amour, d'autant plus que c'était un étranger, tandis que John McSweeney était cornique depuis sept générations.

—Si Lisa a fait une bêtise, voyez ça avec sa mère. Je dois aller bosser. Certains d'entre nous travaillent dur pour gagner leur croûte et ne commencent pas à l'heure du déjeuner.

Il adressa un coup d'œil mauvais à Martin.

Je voyais que c'était sans espoir, mais je ne pouvais pas renoncer comme ça.

—Lisa, je t'en prie, songe à tout raconter à tes parents. Peut-être qu'alors on pourra t'aider.

Lisa leva le menton.

—Je ne vois pas ce qu'elle veut dire, papa. Je vais bien. Je n'ai pas de problème, j'ai eu neuf sur dix en orthographe la semaine dernière.

Martin croisa mon regard – un avertissement discret.

—On te laisse tranquille, John. Janna voulait juste offrir son aide, rien de plus.

—Ouais, et je sais quel genre d'aide elle apporte. Des herbes, des potions et toutes ces saloperies. Maintenant, je dois y aller.

Et il nous ferma la porte au nez.

—Ils pensent que je suis une sorcière, dis-je en riant à demi. Qui va écouter mon avis sur la protection des enfants ?

Martin hocha lentement la tête.

—Les villageois l'aiment bien, ce Jeffries. Même si c'est un Londonien. Et toi… il y a un paquet de gens qui n'ont pas confiance en toi, ma belle.

Ses paroles me piquèrent au vif.

— J'ai vécu ici toute ma vie ! Lui, il est là depuis cinq minutes à peine !

— Eh bien, moi aussi. Parfois, les gens s'en prennent aux leurs.

Et j'avais refusé mon aide à nombre de personnes au fil des années. J'avais décliné toute requête visant à causer du mal, je leur avais dit que leur maladie était trop grave pour que je puisse y remédier avec des plantes, ou qu'ils feraient mieux d'arrêter l'alcool s'ils voulaient un jour aller mieux. J'étais au courant de certaines liaisons. De grossesses secrètes, d'infections honteuses. J'avais donné mon avis. Il y en aurait plus d'un qui voudrait me voir tomber.

Martin poursuivit.

— Et ta grand-mère… Les gens avaient peur d'elle.

— Bah, bien sûr, elle était terrifiante. Mais je ne suis pas comme elle.

— On dit que tu es son portrait craché.

Je lâchai un profond soupir.

— Qu'est-ce que je peux faire ? Quitter la ville ? Je dois m'occuper de ma mère ici.

— Ce que je pense, ma belle, c'est que tu vas peut-être devoir laisser couler. À moins qu'une des gamines se plaigne, tu vois, ou te dise avec certitude qu'il s'est mal comporté.

Mais alors, je ne vaudrais pas mieux que les autres, en fermant les yeux sur des atrocités jusqu'à ce qu'elles me reviennent en pleine figure. Jusqu'à ce qu'il soit trop tard pour les empêcher. Et ça ferait de moi une autre personne, avec laquelle je n'étais pas certaine de pouvoir coexister.

Nous nous étions remis en route, et, une fois de plus, j'étais consciente des regards attisés derrière toutes les fenêtres. Alors que nous arrivions à l'endroit où nos chemins se séparaient, il s'arrêta une seconde et me prit par le coude.

— Tu es sûre de toi, Janna ? La gamine… Tu es sûre qu'il lui arrive quelque chose ?

— Elle ne l'a jamais clairement exprimé. Mais… oui.

J'en étais intimement persuadée, mon intuition me le hurlait.

— Qu'est-ce que je peux y faire ? demandai-je.

J'avais besoin de ses conseils, car j'ignorais totalement comment agir.

— Laisse-moi m'en occuper pour l'instant. Je pourrais en toucher un mot à Jeffries, je n'ai rien à y perdre.

En d'autres termes, il n'avait aucun enfant risquant d'être exclu de l'école du village, ni à qui on aurait pu rendre la vie difficile. Et, malgré les herbes que j'avais données à sa femme, une grande part de moi espérait qu'il n'en aurait jamais. Du moins pas avec elle. Cela explique peut-être ce qui arriva ensuite à Morag. Grand-mère disait toujours que les actes commis avec un cœur embrumé tournent mal. Mes mains avaient préparé un bon remède pour elle, mais mon cœur ne lui avait souhaité que du malheur.

Plus tard ce jour-là, à l'école, le visage de Lisa en disait long – un énorme bleu foncé, violet sur les bords, noircissait sa joue, comme si quelqu'un l'avait frappée. Je la vis se traîner jusqu'aux grilles, et l'horreur me submergea.

— Lisa, tout va bien ?

Je supposai que son père l'avait punie par ma faute.

Elle me regarda sans un mot et me bouscula pour entrer dans le bâtiment. Jeffries la salua à la porte, où il attendait pour accueillir les enfants. Il toucha l'ecchymose, d'un geste délicat, intime, et je la vis le laisser faire. Fermer les yeux, même, pour recevoir ce contact, en relevant le visage. Il me regarda par-dessus sa tête, d'un air suffisant et glacial. Et je sus que d'une certaine manière, comme un personnage maudit dans la mythologie grecque, j'avais provoqué la catastrophe même que j'avais cherché à éviter.

J'allai au bout de ma journée, travaillant principalement avec Susan, mais mes yeux ne cessaient de dévier vers le mur, tandis que je me demandais ce qui se passait dans la classe voisine. Si j'avais su que je vivais là l'une de mes dernières journées normales, j'aurais peut-être accordé plus d'attention aux petits détails, à la vie que je n'avais pas conscience d'adorer jusqu'à ce qu'on m'en prive. Voir le soleil filtrer par la fenêtre, sortir dans la cour et sentir l'odeur de la mer, sa présence iodée dans l'air. Marcher sur le rivage, aller voir mes plantes dans le jardin. Les enfants, avec leurs babillages, leur joie contagieuse et leurs brusques chagrins, telles des nuées d'oiseaux tournoyant en plein vol. Les regarder grandir et changer. Maman, même si parfois je lui en voulais. Elle m'aimait. Elle me brossait les cheveux et me caressait le front, lorsqu'elle en était capable. En prison, personne ne vous touche avec tendresse, et c'est l'une des choses qui vous manquent le plus. Et Martin. Même les miettes que j'avais eues de lui, comme elles étaient plus précieuses encore ! Je ne le revis jamais, bien entendu. Je refusai qu'il me rende visite après le procès, pour des raisons évidentes. C'était préférable, pour tout le monde. Néanmoins, son absence me tortura plus que tout.

Ce n'est pas simple, en prison, d'avoir une réputation d'empoisonneuse. Je n'ai jamais pu travailler en cuisine, par exemple, et dès qu'une femme a mal au ventre, elles me regardent toutes, comme si nous étions dans *Les Sorcières de Salem*, plutôt que d'accuser un espace bondé où la nourriture a souvent dépassé sa date de péremption. Vous courez toujours ce risque quand vous êtes herboriste, mais personne ne m'avait accusée d'empoisonnement avant Morag.

J'en eus connaissance le dernier jour du trimestre avant les vacances. Je marchais lentement vers l'école, peu impatiente d'y arriver et de voir les enfants, pour une fois. J'étais ébranlée, effrayée, incapable de les protéger. Le vent marin me fouettait les cheveux, et, plus loin devant moi, je voyais l'enseigne du pub se balancer au gré des bourrasques. J'envisageais de demander à Martin de m'emmener sur son bateau pendant les congés, même si je savais que je ne pouvais pas – pas vraiment. Mais c'était un joli rêve. Juste nous deux, le soleil d'automne scintillant d'or sur l'eau, le bruit des vagues noyant tout le reste, le sel sur ma peau, le poids du bateau nous soutenant.

— Vous ne manquez pas de culot !

Je clignai des yeux ; une femme avait surgi sur l'étroit trottoir devant moi. Elle avait dû sortir de la salle paroissiale – Alison Moncrieth, l'épouse du pasteur. Une position guère adaptée quand on est une telle commère, mais c'était plus fort qu'elle. Alison était une femme mince, pincée, et ses yeux foncés brillaient à la perspective jouissive d'un drame, d'une accusation à lancer. Elle portait un legging et un sweat-shirt rose sur lequel était brodé un paon.

— Je ne vois pas de quoi vous parlez, Alison.

— Morag raconte partout que vous l'avez empoisonnée.

— Quoi ?

— Vous lui avez donné des herbes, non ?

— Eh bien, oui, parce qu'elle me les a demandées.

Mon esprit s'emballait. Il y avait certaines contre-indications avec ces plantes. Peut-être les avait-elle mélangées avec ce qu'il ne fallait pas…

— Vous voulez dire qu'elle est malade ?

— Elle vomit depuis des semaines maintenant, et puis son état a subitement empiré la nuit dernière. Je pensais qu'elle allait être mère, mais le docteur Smith dit que non, c'est un empoisonnement. Il lui a conseillé de boire du lait en attendant que ça passe.

Au moins, sa vie n'était pas en danger.

— Mais ça ne devrait pas se produire. Elle a dû trop en prendre, ou…

— Je leur ai dit que c'était la dernière chose dont nous avions besoin, une femme qui manie des poisons et travaille à l'école de nos enfants !

Alison était la mère de Damian et Hannah, deux petites créatures courtaudes et sans intérêt, que les réprimandes avaient vidées de toute leur vitalité.

J'essayai de rester calme.

— Voilà une accusation très grave, Alison. Je suis herboriste, issue d'une famille qui pratique cet art depuis des générations. Si les gens ne prennent pas les remèdes correctement, ne suivent pas mes instructions, eh bien, c'est comme n'importe quel traitement médical – ça peut les rendre malades, oui. J'irai voir comment elle va.

— Oh, on ne voudra pas de vous là-bas ! À fourrer votre nez partout…

J'étais passée devant elle et je marchais en direction du pub, mais, à ces mots, je tournai brusquement la tête.

— Quoi ?

— Vous avez parfaitement entendu.

Mon cœur chavirait – j'avais cru si bien les cacher, ces pensées que j'avais au sujet de Martin, ces regards que je lui adressais et qu'il me renvoyait, quand il n'y avait personne d'autre dans les parages. Ce n'était clairement pas le cas.

Je revins sur mes pas pour la rejoindre, et j'avançai mon visage tout près du sien, jusqu'à ce que je puisse voir les poils de sa lèvre supérieure et la couche de fond de teint sur son nez.

— Écoutez-moi bien, Alison. Votre mari a un rôle important dans notre communauté. Et étant sa femme, si vous versez dans les ragots et, disons-le franchement, la diffamation, ce n'est pas très avisé de votre part. J'ai une réputation, et je la protégerai s'il le faut.

Elle cligna des yeux et recula devant mon intonation de fureur tranquille.

— Eh bien… vous devriez peut-être faire plus attention à ce que vous donnez aux gens.

— Vous n'avez pas hésité une seconde à prendre cette mixture pour vos propres petits problèmes, si ?

Elle l'avait oubliée, cette fois où elle était venue me voir pour ce qui était tout bonnement des morpions. Je vis la peur traverser ses traits. Comme le pasteur et le docteur, je savais des choses sur ce village, et je n'hésiterais pas à m'en servir si l'on m'y poussait.

— Je vous… Je vous répète juste ce que les gens racontent, bafouilla-t-elle.

— Et je suis certaine que vous leur répondrez qu'ils se trompent. Maintenant, excusez-moi, je dois aller voir ma patiente.

Avec une confiance que je n'éprouvais absolument pas, je poursuivis ma route jusqu'au pub. Je pouvais sentir tous les yeux du village braqués sur mon dos. Je serais en retard à l'école, mais je ne pouvais pas m'en soucier tout de suite, il me fallait d'abord régler cette affaire.

À la porte latérale du pub, je croisai le docteur Smith qui sortait. Ce vieil homme rondelet était venu s'installer ici en préretraite, afin de boire des litres de vin et de peindre la mer. Il savait soigner les plaies mineures et prescrire les traitements évidents, mais sa maîtrise du diagnostic était rouillée et dépassée.

—Janna, me salua-t-il d'un air grave.

—Est-ce qu'elle… ?

—Ça va aller, j'espère. Est-il vrai que vous lui avez donné de l'actée à grappes ?

—C'est elle qui me l'a demandée. Pour la fertilité. En a-t-elle trop pris ? Ou l'aurait-elle mélangée avec autre chose ?

Je parcourais mentalement mes connaissances des herbes que je lui avais données.

Il regardait par-dessus mon épaule, et je savais qu'il n'avait pas pris la peine de chercher la source du problème de Morag.

—Je lui ai dit d'arrêter immédiatement d'en prendre et de se reposer, boire du lait et manger des aliments non irritants. Son organisme l'aura bientôt évacuée – mais, Janna, je dois vous déconseiller de préparer ces mixtures. Vous pourriez être pénalement responsable, s'il se produisait quelque chose.

J'étais énervée. S'il prescrivait le mauvais médicament à quelqu'un – comme c'était arrivé avec les bêtabloquants et la fille asthmatique des Olsen l'année dernière –, il serait couvert par la Sécurité sociale, le Conseil de l'ordre des médecins, son assurance professionnelle. Je n'avais rien ni personne pour assurer mes arrières. Peut-être qu'à l'avenir je devrais demander à mes patients de signer une décharge s'ils venaient me consulter, mais je n'avais vraiment pas envie de m'y résigner – ça découragerait les *très* nombreuses personnes qui le faisaient en secret, honteuses de leurs maladies.

— Je pratique ça depuis des années, docteur Smith.

— Je sais, et votre grand-mère, je m'en souviens, était extrêmement douée à certains égards. Mais, avec les plantes, nous ne pouvons pas contrôler le dosage des principes actifs. (Il me tapota maladroitement l'épaule.) J'essaie de vous aider, ma chère.

Le docteur Smith attesterait au procès que je n'avais que de bonnes intentions. Il était cependant encore plus âgé à ce moment-là, et le jeune avocat de l'accusation lui dama le pion, je finis donc par paraître encore plus coupable qu'avant son témoignage.

Lorsqu'il se fut éloigné d'un pas lourd, je frappai vigoureusement à la porte du pub. Après un moment, Martin m'ouvrit, en bras de chemise. Il se contenta de me regarder, et je ne parvins pas, pour une fois, à déchiffrer son expression.

— Est-ce qu'elle va bien ? m'enquis-je.

— Elle vomit non-stop.

— Il y a deux ou trois choses que je pourrais…

— Non, Janna, voyons. Non.

— C'est elle qui m'a demandé un traitement !

Je ne voulais pas en préciser la raison. Il devait la connaître.

— Pourquoi tu ne m'as pas dit qu'elle était venue te voir ?

— C'était confidentiel.

Et j'avais trop honte, de lui parler de sa femme.

— Ouais, mais tu n'es pas médecin, si ? Tu n'as prêté aucun serment ? Et c'est ma femme, et toi, tu es…

Il s'interrompit. Parce que moi, j'étais quoi pour lui ? Nous ne savions ni l'un ni l'autre comment qualifier notre relation. Mais je n'allais certainement pas l'implorer. Je relevai le menton.

— Ce que je lui ai donné était sans danger, si elle ne le mélangeait avec aucun autre médicament, et qu'elle n'en prenait pas trop. J'essayais de l'aider, même si… même si ça me faisait mal. Je pensais que tu aurais compris ça.

Je marquai une autre pause, en me détestant – j'attendais qu'il me prenne dans ses bras, qu'il me fasse sa déclaration, ou n'importe quelle idiotie que je m'imaginais depuis qu'il était venu vivre à Little Hollow.

— Martin, tu sais que ce n'était pas volontaire de ma part.

Mais le savait-il ? Il m'observait comme s'il ne me reconnaissait plus.

— S'il te plaît, chuchotai-je en enfreignant mes propres règles – en le suppliant.

— Je crois que tu devrais partir, Janna. Tu as fait assez de dégâts.

Traversant le village pour descendre à l'école, le vent dans le dos, je me sentis plus seule que jamais. Quand j'arrivai, essoufflée, les enfants étaient déjà à l'intérieur, et le bâtiment plongé dans le silence. J'étais en retard. Il aurait quelque chose à y redire, j'en étais persuadée.

Lorsque j'ouvris la porte principale et entrai dans le couloir, Nancy passa sa tête dans l'embrasure.

— Janna, je peux vous parler une minute ?

Nancy et moi avions toujours été en bons termes – si nous étions parfois en désaccord, c'était toujours sur la base d'un respect mutuel. Je ne l'avais jamais vue ainsi, aussi froide et formelle.

— Si vous pouviez juste venir dans mon bureau un instant.

— C'est comme ça qu'on l'appelle maintenant – un bureau ?

D'habitude, on le surnommait « le placard à balais », en référence à une émission pour enfants.

Cela n'amusa pas Nancy, qui se contenta de me faire entrer dans la minuscule pièce, avant de fermer la porte derrière nous. L'espace clos, le manque de lumière, j'en eus aussitôt la gorge nouée.

— Qu'est-ce qui se passe, Nancy ?

— Asseyez-vous.

Je n'avais pas envie de m'asseoir, mais je m'y obligeai.

— M. Jeffries m'a prié de vous parler de certaines rumeurs qu'il a entendues dans le village.

Je savais lesquelles. Je me calai au fond de mon siège, les bras croisés.

— On s'intéresse aux rumeurs maintenant, alors ?

— Janna, on se connaît depuis longtemps. Je sais que vous… Ce que vous faites sur votre temps libre. Les plantes, tout ça. Et M. Jeffries et les gouverneurs, ils sont un peu inquiets et se demandent si ce n'est pas… dangereux pour les enfants.

Je me reculai, le souffle coupé.

— Je travaille ici depuis des années. Est-ce que vous m'avez déjà vue faire du mal à un enfant, de la moindre manière ?

— Ce n'est pas la question. Nous ne pouvons pas vraiment attendre que ça se produise. Nous devons veiller à ce qu'ils ne soient pas en contact avec quelqu'un qui pourrait leur nuire.

Moi. Ils pensaient que la personne qui nuirait aux enfants, c'était moi, celle qui n'avait jamais cherché qu'à les protéger.

— Alors quoi, il me vire ?

— Eh bien, il ne peut pas le faire sans concertation. Il va donc commencer à y procéder. Il m'a demandé de vous en informer, officiellement.

Je la dévisageai, et elle ne savait plus où se mettre.

— Je suis navrée, Janna. Je ne fais que mon boulot.

— Il se concerte avec qui, exactement ?

— Le conseil, les parents. Moi, Susan, Denise Jenkins…

Génial. Je savais parfaitement quelle serait l'opinion de Susan à mon sujet.

— De plus, poursuivit-elle, il vous trouve un peu trop amicale avec certains élèves. Il vous a vue prendre Bobby Jackson dans vos bras l'autre jour.

— Est-ce que vous savez *pourquoi* j'ai pris Bobby dans mes bras ? Il l'a giflé. Votre précieux M. Jeffries. Il l'a frappé en pleine figure.

Je manquais de professionnalisme, et je vis Nancy changer d'expression au ton que j'employai.

— Ça fait partie des directives, Janna, vous le savez. Nous ne sommes pas censés les toucher, à moins que ce soit strictement nécessaire. Vous en avez aussi accueilli chez vous, à ce qu'on m'a dit.

Je la sentis bouillonner en moi, cette dangereuse rage, ce fleuve noir et goudronneux.

— Si quelqu'un a un comportement déplacé ici, c'est lui. Vous savez qu'il donne des cours particuliers aux CM2, dans sa réserve ? Porte fermée ? Qu'il donne rendez-vous à des gamines dans les bois ?

Elle fronça les sourcils.

— Qu'est-ce que vous racontez, Janna ?

— Je l'ai vu.

— Vu quoi ?

— Lui. Et Lisa McSweeney. Seuls dans cet espace clos, après la classe. Je l'ai évoqué, si vous vous souvenez, mais personne ne semblait s'en préoccuper.

Nancy sourcillait intensément.

— Êtes-vous en train de dire qu'il se passait quelque chose là-dedans ? Vous souhaitez déposer une plainte officielle ?

— Eh bien, je ne l'ai pas vu, mais…

Je pouvais difficilement répondre que, parfois, je savais que j'avais raison. Et là, je savais que la situation n'était clairement pas normale.

— C'était inapproprié. Et il y a des choses qu'elle a… dites, insinuées, qui m'inquiètent beaucoup.

Elle sourcilla encore plus vivement.

— C'est une accusation très grave, Janna.

— Je ne porte aucune accusation, bredouillai-je en me détestant de flancher ainsi. Mais si je ne dois pas emmener une enfant chez moi, alors qu'on la laisse dehors sous la pluie, il ne devrait pas non plus s'enfermer avec elle dans une petite pièce.

— Non. Peut-être que Lisa était juste… Peut-être que c'est un courant d'air qui a claqué la porte. Nous ne devons absolument jamais nous retrouver seuls avec eux, vous le savez. Pour des questions de sécurité.

— J'en suis entièrement consciente, Nancy. C'est pour ça que j'en ai parlé au départ.

Elle flottait entre nous, mon absence de qualifications. Je savais, certes, tout ce qu'il fallait pour exercer ce métier, je pouvais le faire les yeux fermés, mais je n'avais pas le bout de papier qui l'attestait, alors mon expérience ne valait rien. Cela impliquait que j'étais payée le tiers de ce que touchait Adam Jeffries – et même ce modeste salaire, je ne pouvais pas me permettre de le perdre. Il me vint violemment à l'esprit que mon autonomie était une illusion. Je pouvais cultiver tous les légumes et attraper tous les lapins que je voulais, il me faudrait toujours payer l'électricité pour garder maman au chaud, la baigner dans une eau à température décente, éclairer la maison. Nous avions toutes deux besoin de vêtements, et ses serviettes pour incontinence coûtaient également cher. Je ne pouvais pas l'en priver – je pense que la perte de dignité en résultant nous aurait tuées. Il me fallait donc conserver cet emploi.

Je regardai Nancy, les yeux emplis de pure angoisse.

— Qu'est-ce que je devrais faire ?

— Écoutez, il faut que nous enquêtions, mais il n'y a rien de concret à découvrir, si ? Faites juste profil bas quelques mois. Vous aurez assez de parents pour répondre de vos compétences, non ?

— Eh bien, je l'espère.

Je m'étais fait entendre, au fil des années, si les enfants étaient maltraités chez eux. Une mère insensible qui ridiculisait sa fille. Un père qui s'emportait facilement. Des parents qui laissaient leurs enfants seuls tous les soirs pour aller au *Green Man*. Je les défiais tous, et, évidemment, ils n'appréciaient guère.

— Tout le monde a l'air de l'adorer, non ? dis-je avec amertume.

Elle se crispa.

— C'est un enseignant très efficace. Les enfants ont vraiment été réceptifs à ses méthodes, et les parents sont emballés, les gouverneurs aussi.

Parce qu'il était charmant. Mais les agresseurs sexuels l'étaient souvent. Il me fallait trouver des preuves, je le savais. Confirmer ces soupçons qui germaient dans mon esprit.

— D'accord. Merci pour votre avertissement, Nancy.

Je voyais bien que c'était ce dont il s'agissait. Elle esquissa un faible sourire, soulagée que je lui offre une échappatoire, probablement.

— Ce n'est rien. Je suis de votre côté, vous le savez. Je suis sûre que tout ça va se tasser, ne vous inquiétez pas.

Je sortis pour trouver Susan en train d'attendre furieusement dans sa classe.

— J'ai besoin que vous installiez l'équipement audiovisuel, Janna. Où étiez-vous passée ?

Je m'exécutai en trottinant. Elle était quand même capable d'allumer un poste de télévision, mais il était clair que je devais justifier ma présence.

Vous pouvez vous sentir seul dans les petites villes, lorsque vous êtes en marge de la communauté. Où pouvais-je aller en dehors de la maison ? Si je perdais mon travail, comme cela risquait de se produire après les vacances, il ne me restait que le pub, et, à l'évidence, je n'y avais plus accès. Un café occasionnel dans la salle des fêtes m'était également interdit, depuis ma dispute avec Alison, vu qu'elle y préparait le thé. Je n'étais certainement pas la bienvenue à l'église, je n'y avais pas remis les pieds depuis que j'étais petite, et Angie ne rendait pas non plus le bureau de poste très accueillant. Je commençais à trouver que le village n'était plus aussi sûr qu'avant, avec l'arrivée d'étrangers. En vérité, j'avais l'impression qu'Adam Jeffries était la source de toute ma malchance. J'étais âgée de trente ans, pleine de vie comme les plantes au cœur de l'été, mais prisonnière d'une maison humide, qui craquait, et où je m'occupais de ma vieille mère irascible et confuse. J'étais amoureuse d'un homme que je ne pourrais jamais avoir, et désormais soupçonnée d'avoir empoisonné son épouse. Piégée dans un conflit inextricable avec mon patron, la personne qui pouvait me priver de la seule chose que j'avais : mon travail auprès des enfants. En y repensant, ce n'est vraiment pas étonnant que je me sois sentie aussi coincée. Il ne me restait aucune autre option, du moins aucune avec laquelle je pourrais vivre.

Que fis-je d'autre le dernier jour ? Je disposai la table des Récoltes, j'aidai les enfants à fabriquer des masques d'Halloween – un élément qui n'échappa pas aux médias ; ils exhumèrent des photos des objets « effroyables » que j'avais apparemment confectionnés. Des découpages en papier et de la colle, rien de bien terrifiant. Les élèves étaient de bonne humeur, prêts pour leurs vacances – ils n'avaient qu'une demi-journée de classe, un motif de réjouissance. Le cœur lourd, je tapai dans mes mains, au rythme des divers hymnes que nous chantâmes à notre assemblée de fin de trimestre. J'étudiai Adam Jeffries, chacun de ses mouvements, à chaque instant. Il ne traitait pas Lisa différemment devant les autres – ils avaient remarqué son bleu au visage, bien entendu, et l'on échangea beaucoup de coups de coude et de chuchotements. Je me demande si quelqu'un raconta à la police ce détail : juste avant les meurtres, une fille était venue à l'école avec des marques de violence. Cela parut peut-être sans importance, après ce qui se produisit par la suite. Lisa allait devenir un personnage de second plan dans l'histoire, après tout. J'y avais veillé.

Ce jour-là – ce devait être un vendredi –, il m'avait attribué les tâches normales, battre les brosses pour les dépoussiérer, installer le matériel de bricolage, aider ceux qui avaient des difficultés. À midi, il se leva et tapa dans les mains pour demander le silence. De grosses mains, des mains d'homme, fortes et habiles.

— Les enfants, je veux vous informer que je vais reprendre mes cours particuliers après les vacances. Pour tous ceux qui ont besoin d'un peu d'aide, ou qui voudraient essayer d'obtenir une bourse pour aller en secondaire.

Il ratissa la salle du regard, et je sentais Lisa se crisper à l'autre bout. Elle avait commencé à s'étioler, à mesure qu'il lui prêtait moins d'attention, telle une fleur que l'on n'arrosait plus.

— La prochaine personne à qui je donnerai des cours sera Lucy Fillane.

Un murmure circula parmi la classe. Lucy devint écarlate, puis blanche, et se mordit la lèvre. Grace la dévisageait, perplexe. Lisa semblait abattue. Par le choc, la peur, et peut-être une pointe de colère.

Oh non, me dis-je. Ce n'était pas du tout terminé, comme je l'avais espéré. Au contraire, ce serait pire.

— C'est tout pour aujourd'hui, conclut Jeffries en les libérant. Vous pouvez tous rentrer chez vous. Profitez bien de vos vacances, et joyeux Halloween !

Lisa traîna près de son pupitre, et je vis qu'elle avait toujours cette pierre avec elle, celle en forme de cœur. Elle la tenait à deux mains devant elle. Jeffries rangeait des papiers, et releva une fois la tête.

— Allez, file, Lisa.

Ce fut tout ce qu'il lui dit. Comme s'il n'avait jamais passé une minute seul avec elle.

Plus tard, on insista beaucoup sur la proximité des meurtres avec Samain, cette fête celtique. Normalement, j'effectuais mes propres rituels pour le changement de saison. Cette année-là, je n'avais pas le cœur à ça. Je fus à peine capable de sourire aux enfants lorsqu'ils passèrent en trombe devant moi en criant : « Joyeux Halloween, Janna ! » J'ignorais sur le moment combien cela me manquerait aussi, leurs petites voix, leur enthousiasme de chiots, leur désordre et leur bruit. Ça fait des années que je n'ai même pas vu un enfant.

J'attendis que les derniers élèves aient quitté les lieux. Il fallait que je dise quelque chose.

— Monsieur Jeffries… Vous trouvez ça vraiment raisonnable ? De donner des cours individuels aux filles ?

Il me jeta un coup d'œil, comme s'il s'apercevait seulement de ma présence.

—Je ne vois pas du tout en quoi ça vous concerne, Janna. Vous n'êtes pas enseignante ici, même si vous semblez parfois l'oublier.

—Mais… les procédures de protection de l'enfance…

Il poussa un petit rire mauvais.

—J'étais responsable de la protection de l'enfance dans mes trois dernières écoles, Janna. Je pense que j'en sais probablement plus que vous sur le sujet, vous ne croyez pas ?

Je ne savais pas quoi faire. Les autres membres du personnel avaient rallié son camp, et il y avait peu de chances que les gouverneurs m'écoutent, moi, la modeste assistante.

—Je veux juste… Nous devons veiller sur eux. C'est notre travail, nous sommes ici pour ça. Et ils sont si vulnérables à cet âge-là.

Il se percha au bord du bureau. Avais-je remarqué son équipement de camping, empilé dans un coin de la classe, qu'il n'aurait plus qu'à prendre pour partir dans les bois ? Je l'ignore. Au fond, à quoi bon prétendre que je n'aurais pas pu savoir comment le retrouver plus tard ce jour-là ? Tout le monde savait qu'il allait souvent camper là-bas. Je l'avais peut-être suivi depuis l'école. Ce n'aurait pas été compliqué.

—Après les vacances, je pense que nous devrons avoir une sérieuse discussion sur votre rôle ici, Janna. Je ne suis pas certain que vous réalisiez exactement qui est aux commandes de cette école.

Puis il me regarda, et j'eus la certitude – comme une révélation – qu'il savait ce que j'avais tramé avec la lotion. Et il me disait ici même, de façon très publique avec cette annonce aux enfants, que je pouvais protéger Lisa si je voulais, elle ne représentait rien pour lui. Qu'il avait d'autres filles par qui la remplacer. Qu'il pouvait faire ce qu'il voulait, impunément. Mes actes avaient-ils aggravé la situation ? Se serait-il intéressé à Lucy si je n'avais pas fait un tel tapage autour de Lisa ? En avais-je sacrifié une pour sauver l'autre ? Je n'ai jamais su.

— Si, bien sûr, c'est juste que… je…

— Je suppose que Nancy vous a parlé tout à l'heure.

— Oui.

J'évitai de croiser son regard, consacrant toute mon attention aux livres de lecture que j'empilais, à l'odeur réconfortante de vieux papier et de poussière.

— Je n'ai pu m'empêcher d'entendre des ragots qui circulent dans le village. Au sujet de certaines… potions que vous auriez préparées ?

— Des remèdes, précisai-je d'une voix glaciale. J'élabore des remèdes, depuis toujours.

— Les gens racontent aussi que le mari de cette pauvre femme à qui vous l'avez donnée… Vous et lui… Bref.

Mon visage s'était enflammé. Si seulement j'avais été forte, et pure, au-delà de tout reproche. Mais j'avais échoué.

— C'est ma vie privée.

— Eh bien, je crains que non, dès lors que vous travaillez avec des enfants. Je vais être franc avec vous, je ne sais pas si nous pouvons avoir une employée ici qui n'a aucune qualification, qui est connue pour traficoter des poisons, et dont les mœurs ont été remises en question. Et regardez-vous, votre façon de vous habiller ! C'est limite inconvenable.

Il esquissa un geste de la main, englobant mes cheveux détachés et ma robe fluide violette, qui contrastaient avec les gris et marrons ternes que portaient les enseignants. Il poursuivit :

— Et je ne mentionne même pas combien vous avez été difficile et récalcitrante avec moi. Je sais que ç'a été compliqué, de perdre le pouvoir que vous aviez gagné sous l'autorité de Mme Critchley, mais vous n'avez jamais été qualifiée ni légitime pour diriger cette école.

Je me contentai de le regarder fixement. Je n'avais aucun argument à lui opposer. Comment était-ce arrivé ? Comment m'étais-je laissé acculer ainsi ?

— Je vais me concerter avec les gouverneurs durant les vacances, Janna, mais je ne veux pas vous donner de faux espoirs, ni l'impression que tout ceci n'est pas extrêmement grave.

— Ce n'est pas vrai. Vous savez que ce n'est pas vrai.

— Il n'est pas vrai que vous lui avez donné une potion, et que, maintenant, elle est malade ?

Je déglutis péniblement.

— Tout se serait bien passé si elle l'avait prise comme il fallait.

— Quoi qu'il en soit, c'est simplement trop dangereux que vous soyez au contact des enfants, et je suis convaincu que les gouverneurs seront d'accord. (Il se leva, défroissa son pantalon.) Vous pouvez partir, Janna. Je finirai le reste moi-même.

Je me sentis mal. La nausée s'empara de moi tandis que j'avançais à tâtons dans le couloir, me tenant presque aux murs tant j'étais choquée. Je vis une silhouette dehors, qui se découpait sur le ciel automnal.

C'était Lisa, qui errait dans la cour alors que tous les autres étaient rentrés chez eux. Pourquoi ? Je ne pouvais que le deviner. Son bleu était encore violet sur sa joue.

— Lisa, dis-je d'une voix rauque.

Elle se détourna.

— Qu'est-ce qui t'est arrivé au visage, Lisa ? Dis-le-moi, s'il te plaît.

Elle me décocha un regard hostile.

— Mon père m'a traitée de menteuse. À cause de vous.

— Je suis tellement désolée, Lisa. J'essayais juste de t'aider.

— Je ne veux pas de votre aide. Vous m'avez privée de lui ! Il ne veut plus me revoir maintenant, à cause de vous. Juste Lucy.

Je savais de quel « il » elle parlait. Elle le cria, et une ou deux élèves à la traîne se retournèrent. Lucy et Grace, je m'en souviens, qui chuchotaient ensemble, comme toujours, et dont les yeux perçants n'en perdaient pas une miette. Là encore, j'ignore si quelqu'un le signala à la police, ce commentaire de Lisa. Cela ne semblait peut-être pas important. Et, bien évidemment, Lucy et Grace n'allaient rien pouvoir répéter.

— Lisa, je… Je sais que ça peut paraître gentil de la part de M. Jeffries d'avoir voulu t'aider, de t'accorder de l'attention, mais, crois-moi, ça ne l'est pas.

— Je m'en fous. Tout est votre faute ! Vous avez tout gâché.

Elle partit alors en courant, et je ne la retins pas. J'étais trop faible pour la rattraper.

Adam arriva à la porte de l'école, son sac sur les épaules. Je relevais la différence dans sa façon de me regarder à présent. Plus vive, froide et dure. La maladie de Morag avait fait pencher la balance, lui avait fourni l'excuse dont il avait besoin pour se débarrasser de moi, et tout ce qui nous empêchait de le dire, c'était cette fine couche de convenances maintenue entre nous. La nécessité de préserver une paix fragile, au moins quelques jours encore, le temps qu'il soit assuré de ma ruine. Qui semblait imminente.

— Son père, dit-il, affichant l'air d'un enseignant inquiet tandis que Lisa disparaissait. Ce n'est pas normal.

— Peut-être que nous devrions appeler la police.

Ma voix vacilla, se brisa, alors que j'aurais dû être forte, le menacer à mon tour.

— Bon. Je ne suis pas certain qu'on en soit là, Janna. J'espère que vous n'êtes pas intervenue une fois de plus ? Vous n'êtes pas compétente en la matière.

Mais comment procédait-on quand celui chargé de protéger les enfants était celui qui leur faisait du mal ?

— Non, soufflai-je, intimidée.

— Bien, approuva-t-il en me parcourant des yeux. Vous devriez rentrer chez vous. Vous avez une mine épouvantable.

Je m'éloignai péniblement sans lui souhaiter de bonnes vacances. J'avais une semaine pour décider comment agir. Je pouvais riposter, contacter moi-même les gouverneurs et leur confier mes soupçons. Ou je pouvais juste partir avant d'y être forcée, consacrer ce temps à chercher un autre travail, peut-être à Londres. Je pourrais emmener maman, si j'y étais vraiment contrainte.

Mais Martin ?

Il serait peut-être sage de le laisser aussi derrière moi, même si je refusais de l'admettre.

Je restai environ deux heures à la maison, je pense. Maintes fois, j'ai retracé mon parcours, ces dernières heures de liberté. Je montai des sandwichs au fromage à maman. Elle était de nouveau fatiguée, à peine capable de manger quelques bouchées. Je passai le chiffon dans sa chambre et j'aérai, même si elle me disait que ça lui irritait la peau. J'élaborai un plan de cours pour le jour du Souvenir en novembre – cours que je ne verrais jamais donner, et qu'Adam Jeffries ne donnerait jamais. Je bus une tasse de thé. Triste et désemparée, je m'aperçus que la seule chose à faire était de descendre à la cave pour consulter le grimoire. Peut-être y avait-il un remède dans la partie que je regardais rarement. Les sorts d'amour, de vengeance, de malédiction. Je ne croyais pas entièrement à tout ça. Mais j'étais désespérée.

J'allai dans la cuisine, pris la clé dans le pot sur le rebord de fenêtre, ouvris la porte et je descendis dans les entrailles ténébreuses de la maison. C'était l'endroit où ma grand-mère avait préparé ses potions et jeté ses sorts, et elle y avait cru, contrairement à moi. C'était également là qu'elle avait mis au point le remède qui nous débarrassa de mon père, cet homme séduisant qui prenait plaisir à voir sa femme et son enfant pleurer lorsqu'il les frappait. Malgré mes cinq ans, j'avais compris ce qu'elle avait commis quand il s'effondra un soir après le dîner, quand ma mère sanglota et hurla, quand je m'accroupis en haut de l'escalier en écoutant grand-mère traîner un corps. C'était une femme forte, elle avait tout fait seule. Maman ne lui aurait été d'aucune aide, et elle ne s'était jamais remise des événements de ce soir-là.

—Où est papa ? avais-je demandé le lendemain matin.

—Ne t'inquiète pas, Janna, avait dit ma grand-mère. J'ai tout arrangé. Quand il y a un souci, c'est ce que nous devons faire. Nous, les femmes Tresallick, nous réglons les problèmes.

Sentant son influence sur moi, sa sinistre approbation, je pris quelques bocaux sur les étagères. Qu'avais-je à ma disposition pour mettre Adam Jeffries hors d'état de nuire ? Encore de la jusquiame noire. De la belladone. De l'amanite phalloïde, dont c'était justement la saison. De la digitale. Pouvais-je vraiment faire ça ? Sans aucune preuve, à part mes propres craintes et les vagues commentaires d'une enfant ? La réponse, c'était que je n'en savais rien.

Mais, un instant… Quelque chose clochait. Je balayai du regard les lieux obscurs et m'aperçus qu'un flacon avait disparu de ma réserve. Le trou au milieu de la rangée donnait l'impression d'une dent manquante. Le flacon contenait du « philtre d'amour » que j'avais commencé à élaborer à la requête de Morag – une sottise, juste un mélange d'herbes et de plantes, comme tout le reste. Je l'avais fait uniquement pour apaiser ma culpabilité – non que cela ait fonctionné, d'ailleurs. Mais il pouvait s'avérer mortel entre de mauvaises mains, si l'on en ingérait trop. Je me demandai qui avait pu le prendre. Lucy ou Grace, le premier jour ? Lisa, lors des quelques fois où elle était revenue ? Je me rappelai son reproche – je l'avais « privée de lui ». La façon dont il l'avait rejetée, pour se tourner vers Lucy à la place. Elle n'était qu'une enfant. Inconsciente des conséquences, aurait-elle pu chercher à attirer son attention au point d'essayer d'utiliser le philtre ? Oh, Seigneur ! Je devais l'empêcher de l'avaler – il empoisonnerait une personne de sa constitution et de son âge. Elle était si jeune, si délaissée – elle s'imaginait peut-être qu'elle attendait quelque chose de lui. Mais pas *ça*, jamais.

Une pensée me vint à l'esprit : il manquait aussi un élément sur ma table de travail. Qu'était-ce ? Le couteau. Avec la lame pointue, celui de grand-mère, que j'employais pour écraser les tiges résistantes et ouvrir les cosses. Était-ce vraiment Lisa qui m'avait volé mes affaires ? Plus probablement Lucy et Grace, elles étaient plus audacieuses, craignaient moins les punitions.

Je remontai en courant, haletante.

— Je dois sortir, maman ! Ce ne sera pas long.

Il s'avéra que je me trompais. Je n'allais jamais revoir ma mère. Alors que je quittais la maison en trombe, j'eus le regard attiré par le chêne. Par les pâquerettes et les herbes luxuriantes qui poussaient en dessous. Personne n'était venu chercher mon père, on s'était contenté de croire qu'il nous avait simplement abandonnées, mais, en vérité, il n'était jamais parti. Il était resté avec nous tout ce temps, enterré sous l'arbre. Parce que grand-mère avait réglé le problème de façon définitive, et je devais faire de même à présent.

Je descendis la colline pour me précipiter au village, le soleil commençant à darder des rayons dorés sur le petit groupe de maisons et de boutiques. Les rues étaient désertes à ce moment de la journée, peu après 15 heures.

Personne chez Lisa ; la porte était fermée à clé, le linge claquait sur sa corde. Je courus à l'autre bout du village, atteignant d'abord le pavillon familial de Grace. Pas de réponse à mon coup de sonnette, et je m'apprêtais à repartir, lorsque j'entendis un rire aigu, enfantin. Je fis le tour pour aller à l'arrière de la maison. Lucy et Grace étaient assises à la table de pique-nique. Je me rappelle qu'elles avaient des verres de jus d'orange, et un paquet de biscuits ouvert devant elles. En me voyant, elles cessèrent de rire, perplexes.

J'étais à bout de souffle.

— Les filles, est-ce que Lisa est ici ?

— Pourquoi elle serait là ?

Grace s'embarrassait encore moins des bonnes manières en dehors de l'école.

— Vous êtes amies, non ?

— Euh, non. (Elles pouffèrent une nouvelle fois.) Elle est sans doute partie quelque part avec lui, non ?

— Qui ça « lui » ? demandai-je, même si je le savais très bien.

— M. Jeffries, répondit Lucy. Je ne sais pas pourquoi, mais elle traîne sans arrêt avec lui. Dans les bois, tout ça.

Les bois, près de l'Autel du diable. Comme elle me l'avait dit.

— Il continue de... Je croyais qu'il ne lui donnait plus de cours.

J'avais ignoré tant de choses. Lucy haussa les épaules.

— Ils se voient, juste. Je ne pense pas qu'il lui donne encore des cours.

Je n'étais pas obligée de me lancer à la poursuite de Lisa. J'aurais pu rentrer chez moi ou conseiller aux filles d'être prudentes. J'aurais pu vider leur jus d'orange par terre afin qu'il s'évacue sans faire de mal à personne, mais, évidemment, cela ne me vint pas à l'esprit. Je n'avais aucune idée de ce qui se tramait.

Quoi qu'il en soit, je quittai Lucy et Grace sans me retourner – ni remarquer que j'avais été vue en train de courir dans la rue, visiblement agitée, par deux voisins différents qui témoigneraient à mon procès –, et me rendis au plus vite dans les bois.

J'avais grandi parmi ces arbres. Enfant, j'avais aimé la façon dont la lumière s'y infiltrait, le calme ancestral qui y régnait, la mousse qui avait rendu le sol si moelleux. Les plantes et les fleurs secrètes que grand-mère savait où trouver. Mais en ce jour d'automne, même si le soleil brillait encore, ces bois semblaient menaçants. Adam Jeffries était venu répandre son influence néfaste sur tout ce que j'adorais. Je ne le tolérerais plus.

Il me fallut environ une demi-heure pour atteindre l'Autel du diable, au cœur de la forêt. Je ne croisai personne d'autre en chemin – on était en semaine, à une heure où l'on travaillait encore, et les autres enfants avaient trop peur de s'aventurer ici tout seuls. Sauf les lycéens, à en juger par l'odeur sucrée et écœurante de vieil alcool, les bouteilles empilées ici et là, et la terre brûlée par endroits, mais leur bus n'était pas encore arrivé. Il n'y avait que moi, Lisa et Adam Jeffries. Les rôles principaux de ce drame qui, je le devinais à présent, se jouait depuis des semaines. Je me rappelle avoir écarté une branche, ses feuilles me balayant le visage comme ma mère lorsqu'elle repoussait mes cheveux en arrière avec bienveillance. C'est alors que je les vis.

Voici ce que je n'ai jamais raconté à personne, ni lors du procès, ni lors de mes interrogatoires, ni à aucun journaliste ou avocat ayant tenté d'obtenir mon histoire depuis. Quand la police me demanda si j'avais tué Adam Jeffries, si je l'avais suivi dans les bois ou attiré là-bas pour l'assassiner, j'avais d'abord répondu « oui », puis essayé de changer ma version, même si c'était déjà trop tard à ce moment-là. Mais je n'avais fourni aucun autre argument plausible pour expliquer qui avait commis le crime. Il était peu probable qu'il se soit égorgé lui-même, après tout, étendu sur ce gros rocher plat. Avec sa tente non loin de là, un petit feu qui se consumait toujours, et une thermos de thé encore chaud. Le cas échéant, il emportait toujours ces espèces de couteaux suisses pour camper, il aurait été inutile de voler le mien. Mais mon couteau était bien sur la scène du crime, ce qui m'avait condamnée en suggérant la préméditation. La vérité, la voici : à mon arrivée, il était encore en vie. Allongé sur le rocher, les yeux fermés, la respiration saccadée.

— Qu'est-ce que tu lui as fait ?

J'étais à court d'haleine, agitée et échevelée.

Lisa se tenait au-dessus de lui. Elle portait son uniforme scolaire, et avait détaché ses cheveux, longs et soyeux. Je me rappelle avoir remarqué qu'elle était presque jolie. Elle releva la tête, nullement étonnée de me voir, avec ma longue jupe qui se prenait dans les ronces, haletante et couverte d'égratignures et de feuilles.

— Le philtre.

J'aperçus le flacon marron, abandonné dans les hautes herbes.

— Tu l'as bu ?

Je tentai de me rappeler ce qu'il contenait exactement. Un puissant poison, s'il était ingéré en une seule fois.

— Non, compris-je. C'est à lui que tu l'as donné.

Je regardai la thermos. Facile d'y glisser quelque chose à son insu. Peut-être lui avait-elle même préparé le thé, jouant à la petite domestique. Il aurait sans nul doute apprécié.

— Il ne voulait pas de moi ici. J'ai bien vu quand je l'ai suivi aujourd'hui. Il était énervé. J'ai pensé que ça pourrait aider...

Mais non. Rien ne va aider, hein ? Je ne l'intéresse plus. Il s'est juste… *servi* de moi. Je ne représente rien pour lui.

Mes idées se bousculaient. Adam était encore vivant, si je pouvais le rendre malade, lui faire vomir le poison… Je m'aperçus alors que Lisa avait le couteau à la main. Mon couteau, qu'elle avait pris chez moi. Sous mes yeux horrifiés, elle lui passa légèrement la lame sur les joues. Mais je l'aiguisais toujours pour qu'elle reste tranchante comme un rasoir, et elle coupait au moindre contact.

— Lisa, nous ne sommes pas obligées d'en arriver là. Tu as toute la vie devant toi, ma chérie. Je peux t'aider. Donne-moi juste le couteau, OK ?

Elle avait dix ans. Dix ans. Je ne l'en avais pas crue capable, même si elle venait de l'empoisonner et de me voler. Mais pendant que j'étais encore de l'autre côté de la clairière, à cinq pas d'elle, elle lui saisit le menton et promena le couteau sur toute la largeur de son cou. Une légère caresse, cette fois encore, mais la lame était si affilée que le sang jaillit immédiatement. Adam émit alors un son, un gargouillement, puis cambra le dos. Il reprenait à moitié connaissance sous l'effet de la douleur. Il devait savoir qu'il était en train de mourir ; il devait sentir son propre sang lui dégouliner le long de la gorge. Si je pouvais empêcher l'hémorragie… Je le rejoignais déjà pour mettre mes mains en compresse, son sang coulant sur mes poignets, et sur ma robe, qu'il imbibait. Je sentais sa chaleur à travers le tissu. Je n'avais pas les idées claires – elle agrippait toujours le couteau, et je venais de la voir s'en servir, mais tout ce qui me préoccupait, c'était sauver Jeffries.

— Lisa, aide-moi ! Donne-moi ton pull, ou trouve n'importe quel bout de chiffon, ou…

Elle se tenait là sans bouger. Je me rappelle qu'elle souriait légèrement, comme si elle n'avait pas conscience de ce qui se déroulait. À l'époque, nous n'avions pas de téléphones portables, mais je doute que nous capterions dans les bois, même aujourd'hui. Je savais que si je courais chercher du secours, ce serait trop tard, et que je trouverais Lisa, seule, avec un cadavre à mon retour. On ne pouvait plus rien faire pour lui, je regardai donc la vie quitter ses yeux en appuyant vainement sur sa blessure, béante comme une seconde bouche. Je fus alors désolée pour lui, malgré ce qu'il avait pu commettre. Personne ne mérite de mourir ainsi, noyé dans son propre sang.

Lisa n'en avait pas une seule goutte sur elle, puisque je l'avais poussée à l'écart quand il avait jailli. Pour ma part, j'en étais trempée, j'en avais les mains couvertes, la peau de mes doigts en était incrustée, ma jupe si imprégnée qu'elle me collait aux cuisses, j'en avais sur les pieds et même dans les cheveux. Lady Macbeth en personne. Meurtrière jusqu'au bout des ongles, même le couteau m'appartenait. Lisa le tenait toujours, et, pour une raison étrange, je sus exactement quoi dire ensuite. Quoi faire. J'avais l'esprit clair comme de l'eau.

— Lisa ! (Je l'aurais bien saisie par les épaules, mais je l'aurais souillée de sang.) Rentre tout de suite chez toi. Si on te demande, tu étais là-bas tout l'après-midi. Je leur dirai... Je dirai que c'est moi qui l'ai tué. Mais il faut que tu leur racontes quel genre d'homme il était, ce qu'il t'a fait subir.

Lui avait-il même fait quelque chose ? Elle ne me l'avait jamais exprimé en ces termes.

— Est-ce que tu comprends ce que je dis, Lisa ? Si la police t'interroge : tu n'étais pas ici, OK ? M. Jeffries t'a... fait du mal. Il t'a fait de vilaines choses. Dis juste la vérité sur cette partie-là, et pas le reste. De cette manière, ni toi ni moi n'aurons d'ennuis. D'accord ?

Elle acquiesça. Elle affichait toujours un léger sourire.

— Oui, mademoiselle.

— Maintenant, rentre chez toi. Donne-moi ça.

Je lui pris le couteau – avec du sang sur la pointe – et j'effaçai ses empreintes sur le sol mousseux. Elle s'éloigna docilement.

— Et les filles ? pensai-je subitement. Lucy et Grace… Elles savent que tu viens ici avec lui. Est-ce qu'elles risquent d'en parler à la police ?

Je devais m'assurer de ne rien laisser au hasard, même si j'arrivais à peine à réfléchir, abasourdie et bloquée dans l'instant présent.

Lisa se retourna, et je revois la lumière ruisseler d'éclats dorés sur son visage.

— Oh, elles n'en parleront à personne.

Puis elle disparut.

Je restai un moment seule avec ce tas de chair qui avait un jour été un homme. Je posai les mains sur son torse et lui dis que j'étais désolée. Que je n'avais pas réussi à empêcher ce qui lui était arrivé, ni ce qu'il avait peut-être infligé aux filles. Je songeai à m'enfuir un instant, je l'avoue. Mais je n'avais pas de voiture, et j'étais couverte de sang. Jamais je ne m'en sortirais sans que nul ne me voie. Et quelqu'un devait endosser la responsabilité de tout ça, car le directeur était mort la gorge tranchée, et l'on ne tarderait pas à le découvrir. Il fallait bien que quelqu'un ait commis ce crime. Je pris donc ma décision. Ce fut facile, en fin de compte. Je ne voyais aucune autre solution.

Je marchai le long de la route, couteau à la main. Le sang séchait sur mes jambes, devenant désagréablement poisseux et irritant. Je me demandais qui serait la première personne que je croiserais, et il s'avéra que ce fut Bob Marks, un ouvrier qui rentrait d'un chantier, cheminant avec son sac à dos, dont pendait son casque de travail. Il me connaissait, bien sûr – j'avais soigné sa femme pour des ovaires polykystiques, et, maintenant, ils avaient des jumeaux.

Il hocha la tête vers moi pour me saluer, puis, alors que j'approchais, il marqua un temps d'arrêt, horrifié. Je me dirigeai vers lui d'un pas vacillant.

— Je l'ai tué, déclarai-je, ma voix aiguë à mes oreilles. Je suis désolée, mais il le fallait. Vous voulez bien prévenir la police ?

Bob dut foncer chez lui pour les appeler depuis sa ligne fixe, je restai donc cinq ou dix minutes assise dans l'herbe, au bord de la chaussée. Une ou deux voitures passèrent, je m'en souviens, leurs occupants me regardant avec curiosité, mais aucun conducteur ne s'arrêta. Plus tard, ils allaient tous être interrogés et témoigner.

Lorsque j'entendis les premières sirènes, je sus que c'était Stephen Brady, l'agent de police local – le seul pour tout l'ouest des Cornouailles –, en route depuis Penzance. Nous étions ensemble à l'école, mais lui dans une classe supérieure. Tandis que je l'entendais arriver, ses sirènes résonnant dans les arbres et jusqu'au fond des bois où gisait le corps, je préparai ce que j'allais dire.

Je me levai alors qu'il garait son véhicule, vêtu de son uniforme, arborant la même expression confuse et choquée que Bob.

— Janna ? Mais qu'est-ce que tu as foutu ?

— Je l'ai tué, répondis-je, le plus calmement possible. Je n'en avais pas l'intention, mais il le fallait.

— Tu l'as tué ? Qui ça ? Tu veux dire… Les filles… c'est toi aussi ? Mais pourquoi, Janna ?

— Quelles filles ? Qu'est-ce que tu racontes ?

Je pensai à Lisa, et j'espérai qu'elle était bien rentrée dans sa maison vide, sans que personne sache qu'elle avait bougé de là.

Stephen sortit, et je vis qu'il était gris de stupeur.

— Lucy Fillane et Grace Monkton. Je reviens du pavillon, Janna – elles sont mortes.

Il se produisit beaucoup de choses après cela, bien sûr. De nombreuses étapes séparent un crime du moment où vous êtes incarcéré pour l'avoir commis. Il y aurait les mois que j'allais passer en détention provisoire dans une prison près de Bristol, l'étrange période d'incertitude où, techniquement, je pouvais encore être libérée, reconnue non coupable. Mon avocat, un quinquagénaire condescendant, m'avait confié que ce serait peu probable, vu que l'on m'avait arrêtée couverte du sang d'Adam, avec l'arme du crime à la main. Il y eut les jours d'interrogatoire avant mon inculpation, un cauchemar décousu d'épuisement et de pièces sans fenêtres, avec un défilé d'enquêteurs que l'on fit venir d'aussi loin que Portsmouth, tous déconcertés par cette affaire. Les vingt-quatre heures qu'il leur fallut pour trouver quelqu'un de la police scientifique, durant lesquelles je ne fus pas autorisée à me doucher et dus rester là avec le sang d'Adam qui séchait, tombait de mes mains et mes pieds en flocons, et me plaquait les cheveux au crâne. Mes tentatives de revenir sur mes aveux, de dire que, finalement, je ne l'avais pas tué, sans révéler qui était coupable. L'appel que je ferais cinq ans plus tard, rejeté par le tribunal au bout de quelques heures. Les presque trente-six ans que j'allais passer derrière les barreaux.

Tout cela m'attendait. Mais à l'instant où, après m'être avancée, Stephen m'arrêtait, je n'étais et ne serais plus jamais libre. Il ne me passa pas les menottes, même s'il aurait peut-être dû. Je montai à l'arrière de la voiture de patrouille sans protester, et il me conduisit en silence au petit poste de Penzance, où un autre policier enregistra mon arrivée. Puis on m'amena dans une salle d'interrogatoire sans fenêtres. On me donna un gobelet d'eau, en me laissant toutefois dans ma robe tachée de sang. À l'extérieur, je les entendais discuter de mon cas.

— Peut-être que quelqu'un pourrait lui apporter des vêtements de chez elle, suggéra Stephen.

Le plus triste, c'est que je ne voyais même pas à qui demander ce service. À part Martin, et je ne pouvais pas le mêler à tout ça. Puis ce fut le moment de mon premier interrogatoire, et je savais combien il était important que mon histoire soit cohérente dès le début. Mais je n'avais pas anticipé le drame qui viendrait couronner les événements, et je ne parvenais toujours pas à lui trouver un sens. Stephen consigna que j'avais semblé ignorer ce qui était arrivé à Lucy et Grace. J'étais un peu en état de choc, je pense. Je n'y croyais pas vraiment.

— Mais tu es allée là-bas, Janna ? Les voisins ont dit que tu étais la dernière personne à les avoir vues vivantes, que tu étais partie de la maison en courant ?

— Oui, mais je… Je voulais m'assurer qu'elles allaient bien.

— Pourquoi ?

Il était dérouté, dépassé par la situation. D'habitude, il gérait des vols de matériel agricole et des bagarres d'ivrognes le samedi soir.

— Je m'inquiétais pour elles. (Comment entamer le récit de tout ce qui s'était déroulé ?) M. Jeffries… Il… s'en prenait aux filles.

Vraiment ? J'en avais été persuadée, mais si je m'étais trompée ? Et si j'avais mal interprété toutes les allusions et rumeurs que j'avais entendues ?

— Comment sont-elles… Désolée, je n'y comprends rien. Comment est-ce qu'elles auraient pu mourir ? Je viens juste de les voir.

À ce stade, j'avais décidé dans ma tête que tout cela n'était qu'un énorme malentendu, imputable à mon cerveau enfiévré. Stephen n'avait pas pu dire qu'elles étaient *mortes*, si ?

— Il apparaît qu'elles ont bu un poison, Janna. Il correspond à ce que contenait la thermos de Jeffries, et nous avons retrouvé le flacon dans les bois.

Je m'apprêtais à parler, puis m'en abstins. Le flacon provenant de ma remise, abandonné dans les herbes sur les lieux du crime. J'avais oublié de l'emporter ou de le cacher. Ils découvriraient tout : mon écriture sur l'étiquette, mes empreintes, le trou sur mon étagère dans la cave. Une piste qui partait du pavillon de Grace et menait directement aux bois, reliant les deux scènes de meurtre.

— Je… Elles sont venues chez moi l'autre jour. Peut-être qu'elles l'ont pris à ce moment-là.

Il nota mes propos.

— Il était à toi, alors ? Le flacon ?

— Je… ne sais pas. J'imagine, oui.

Je me rappelai les verres de jus d'orange, les biscuits sur la table. L'avaient-elles versé dans leurs boissons ? Elles avaient voulu essayer un philtre d'amour ? Je ne comprenais pas. Était-ce une erreur de ma part, de les avoir laissées y accéder, une négligence fatale ? Pourquoi ces événements s'étaient-ils produits le même jour, à la même heure ?

Soudain, je pris conscience du pétrin dans lequel je m'étais fourrée.

— Écoute, Stephen, c'est important. La raison pour laquelle j'ai fait ça – Jeffries, pas les filles, je ne ferais jamais, jamais de mal à un enfant –, c'est parce qu'il les agressait. Les filles. Il faut que tu en discutes avec Lisa McSweeney.

— La fille de John ?

— Oui. Elle le confirmera – ce qu'il leur faisait. Je devais l'en empêcher, tu vois. Je ne voulais pas… Ce n'était pas censé se terminer comme ça. Je suis allée lui parler, et il m'a juste…

attaquée, alors j'ai riposté, mais je n'avais pas l'intention de le blesser. C'était de la légitime défense.

Je tentais frénétiquement de me rappeler ce que je savais de la loi concernant le meurtre. Si ce n'était pas prémédité, s'il avait frappé le premier, c'était moins grave, non ? Mais le couteau m'appartenait, ça donnerait donc l'impression que je l'avais emporté à dessein. Et je n'avais pas vraiment pu croiser Jeffries au fond des bois par hasard. Je l'avais clairement suivi. De plus, je l'avais lentement empoisonné, on ne tarderait sans doute pas à le découvrir. Un nœud coulant s'était refermé autour de moi, et je ne m'en étais même pas aperçue. Au bout du compte, mon avocat condescendant ne me laisserait même pas prendre la parole au procès. Selon lui, il n'y avait aucune preuve de ce que j'affirmais. Il valait donc mieux que je me taise.

— S'il te plaît, parle juste à Lisa.

Stephen acquiesça et quitta la pièce, le front plissé d'inquiétude. J'ai de la peine pour lui, un homme simple qui se retrouva mêlé à l'une des affaires criminelles les plus tristement célèbres de la décennie. Il en sortit changé, je pense, comme tant de gens. J'ai appris qu'il était mort il y a quelques années, à soixante-cinq ans à peine.

Après son départ, un autre officier m'interrogea quelques heures, me posant les mêmes questions en boucle. Je ne sais plus à combien de personnes je parlai ces premiers instants, mais il n'y avait que des hommes, et tous plus vieux que moi d'au moins quinze ans. Je lisais bien dans leurs yeux ce que je leur évoquais, avec ma robe de hippie imbibée de sang, mes longs cheveux blonds, mes bijoux en argent dignes d'une sorcière, les breloques que je portais sur moi pour me protéger du mal (hilarant, sous un certain angle). Stephen revint autour de 22 heures, et j'étais tellement soulagée de le voir. J'imaginais que tout serait résolu à présent, que s'ils ne me remerciaient pas, ils allaient au moins comprendre pourquoi j'avais agi ainsi.

— Alors ? Tu as parlé à Lisa ?

Il hésita.

— Janna, je ne sais pas si je peux…

Il ignorait comme se comporter avec moi, sa vieille camarade d'école, accusée de meurtre.

— Elle ne voyait pas de quoi je parlais. Elle était dans tous ses états, la pauvre petite. Son instit et ses amies en même temps ! Elle m'a dit que tous les gamins l'aimaient vraiment beaucoup. Donc, voilà.

C'est incroyable, comme nous nous cramponnons à l'espoir, bien au-delà du raisonnable. Je pense que c'est le moyen par lequel notre esprit nous empêche de devenir fou. Lisa avait dix ans ; elle n'avait probablement aucune envie de raconter la vérité à un policier qui sortait boire des coups avec son père.

— J'ai besoin d'un avocat, balbutiai-je.

Il me conseillerait quoi faire, appellerait peut-être Lisa à la barre si cela finissait en procès, pour la pousser à dire la vérité sur les abus dont elle avait été victime. Il exhumerait le passé d'Adam Jeffries, la raison pour laquelle il avait quitté Londres. J'avais encore l'optimisme de penser que Lisa ferait le nécessaire pour m'aider, pour me remercier d'avoir porté la responsabilité du meurtre. Si je commis une erreur dans toute cette histoire, ce fut de ne pas la voir telle qu'elle était, telle qu'on l'avait amenée à devenir. Ce fut de sous-estimer ce dont les enfants sont capables.

— Bien sûr. On va te trouver un avocat, Janna. Euh, Mlle Edwards. C'est ton… votre droit.

Il essayait de prendre de la distance vis-à-vis de moi, même s'il fut malgré tout dessaisi de l'affaire dès le lendemain. Trop proche de l'accusée. Lorsque Stephen quitta la salle, quelqu'un d'autre entra, une policière que je ne reconnus pas. Plus âgée que moi, robuste et posée. On avait dû la faire venir de Truro ou d'ailleurs.

—Janna, c'est bien ça ? Votre agent local ne vous a pas enregistrée convenablement, je vais donc devoir y procéder tout de suite.

Elle releva mes empreintes, me laissant les doigts tachés d'encre, et dressa l'inventaire de mes effets personnels – le couteau, mes bagues et breloques, rien de plus. Je n'avais pas de clés de maison sur moi et j'étais sortie sans argent, dans ma hâte d'enrayer un drame. Ma robe légère n'avait pas de poches. Elle me demanda si je suivais un traitement médical, si j'avais un problème de santé ou des personnes à charge. Elle me promit que quelqu'un irait voir si ma mère allait bien. Je pouvais à peine imaginer comment elle encaisserait la nouvelle. Ce pourrait être le coup de grâce, et j'en éprouvai une inquiétude assez vague, choquée comme j'étais.

—Maintenant, dit-elle, je dois poser cette question à toutes les femmes que nous arrêtons, Janna : y a-t-il des chances que vous soyez enceinte ?

C'était une question de routine, et la policière faisait déjà planer son stylo au-dessus de la case *non* du document. Mais je déglutis péniblement et m'obligeai à affronter ce que mon esprit esquivait depuis des semaines. Il s'était écoulé presque deux mois depuis ce fameux matin avec Martin sur la plage, à l'aube, et je m'étais à peine permis de repenser à cette chose que nous nous étions promis de ne jamais refaire. Même si c'était une torture de ne plus m'approcher de lui, la trahison m'était intolérable. J'avais occulté la nausée qui m'assaillait depuis, ce curieux trouble. L'absence de règles. Je m'étais raconté que j'étais juste stressée, que je ne mangeais pas assez, même si j'étais la mieux placée pour savoir que… Il me fallait l'admettre à présent, car c'était peut-être le seul élément qui me sauverait du piège dans lequel j'avais sauté à pieds joints.

—Bon. En vérité, maintenant que vous en parlez…

Je fus incapable de me calmer après la visite du détective privé. Je rejoignis les rangs des autres détenues bouleversées dans la prison, même si je ne pleurais pas, et que je ne me tapais pas la tête contre les murs.

Autrefois, lorsque je me sentais ainsi, je prenais mes vieilles cartes de tarot, qui avaient appartenu à grand-mère, et les faisais passer entre mes mains, pour sentir laquelle m'appelait. Elles ne sont pas autorisées ici, bien que je n'aie cessé de les réclamer. C'est à la discrétion de la directrice, et elle est baptiste, à ce qu'on m'a dit, elle pense donc certainement qu'elles sont l'œuvre du diable. Je m'en étais fabriqué un jeu, en redessinant les images le plus fidèlement possible à partir de mes souvenirs sur des bouts de papier. Il y en avait une illustration dans un livre à la bibliothèque, une encyclopédie qui avait dû échapper à la vigilance de notre sainte directrice. Les légères répliques en papier n'auraient jamais les mêmes effets que mes propres cartes, lourdes et maintes fois utilisées, mais elles feraient l'affaire. Je fermai les yeux et passai mes doigts dessus. Pendant un temps, après mon arrestation, j'avais perdu foi en ces pratiques. Et puis, un jour, je m'étais surprise à déchirer le papier et y esquisser les motifs, et même si je n'y croyais pas de tout mon cœur, ces cartes contenaient quelque chose. Ne serait-ce qu'un moyen de décrypter mes propres pensées, en fonction de ce que j'y lisais. D'atteindre les eaux troubles de mon âme et de les explorer.

La tour. Je frissonnai en me rappelant l'image sur cette carte – un bâtiment en feu, des éclairs dans le ciel, des gens se jetant dans le vide. Elle pouvait signifier des perturbations dans une vie, pas toujours mauvaises. Un déménagement. Ou un souci avec une maison. Elle pouvait également signifier un danger imminent. Eh bien, ça, je savais ce que c'était. Le valet de coupe – un homme jeune, innocent, à protéger. George, peut-être. C'était logique, comme tirage. La dernière me fit rire à gorge déployée. La Justice. Un personnage féminin avec sa balance, ne distribuant que des châtiments mérités. Cela voulait-il dire que j'affronterais le mien ? Ou que ce serait le sort de quelqu'un d'autre ?

Mon fils était marié à la fille d'Adam Jeffries. Comment cela avait-il pu se produire ? Était-il au courant ? Est-ce qu'*elle* l'était ? À l'époque, me retrouvant enceinte et encourant une peine de prison à vie, j'avais sollicité l'aide de Margaret. Je lui avais demandé de veiller sur mon garçon. Il était possible de conserver des liens dans le cadre d'une adoption ; si Margaret n'était pas de ma famille, elle était néanmoins la seule personne susceptible de m'aider. C'est peut-être sans surprise qu'elle n'avait jamais répondu, ni jamais vu George, à ma connaissance. Alors comment diable cela avait-il pu se produire ? Helen avait-elle retrouvé sa trace de quelque manière ? Est-ce que Margaret était aussi au courant ? Tout cela était-il simplement possible ?

Je savais que oui.

Plus tard ce jour-là, j'avais rendez-vous avec ma conseillère pénitentiaire. Julie est une femme assez gentille, qui renifle en permanence – elle semble être allergique aux plantes de cette immense plaine. J'ai toujours envie de lui proposer un mouchoir ou, mieux encore, un remède, mais je n'ai évidemment ni l'un ni l'autre.

C'est l'une des choses les plus frustrantes, de voir ce qui pourrait être soigné sans être en mesure de le faire. Comme si quelqu'un allait un jour reprendre l'un de mes traitements...

— Alors, Janna ?

Elle mâchait le bout d'un vieux stylo-bille qui fuyait. Derrière elle, il y avait un calendrier arrêté sur le mois de juillet – de l'année précédente – et une plante en pot moribonde.

— Comment vous sentez-vous par rapport à votre libération prochaine ?

C'était à elle de donner le feu vert définitif.

J'avais du mal à croire que je sortais de prison, enfin. Que mes années d'appels avaient fini par porter leurs fruits, et que l'on m'acquittait des quatorze dernières années de ma peine de cinquante ans – comme c'était généreux de leur part !

Je souris à Julie.

— Bien. Je crois que je suis prête.

— Et vous envisagez d'aller vivre avec votre fils, une fois que les conditions de votre libération auront été remplies ?

Elle lisait ses notes, sans avoir aucune idée de l'histoire qui se cachait derrière les mots qu'elle prononçait.

— C'est bien ça.

— Dans le village où vos crimes ont eu lieu ? Vous attendez-vous à ce que cela ait des répercussions ?

— C'était il y a trente-six ans. Et la famille de la… de l'homme… Elle a déménagé depuis longtemps, je crois.

Je ne parvenais toujours pas à dire *victime*, même après tout ce temps. Julie ne pouvait pas savoir que, si les proches d'Adam Jeffries avaient bel et bien déménagé, au moins l'une d'elles était revenue. Pourquoi cette Helen aurait-elle voulu retourner vivre au village où son père était mort ? Peut-être qu'elle était au courant de ma libération – Margaret recevrait certainement une lettre à ce sujet, en tant que veuve de ma « victime ». Mais pourquoi Helen avait-elle épousé George ? Je n'y comprenais rien.

— Et les filles, poursuivis-je. Leurs familles sont parties aussi, il me semble.

J'avais dû cesser de soutenir que je ne les avais pas tuées. Sans repentir, pas de réinsertion envisageable.

Julie était fatiguée, elle avait beaucoup de monde à voir. Elle voulait juste cocher ses cases et m'envoyer reprendre ma route, que je disparaisse de là et de sa pile de dossiers.

— Janna, diriez-vous que vous éprouvez des remords pour ce que vous avez fait ?

Oui, j'éprouvais des remords, bien entendu. Pas d'avoir tué Adam Jeffries ou les filles, puisque je n'étais pas coupable, mais pour tout le reste ; les dommages accidentels, mon inaptitude à empêcher un désastre que j'avais vu arriver avant tout le monde. Pour toute la douleur, les pertes et la souffrance que j'avais été incapable d'éviter. Ce fut donc avec une sincérité absolue que je pus sourire tristement à Julie et lui dire :

— Oh oui. Je ne trouverai jamais les mots pour exprimer combien je regrette.

Elle tamponna un document.

— Très bien, Janna. Je ne vois aucune raison qui nous empêcherait de procéder à votre libération conditionnelle la semaine prochaine. Voici une liste des règles que vous devrez suivre.

Elle me passa une photocopie de mauvaise qualité.

— Merci.

Je me levai en prenant la feuille. J'avais à peine osé l'espérer, et je n'y croirais que lorsque les grilles de la prison se refermeraient derrière moi. Mais l'heure était venue, après trente-six longues années. J'allais être libre, et enfin en mesure de retrouver les gens à qui je devais mon emprisonnement, pour régler mes comptes.

Helen

Je n'avais jamais vu George aussi énervé.

— Je ne comprends pas ! s'écria-t-il. Qui es-tu ? Explique-toi. Tout de suite.

J'étais assise sur le lit de notre chambre, encore entourée de cartons et de sacs, lorsqu'il était arrivé en furie, après avoir passé l'après-midi à l'extérieur, sans me contacter. Je reposai soigneusement mon livre.

— Tu as l'air super agité. Où étais-tu ?

— Je… (Il faisait les cent pas.) Écoute, il faut vraiment qu'on discute. Il y a des choses que je ne t'ai pas dites, et ça doit être pareil pour toi… Tout ça n'a aucun sens ! Et elle est partie, elle n'est même plus là-bas !

Du charabia. J'essayai de maîtriser la situation, d'être celle des deux qui resterait calme et rationnelle, comme je l'avais toujours été, même si je commençais à avoir le souffle court, et que mes mains tremblaient. Je les calai sous mes jambes croisées.

— Bébé, ce que tu dis est incompréhensible. De qui tu parles ?

Je pouvais deviner, mais j'avais besoin de bluffer le plus possible pour voir ce qu'il savait.

— Tu sais tout. Tu le sais, pas vrai ? Que je…

Il s'interrompit, me dévisageant d'un œil hagard. Un océan de non-dits nous séparait.

— Est-ce que tu parles de Janna ? hasardai-je, lui tendant la main.

— Tu sais qui elle est. C'est ça ?

— Eh bien, oui. J'ai découvert pourquoi les gens étaient aussi hostiles envers nous ici, pourquoi ils fuient la maison, qu'elle a appartenu à une meurtrière que tout le monde considérait comme une sorcière. Ça, je le sais, ouais. Tu pensais que je ne l'apprendrais pas ?

J'étais contrariée qu'il me croie aussi stupide.

— Je… J'allais te le dire.

— Ce bouquin, il parle de ça ? D'acheter la maison d'une criminelle ?

Il me regardait toujours fixement.

— J'ignore ce que tu sais. Je ne… Je ne sais même pas par où commencer. C'est comme si tu étais une parfaite inconnue.

J'étais en train de procéder aux mêmes calculs que lui. Savait-il ce que je savais ? Impossible. Comment l'aurait-il découvert ?

— Pourquoi ne pas simplement nous avouer la vérité ?

Enfin, pas *toute* la vérité.

Il prit une profonde inspiration chevrotante.

— Je n'ai pas acheté cette maison.

— Eh bien, oui, je m'en doutais.

— J'en ai hérité. De ma mère.

Une fois de plus, mon esprit dériva vers Ruth, à Reading, et je fus perplexe – mais ce n'était pas ce qu'il voulait dire. Il parlait de sa mère biologique.

— Oh ! lâchai-je.

Bien sûr. Tout se recoupait. C'était comme je l'avais suspecté, même si je n'avais pas voulu y croire – il avait fini par découvrir la vérité.

Il me dévisagea.

— Tu le sais, n'est-ce pas, qui est ma mère ?

J'aurais pu mentir, et nier. Mais quelque part, dans un mariage, tout se devine. On peut sentir un lien de confiance se briser. Et je ne pouvais pas lui mentir droit dans les yeux. Pas après tout ce temps.

— Oui.

— Et ton père… c'était Adam Jeffries.

Comment l'avait-il appris ? Mon esprit prit une longueur d'avance, échafaudant d'autres mensonges, d'autres dénis. Mais je ne pouvais m'y résoudre, alors je préférai juste dire :

— Oui.

— Ma mère a tué ton père.

— Oui.

Je ne voyais pas quoi dire d'autre. Il se tenait toujours debout au-dessus de moi, et je percevais sa confusion, le château de cartes qui s'écroulait autour de lui. Il encaissait soudain des vérités que je connaissais depuis des années. Il y avait d'autres choses que j'ignorais – comment il avait appris qui j'étais, pourquoi il m'avait menti au sujet de la maison, à quel moment il avait découvert l'identité de sa mère, et où était passé l'argent si en réalité nous n'avions pas acheté cet endroit –, mais c'étaient des détails, en comparaison de ce qu'il découvrait seulement maintenant.

— Depuis… Depuis combien de temps tu le sais ? demanda-t-il. Que nous étions liés… de cette manière ? Je veux dire… Comment ça a pu se produire ? Je ne pige pas.

Je soupirai. Autant continuer à dire la vérité – nous y étions jusqu'au cou, nageant de toutes nos forces à contre-courant, et un mensonge de plus nous ferait couler.

— George, je l'ai toujours su.

Ce n'était pas entièrement vrai, bien entendu. Les dix-huit premières années de ma vie, je ne connaissais pas le nom de mon vrai père. Mick était apparu quand j'avais neuf ans, et, avant ça, nous portions le nom de jeune fille de maman, Gillis. Je ne m'étais même pas aperçue que ce n'était pas le nom de mon père – enfant, on ne se pose pas des questions de ce genre, et si je trouvais étrange que nous ne voyions ni famille ni amis, je ne m'interrogeais pas plus que ça. Puis, à dix-neuf ans, alors que j'atteignais la fin de mon année de césure – nous n'avions pas eu le budget pour que j'aille directement à la fac –, prête à partir en école de médecine à Durham, ma mère me dit un jour que nous devions discuter. Je me rappelle que l'on était mi-juin, et que je revenais de mon job à l'hôpital, où je travaillais au guichet, tentant désespérément de rassembler le plus d'argent possible afin de quitter cette ville. Mick était parti pêcher pour la journée, et je fus alarmée par la façon dont maman s'assit en face de moi à la table de la cuisine, en rivant intensément ses yeux dans les miens. Nous n'étions pas coutumières de ce genre d'attitude, elle et moi. Je priais pour qu'il ne s'agisse pas de sexe, car j'étais largement au courant de tout ça (et je le pratiquais assez allégrement depuis mes quinze ans).

— Helen, il y a quelque chose que tu dois savoir, au sujet de ton père. De ce qui lui est arrivé. Je te raconte ça maintenant, parce que tu auras ce fameux Internet à la fac, et tu risques de… voir des choses.

Elle avait toujours refusé de nous faire installer Internet à la maison, et mon Nokia rudimentaire n'offrait pas ce genre de service.

Mais je n'avais même jamais soupçonné ce qu'elle me révéla ensuite. Mon père s'appelait Adam Jeffries, et en 1986, quand j'avais deux ans, on l'avait tué.

— Une femme du nom de Janna Edwards est allée en prison pour son meurtre.

Voilà comment elle le formula. Prudemment.

Cela me paraissait surréaliste.

— Qui était cette femme ? Quelqu'un qu'il connaissait ?

— Ils travaillaient ensemble. À l'école.

Je savais qu'il avait été enseignant, et directeur.

— Est-ce qu'ils étaient... ?

— Non, répondit-elle très fermement. Il n'avait pas de liaison avec elle. Les gens l'ont raconté, mais ce n'était pas vrai. J'en suis certaine, alors ne me repose plus la question, Helen.

Ma mère était rarement aussi déterminée, j'y prêtai donc attention. J'avais dix-neuf ans, je portais un jean bootcut, un sweat-shirt Adidas, mes boucles lissées jusqu'au dernier cheveu. Je n'étais pas prête pour tout ça.

— Alors... elle vit toujours ? Sa meurtrière ?

— Elle a pris cinquante ans. Donc, à moins de gagner un jour en appel, elle a de grandes chances de mourir en prison.

Je voulus tout savoir. Toutes les circonstances en détail, comment elle l'avait tué, et, surtout, pourquoi. Mais je voyais combien chaque mot coûtait à ma mère. Elle avait le visage figé par l'effort de les prononcer.

— Et... tu la connaissais aussi ?

— Je l'avais rencontrée deux ou trois fois. C'était en Cornouailles. Nous avons vécu là-bas quand tu étais toute petite. Juste quelques mois.

— Quoi ?

Pour une certaine raison, ce fut ce qui me choqua le plus. Une partie de ma vie dont je n'avais pas eu connaissance.

— Je suis née en Cornouailles ?

— Non, tu es née à Londres. Nous en sommes partis afin qu'il prenne le poste de directeur, et puis il nous a quittées, alors j'ai déménagé ici.

Le Devon. Assez proche, mais pas suffisamment pour que j'aie un jour entendu parler de ce meurtre.

— Nous n'étions là que depuis quelques mois quand c'est… arrivé.

— Oh !

— Je sais que c'est un choc. Tu peux regarder sur le Web si tu y tiens – tu découvriras beaucoup de détails sordides. Deux fillettes sont mortes le même jour. Elles avaient dix ans.

— Elle a tué des *enfants* ?

J'avais du mal à croire tout ça. Comment avais-je, jusque-là, ignoré que j'étais reliée à une affaire aussi macabre ?

Maman se mordit la lèvre, les yeux vitreux, comme si elle se replongeait dans le passé.

— Je pense que nous ne saurons jamais ce qui s'est passé ce jour-là. Mais les filles sont mortes aussi, et elle a été condamnée pour les trois meurtres. C'est pourquoi elle a écopé d'une peine aussi longue.

Je me calai au fond de ma chaise. Je me rappelle le fil du bois de notre table bon marché, les affreux sets en raphia que nous avions eus toute ma vie. Mon père s'était-il assis à cette même table ? Avait-il mangé sur ces sets ? Il ne m'évoquait absolument rien, à part quelques photos d'un bel homme en tenue d'extérieur.

— Eh bien, c'est… un peu dingue. Est-ce qu'il y a autre chose que tu pourrais me dire ?

— Un tas de choses, évidemment. Mais est-ce que tu as besoin de les entendre, c'est une autre paire de manches.

Puis elle poussa vers moi la boîte sur la table – la même que je trouvai plus tard dans le grenier.

— J'ai gardé certains éléments concernant l'affaire, au cas où tu voudrais un jour tout savoir. Des coupures de journaux, etc. Tu peux lire ce que tu veux, mais je ne veux plus en reparler. Je ne peux simplement plus. C'est bien compris, mon ange ?

Que pouvais-je faire d'autre ? Elle me disait : « Cette histoire est aussi la tienne, va te renseigner si tu y tiens, mais je resterai en dehors de tout ça. »

— D'accord. Est-ce que je peux juste te demander un truc ?

Son visage se crispa.

— Quoi ?

— J'étais où, quand c'est arrivé ?

M'étais-je trouvée à proximité ? Cela s'était-il produit dans notre maison, avec moi dans la pièce voisine ? Avais-je oublié que j'avais vu mon père mourir ?

Elle claqua la langue avec désapprobation, comme si ma question l'irritait.

— Tu étais avec moi, bien sûr. Chez nous. À quelques miles du village, loin de l'endroit où ça s'est passé. Il s'est écoulé des heures avant qu'on me prévienne.

Mon père avait été victime d'un meurtre. Un meurtre ! J'avais du mal à y croire. Je faisais partie de toute une histoire, et je l'ignorais. Après cela, j'emportai la boîte dans ma chambre, et maman et moi n'abordâmes plus jamais le sujet.

Les coupures de journaux m'en apprirent pas mal. Puis je me rendis dans un cybercafé en ville pour me payer plusieurs heures de connexion, et cliquai frénétiquement jusqu'à ce qu'on me mette dehors. Je vis sa photo, Janna

Edwards. Blonde, belle et souriante sur les images prises avant le drame. Après, sur les clichés volés lors de ses allées et venues au tribunal, je vis les traces que le passage des événements avait laissées sur son visage. La terreur, le choc. Et une chose me sauta aux yeux plus que tout le reste, moi qui cherchais ma place dans cette histoire : on avait mentionné que la victime était « père d'une enfant ». J'étais cette enfant.

Il y avait une photo de ma mère entrant dans un poste de police, vraisemblablement l'œuvre d'un paparazzi. Elle avait les lèvres pincées, un foulard sur ses cheveux roux – où étais-je à ce moment-là ? Elle n'avait pas du tout assisté au procès, apparemment.

J'appris que le meurtre avait eu lieu devant un bloc de pierre surnommé l'Autel du diable, dans des bois non loin de Penzance. J'imagine que j'avais dû lire le nom de Little Hollow à l'époque, mais l'Autel du diable est celui qui me resta en tête. Je sus plus tard que les habitants veillèrent en effet à tenir leur village éloigné de la presse. Nombre de journalistes ne vérifièrent pas les informations de toute façon, se contentant d'appeler l'endroit Penzance, Lamorna ou même juste les Cornouailles, comme s'ils avaient la flemme de se renseigner sur le lieu exact.

Je découvris qu'elle avait égorgé mon père, cette femme, après avoir tenté dans un premier temps de l'empoisonner. Que les filles étaient mortes d'avoir bu du poison le même jour, poison qui dirigea les enquêteurs vers une potion qu'elle avait fabriquée dans sa cave. Qu'elle était considérée comme une sorcière par les gens du coin, qui supposaient que mon père avait été tué dans le cadre d'un rituel satanique. Qu'il avait été un membre respecté de la communauté, un enseignant estimé. Que personne ne comprenait pourquoi elle s'en était prise à lui, en dehors du fait qu'il avait soulevé des inquiétudes quant à son travail et son comportement, qu'elle serait peut-être bientôt virée. Étaient-ce des raisons suffisantes pour tuer quelqu'un – un père de famille ? Pensa-t-elle même à moi lorsqu'elle lui ôta la vie ? Une enfant qui grandirait sans se souvenir de son père ?

En plus de dépenser tout mon argent au cybercafé, j'écumai maintes fois les coupures de presse, découvrant le qui, le quand et le comment, mais jamais le pourquoi. Peut-être n'y en avait-il pas. En tout cas, elle n'avait fourni aucun mobile au tribunal. Elle avait plaidé non coupable sans toutefois présenter de défense, ni même témoigner au procès. Personne d'autre n'était présent au moment des faits, et la thèse d'un suicide était peu crédible. L'affaire fut vite classée.

Puis je la vis. Une longue enveloppe blanche coincée dans le rabat au fond de la boîte, qui avait un jour renfermé des biscuits. Elle portait le cachet *HMP Longacre*. On avait envoyé cette lettre d'une prison. Mon cœur se mit à marteler – je me rappelle que j'étais dans ma chambre d'enfance, avec son armoire encastrée en aggloméré blanc, et la Patafix datant de mes notes de révision de bac encore collée au papier peint rayé des années 1990. J'ouvris l'enveloppe.

Au départ, je fus déroutée. Elle contenait juste une autre enveloppe, déchirée, avec une lettre à l'intérieur. Janna Edwards en était la *destinataire*, et non l'expéditrice. Avait-elle fait suivre ce courrier à ma mère ? L'avait-on accompagné d'une note d'explication, aujourd'hui disparue ? L'adresse sur la première enveloppe se situait en Cornouailles, et l'on avait collé un cachet de réexpédition par-dessus.

Ma question principale était : pourquoi ? Pourquoi Janna avait envoyé ça à maman ? Cela n'avait absolument aucun sens. Juste pour nous narguer, pour torturer ma mère plus encore ? N'en avait-elle pas fait assez, en tuant mon père de sang-froid avant même que je puisse me souvenir de lui ? Et maman avait-elle voulu que je trouve ça, ou juste oublié que c'était là ? Je n'osai pas poser la question. C'est un mystère que je n'ai à ce jour jamais élucidé.

La lettre avait été envoyée par une personne prénommée Ruth. Pas de nom de famille. Elle y remerciait Janna de lui avoir permis d'adopter un bébé. Le sien.

Nous allons l'appeler George. J'espère qu'il aura une vie heureuse. Nous vivons tout près de la Tamise, et il y a un club nautique à côté, un pavillon de cricket deux rues plus loin.

La lettre était datée de juillet 1987.

Fébrilement, je commençai à sortir le reste des articles de presse. Aucun ne précisait que Janna était enceinte à son procès, et sur les croquis d'audience, ainsi que les images tirées de bulletins d'infos la montrant escortée au tribunal, aucun signe de ventre arrondi. Mais elle avait été arrêtée en octobre 1986, et le procès ne débuta pas avant le mois de juin suivant. Elle aurait pu être enceinte durant sa détention provisoire. Et, bien sûr, on lui aurait retiré son bébé – vous ne pouviez pas élever d'enfant en prison.

La meurtrière avait un fils, et elle l'avait abandonné à l'adoption – ou y avait été contrainte. Cet enfant aurait presque trois ans de moins que moi. Je sus tout de suite que je devais le retrouver. J'ignorais complètement ce que je ferais le moment venu ou ce que je cherchais – vengeance, réparation, apaisement, justice ? Je savais juste que je devais le faire.

Un certain George qui avait grandi au bord de la Tamise. Je passai des heures à le traquer en ligne, ce qui était beaucoup moins facile en 2004. Ce garçon devait avoir dix-sept ans – peut-être avait-il déjà une place à l'université.

Je ratissai ce qui me parut la quasi-totalité d'Internet avant d'en dénicher un – George Sanderson. Il avait grandi à Marlow, au bord du fleuve, dans un ravissant pavillon. Il jouait au cricket pour l'équipe de l'école. Il en dirigeait aussi le journal, c'est pourquoi son nom était partout sur leur site web. C'était une bonne école. La mienne n'avait même pas de journal, encore moins de site web opérationnel. Je cliquais sur ses photos pendant des heures, je zoomais d'une manière obsessive dessus. Était-ce bien lui ? Il avait les cheveux bruns, contrairement à Janna. Il portait des lunettes. Dans un article plutôt ennuyeux sur les universités où iraient les terminales, il évoquait son choix d'aller à l'UCL, afin de vivre « à la capitale », et raillait gentiment ceux qui se destinaient à des enclaves plus bourgeoises. Oxford, Cambridge, St Andrews. Il était impossible de savoir si je tenais ou non le bon garçon, mais, ce jour-là, j'annonçai à maman que je renonçais à ma place en école de médecine.

— Quoi ? s'exclama-t-elle en me dévisageant. Helen, il s'agit de ton avenir !

Et là, il s'agissait de mon passé.

— J'ai besoin de temps pour assimiler tout ce que tu m'as raconté.

— Mais… qu'est-ce que tu vas faire ?

— Je vais bosser une année de plus. Économiser de l'argent. (*Et attendre que George Sanderson entre en fac.*) Peut-être que je ferai transférer mon dossier ailleurs. Durham, c'est forcément blindé de bourges, après tout.

J'aurais déjà vingt et un ans au moment d'entamer mes études, je serais âgée pour mon niveau, mais je m'en moquais.

Vous connaissez le reste de l'histoire. J'intégrai l'UCL sans difficulté, après avoir passé presque deux ans à travailler dans le même hôpital. J'observai George sur le campus pendant quelques semaines – il était connu, à force d'organiser sans cesse des débats ou de s'engager dans des discussions politiques houleuses. Et, un soir, je l'approchai à l'union des étudiants, alors qu'il était complètement soûl. Je ne décelais aucune trace de sa mère dans ce visage, ouvert et gentil, cette barbe négligée sous des yeux bleus perçants, cet incontournable sweat à capuche. Était-ce vraiment lui, le fils de Janna Edwards ? Si je parvenais à découvrir sa date de naissance, j'en aurais la certitude. Il avait dû naître avant le procès, vers mai ou juin 1987.

Il avait trop bu ce fameux soir à l'union des étudiants, alors le lendemain matin, je le suivis au resto U, où il mangeait toujours de bonne heure avant ses TD, et j'engageai la conversation. Je voyais qu'il m'aimait bien, et cela me donna une bouffée de pouvoir, une chose dont j'avais manqué depuis que j'avais appris ce qu'on avait infligé à mon père. Mais qu'allais-je faire, maintenant que je l'avais retrouvé ?

Prise de panique, je faillis annuler le rencard que j'avais accepté avec lui dans un accès de stupidité. C'était complètement ridicule – comment pouvais-je sortir avec le fils de la meurtrière de mon père ? Mais je n'en avais toujours pas la preuve. Je me dis que j'apprendrais à le connaître un peu plus, juste pour voir si je tenais la bonne personne. Je l'accompagnai au concert, ce qui ne me plut pas – la salle était bondée, et la musique trop ennuyeuse à mon goût. Mais ce fut facile d'atterrir ensuite dans sa chambre, crasseuse, où il y avait un tas de guitares, de CD et de chaussettes par terre, une brique de lait qu'il laissait tourner. Il avait des photos collées à la Patafix aux murs, et je les examinai attentivement.

— Tu ne ressembles pas à tes parents, fis-je remarquer, même si cela ne se distinguait pas réellement.

— Ah, ouais, j'ai été adopté, dit-il en s'escrimant à ouvrir une bouteille de piquette.

— Oh ?

C'était forcément lui. Forcément.

— Rien de dramatique, j'étais encore bébé, alors je n'en ai aucun souvenir.

— Tu n'as jamais voulu retrouver ta mère biologique ?

— Hmm, je ne sais pas trop. Parfois, je me pose des questions sur elle : comment elle était. Si elle avait mes yeux. Si elle aimait écrire ou détestait les petits pois, comme moi – sérieux, ne me propose *jamais* de petits pois. Mais j'ai une mère merveilleuse, la meilleure du monde. Alors je ne sais pas. Pourquoi tout chambouler ?

— Je pense qu'à ta place j'aurais envie de savoir.

Il n'avait donc aucune idée de ses origines. Il avait grandi sans avoir le moindre contact avec Janna.

— Peut-être que ça me viendra un jour, je n'en sais rien.

— Mon père est mort, lâchai-je sur une impulsion. Quelqu'un l'a tué quand j'étais bébé.

George changea d'expression.

— Oh, mon Dieu ! Helen, je suis sincèrement navré. Est-ce que tu te souviens un peu de lui ?

— Non. C'est encore pire, d'une certaine façon.

— Et donc… c'était il y a longtemps ?

— En 1986. Le jour d'Halloween.

C'était risqué – et s'il se renseignait là-dessus ? La date ne semblait rien lui évoquer.

— Je suis vraiment désolé. Je veux dire, Halloween, c'est déjà assez pourri comme ça, avec les gamins en overdose de sucre et les gars de l'équipe de rugby qui rivalisent pour inventer le costume le plus douteux. J'ai entendu que l'année dernière quelqu'un avait fait les tours jumelles.

Sa petite blague m'accorda un instant pour m'essuyer les yeux, et j'en fus soulagée. Je ne voulais pas pleurer devant lui.

— Un costume pour deux personnes, ou une seule ?

— Aucune idée, pas sûr que ces types sachent même compter jusqu'à deux. Bref, bourrons-nous la gueule. Ta-da !

Il avait retiré le bouchon, en laissant quelques morceaux de liège flotter dans le liquide rouge et opaque.

— Pour madame, le meilleur millésime. Madame voudrait goûter ?

C'était la première fois que j'entendais son imitation de serveur français.

— Pourquoi pas ?

Il m'en versa un filet dans une tasse Oasis, et je le bus.

— Oh, non, non, madame, vous devez cracher ! Barbare ! Vous ne devez pas avaler le vin !

Je jouai le jeu.

— Je sens des notes de bouchon… de bouchon boisé… s'agirait-il d'un Tesco 2004 ?

— Madame est experte ! (Il remplit les tasses et trinqua avec moi.) Santé !

— Santé !

— Je suis réellement désolé pour ton père.

— Merci.

Nous parlâmes presque deux heures, de musique, de nos cours et de la vie en général. Le temps semblait se liquéfier et s'évaporer, c'était si facile de discuter avec lui, il était si amusant. Il ne trouva pas bizarre que je sois plus âgée que lui – je marmonnai une histoire de mononucléose infectieuse, puis passai les dix-huit années suivantes à m'inquiéter qu'il aborde un jour le sujet devant ma mère. Évidemment, je n'aurais pas pu imaginer à l'époque que retrouver le fils de Janna ne serait pas qu'une lubie passagère. Que je l'épouserais, et que mes mensonges me hanteraient pendant des années. À un moment, juste pour en avoir confirmation, je lui demandai en toute légèreté sa date d'anniversaire. J'espérais peut-être l'entendre répondre une année ou un mois différents, afin que nous ne soyons pas reliés de façon si effroyable. Que nous soyons juste deux étrangers qui s'entendaient plutôt bien. Afin que je puisse explorer cette curieuse impression que nous nous connaissions depuis toujours – *oh, c'est toi*.

— Pour ton signe astrologique, me justifiai-je en souriant.

Il roula des yeux.

— Bien sûr que tu crois à l'astrologie. Les filles ! Euh, je ne sais pas du tout quel est mon signe. Mais je suis du 14 juin.

— Gémeaux, alors.

Je les avais appris avant.

C'était lui. C'était forcément lui. Je me demande si George songea un jour que ça ne me ressemblait absolument pas de l'interroger sur son signe, alors que depuis je n'ai jamais plus manifesté le moindre intérêt dans ce domaine. Il était assez bourré, c'est donc possible qu'il ne s'en souvienne même pas. Je bus son horrible vin avec le cœur battant la chamade. C'était lui. Ce garçon, si drôle, intelligent et sympa, était le fils de la femme qui avait tué mon père.

Et le pire, c'est que je l'aimais bien. Je l'aimais vraiment, vraiment beaucoup.

Aujourd'hui, presque vingt ans plus tard, George avait l'air d'un homme dont le monde vient de s'écrouler.

— Tu as retrouvé ma trace ? Tu m'as espionné ?

— Je voulais juste… te voir. Je me suis dit, je ne sais pas, que comme je ne pouvais pas l'approcher, elle, peut-être que ça m'aiderait à comprendre. Pourquoi j'avais perdu mon père. Pourquoi elle l'avait tué.

— Donc… cette première soirée ensemble ? Le concert, le baiser… tout ça, ce n'était rien ? Notre mariage ?

— Évidemment que ce n'était pas rien. Pour l'amour du ciel, George ! Les circonstances de notre rencontre sont le seul truc que tu ignorais. Une fois qu'on s'est rencontrés, je… Eh bien, tout a été réel après.

Je m'étais dit qu'il ne saurait jamais qui il était, ni qui j'étais. Et que ma mère ne le saurait jamais non plus – qu'elle ne ferait jamais le lien entre mon mari, jovial et débraillé, et la meurtrière Janna Edwards. Même si elle avait lu la lettre que Ruth avait écrite à Janna, ce dont je n'étais pas convaincue – elle ne l'aurait jamais laissée à ma disposition dans la boîte autrement –, je me disais qu'elle ne ferait pas le rapprochement. Qui allait imaginer que George et moi pourrions nous rencontrer par coïncidence, tomber amoureux et nous marier ? C'était inconcevable. Avec le temps, je finis par croire que sa véritable mère était Ruth, cette femme gentille et nerveuse, qui préparait toujours des sandwichs, juste au cas où quelqu'un aurait faim. Que George n'y était pour rien s'il avait cette mère biologique, et qu'il ne méritait pas de connaître son sinistre héritage. Je ne lui en avais donc jamais parlé. Je continuai juste de vivre, de l'aimer, en me convainquant que le secret ne serait jamais ébruité, et voilà où nous en étions. Je n'avais même jamais regooglé l'affaire, pas une seule fois depuis mes dix-neuf ans. Je m'étais promis que j'essaierais d'oublier le passé, que je n'y penserais jamais devant George, de peur qu'il ne perce mes mensonges à jour. Je ne supportais pas cette idée, voyez-vous. Qu'il me voie différemment, comme si je n'étais plus parfaite, spéciale, ni brillante.

— Quand est-ce que tu l'as appris ? demandai-je. Pour elle ?

— Oh, mes parents m'ont dit à mes dix-huit ans que j'avais été adopté, que je pouvais retrouver ma mère si je voulais. Tu le sais, ça. Je n'en ai jamais eu envie, donc ils ne m'ont pas révélé qui c'était. Pour essayer de me protéger de tout ça, je suppose. Et puis toi et moi… Eh bien, nous avons eu besoin de déménager, alors je leur ai demandé de l'aide, et ils ont dû prendre conscience qu'ils devaient me parler de la maison.

— Janna t'a cédé la maison ?

— Il y a des années, apparemment. Quand ma… Quand sa mère est morte. Du coup, elle est restée vide des années.

— Et tu as estimé que nous pouvions tout simplement venir y habiter.

— Ça me semblait être une bonne solution. Pas loin de ta mère. Et… il y a une histoire ici.

Je comprenais enfin toutes ses cachotteries.

— C'est le sujet de ton bouquin. Le fait d'avoir découvert que ta mère était une meurtrière et d'avoir emménagé dans sa maison.

C'était une excellente idée de livre, j'en étais consciente. Je ne m'étais juste jamais aperçue que George était aussi impitoyable. Je me croyais la seule à l'être.

—Oui.

Nous étions si froids l'un envers l'autre, n'échangeant rien de plus que des faits.

—Rebondissement bonus pour moi, de découvrir que j'ai épousé la fille d'Adam Jeffries. Là, c'est un best-seller assuré.

Il était si amer.

—Ça ne t'a pas affecté ? De savoir que ta mère biologique était une criminelle ?

—Eh bien, je ne sais pas, Helen. Repense à l'année passée, est-ce que je t'ai paru affecté ? Quand je n'arrivais pas à décoller du canapé, à me doucher, ni même à préparer une tasse de thé ?

Il ne m'avait encore jamais parlé de cette manière, pas même lorsqu'il était au plus bas. D'un ton si glacial et méprisant. Je ne m'étais pas rendu compte que sa dernière dépression était due à un événement en particulier. Il y avait eu de nombreuses périodes de ce genre au fil des années, et, de toute façon, j'avais d'autres chats à fouetter à cette époque, aspirée par le tourbillon de mon travail, me débattant pour rester à la surface. Nous nous étions perdus de vue.

—Tu m'as menti. Sur l'achat de la maison.

Il ricana.

—Je ne pense pas que tu sois vraiment en position de me jeter la moindre pierre, là.

—Je ne t'ai pas menti. J'ai juste... essayé de te protéger. Je me disais que Ruth et Gerald ne te parleraient jamais de Janna, si tu ne la cherchais pas. Il n'y avait donc aucune raison que tu le découvres.

—Ils ont dû estimer que la vérité valait mieux que les mensonges, après tout. Quoique je ne sois pas sûr de ça.

Il me vint une pensée.

—Attends. Si on n'a pas acheté la maison, où est passé l'argent ?

Nous avions investi presque 200 000 livres, ou du moins je le croyais, tout ce que nous avions économisé depuis des années.

George pâlit. Je ne pensais pas qu'il pourrait blêmir encore davantage, mais c'était le cas.

— Oh ! Eh bah, ouais, à ce propos…

Je me pris la tête à deux mains. Qui était cet homme que j'avais épousé ? Je l'avais cru innocent, adorable, gentil et drôle, et à peine assez fort pour ce monde, quelqu'un qui devait être protégé à tout prix de la vérité. Et voilà qu'il me mentait depuis des mois, et avait très probablement dépensé tout notre argent sans me l'avouer.

— Qu'est-ce que tu en as fait ?

— J'ai passé deux ans au chômage, je te rappelle, rétorqua-t-il sèchement.

— Je croyais que tu bossais en free-lance.

— Pfft ! Ouais. Cent livres les mille mots, moins pour les blogs… Je ne pouvais pas t'en parler, j'avais trop honte. Et puis, je… Eh bien, ça coûte cher, de chercher du boulot.

Je ne voyais pas à quoi il faisait allusion, mais je me rappelai alors les voyages de recherches qu'il avait faits cette année, le nouvel ordinateur portable, les piles de livres qu'il lui fallait apparemment consulter, les formations à de nouveaux logiciels. Rien de tout cela ne débouchant sur le moindre travail ni revenu.

— Tu as fait un prêt ?

— Prêt, cartes de crédit, dépassement de découvert. Et ensuite, il y a les pénalités de remboursement, les intérêts, et… – c'est un scandale comment ils te piègent, sérieux. Ça ne cesse de s'accumuler. Et puis, on a eu cette maison gratuite, et ça m'a semblé être le moyen idéal de repartir de zéro. D'effacer l'ardoise.

— En te servant de tout notre argent ? *Mon* argent ?

Je n'avais pas l'intention de le lui reprocher, mais c'était la vérité. Nos économies avaient été principalement constituées avec mon salaire, ma sueur et mes larmes. Je ne pus m'empêcher d'exploser en criant :

— Bon Dieu, George ! Cet argent aurait servi à une FIV, tu sais. Si jamais nous en avions besoin.

— C'est marrant, mais je ne pense pas que ce soit en tête de nos priorités pour l'instant. Vu que tu me mens depuis le jour où je t'ai rencontrée.

Il y a des choses entre les gens qui, une fois dites, ne peuvent plus être retirées. Des dommages irréparables. George et moi en étions là, dans notre maison anéantie, nous observant d'un bout à l'autre du champ de bataille de nos mensonges et secrets. Lequel des deux s'était révélé le pire ? Moi, en mentant avec de bonnes intentions, même si dès le départ je l'avais espionné et piégé ? Lui, pour avoir menti maintenant et m'avoir escroquée ?

— Qu'est-ce qu'on va faire ? demanda-t-il après ce qui me parut un long moment.

— Je ne sais pas. Très sincèrement, je n'en sais rien.

Comment pouvions-nous poursuivre ainsi, en connaissant les secrets de l'autre ? Maman en serait brisée, s'il écrivait son livre, et que l'affaire était divulguée à grand bruit. Tout le monde saurait ce que j'avais fait en l'épousant.

Puis il lâcha :

— Tu n'as jamais envisagé la possibilité que Janna ne soit pas coupable ?

— Quoi ? m'exclamai-je, choquée.

— Certains en ont douté à l'époque. Il n'y avait aucune preuve tangible, après tout – pas de témoin.

— Elle a avoué, George !

— Au début, ouais. Mais ensuite, elle a modifié sa version, plaidé non coupable.

— Le poison lui appartenait.

— Ce n'était pas du poison… Enfin, on peut s'empoisonner avec n'importe quoi, je suppose – et, de toute façon, ça ne veut pas dire qu'elle l'a donné aux filles. Si ?

Je soupirai.

— Ils l'ont condamnée à cinquante ans. Ça signifie qu'ils étaient assez persuadés de sa culpabilité, bordel !

— Je sais, mais…

Il avait tellement l'air à nu, vulnérable, et je l'aimais encore tant, malgré tous ces mensonges entre nous, que j'en eus presque le souffle coupé.

— C'est ma mère, Helz. Si moi je n'ai pas l'espoir qu'elle soit innocente… S'il y a une chance, même infime.

Était-ce possible ? J'avais passé ma vie à penser qu'elle était la pire personne au monde, quelqu'un qui m'avait arraché l'existence que j'aurais dû avoir, et mon père.

— Tu le crois vraiment ?

— Je… Écoute, il y a quelque chose que je ne t'ai pas dit.

— Oh, Seigneur ! Quoi encore ?

— J'ai appelé la prison l'autre jour. Celle où elle a passé toutes ces années. J'avais pensé… que j'essaierais éventuellement de lui rendre visite, enfin. Mais on m'a répondu… eh bien, qu'elle était déjà sortie.

Je le dévisageai. Je n'avais jamais toléré l'idée d'un monde où Janna Edwards ne mourrait pas en prison.

— Mais… elle a encore plusieurs années à purger !

— Liberté conditionnelle, j'imagine. C'est une longue peine qu'elle a eue – beaucoup de gens ont estimé que ce n'était pas juste. Apparemment, ils ont écrit à ta mère pour la prévenir, en tant que proche de victime, tout ça. Mais ouais, elle a obtenu une remise de peine.

Maman n'aurait probablement jamais vu une telle lettre. Mick laissait souvent le courrier s'empiler pendant des semaines.

— Alors, elle est où ?

— Aucune idée.

— George, quelqu'un nous surveille, depuis qu'on est arrivés ici. J'ai vu des ombres – une silhouette dans les arbres.

Il acquiesça à contrecœur.

— Moi aussi.

— Maintenant qu'elle est dehors, elle n'a qu'un seul endroit où aller, non ? Elle va revenir ici. Chez elle.

Je pensai soudain au trou dans le mur, aux portes vibrantes et vétustes. Nous étions si isolés, et sans protection.

— Qu'est-ce qu'on fait ? Il faut qu'on dégage d'ici. (Il ne réagit pas.) Tu crois vraiment qu'elle n'est pas coupable ?

— Je n'en sais rien ! J'ignore si on l'a condamnée à tort, ou si c'est… une tueuse brutale qui s'est lancée à nos trousses. Je dois le découvrir.

— Alors… c'est quoi ton plan ?

Il s'assit enfin, auprès de moi sur le lit, et tira un carnet du tas de papiers et livres posés de son côté.

— J'ai déjà parlé à la plupart des protagonistes de l'affaire – ceux qui sont encore en vie. Martin, le patron du pub, je suis assez certain qu'il la croit innocente, même s'il la boucle sur le sujet. Nancy, la secrétaire de l'école, elle était témoin de moralité ; et l'autre instit, Denise Jenkins, elle se portait aussi garante de Janna. Il y avait une fille de CM2 qui vit toujours dans le coin, Lisa McSweeney – elle est restée assez vague, mais semblait penser que Janna n'avait pas tué les filles, au moins. Le policier qui l'a arrêtée est mort, malheureusement, et puis, bien sûr, il y a… Bon, il y a ta mère.

— Ce n'est pas vraiment elle qui pourra t'éclairer, répliquai-je d'un ton acerbe.

— Non. Je ne lui demanderais rien. Mais il y a l'autre instit à l'école, Susan Bodger. Elle aurait été témoin de la plupart de leurs interactions, à Janna et… Adam.

Mon père. Peut-être était-ce plus facile de les traiter comme des inconnus.

— Tu lui as parlé ?

— Elle m'a raccroché au nez. Mais j'ai l'impression qu'elle en sait plus. C'est juste un truc qu'elle a dit.

— Elle est toujours par là, en Cornouailles ?

— Pas très loin. Gweek.

Depuis toujours, je considérais Janna comme un pur monstre. Je ne la croyais toujours pas innocente, mais l'idée de perdre George me terrifiait, j'étais donc au moins disposée à le suivre dans son raisonnement.

— Très bien, alors. Demain, tu devrais y aller. *Nous* devrions y aller. Je viens avec toi.

— Tu es sérieuse ?

— Si tu penses vraiment que Janna n'est pas coupable, il faut que tu essaies de le prouver.

Moi-même, j'avais du mal à le croire. J'avais vu les preuves des années auparavant, et elles étaient irréfutables. Mais s'il y avait un moyen de sauver mon couple, de découvrir que je n'étais pas mariée au fils de la meurtrière de mon père, alors je voulais le trouver. Parce que, après tout ça, nous ne pouvions pas reprendre le cours de notre vie, en sachant tous les deux qui nous étions vraiment. J'étais consciente de cette vérité. J'avais été capable de vivre en sachant de qui il était le fils, mais il n'en serait peut-être pas de même pour lui vis-à-vis de moi.

— Dans les deux cas, nous devons savoir à quoi nous sommes confrontés. Savoir si elle est de retour ici, et si c'est elle qui nous surveille.

— Très bien.

Il paraissait abasourdi par toutes ces révélations.

— Je vais me coucher, dis-je en me levant pour aller me laver les dents. Nous ne pourrons rien faire d'autre ce soir.

Descends vérifier que toutes les fenêtres et les portes sont verrouillées.

— Tu te rappelles que nous avons un trou dans le mur.

— Oh oui, j'en suis bien consciente ! Qu'est-ce qu'on peut faire d'autre ? On va mettre une chaise contre la porte de la chambre.

Janna devait avoir la soixantaine à présent, et elle avait passé plus de la moitié de sa vie en prison – pouvait-elle vraiment représenter une menace pour nous ? George avait raison, il nous fallait en découvrir le plus possible avant de décider quoi faire.

— Est-ce que je peux… (Il hésita.) Il n'y a aucun autre endroit où dormir. Pas de canapé.

Nous n'avions aucune raison de ne pas partager un lit. Rien n'avait réellement changé entre nous, pas en surface. Nous étions toujours George et Helen, toujours amoureux. Nous venions juste de découvrir que notre mariage était entièrement fondé sur des mensonges.

— Comme tu dis, il n'y a aucun autre endroit.

Lorsque je revins de la salle de bains, il avait éteint la lumière et s'était allongé de son côté, loin de moi. Je sentis son poids dans le lit tandis que j'y grimpais, et je savais qu'il ne dormait pas, mais aucun de nous ne prononça un mot.

Après la soirée dans la chambre universitaire de George, je ne pouvais plus le nier : c'était bien le fils de la meurtrière de mon père, et il semblait vraiment beaucoup m'apprécier. J'étais une fille raisonnable, malgré le comportement insensé que j'avais eu en le suivant à l'UCL. Je savais que je devais en rester là. Continuer ne mènerait à rien de bon. Alors, j'en restai là. Je cessai de répondre à ses textos, me noyai dans le travail, j'évitai l'union des étudiants et les pubs du quartier. Je mangeai dans ma chambre plutôt qu'à la cafétéria. Mon esprit ne cessait de me recracher des choses drôles ou gentilles qu'il m'avait dites ce soir-là, des images de lui me repoussant les cheveux du visage avec une affection maladroite, me faisant ressortir du vin par le nez avec une imitation de Liam Gallagher, me demandant de le tester sur tous les titres d'album de Bowie (qu'il m'énuméra évidemment dans le bon ordre). Lou, qui occupait la chambre voisine de la mienne, pensait que j'étais folle.

— Tu lui plais vraiment et il est mignon, qu'est-ce que tu fous ?

— Je dois étudier. Je n'ai pas le temps pour les mecs.

Lou paraissait sceptique. Elle aussi travaillait dur, pour une licence de droit, et parvenait malgré tout à galocher au moins quatre garçons par semaine.

— Tu n'es pas obligée de l'épouser, Helen.

Mais je restai ferme, même si je me surprenais à penser à lui durant les dissections et les cours magistraux, et à scruter les lieux quand je passais la soirée dehors, juste au cas où il serait là. Et je m'y serais tenue. J'aurais oublié George Sanderson avec le temps, j'en suis sûre. Je me serais mariée avec un cardiologue sympa, ou autre. Mais, quelques semaines plus tard, on approchait d'Halloween. La plupart de mes amis adoraient ça, cette occasion de se déguiser et de se lâcher – les étudiants en médecine sont de gros fêtards. Mais, pour moi, c'était la saison où mon père était mort. La saison d'une perte dont je ne pourrais jamais me remettre.

Et George s'en souvint. À la date des meurtres – celle d'Halloween même –, il attendait devant ma chambre, appuyé contre le mur d'un air gêné avec un bouquet de marguerites flétries. Personne ne m'avait jamais acheté de fleurs avant, et j'étais touchée, malgré le contexte.

— Salut.

— Salut, dit-il en se raclant la gorge. Hum, écoute, je ne traîne pas. Je ne veux pas te déranger, si tu n'es pas intéressée. Mais je me suis rappelé qu'aujourd'hui, c'était… Et je me disais que tu te sentais peut-être… Bref. Tiens !

Il me tendit brusquement les fleurs, et je voyais bien qu'il était nerveux, en sueur. Il s'était rappelé que c'était le jour où mon père était mort. Il était innocent – il ignorait tout de l'identité de sa mère et des crimes qu'elle avait commis. Il était juste George. Juste le garçon le plus gentil, adorable et drôle que j'aie jamais rencontré.

J'ouvris ma porte, tenant les fleurs défraîchies de l'autre main.

— Alors, tu entres ?

— Oh ! Je ne sais pas… hum, ce n'est pas grave si tu ne…

— George. Je te demande d'entrer.

Alors il s'exécuta. Et nous avons rarement passé une nuit l'un sans l'autre depuis.

Je ne savais pas qui je serais sans George, et j'espérais ne pas avoir à le découvrir.

Le lendemain, George était debout avant moi, ce qui était pratiquement inédit. D'habitude, il essayait de me retenir au chaud avec lui, et il me fallait mobiliser toute ma détermination pour quitter ses bras solides et affronter la fraîcheur du matin. Peut-être qu'elle était désormais terminée, la période heureuse de nos vies. Je me lavai comme je pus à l'eau froide, puisque nous n'avions toujours pas de chaudière en état de marche, puis me brossai les cheveux, et j'enfilai de vieux vêtements. Tout paraissait sale dans cette maison, comme si son altération avait pénétré directement dans notre peau. George buvait un café en bas, et je voyais qu'il n'avait pas préparé ma tasse de thé, un autre changement dans notre dynamique de couple.

Il me dit simplement :

— On devrait bientôt y aller. C'est au moins à une heure de route.

— Très bien.

Je dus me contenter d'un verre d'eau du robinet – ou plutôt une tasse d'eau, puisque tous nos verres étaient sales, ou encore dans les cartons. Le pain que j'avais acheté trois jours plus tôt moisissait déjà.

Nous roulâmes en silence pendant une bonne heure pour nous rendre à Gweek, petit village situé sur un estuaire, où Susan Bodger avait déménagé. Je tressaillais à chaque mouvement, étirant le cou pour étudier tous les visages que nous croisions. Janna Edwards était relâchée dans la nature, une réalité qui m'avait toujours paru inconcevable. Qu'allait-elle faire ? Où irait-elle ?

Le paysage était différent ici, regorgeant de végétation, même si la côte était tout près, comme c'est partout le cas en Cornouailles. George se gara devant un cottage en bord de rivière, peint en bleu et blanc, avec un jardin soigneusement entretenu et organisé, et des bégonias rouges dont les fleurs dodelinaient à l'extérieur.

— Est-ce que je devrais t'accompagner ? demandai-je.

— Je pense, oui. Ça paraîtra peut-être moins menaçant comme ça. Elle ne voulait pas du tout me parler au téléphone.

Je défis ma ceinture, et nous montâmes son allée dont les galets crissaient sous nos pieds. Sa porte bleue était munie d'un hublot, de style nautique. Nous frappâmes plusieurs fois, sans obtenir de réponse, et j'aurais abandonné, mais George fit une dernière tentative plus vigoureuse, et la porte, qui n'était pas verrouillée, s'entrebâilla.

— Il y a quelqu'un ? lança-t-il. Mlle Bodger ?

Avec prudence, il franchit le seuil, puis s'écria :

— Bon Dieu !

— Quoi ?

Puis je la perçus aussi. Une forte odeur de sang, de chair macérée. Je m'écartai brusquement pour éviter une nuée de mouches qui sortirent en bourdonnant par la porte, certaines m'effleurant le visage.

— Oh, Seigneur !

George recula d'un pas chancelant – il était blême à la lumière du jour. Dans la maison, dont les volets étaient clos, il faisait sombre, je ne pouvais donc pas encore voir ce qui l'avait tant bouleversé.

— Elle… Je crois qu'elle est morte.

Je regardai à l'intérieur derrière lui. Par terre, dans le salon, gisait un corps. Une femme, qui semblait avoir la soixantaine, à en juger par ses cheveux gris et sa tenue – pantalon de marche, pantoufles moelleuses –, mais sa figure était dissimulée par un torrent de sang séché. Cette fois, je n'eus aucune hésitation, ne me retrouvai pas clouée sur place. Peut-être parce qu'elle était clairement morte, je ne pouvais donc représenter aucun risque pour elle. Il me fallait cependant le certifier, et je me dirigeais déjà vers elle pour prendre son pouls, quand George m'arrêta d'une main sur le bras.

— Non, Helen. Tu ne peux pas laisser la moindre trace d'ADN.

— Mais…

— Elle est morte. On lui a tranché la gorge. Et il y a… des marques. (Il esquissa un geste compulsif vers ses joues.) Quelqu'un… l'a coupée.

Je voyais depuis l'autre bout de la pièce qu'elle était rigide et pâle, probablement décédée depuis seulement quelques heures. Pas encore de lividité cadavérique.

— C'est récent.

J'entendais un sifflement dans la poitrine de George. Son asthme se déclenchait toujours lorsqu'il était perturbé.

— On va penser que… Seigneur, Helen, c'est nous qui l'avons trouvée. On va penser que c'est nous les coupables ! Et je suis *son* fils. Et c'est le même mode opératoire.

Il racontait n'importe quoi.

— George, nous devons appeler la police. Il leur faudra envoyer une ambulance, il y aura une autopsie au moins pour mort suspecte.

Ce ne pouvait être qu'un meurtre, non ? Si elle avait la gorge tranchée. La cause du décès était évidente.

Il avait les yeux écarquillés.

— Je ne veux pas revivre ça. Me retrouver aux infos. Je ne *peux* pas.

— Mais ce n'est pas du tout pareil, George ! Tu délires.

Il m'agrippa les poignets, et je pouvais voir le blanc de ses yeux.

— Et si c'était elle ?

Pendant un instant, je ne percutai pas.

— Janna ?

— Susan a témoigné contre elle. Janna a fini par être libérée, et si elle se vengeait de ceux qui l'ont expédiée en prison ? Elle a tant perdu – sa vie entière. Moi.

Les secondes s'égrenaient, et je me sentais pétrifiée. J'étais docteur, j'aurais dû évaluer les fonctions vitales de cette femme, même si cela paraissait sans espoir. J'aurais déjà dû contacter les autorités. Au lieu de ça, je ne fis simplement rien. Le choc, peut-être.

Janna était sortie de prison. Et l'un des témoins clés de l'accusation venait de mourir égorgé, exactement comme mon père. Si Janna en était responsable, à qui s'en prendrait-elle ensuite ?

Je passai en revue la liste des personnes dont George m'avait parlé. Nancy, la secrétaire de l'école, qui vivait loin de là. Martin, mais il n'avait jamais fait aucune déposition.

— Tu devrais contacter les gens – tous ceux à qui tu as parlé. Pour les prévenir qu'ils sont peut-être en danger.

Puis je réalisai qui courait le plus grand risque avec une Janna fraîchement libérée, et assoiffée de vengeance.

— Maman, bredouillai-je. Je pense que Janna a écrit à maman quand tu es né – c'est comme ça que j'ai appris ton existence. Elle a envoyé à maman une lettre qu'elle avait reçue de Ruth, au sujet de ton adoption.

George eut l'air aussi surpris que je l'avais été.

— Quoi ? Pourquoi ?

— Honnêtement, je ne l'ai jamais compris. Je me dis qu'elles avaient dû être amies ou autre, mais elle ne pouvait quand même pas espérer que maman l'aide alors qu'elle avait tué son… Après ce qu'elle avait fait. Ça n'a aucun sens.

— Tu crois vraiment qu'elle s'attaquerait à ta mère ?

— Je n'en sais rien, répondis-je en me mettant déjà en route. Allez, grimpe dans la voiture.

— Et la police ?

— Pas le temps d'attendre. Je conduis.

Personne ne répondait au téléphone chez Mick et maman. Je fis répéter notre histoire à George tandis que nous roulions vers le Devon, au cas où la police remonterait notre piste. Nous nous étions présentés à la porte de Susan Bodger, mais elle était déjà morte.

— Tu ne l'as pas touchée ? lui demandai-je pour la troisième fois.

— Non… Je suis juste… ressorti en courant.

Il avait peut-être malgré tout laissé des poils, des fibres, ou ses empreintes digitales sur la porte. Mais l'on ne saurait pas qui chercher, et, bien entendu, il n'était pas fiché dans la base de données. Puis je pris conscience que je ne le saurais peut-être pas s'il l'était.

— Est-ce que tu as déjà été arrêté ? m'enquis-je abruptement.

— Quoi ? Bien sûr que non !

— Je demandais juste comme ça. Il semble que tu m'aies caché un paquet de trucs.

À cela, il se contenta de hausser un sourcil, et il avait raison, c'était hypocrite de ma part.

Je songeai alors à un autre élément.

— OK. Il y a le problème de la voiture, en revanche. Elle sera repérée par les lecteurs automatiques de plaques, donc les enquêteurs pourront probablement retrouver notre trace et découvrir que nous sommes passés dans le secteur.

— Hum… Tu sais, je crois que je n'ai jamais fait le changement d'adresse sur la carte grise.

— George, c'est illégal !

Franchement, je ne pouvais compter sur lui pour rien.

Un autre haussement de sourcils, et je lui concédai ce point.

— OK, donc ils iront d'abord à Londres. Mais ils finiront par nous retrouver. Et alors, qu'est-ce que tu leur diras à ce moment-là ?

— Que j'allais l'interviewer sur l'affaire, parce que j'écris un livre là-dessus. Je suis journaliste, c'est tout. Je n'avais pas rendez-vous, c'était juste un malheureux hasard.

Au forcing, parce qu'elle n'aurait sans doute pas accepté de le recevoir.

— Est-ce que quelqu'un nous a vus déguerpir de chez elle ?

— Je ne crois pas, non. La maison est plutôt isolée.

— Bien. Donc, avec un peu de chance, ils ne sauront peut-être même pas qu'une voiture est passée là-bas. Est-ce qu'ils reconnaîtront ton nom ? Ils sauront que tu es lié à l'affaire ?

— Je ne vois pas comment. Sauf s'ils remontent aux origines de l'adoption.

Et moi, j'avais désormais changé de nom. J'étais convaincue que l'on nous retrouverait bientôt, mais peut-être pas aujourd'hui. Pour l'instant, nous devions juste nous tenir à distance de la police, et résoudre ce mystère.

— Tu crois vraiment qu'elle a fait ça ? Janna ?

— Seigneur, je n'en sais rien. J'espérais qu'elle était innocente, mais les crimes ont été commis exactement de la même manière. Jusqu'aux… coupures. Sur le visage.

Les mutilations, voulait-il dire. Comme mon père. Je m'aperçus que je m'étais moi aussi autorisée à espérer un instant que George avait raison, que Janna ne l'avait finalement pas tué, que ce crime ne s'imposait pas entre nous.

— Donc, quel est son but, d'après toi ?

— Elle en veut probablement à Susan d'avoir témoigné contre elle. Peut-être qu'elle… traque les gens impliqués dans l'affaire.

Et, pendant ce temps, ma mère était peut-être en danger.

— Essaie de rappeler Mick.

George me tint le téléphone à l'oreille pendant que je conduisais, et, cette fois, Mick décrocha sur la ligne fixe. Il était sans doute allé acheter son quotidien.

— Mick ? Est-ce que maman va bien ?

— Helen, c'est toi ? Elle va bien, mon ange, j'étais là-bas il y a une heure à peine.

— Et elle n'a eu aucune autre visite aujourd'hui, rien de ce genre ?

— Non, pourquoi ?

Il paraissait déconcerté.

Comment pouvais-je lui expliquer la situation ?

— Mick, tu sais ce qui est arrivé à mon père, n'est-ce pas ?

Nous n'en avions jamais discuté.

— Eh bien, oui, mon ange. Pour l'essentiel.

— La femme qui l'a tué… Elle est sortie de prison. J'ai peur qu'elle vienne voir maman.

Je dédramatisais mes craintes, d'une part pour l'épargner, et aussi parce que George avait raison – nous devions garder ça secret le temps de comprendre ce qui se passait.

— Oh ! Alors nous devrions peut-être appeler la police, mon ange !

— Non, non, ce n'est rien d'aussi grave. Je ne veux pas que maman soit chamboulée, c'est tout. Avec les souvenirs. J'y vais pour vérifier qu'elle va bien.

Alerter la police ne ferait qu'attirer l'attention sur nous, sur le fait que nous avions fui une scène de crime.

Où pouvait se trouver Janna ? Elle ne devait pas avoir beaucoup d'argent si elle sortait tout juste de prison – et ne devait-elle pas voir un agent de probation ou je ne sais quoi ? Et savait-elle que j'étais mariée à son fils ? Comment je l'avais pourchassé et lui avais ensuite menti pendant des années ? Dans ce cas, c'était peut-être bien à moi qu'elle voudrait s'en prendre.

— Mais, Helen, mon ange…

— S'il te plaît, Mick, n'appelle pas la police. Je gère la situation. Je suis en route.

— Si tu le dis.

Il devait être perdu. Moi-même, je savais à peine quoi faire, à part prier pour que maman aille bien, et compter les minutes sur des voies tortueuses et ombragées avant de pouvoir foncer sur l'autoroute en direction du Devon.

Le centre de soins semblait comme d'habitude, calme et lumineux, lorsque j'arrivai en me précipitant à l'accueil.

— Elle va bien ? Ma mère… Euh, Margaret Gillis ? Pardon, Margaret Keown.

Je confondais. Elle portait le nom de Mick depuis des années à présent.

Je ne reconnus pas l'infirmière au guichet, qui me regarda avec perplexité.

— Elle va parfaitement bien.

— Désolée, désolée. Je suis sa fille. Helen. J'étais juste inquiète pour elle.

— Je ne comprends pas. Elle vous a appelée ?

— Non, bien sûr que non. (Maman était incapable d'utiliser un téléphone depuis son accident.) Simplement… C'est difficile à expliquer. Est-ce que je peux la voir ?

— Elle dort, malheureusement. Les heures de visite sont terminées.

— Je sais, j'ai juste… besoin de la voir. Écoutez, l'une de ses vieilles amies veut lui rendre visite, mais maman refuserait, si elle pouvait parler. Si une personne se présente ici, pourriez-vous me promettre de ne pas la laisser entrer ?

L'infirmière me regardait de haut, incohérente et débraillée comme je l'étais. Pour ma défense, ce n'est pas tous les jours que votre mariage s'effrite et que vous apprenez en même temps que votre belle-mère est peut-être bien en chemin pour aller tuer votre mère.

— Nous ne pouvons pas interdire l'accès aux gens. À moins que votre mère n'en donne l'ordre explicite.

— Bien sûr. Seulement… Ça la perturberait beaucoup, de voir cette femme. Pouvez-vous au moins vous assurer qu'elle comprend de qui il s'agit ? Lui donner une chance de communiquer avant de faire entrer qui que ce soit ?

— Nous le ferions dans tous les cas, rétorqua-t-elle d'un ton extrêmement revêche.

— Merci. Je sais que ça paraît dingue… Est-ce que je pourrais juste la regarder une seconde, s'il vous plaît ?

— Avez-vous une pièce d'identité sur vous ?

— Oh, Seigneur ! Est-ce que c'est vraiment nécessaire ? Une seconde…

J'extirpai mon permis de conduire de mon portefeuille. Je ne portais pas le même nom de famille que maman, puisque je n'avais jamais pris celui de Mick. Ni celui de George, qui n'était même pas le sien. Je me demandai quel aurait pu être son nom, si quelqu'un savait qui était son père. Dans tout ce que j'avais pu lire, il n'était mentionné nulle part que Janna entretenait la moindre liaison. L'infirmière examina ma pièce d'identité un long moment, d'un air accusateur.

— Très bien. Juste une minute, et ne la réveillez pas. Elle a passé une nuit difficile.

Elle m'escorta dans le long couloir empestant le caoutchouc et l'urine, jusqu'à la chambre de ma mère. Une petite lampe était allumée à son chevet, les rideaux tirés pour occulter la lumière du jour, mais elle dormait, paisiblement, même. La douleur était effacée de ses traits dans le repos. Sans tenir compte de l'infirmière, je m'avançai et repoussai les cheveux gris de son front. Elle avait tant pris soin de les teindre autrefois, se rendant chez le coiffeur tous les vendredis. Puis je remarquai quelque chose sur sa table de chevet, à côté de la lampe, des mouchoirs et de la photo encadrée de mon mariage. Pendant tout ce temps, elle avait eu une photo du fils de Janna sans le savoir.

— Qu'est-ce que c'est que ça ? demandai-je à l'infirmière dans un chuchotement rauque.

Il s'agissait d'un petit bocal marron, et lorsque j'en dévissai le couvercle, il s'en dégagea une forte odeur d'herbes. Il y avait une espèce de baume à l'intérieur.

— Oh, je ne sais pas, répondit-elle en consultant sa montre. Il faut vraiment que je retourne…

— Est-ce que quelqu'un a déposé ça pour elle ? Donc elle a bien reçu de la visite ?

— Il faudrait que je vérifie cette info auprès de l'équipe de nuit.

J'étais parcourue d'une sensation glaciale. Janna avait préparé ce genre de potions pour ses victimes, mon père, ces fillettes. À ingérer, ou à absorber par la peau. Elles contenaient souvent une substance appelée scopolamine, qui se trouvait dans des plantes comme la jusquiame noire. Bien dosée, celle-ci pouvait provoquer des hallucinations, des convulsions, voire la mort. Ces symptômes, chez une patiente aphasique à la suite d'un AVC, ne seraient probablement pas détectés, puisque personne ne penserait à réaliser les analyses. Ma main me démangeait à l'endroit où j'avais touché le verre, sans doute une réaction psychosomatique, mais je mis le bocal dans mon sac, espérant le faire tester. Cependant, qui pourrait se charger de ce type d'examen ?

— J'emporte ça, dis-je à l'infirmière. Elle ne devrait pas prendre de traitements sans ordonnance.

Elle était perplexe.

— Ce n'est pas juste de la crème pour les mains ?

— Je ne sais pas. Mais, s'il vous plaît, ne lui donnez rien de nouveau, et ne laissez personne venir la voir. Ou alors… vous vous exposerez à des poursuites judiciaires. Vous savez que je suis moi-même médecin.

Je détestai le dire, et je vis l'irritation lui crisper le visage lorsqu'elle acquiesça. Mais j'estimais ne pas avoir le choix. Janna était-elle venue ici pour tenter d'empoisonner ma mère ?

J'avais extrêmement envie de rester avec maman, mais le personnel ne m'y aurait pas autorisée, et je savais que cela risquait d'attirer Janna ici. Tandis que nous rentrions chez nous après avoir donné pour stricte consigne de ne jamais la laisser seule, le pot niché dans mon sac comme un serpent, on annonça à la radio : « Une femme a été tuée dans le village de Gweek, en Cornouailles. Cette enseignante à la retraite y était connue sous le nom de Susan Bodger. Une enquête pour meurtre a été ouverte… »

Je me raidis, enfonçant les ongles dans le tissu de mon siège. C'était bien réel. Une femme était morte, et nous avions trouvé son corps. George et moi n'échangeâmes aucun regard, mais j'étais persuadée que nous pensions la même chose. Au bout de combien de temps s'apercevrait-on que la femme que Susan avait aidé à condamner venait de sortir de prison ? Cela mènerait-il alors la police jusqu'à nous ?

L'actualité suivante était un avis de tempête.

— On avait bien besoin de ça, dit-il, la voix étranglée de peur. Où est-ce qu'on devrait aller ? Est-ce prudent de retourner à Little Hollow ?

— Je ne sais pas.

Janna gravitait-elle là-bas, autour de son ancien domicile ? Notre maison si peu sûre, avec son trou dans le mur, ses tuiles qui se détachaient, ses vitres qui vibraient ? La sécurité de notre appartement londonien me manquait tellement, même avec sa moisissure noire dans la douche que j'avais essayé en vain de racler et nettoyer.

— Où peut-on aller autrement ? demanda-t-il en secouant la tête.

Nous ne pouvions nous réfugier nulle part sans attirer Janna vers les gens que nous aimions. Si même elle venait ; j'avais encore du mal à croire qu'elle soit libérée et déterminée à se venger. Nous effectuâmes le restant du trajet en silence, telles deux personnes observant une trêve temporaire et gênante. Je ne savais pas quoi faire, j'avais les nerfs à vif et les idées confuses. Avions-nous déjà loupé le coche pour appeler la police ? George avait réagi avec une telle véhémence à cette perspective… Me cachait-il d'autres choses ?

Il pleuvait déjà quand nous arrivâmes aux *Pignons*, et je n'avais jamais trouvé cette demeure aussi lugubre, son obscure silhouette se découpant sur le ciel tourmenté, et entourée d'arbres fouettés frénétiquement par le vent. Aucune lumière pour nous accueillir, et lorsque nous nous y précipitâmes sous la pluie, avec nos manteaux au-dessus de nos têtes, le courant d'air froid s'engouffra dans notre salon dévasté. Je sortis de mon sac le pot que j'avais récupéré au foyer de maman, sans trop savoir où le poser. Comment pouvais-je découvrir ce qu'il contenait ? Je décidai de le mettre dans la cuisine à moitié détruite, me lavant minutieusement les mains après l'avoir touché, même s'il paraissait parfaitement inoffensif – juste un petit récipient marron avec un couvercle à visser.

Le salon était glacial et crasseux. Je ne pouvais plus être confrontée une minute de plus à cette maison poussiéreuse, jonchée d'outils abandonnés, à la cuisine avec ses bocaux maudits et autres sortilèges, aux murs eux-mêmes remplis de la malveillance de Janna. Comme j'avais été stupide, de sauter à pieds joints dans cette histoire. De traquer son fils, m'autoriser à en tomber amoureuse, lui mentir, et penser pouvoir m'en tirer sans encombre. J'avais imaginé qu'elle mourrait en prison, je suppose. Et maintenant elle était en liberté, avec le sang d'au moins trois personnes sur les mains, peut-être quatre. La maison était gelée – les ouvriers n'étaient toujours pas revenus rallumer la chaudière. Le seul endroit où trouver un peu de chaleur était notre lit.

George et moi nous barricadâmes le mieux possible, verrouillant portes et fenêtres, empilant des meubles devant le trou du mur. Les ouvriers avaient les clés, bien entendu, ce que je regrettais profondément. Nous avions été si naïfs, de les remettre à de quasi-inconnus en qui nous ne pouvions avoir confiance. Mon passé aurait dû m'apprendre à me montrer plus prudente.

Durant toute cette nuit-là, il y eut d'effroyables cognements. La maison sifflait plaintivement, et bien que je sois une personne rationnelle, élevée dans le mépris de toute superstition et sorcellerie ayant contribué à la mort de mon père, j'avais peur. George et moi étions allongés dans le grand lit, tous deux éveillés. Ne sachant quoi faire, ni où aller chercher de l'aide, ni ce qu'il adviendrait de notre mariage à présent. Je ne m'étais jamais sentie aussi seule – je ne pouvais plus parler à maman, ni accabler Mick de la vérité, et Lou me semblait également à des années-lumière. Même si j'avais eu assez de réseau pour l'appeler, ça l'aurait bouleversée, et elle aurait insisté pour que nous contactions la police, quittions la maison. Quelque chose nous en empêchait. Peut-être une envie soudaine de croire George, d'espérer que nous nous trompions sur Janna. Peut-être le besoin de connaître enfin la vérité.

— C'était quoi, ça ? dis-je après plusieurs heures sans sommeil, tendant l'oreille vers un bruit.

— Je ne sais pas. Le portail, peut-être.

Il y avait un battement régulier, comme si un objet allait et venait en cognant à cause du vent.

— Tu peux descendre voir ce que c'est ?

Comme c'était primitif. Un homme et une femme, des animaux humains, écoutant les assauts de la tempête allongés dans le noir. Et moi, souhaitant qu'il veille à ma sécurité, dans notre grotte, notre abri.

— Il pleut à verse.

— Je sais ! Mais quelque chose pourrait s'envoler.

Mon esprit anticipait déjà. Le toit de la cabane, les tuiles du porche, la bâche et les panneaux d'aggloméré protégeant notre salon…

— S'il te plaît, George.

Il fit claquer sa langue dans l'obscurité.

— Qu'est-ce que ça peut foutre si un truc s'envole ? Je crois qu'on a des soucis plus graves que ça, non ?

— Mais si jamais… Enfin, la maison n'est pas vraiment sûre, avec ce trou dedans.

Un autre soupir.

— Si quelqu'un veut s'en prendre à nous, on ne pourra pas l'en empêcher.

Il n'allait donc rien faire. Il ne me protégerait pas, le moment venu.

Et je me surpris à penser : *Au moins, nous n'avons pas d'enfant.*

Les cognements se poursuivirent. « Bang, bang, bang, bang, bang-bang-bang. » Je n'entendais quasiment rien d'autre à cause du rugissement féroce de la tempête. Les fenêtres vibraient, et la maison oscillait presque, comme un navire en mer. On aurait même dit que quelqu'un criait par moments, tandis que le vent soufflait dans les arbres et sifflait sur les pignons qui donnaient son nom à la maison. Je ne pouvais pas rester là une minute de plus.

Dès le lendemain, je partirais trouver un autre endroit où séjourner. Si George refusait de venir avec moi, j'irais seule.

J'avais dû m'endormir, car je fus réveillée un peu plus tard par un cognement encore plus violent, et un coup de sonnette à la porte.

— Il y a quelqu'un.

Mon cœur martelait sourdement dans ma poitrine, l'adrénaline inondait mon système. George ronflait légèrement ; je le poussai vigoureusement du pied.

— Il y a *quelqu'un*.

— D'accord ! Bon Dieu…

Il se leva, chercha ses lunettes à tâtons, et j'allumai la lampe. L'horloge affichait un peu plus de 4 heures. Qui viendrait ici à un moment pareil ? Janna prendrait-elle la peine de sonner, avant de pénétrer dans sa propre maison ?

Je suivis George en bas, mes pas légers sur les marches sales et brutes. Il y avait une ombre derrière la porte, qui se dessinait sur les éclats intermittents de la foudre.

— Tu ne vas pas laisser entrer quelqu'un ! pestai-je tandis que George s'en approchait.

— Qu'est-ce que je suis censé faire d'autre ?

— Vois qui c'est.

Pas Janna. Un homme.

— C'est Martin, me dit-il d'un ton sec en retirant la chaînette.

Inutile de la mettre dans une maison ouverte aux quatre vents, mais c'était au moins un semblant de précaution contre le danger.

Martin se tenait en effet sur le perron, trempé, la pluie s'égouttant de ses cheveux sur son anorak noir.

— Est-ce qu'elle est ici ? aboya-t-il.

— Helen ?

George jeta un coup d'œil vers moi, toujours dans l'escalier en pyjama.

— Janna.

Martin fit irruption, accompagné d'une bouffée d'air froid et ruisselant d'eau sur le tapis.

— Est-ce qu'elle est venue ici ?

Et je compris, en voyant sa silhouette à la porte, qui nous avait observés toutes ces nuits, depuis le couvert des arbres bordant le jardin. Martin, et non Janna.

— C'était vous, déduisis-je à voix haute. (Il me regarda.) Vous rôdiez par ici. Vous nous espionniez.

— Vous n'étiez pas en sécurité. J'ai essayé de vous dire de ne pas rester ici. Maintenant, répondez-moi : est-ce qu'elle est ici ?

— Non ! s'écria George en se passant les mains dans les cheveux. Écoutez, nous ignorons ce qui se passe. Je ne savais même pas qu'elle sortait de prison, et là je découvre qu'elle a peut-être tué quelqu'un d'autre, et on a laissé un traitement bizarre au foyer de la mère de Helen, peut-être que c'est du poison, et je ne comprends foutrement rien à la situation, OK ?

Martin sourcilla.

— Vous pensez que Janna a quelque chose à voir avec la mort de Susan Bodger ? Je ne savais pas non plus qu'elle sortait, jusqu'à ce qu'on me renvoie ma dernière lettre. Je lui ai écrit, toutes ces années, bien que je n'aie jamais eu la moindre nouvelle d'elle.

George sourcilla à son tour.

— Elle vient d'être libérée, et regardez ce qui arrive : un témoin clé de l'accusation se fait égorger.

George n'aurait pas dû connaître ce genre de détails, savoir comment cette femme était morte, mais c'était trop tard pour l'empêcher de poursuivre :

— Et comment vous saviez que je parlais de Susan Bodger, d'abord ? C'est quoi ce bordel, Martin ? Et quel est votre rôle dans tout ça ?

Mais j'avais fini par le deviner, en les voyant pour la première fois côte à côte, avec cette façon similaire de se tenir l'épaule inclinée, comme s'ils étaient prêts à fuir. J'avais l'impression de contempler George en plus vieux, sans lunettes ni barbe.

— Oh, mon Dieu ! lâchai-je.

Ils tournèrent brusquement la tête vers moi, et la ressemblance en fut encore plus accentuée. Ils arboraient la même expression vide et perplexe.

Janna avait déjà accouché avant le procès, elle n'avait autorisé personne à lui rendre visite en prison, Martin était marié à l'époque… Peut-être ne savait-il même pas qu'elle avait été enceinte. Encore moins que c'était lui le père.

— Quoi ? s'enquit George avec irritation.

Mais il était trop agité pour prêter vraiment attention à mon air pâle et choqué.

— Bon alors, dit-il, qu'est-ce qu'on fait ? J'imagine qu'elle va venir ici. Où est-ce qu'on va ?

Martin paraissait également énervé.

— Janna ne vous fera pas de mal, mon gars, pour l'amour du ciel ! Jamais. C'est pour elle que je m'inquiète. Elle n'est vraiment pas ici, c'est sûr ? Elle ne s'est pas faufilée dans la maison sans que vous vous en rendiez compte ?

— Il y a eu des cognements, répondis-je en enroulant les bras autour de moi. Un bruit étrange, ç'a duré toute la nuit. On aurait dit que c'était sous la maison.

— La cave, déclara-t-il d'un ton sinistre. Vous êtes allés regarder ?

— Hum… non.

J'avais été trop épouvantée pour y redescendre après l'incident avec l'oiseau mort.

— J'ai entendu des bruits, admit George, le visage blême. Il y a quelques jours. Mais je n'ai rien vu d'anormal.

Quelque part, c'était glaçant, l'idée d'un espace sous nos pieds, renfermant des secrets dans ses sombres recoins.

— Et si elle était cachée au sous-sol ? suggérai-je, exprimant mes craintes.

C'était plausible. Les murs étaient épais, et nous avions appris à ne plus tenir compte des grincements et gémissements de cette vieille maison.

Sans un mot, nous nous dirigeâmes tous les trois vers la porte de la cave, les cognements s'intensifiant à mesure que nous approchions.

Je n'avais jamais eu aussi peur de ma vie, et je tentai de le constater sous un angle scientifique. *Tiens, j'ai le cœur qui vrombit comme un moteur, la bouche sèche et les mâchoires serrées.* J'avais les mains qui tremblaient en m'appuyant contre le mur du couloir, dont la peinture avait été marquée par des générations d'autres mains, frôlée par d'autres corps. Janna ; sa maison entière m'enveloppait comme une chrysalide.

Martin arriva le premier à la porte de la cave et en tourna la poignée.

— Elle est coincée.

George fronça les sourcils.

— Elle a dû gonfler avec l'humidité. Aidez-moi à pousser.

Ils secouèrent la porte, et les minutes s'étirèrent en longueur, pendant que je frissonnais dans le couloir, pieds nus sur le parquet, et que le bruit au sous-sol continuait de résonner par intervalles.

Alors qu'ils s'escrimaient, et que je me tenais en retrait, m'enserrant le buste de peur comme une pauvre victime de film d'horreur, la porte finit par céder avec fracas, l'ouverture rendue difficile par des années de pluie, de chaleur, et la pression croissante de la tempête. Les marches menaient dans les ténèbres ; seules les trois premières bénéficiaient d'une faible lumière – nous n'avions jamais remplacé l'ampoule. Je n'avais rien d'autre en tête que : *J'ai trop peur. J'ai trop peur.* C'était ridicule – même si ma belle-mère était une meurtrière, même si elle était venue s'en prendre à nous, elle restait mortelle, et je ne croyais pas aux sorcières. Mais je croyais au vice, et c'était un être vicieux qui avait tué et mutilé mon père, et maintenant Susan Bodger. Et empoisonné ces deux petites filles.

— Il y a quelqu'un ? lança George, la voix chevrotante dans l'obscurité.

Martin lui décocha un regard méprisant et le bouscula pour passer, ses grosses bottes résonnant sur les planches de l'escalier. J'étais contente qu'il soit là, cet homme pragmatique. Le genre de père que je n'avais jamais eu, du genre à protéger sans hésitation. Mick avait essayé d'endosser ce rôle, mais je ne le lui avais jamais permis.

J'aurais dû mettre des chaussons ; les marches étaient irrégulières et hérissées d'échardes. Nous descendîmes dans des grincements, et George alluma la torche de son téléphone pour la braquer devant nous, éclairant les angles sombres. Il y avait l'établi, ses bocaux, ses couteaux et le vieux livre effrayant. Les murs de la maison à nu, les poutres et l'isolant semblant y avoir poussé comme des champignons. Des débris de meubles empilés, des bagages poussiéreux. Plus loin, adjacent au mur du fond, se trouvait le petit réduit avec sa porte blanche par laquelle seul un enfant aurait pu passer. Elle était fermée, et je devinais ce qui s'était produit : une planche de bois était tombée d'un tas laissé par Dieu sait qui, et la bloquait.

— C'est le local de la chaudière, dit Martin.

Il paraissait très bien connaître la maison, ce qui était logique, si j'avais raison de penser qu'il avait mis Janna enceinte.

Mon esprit était engourdi d'avoir absorbé ces chocs en rafales durant les douze dernières heures. N'y avait-il pas une histoire avec la chaudière ? Cela me revint : nous avions demandé aux ouvriers d'y jeter un coup d'œil. Oh, Seigneur !

J'agrippai le bras de George, soulagée de l'avoir à mes côtés, malgré toutes nos divergences.

— Je pense qu'il y a quelqu'un là-dedans ! L'un des ouvriers – ils sont peut-être venus la réparer, finalement.

Martin était déjà là-bas ; il retira la planche de bois et s'accroupit pour ouvrir la petite porte. Il s'écoula seulement quelques secondes avant qu'il crie :

— Appelez une ambulance ! C'est le gamin, Ciaran, il est dans les vapes.

— George... Appelle les secours !

Il avait déjà sorti son téléphone, et tapait furieusement dessus, son visage illuminé par l'écran d'une lueur morbide. Je ne pouvais plus m'arrêter de parler.

— C'est une intoxication au monoxyde de carbone, forcément. C'est pour ça que le voyant refusait de rester allumé, et que la chaudière s'éteignait en permanence...

Je devais aller voir Ciaran. Je devais l'examiner, lui faire un massage cardiaque si besoin. Mais j'en fus incapable. Je me retrouvai une fois de plus clouée sur place. La peur, la terrible crainte de faire du mal à quelqu'un, était de retour.

George secoua la tête en regardant son téléphone.

— Pas de réseau ici.

— J'y vais.

Je remontai l'escalier en courant, talonnée par l'horreur de la situation. Je marchai alors sur un clou, et j'éprouvai une intense douleur dans mon pied nu. L'ouvrier, ce jeune garçon d'à peine vingt ans, avait rampé dans le petit local pour inspecter la chaudière, une tâche de quelques minutes, et y était resté coincé. L'air avait dû manquer dans ce minuscule espace, saturé d'émanations. Il avait passé toute la nuit là – toute la nuit ! –, pendant que nous étions allongés au lit, sans tenir compte de ses coups pitoyables, pensant qu'il s'agissait juste du vent. Comme si la maison elle-même l'avait attaqué.

Mais où était donc mon téléphone ? Je fonçai à l'étage, le trouvai branché à côté du lit. Je composai le 999, songeant de manière surréaliste qu'en vérité je ne l'avais encore jamais fait. Étant moi-même docteur, je n'en avais jamais eu besoin. La connexion était saccadée, et je n'entendais pas ce que disait le répartiteur.

— Allô ? Oui, il nous faudrait une ambulance, s'il vous plaît.

Y avait-il seulement un hôpital dans les environs avec l'équipement adéquat ? Ciaran aurait peut-être besoin d'être évacué par voie aérienne, et aucune chance que l'hélicoptère sorte dans cette tempête. Cependant, il était encore en vie. Je devais me raccrocher à ça.

— Oui, bonjour, est-ce que vous m'entendez ?

— … service…

— Je suis désolée, la ligne est très mauvaise. Un ouvrier a été blessé dans notre maison.

Seigneur, c'était aussi la seconde fois que cela arrivait. Cet endroit était maudit.

— … madame… disponible…

— Ça va prendre trop de temps.

Martin était apparu à la porte derrière moi, et je sursautai.

— Je vais le conduire à Penzance, dit-il.

— Ils ont un service d'urgences là-bas ?

— Un petit. Il faut juste espérer que la route sera praticable. Elle a été inondée durant trois jours pendant la dernière tempête.

Comme nous étions vulnérables, loin des choses que je considérais comme acquises à Londres, les hôpitaux, les transports et l'assistance.

Nous n'avions pas le choix.

— Je vais l'examiner. J'étais… je suis docteur.

Je m'étais juré que personne d'autre ne mourrait entre mes mains, mais voilà où nous en étions. Avec Martin derrière moi, je fonçai à la cave, le parquet froid m'agressant les pieds, et j'y trouvai George, accroupi au-dessus de Ciaran. Ils l'avaient sorti et recouvert d'un manteau. Il gisait sur le sol nu, à côté de l'encadrement cassé d'un vieux lit. Il était gris, et inerte. Je pouvais le faire. Juste évaluer ses fonctions vitales. Cela ne nécessitait pas de donner le moindre traitement. Je n'aurais pas besoin de l'inciser.

Je m'armai de courage pour m'agenouiller par terre, puis contrôlai ses voies respiratoires et son pouls – un faible battement.

— Je dirais qu'il souffre d'une intoxication aiguë au monoxyde de carbone. Pas étonnant si la chaudière fuyait depuis tout ce temps et qu'il est resté coincé là-dedans toute la nuit.

J'essayai de me rappeler tout ce que je savais de cet état. Souvent, les gens qui pensaient être hantés avaient en réalité des hallucinations causées par une fuite de monoxyde de carbone émanant d'appareils usagés. Comme les foyers à gaz ou les chaudières. Est-ce que cela expliquait tout, mes sinistres soupçons, mes craintes des semaines passées ? L'horreur que m'avait suscitée cette poupée – après tout, ce n'était qu'une *poupée*, non ? Je comprimai la poitrine du jeune homme, remarquant combien il était frêle, encore un garçon, en fait. Je posai mes lèvres sur les siennes, froides et bleues, pour tenter de lui insuffler de l'air. Comme cet acte était intime, et pourtant, je l'avais accompli sur des dizaines de patients, pour essayer de les ramener parmi nous. Il ne pouvait pas mourir sous notre toit. Il toussa, son pouls irrégulier, mais toujours là.

— Emmenez-le là-haut, il lui faut plus d'air.

L'ironie de son mal ne m'échappait guère – tant d'empoisonnements dans cette histoire. Mon père, les filles, une tentative sur ma mère, aussi. Je ne pouvais pas songer à ça tout de suite. Je devais juste maintenir ce garçon en vie.

À nous trois, nous le hissâmes au rez-de-chaussée et l'allongeâmes sur la table à manger. Reprenait-il des couleurs, ou était-ce mon imagination ? Je continuai ardemment de le regonfler d'oxygène et de vie. Sa respiration était rauque et laborieuse, chaque inspiration acharnée. Il s'était vomi dessus, m'aperçus-je.

— Vite, ouvrez les fenêtres ! Je ne sais même pas si le répartiteur m'a entendue. Martin pense qu'on devrait le mettre dans la voiture, mais il risque de faire un arrêt cardiaque en chemin.

— C'est sa seule chance, insista Martin d'un ton bourru. Je vais appeler sa mère et lui dire de nous retrouver là-bas.

Sa mère. Il était si jeune.

Puis une autre voix demanda :

— Vous avez essayé le charbon ? Ça peut aider à expulser le poison de l'organisme.

Je me redressai et vis qu'une femme se tenait dans l'entrée. Évidemment, nous avions laissé la porte déverrouillée après l'arrivée de Martin. Elle avait la soixantaine, de longs cheveux gris argent, et portait une robe imprimée qui lui tombait aux chevilles et se révélait follement inadaptée à ce temps. Elle était trempée et dégoulinante de pluie, telle une selkie. Mon cœur, qui ne s'était jamais vraiment calmé, s'emballa de nouveau. Elle dirigea ses yeux, d'un magnifique turquoise, vers nous.

Janna.

— Martin, dit-elle.

Un sourire adoucit son visage.

Martin sembla sans voix, pour une fois.

Puis elle me regarda.

— Vous devez être Helen. Nous nous sommes déjà croisées, mais vous étiez toute petite.

Elle nous rejoignit et posa une main sur la joue de mon mari. Il paraissait pétrifié, comme nous tous, y compris l'homme presque sans vie sur la table.

— George, te voilà enfin. Je suis désolée que nous nous rencontrions dans de telles circonstances.

Elle se tourna alors vers Ciaran, retroussant ses manches mouillées, comme j'avais vu des spécialistes le faire dans les unités de soins. Avec l'assurance d'une personne qui maîtrisait la situation. Elle appuya des doigts effilés sur son cou, penchée pour écouter sa respiration.

— Il est mal en point. Qu'est-ce qui s'est passé ?

— La chaudière doit être défectueuse, et il s'est retrouvé coincé dans le local. Il a besoin d'oxygène, dis-je. D'oxygène pur, comme dans un caisson hyperbare, mais je ne sais pas s'ils en ont un par ici. Il y a peut-être une école de plongée ?

Elle me jeta un coup d'œil, hocha une fois la tête. Elle m'approuvait.

— Est-ce qu'une bouteille d'oxygène conviendrait – pour soigner de l'emphysème, par exemple ?

— Ça pourrait clairement aider, le temps qu'on l'amène à l'hôpital.

— Martin, est-ce que quelqu'un est sous oxygène au village ?

Il retrouva enfin sa voix.

— Où étais-tu... Tu es ici depuis ta sortie ?

Janna sourcilla.

— Quoi ? Non, bien sûr que non. Je devais aller m'enregistrer à l'endroit où on m'a d'abord envoyée, une espèce d'effroyable foyer.

George se racla la gorge.

— J'ai entendu des bruits... Il y avait des bruits dans la cave. Nous avons pensé...

Elle fit claquer sa langue.

— Franchement – vous pensiez que j'allais me cacher dans la cave, comme un animal ? Des oiseaux y atterrissaient en permanence. Je crois qu'il y a un trou dans le manteau de la cheminée. Donc non, je viens juste d'arriver. En principe, je n'aurais pas dû venir, mais il fallait que je vous voie tous. Ça faisait si longtemps.

Je vis son regard se poser sur George. Il paraissait assommé, respirait péniblement, d'une manière que je n'aimais pas. Je me passerais volontiers de deux patients, s'il était victime d'une crise d'asthme.

Janna me regardait à présent.

— Helen, dites-nous quoi faire – c'est vous le docteur.

Comment savait-elle cela ? Et l'étais-je même encore ? J'y avais renoncé, parce qu'un docteur paralysé de terreur en cas d'urgence ne sert pas à grand-chose. Chaque fois que j'avais la vie de quelqu'un entre mes mains, je paniquais. Et pourtant j'étais là, à poursuivre mon massage cardiaque parce qu'il n'y avait pas le choix. Je me penchai pour reprendre le bouche-à-bouche, puis me relevai, moi-même en manque d'air.

— Si nous pouvions trouver une bouteille d'oxygène, ça nous laisserait le temps de le conduire à Penzance. Il nous faudrait un masque, aussi.

Janna acquiesça.

— Martin, vois ce que tu peux te procurer au village. George, mon chéri, essaie encore d'avoir les secours et l'hôpital. Nous pouvons au moins les prévenir que nous l'amenons là-bas.

J'avais la tête qui tournait. Elle avait simplement franchi notre seuil, cette femme qui nous terrifiait, et pris les commandes. Avait-elle réellement tué Susan Bodger ? Et mon père et les fillettes ? Il semblait si inné chez elle de guérir, même ce parfait inconnu, que j'avais du mal à y croire. Elle avait l'attitude d'un médecin-chef, conscient que sa simple présence dans la pièce pouvait sauver une vie. Autrefois, j'avais été ce médecin.

George pataugeait.

— Mais qu'est-ce que tu… Qu'est-ce qui se passe ? Pourquoi tu es là ? Je suis perdu, c'est trop pour moi.

Janna lui adressa un regard – tendre, mais vif.

— Je sais que ça fait beaucoup à encaisser, chéri, mais je n'ai pas le temps de t'expliquer maintenant. Ton père pourra t'en raconter une partie.

Même au milieu de ce chaos, je pris presque plaisir à voir le véritable coup de tonnerre qui se lisait sur les visages de Martin et de George, tandis qu'ils comprenaient enfin la situation.

Martin partit chercher de l'oxygène, et je ne l'enviais pas de devoir sortir sous la pluie battante et le vent. George passa plusieurs appels sur son téléphone depuis le porche, où la réception était la meilleure, et j'entendais les variations de sa voix, sans toutefois distinguer ses propos. Pendant ce temps, Janna et moi travaillâmes sur le corps flasque de Ciaran, lui frottant les pieds et les mains, lui massant la poitrine, lui insufflant parfois de l'air par la bouche. Le maintenant en vie de notre mieux. Cela me rappela l'hôpital ; vous travailliez parfois en tandem avec des gens que vous veniez juste de rencontrer, et tout le monde était uniquement concentré sur le patient. Mais Janna, j'avais tant de questions à lui poser.

—Alors… Martin et vous…

Elle me lança un regard d'une grande vivacité d'esprit.

—J'étais amoureuse de lui, oui, mais il était marié. Vous savez ce que c'est. La vérité, c'est que j'ai été stupide et imprudente. Je ne pensais pas aux conséquences…

—Et vous êtes tombée…

—Oui, j'ai découvert que j'étais enceinte le jour de mon arrestation. Je suppose que, quelque part, je le savais déjà. C'est souvent notre cas, à nous les femmes.

Un autre regard sagace, et je commençais à comprendre pourquoi on l'avait qualifiée de sorcière. Comment pouvait-elle lire en moi, une étrangère qu'elle avait vraisemblablement vue pour la dernière fois à l'âge de deux ans, et connaître tous mes secrets ?

— Peut-être même que je le souhaitais, en mon for intérieur. Le corps est très puissant à ce niveau-là. Et puis, je me suis dit qu'on serait clément avec moi, à cause de ma grossesse. Qu'on ne nous séparerait pas, que je m'en sortirais peut-être même sans être inquiétée. Que j'aurais l'excuse de la légitime défense, ou d'autres circonstances atténuantes. Eh bien, c'était vraiment idiot de ma part. Parce qu'au lieu de ça, j'ai accouché menottée, et je n'ai même jamais eu le droit de tenir mon bébé dans mes bras.

— Je suis désolée.

Mais elle avait tué mon père. Pouvais-je sincèrement compatir à ses malheurs ?

— La situation n'a pas évolué – il n'y a que soixante-quatre places dans les cellules mère-enfant de toutes les prisons d'Angleterre.

Janna s'exprimait comme une activiste, et non une condamnée. La prison ne l'avait pas brisée.

— Je n'aurais jamais avoué si j'avais su ce qui m'attendait. Quelle naïveté !

Je n'étais pas certaine de comprendre ce qu'elle insinuait.

— Qu'est-ce que vous… ?

Elle fit de nouveau claquer sa langue.

— Oh, pour l'amour du ciel, vous me croyez toujours coupable ? Je suis une guérisseuse, Helen. Je ne tue pas les gens. Et je n'aurais absolument jamais fait de mal à des enfants – plutôt mourir.

— Mais… le poison… On a retrouvé le flacon dans les bois. Il vous appartenait.

— Oui, en effet. Mais ça ne signifie pas que je m'en suis servie. Pour être parfaitement honnête, je lui aurais peut-être administré quelque chose, si la situation avait perduré.

C'est probablement une autre raison pour laquelle j'ai avoué. J'en avais eu l'intention. Mais, en vérité, je ne l'ai pas tué.

C'était mon père dont elle parlait, et je faiblis un instant, laissant tomber le bras de Ciaran, qui heurta le sol, mou comme une nouille. Le jeune homme était à peine vivant ; il nous fallait lui trouver rapidement de l'aide.

— Janna, je ne comprends pas. Aucun de nous ne sait ce qui s'est passé dans les bois ce jour-là. Est-ce que Martin est au courant ?

— Je ne lui ai rien dit, pour le protéger. Un sacrifice de plus, j'imagine. J'étais empêtrée jusqu'au cou à ce stade. Mais, franchement, je n'aurais jamais pensé qu'on me prendrait mon enfant. Et les filles… C'était un malheureux concours de circonstances. Évidemment, je ne savais rien les concernant quand j'ai avoué, mais quelque part, j'étais peut-être aussi responsable de ça. Je crois qu'il va avoir besoin d'une trachéotomie.

Je clignai des yeux à ce revirement.

— Quoi ?

Elle désigna Ciaran de la tête ; il avait de nouveau le teint gris, les lèvres bleues.

— Il ne respire toujours pas de lui-même. Il a sans doute aspiré du vomi, nous devons lui dégager les voies respiratoires.

— Bien. OK.

J'essayai d'assimiler ses paroles. Elle disait que je devais l'opérer, inciser sa gorge vulnérable. Exactement la même intervention que j'avais été incapable de réaliser cette fois-là, cette terrible fois. Non. Cela m'était simplement impossible.

Janna me faisait signe d'approcher.

— Vous allez devoir le faire.

— Moi ?

— Vous êtes docteur, non ? Je ne suis pas qualifiée, je risquerais d'atteindre l'artère. Mais je suis sûre que vous en avez pratiqué des dizaines.

Oh, Seigneur ! Voilà qu'elle reparaissait, l'affreuse responsabilité que j'avais fuie en quittant mon travail, en renonçant à la seule chose que j'aie un jour adoré faire. Ce moment où j'aurais la vie d'une personne entre les mains, où son sang coulerait sur mes poignets, où je me battrais contre la mort, et où je perdrais, peut-être.

Je bredouillai d'une voix à peine perceptible :

— Je ne peux pas.

Elle me regarda, calme et posée. Je ne pouvais pas croire que cette femme avait tué mon père, vraiment pas. Je tentai d'y songer, à cet homme grand et beau, mais je n'avais absolument aucun souvenir de lui. Il avait aimé le camping, les activités en extérieur. C'était un bon instituteur, disait-on. Mais qu'en savais-je ? Pour moi, c'était un parfait inconnu.

— Qu'est-ce qui vous est arrivé ? s'enquit-elle d'un ton gentil. Pourquoi avez-vous peur ?

— Je… Quelqu'un est mort. Durant la pandémie. Je l'incisais, et…

Tout me revint en cascade. L'adolescent, sa peau fine et bleutée. On prétendait que le Covid ne touchait pas les enfants, donc lorsqu'il avait commencé à tousser, sa famille ne l'avait pas amené à l'hôpital, estimant qu'il serait plus en sécurité à la maison, loin de tous les germes. Jusqu'à ce que sa mère aille l'appeler pour dîner et s'aperçoive qu'il ne respirait plus. Et tous les autres médecins étaient en congé maladie, il ne restait que moi, l'unique docteur du service cette nuit-là, pour le sauver. J'avais tenté la ventilation, un massage cardiaque, l'intubation. Ses parents se trouvaient de l'autre côté d'un rideau, et j'entendais sa mère hurler, de véritables cris perçants de terreur. L'infirmier m'observait. Un jeune Somalien, je ne me souvenais pas de son prénom.

— Docteur, qu'est-ce qu'on fait ? On doit agir maintenant, docteur.

Sa vie était entre mes mains.

J'avais répondu :

— Apportez-moi un kit de trachéo.

Il était alors apparu sous mes mains tremblantes, et j'avais pris le scalpel, placé mes doigts sur la gorge du garçon, si pâle et délicate, et incisé.

— Il est décédé ? demanda Janna, continuant d'appuyer sur la poitrine de Ciaran.

— J'ai coupé au mauvais endroit. Je… Oui. Ça n'a pas marché ; son oxygénation était déjà trop compromise à ce stade. C'était trop tard.

Idris Pelota, c'était son nom. Je ne l'oublierais jamais.

— Vous avez abandonné la médecine après ça ?

— Je ne pouvais plus l'exercer. Nous en avons tellement perdu pendant la pandémie, et nous étions juste… Nous avions l'impression d'être abandonnés, que le gouvernement se moquait de savoir combien ça nous avait détruits, et deux de nos infirmiers ont chopé le Covid et en sont morts, et c'était juste… intenable.

— Mais c'est ce que vous êtes, Helen. Un soignant.

— Avant, oui.

— Je pensais que ça ne m'arriverait plus jamais, de sauver une vie. Après ce qui s'est produit, toutes ces morts, ces pertes. Mais, en prison, les gens sont tout le temps malades, ils font des crises cardiaques, des overdoses, ou essaient de se mutiler. J'ai sauvé quelques personnes, et j'ai alors pris conscience que ça ne me quitterait jamais vraiment, ce besoin de guérir. Ceux que vous perdez, ou auxquels vous faites du mal, même, ça pèse dans la balance avec ceux que vous sauvez. Et à la fin sonne l'heure des comptes.

« Ceux auxquels vous faites du mal… » Elle parlait des meurtres, forcément – parce qu'elle avait tué mon père et deux petites filles. Non ? Et voilà que je lui avouais mes secrets.

— Je… (Je reculai.) Je ne peux pas faire ça.

Rien de tout ça, voulais-je dire. Être dans une pièce avec elle une minute de plus.

— Il mourra si vous ne le faites pas, Helen, répliqua-t-elle d'une voix claire et ferme.

Voilà. Je pouvais agir ou pas. C'était aussi simple que ça. J'acquiesçai.

— Très bien.

Janna était aussi alerte que n'importe quelle infirmière d'hôpital.

— Est-ce que les couteaux sont toujours au même endroit ? Tiroir du haut ?

— Je… Oui.

Elle alla à la cuisine, et en revint avec un couteau long et pointu.

— Vous devriez les aiguiser. Je le faisais deux fois par semaine avec les miens.

Et ensuite, elle en avait utilisé un pour trancher la gorge de mon père.

— Tenez. Essayez de sentir sa trachée.

Je pouvais le faire. Je l'avais appris, j'avais réalisé ce geste une dizaine de fois avant Idris Pelota. J'approchai lentement mes doigts de la gorge de Ciaran et posai la pointe de la lame dessus, là où un faible souffle soulevait la peau. Je regardai Janna, et elle hocha la tête – *allez-y* !

Et je me lançai. J'appuyai, vis le sang rouge vif s'échapper, et entendis le sifflement indiquant qu'une trachéotomie a fonctionné.

C'est alors que je paniquai.

— Il me faut quelque chose à insérer !

Elle y avait pensé : une paille, encore dans son emballage. Le vestige d'un plat à emporter de George. Je la guidai sous la peau, et l'air pénétra à présent dans les poumons de Ciaran. Je vis son visage reprendre immédiatement des couleurs, et le râle s'apaisa un peu dans sa poitrine. Elle avait eu raison, ses voies respiratoires avaient été obstruées. J'aurais dû le deviner. Il n'y avait pas beaucoup de sang sur son cou, et Janna le nettoya vite avec une lingette antibactérienne qu'elle avait prise dans son sac. Nous en avions tous sous la main, de nos jours.

— Vous avez réussi. Bravo !

J'aurais pu pleurer de joie. Elle m'avait offert ce cadeau, cette femme qui avait détruit ma famille, cette meurtrière de sang-froid. Elle m'avait permis de sauver une autre vie, pour contrebalancer celle que je n'étais pas parvenue à préserver.

J'aurais pu alors dire quelque chose, la questionner, lui demander qui avait bien pu tuer mon père, dans ce cas, si elle était innocente, et pourquoi elle était revenue ici, mais la porte claqua, et Martin entra, trempé et maussade, une bouteille d'oxygène dans les bras. George était derrière lui, son téléphone à la main.

— Je me suis rappelé que Maureen Brandon en avait une pour ses poumons, dit Martin. Entièrement prête à l'emploi.

— Et moi, j'ai réussi à contacter les secours, renchérit George. Ils n'enverront pas d'ambulance par ce temps, mais les urgences ont un lit pour lui si nous pouvons l'amener à Penzance.

Martin regarda Janna, tandis que je m'affairais sur la bouteille.

— Ça va aller ici, si je le conduis dans mon van ?

— Nous pourrions prendre notre voiture, proposai-je. Comme ça, nous pouvons tous y aller.

Il me jeta un coup d'œil.

— Elle ne tiendra jamais jusque là-bas. La route est à moitié inondée.

Je me rappelai avoir pensé qu'il nous faudrait une Jeep ici – je ne m'étais pas trompée.

Qu'allait-il se passer ? Je ne pouvais pas… rester ainsi en compagnie de la meurtrière de mon père, qui s'avérait également être ma belle-mère. J'allais devenir folle.

— Ça va aller, répondit Janna. À ton retour, nous pourrons démêler tout ça. George, peux-tu trouver une couverture pour ce pauvre jeune homme ?

George s'exécuta, obéissant à ses ordres comme nous l'avions tous fait, tandis que je disposais le masque sur le visage de Ciaran. Avant, sa présence m'avait irritée, mais j'étais maintenant submergée par une étrange vague de tendresse, et je repoussai ses cheveux en arrière, heureuse de le voir respirer plus facilement.

Martin était en train de demander :

— Pourquoi tu ne me l'as pas dit, Janna ?

Vu son intonation, il s'agissait d'une conversation privée, mais je savais ce qu'il voulait dire. Pourquoi ne l'avait-elle pas prévenu qu'elle était enceinte ?

— Oh, parce que c'était trop tard pour moi à ce moment-là. Je pensais que tu pourrais au moins tourner la page, faire ta vie avec Morag.

— Mais j'aurais pu le prendre avec moi, toutes ces années ! M'occuper de lui !

— J'estimais avoir causé assez de dégâts, et vous deux… Il vous restait peut-être une chance. Vous n'en avez… jamais eu ensemble ?

Des enfants, voulait-elle sans doute dire.

— Non, rétorqua-t-il sèchement. Nous nous sommes séparés peu de temps après ton départ. Notre couple était trop brisé.

Le visage de Janna afficha une brève expression de douleur, puis elle se reprit.

— Mon « départ », c'est une façon de présenter les choses.

— Mais, Janna, pourquoi tu n'as pas dit la vérité ? Quand tu as su que tu attendais un enfant ? Pour l'amour du ciel, pourquoi tu as porté le chapeau ?

— J'ai essayé de modifier mon témoignage. Je pensais qu'ils seraient plus indulgents avec moi, pour être honnête. Qu'ils me laisseraient le garder au moins quelque temps. Ou même qu'ils m'acquitteraient – qu'ils verraient qu'il y avait des circonstances atténuantes. Mais, ensuite, il n'y a eu aucun élément plaidant en ma faveur. Qui pouvais-je accuser d'autre ? Et j'avais déjà avoué. Donc c'était trop tard, vraiment.

Ils se regardèrent intensément, et je savais qu'un détail m'échappait, mais nous n'avions pas le temps.

— Est-ce que je devrais venir avec vous à l'hôpital ? Au cas où son cœur lâcherait en chemin ?

Je pourrais peut-être déguerpir d'ici, pour retrouver la sécurité relative d'un hôpital, le bip familier des machines et le bruissement des rideaux en plastique. Peut-être que je me sentirais alors plus saine d'esprit.

— Il n'y a pas de place pour nous accompagner dans le van, déclara Martin, se tournant vers moi comme s'il avait oublié que j'existais. Et ce ne serait pas prudent par ce temps. Mieux vaut que vous restiez ici – les routes vont être mauvaises. Moi au moins, j'y suis habitué, mais je ne peux pas vous faire courir le moindre risque. J'ai entendu qu'il y avait des voitures pliées en deux entre ici et Penzance. (Il regarda de nouveau Janna.) J'ai essayé d'appeler Cara – c'est ma nièce, elle séjourne chez moi quelque temps –, mais elle ne répond pas au téléphone. Tu veux bien aller prendre de ses nouvelles, si jamais il s'arrête de pleuvoir ? Il n'y a peut-être plus de courant, et je ne voudrais pas qu'elle ait peur.

— Est-ce que c'est l'enfant de ton frère ? demanda Janna. Callum a eu une fille ?

Évidemment, Cara n'était pas encore née quand Janna avait été envoyée en prison.

— Ouais, c'est la gamine de Callum. Une brave gosse, elle travaille au pub avec moi.

— Vous parlez de Cara ? s'enquit George.

Il redescendait l'escalier avec une couverture. Je fus légèrement surprise qu'il sache où en trouver une.

— Elle va bien ?

— Nous irons vérifier, dit Janna. Sois prudent sur la route, Martin, et fais en sorte qu'il reçoive tous les soins dont il a besoin.

Je vis le regard qu'ils échangèrent. Il y avait eu tellement d'amour entre eux, c'était toujours là, et ils avaient pourtant été séparés pendant plus de trente ans. Nous aidâmes Martin à porter Ciaran sur la banquette avant du van, installâmes la bouteille à côté de lui, et ces quelques minutes dehors suffirent pour que nous soyons trempés. Puis Martin se mit en route, ses pneus crissant dans un jet de gravier et d'eau, nous laissant George et moi avec Janna.

Il y avait des taches de sang sur la table, à l'endroit où j'avais incisé Ciaran. Ouvert sa chair en l'exposant à la lumière, en défiant la mort.

Janna vit où je regardais tandis qu'elle rangeait les serviettes.

— Il va s'en sortir. Vous avez fait de votre mieux pour lui.

Je me contentai d'acquiescer. J'avais tant de questions à lui poser que je ne savais même pas par où commencer. *Vous ne les avez vraiment pas tués ? Et pourquoi êtes-vous revenue ? Qu'est-ce que vous voulez de nous ?*

— Il y a des choses dont nous devons discuter, dit-elle en repoussant calmement ses cheveux mouillés. Helen, vous devez éprouver une telle colère envers moi, si vous croyez toutes les histoires dans les journaux et ce qui a été raconté au procès. Vous avez toujours dû penser que j'étais coupable.

— Parce que vous ne l'êtes pas ?

Elle sourit d'un air las.

— D'une certaine façon. Personne n'est innocent en ce bas monde. J'ai joué un rôle dans la mort de votre père et de ces pauvres filles. Mais pas de la manière que vous imaginez. (Elle jeta un coup d'œil par la fenêtre, que la pluie martelait toujours.) Je peux tout vous expliquer – si vous êtes capable de l'entendre.

— Bien sûr que oui !

— Vraiment, Helen ? Même si vous découvrez que votre père n'était pas celui que vous pensiez ? Même si ça anéantit à jamais son souvenir ? Parfois, la vérité est la pire des douleurs.

Je déglutis. Ma vie s'était fondée sur la certitude que Janna Edwards m'avait volé ma famille.

— Je veux savoir.

J'étais docteur, après tout. Je chercherais toujours la vérité qui dérange.

— Très bien, alors. Je vais tout vous dire. Mais, d'abord, nous devrions faire ce que Martin nous a demandé et aller voir sa nièce. Elle est jeune ?

— Elle a la vingtaine. Jusqu'ici, elle… m'aidait à enquêter sur ton affaire, précisa George, d'un ton gêné. Tu sais comment sont les jeunes aujourd'hui, obsédés par les histoires criminelles. Et c'est une espèce de… d'apprentie sorcière. C'est comme ça qu'elle se désigne, en tout cas.

Janna sourit, roulant légèrement des yeux.

— Comme c'est agréable de voir que les traditions se transmettent ! Bon, vous avez vos clés de voiture ?

Nous sortîmes tous les trois, la pluie nous fouettant les cheveux et les vêtements, avec une force qui semblait m'appuyer sur le corps. George mit ses pleins phares et ses essuie-glaces en vitesse maximale, puis démarra.

— Maintenant, fais très attention sur la route, dit Janna.

Elle s'était assise à l'avant sans demander. Elle se comportait déjà comme sa mère.

Nous avançâmes très lentement dans la nuit noire et pluvieuse, les essuie-glaces parvenant à peine à affronter le déluge, la voiture ballottée par des bourrasques de vent. Nous ne croisâmes aucun autre véhicule, mais la chaussée était jonchée de branches cassées, de couvercles de poubelles et de bacs de recyclage éparpillés. Il y aurait certainement des coupures de courant cette nuit. Martin vivait derrière le pub, dans un appartement attenant à celui-ci, et Janna poussa un soupir alors que nous nous garions.

— C'est exactement pareil.

Je regardai George pour voir comment il allait après avoir appris que Martin était son père. Rien que je puisse lire sur ses traits. Cela signifiait que Cara était sa cousine – que ressentait-on, quand on était adopté et qu'on se découvrait soudain tant de proches du même sang ? Je n'arrivais pas à imaginer.

Janna nous devança tandis que nous nous escrimions à fermer les portières dans la tempête, mais elle revint sur ses pas, le visage pâle.

— La porte est ouverte.

— Déverrouillée ?

Je ne comprenais pas.

— Ouverte. Regardez.

Elle était entrebâillée, et cognait dans le vent. Un frisson glacial me parcourut l'échine comme une goutte de pluie.

Janna poussa le battant.

— Cara ? Vous êtes là ? Je suis une amie de votre oncle.

— Cara ? appela George.

Il entra derrière elle, et je les suivis.

— C'est George, tout va bien ?

À l'intérieur, l'appartement était plongé dans l'obscurité, et je trouvai l'interrupteur pour allumer.

La lumière révéla une scène de carnage : des meubles renversés, un verre d'eau cassé par terre, un liquide rouge qui imbibait le canapé. Du vin, me dis-je. Pas du sang.

— Qu'est-ce qui s'est passé ? demandai-je. Un cambriolage ?

Janna examinait le désordre, figée. Je vis qu'elle regardait fixement un objet sur la table basse, une petite pierre en forme de cœur. Elle se tourna vers George.

— Cara t'aidait pour ton livre ?

— Pour établir le contexte, ouais, elle s'y connaissait vraiment en histoires criminelles, et…

— Est-ce que tu as parlé à Lisa au cours de tes recherches ? Lisa McSweeney ?

— Bien sûr, ouais, elle est toujours installée à la sortie du village.

Janna ferma les yeux une seconde.

— Elle doit savoir que je suis de retour. Cette pierre, elle lui appartenait. La prison… Ils ont dû lui envoyer une lettre, pour la prévenir de ma libération. Elle était témoin dans l'affaire, même si elle n'a jamais fait de déposition. Elle devait se douter que j'irais voir Martin en revenant ici. Tout ça, là, emmener la petite, c'est un signe qui m'est adressé.

— J'ai appelé Lisa tout à l'heure, dit George en grimaçant. À cause de… Après le meurtre de Susan Bodger. Je lui ai laissé un message vocal. J'ai pensé qu'elle était peut-être… Que sa vie pourrait être menacée.

— Par moi ? Tu croyais que je m'en étais prise à cette pauvre Susan ? Oh, George, mon chéri ! Tu te trompes tellement, sur toute la ligne.

George écarquilla les yeux.

— Tu veux dire que c'est elle qui a… ?

Janna inclina la tête sur le côté.

— Qui d'autre aurait pu le faire ?

— Je me suis posé la question, mais cette hypothèse paraissait tellement folle que j'ai juste… Enfin, elle avait, quoi, dix ans ?

— Les enfants peuvent tuer, s'ils sont mis suffisamment sous pression. Tout le monde en est capable.

Je ne comprenais pas.

— Est-ce que quelqu'un veut bien m'expliquer ce qui se passe, là ? Qu'est-ce que Lisa vient faire là-dedans ?

La massothérapeute un peu siphonnée ? Elle n'était qu'une gamine au moment des meurtres.

Le vent sifflait par la porte ouverte, comme pour illustrer l'horreur de cette situation, le domicile mis à sac, la fille disparue.

Janna soupira.

—Je suis désolée que vous ayez eu à le découvrir de cette manière, Helen. Sans tout cela, j'aurais emporté le secret dans ma tombe. Quelle importance, puisque j'avais déjà tout perdu. Elle a dû penser que je la traquerais, finalement, alors elle a cherché un moyen de pression. Vous étiez tous les deux absents, j'imagine, quand elle est venue à la maison.

Je perdais le fil.

—Est-ce que vous pouvez arrêter avec toutes ces… énigmes, et simplement me dire ce qui s'est passé ? Qui a tué mon père, si ce n'est pas vous ?

—Nous n'avons pas le temps, répondit Janna en se dirigeant vers la porte.

—Lisa, lâcha George succinctement. C'est Lisa qui a tué ton père. Et Janna s'est accusée à sa place.

Je courus derrière Janna en criant par-dessus le bruit de la pluie.

—Mais pourquoi ? Pourquoi vous auriez fait ça, enceinte, en plus ?

—J'ignorais que j'étais enceinte quand j'ai avoué. J'ai pris la décision en une fraction de seconde – je voulais la protéger, elle était si jeune, et j'avais le sentiment d'avoir manqué à mon devoir envers elle. Et ensuite, eh bien, j'ai cru qu'on serait indulgent avec moi, à cause de ma grossesse. Je pensais que Lisa leur révélerait pourquoi je… Ce qu'il lui avait fait, et qu'on comprendrait mon geste. J'ai imaginé, comme une imbécile, que je ne purgerais que quelques années. Ou aucune, même, si la vérité éclatait au grand jour. (Nous étions à présent devant la voiture.) George, tu devrais conduire Helen chez vous. Je pense savoir où Lisa a emmené Cara. Elle veut m'attirer là-bas.

—Nous ne te laisserons pas y aller toute seule, en pleine tempête ! cria-t-il. À nous trois, nous pouvons la neutraliser. Je vais appeler les flics, et…

— Non. Ils arriveraient trop tard, et, de toute manière, c'est une affaire entre Lisa et moi. Si elle a enlevé Cara, c'est juste en garantie. (Elle ouvrit la portière.) Montez, si vous tenez à m'accompagner. Nous n'avons probablement pas beaucoup de temps.

Je m'exécutai, mon esprit s'efforçant encore de saisir toutes les pièces de ce puzzle.

— Donc vous êtes en train de dire que Lisa, une élève de primaire, est la véritable meurtrière de mon père ? Et pour ce qui est des deux autres filles ?

Janna boucla sa ceinture.

— Je n'ai jamais vraiment su ce qui s'était passé, mais je suis presque certaine qu'elle leur a fait absorber un mélange d'herbes qu'elle a volé dans ma cave. Versé dans leur jus d'orange, je suppose. Vous comprenez, le flacon portait mes empreintes, mon écriture sur l'étiquette. Et le couteau, il m'appartenait aussi. Lisa était tout le temps fourrée chez moi, il lui aurait été facile de les prendre. J'ignore si elle a fait exprès de me piéger – c'était une enfant, après tout –, mais toutes les preuves ont convergé vers moi.

Je n'étais pas sûre de croire un mot de tout cela. Je m'armai de courage tandis que George faisait démarrer la voiture.

— Où est-ce que je vais ? s'enquit-il.

Janna semblait étrangement calme.

— Dans les bois. À l'Autel du diable.

L'endroit où mon père était mort. Évidemment. Nous nous éloignâmes en cahotant, le vent plus fort que jamais.

— Pourquoi ne pas l'avoir dit à quelqu'un ? demandai-je, me débattant avec ma ceinture pour me pencher entre les sièges depuis la banquette arrière. Ça n'a aucun sens. Vous êtes allée en prison pour un crime que vous n'avez pas commis ?

Elle me regarda dans le rétroviseur, ses yeux d'un bleu glaçant.

— Oh, j'ai changé ma version, une fois que j'ai su que j'étais enceinte. Mais imaginez la situation, Helen. Votre père et moi étions très ouvertement en désaccord, il essayait de me faire virer, le poison et l'arme m'appartenaient, j'étais sur les lieux avec mes vêtements imbibés de son sang. Et j'avais avoué. En me disant que je sauvais Lisa, et qu'elle me sauverait à son tour, en leur racontant ce qu'il lui faisait. Mais elle n'a jamais pris ma défense, alors on m'a emprisonnée, on m'a enlevé mon garçon, et j'ai…

Pour la première fois, je la vis perdre son sang-froid. Elle déglutissait avec difficulté.

— Mais qu'est-ce qu'il… ? (Voulais-je obtenir une réponse à cette question ?) Pourquoi ? Je ne comprends pas pourquoi l'une de vous deux aurait voulu faire du mal à mon père.

Elle me jeta un coup d'œil. Je me rappelai ses propos : parfois, la vérité est la pire des douleurs.

— Je peux encaisser, dis-je. J'ai juste besoin de savoir.

— Vous devez comprendre que, dans les années 1980, le concept de prédateur sexuel n'était pas du tout assimilé. Même à dix ou onze ans, on présumait qu'une fille pouvait vouloir attirer l'attention d'un adulte. Surtout une gamine solitaire et délaissée dans son foyer, susceptible de s'accrocher à un instituteur gentil et séduisant qui lui offrait de l'aide. Personne d'autre ne s'est aperçu que c'était malsain, je ne pense pas. On ne voyait là qu'un pilier de la communauté, qui se montrait bienveillant envers une enfant vulnérable.

Mon père. Que l'on avait toujours décrit comme un homme beau, charmant, intelligent, un enseignant dévoué. Elle était en train de dire que…

— Il abusait d'elles. C'est ça, que vous insinuez ? Au sujet des filles ?

— J'en étais convaincue. Il y avait des signes.

— Vous y avez assez cru pour songer à l'empoisonner.

— Pas pour le tuer. Je voulais juste… enrayer la situation. J'avais très peur de lui, en réalité.

Était-ce vrai ? Mon noble père ?

— Est-ce que maman le savait ?

Janna se retourna, et, l'espace d'une seconde, je vis les lumières se refléter dans ses yeux.

— Personne ne le savait, je ne pense pas.

— Vous le croyez toujours ? Qu'il… faisait des choses aux enfants ?

— Oui, répondit-elle sans hésitation. J'ai regardé Lisa lui trancher la gorge, Helen. Une fillette de dix ans. Ce n'était pas pour rien.

J'avais la nausée. Le trajet cahoteux, la terreur de la nuit, et cette vérité suffocante, tout cela me remontait dans la gorge. Y croyais-je ? Je n'en avais aucune idée.

— Nous y sommes, annonça George.

Gêné, il avait gardé le silence pendant toute la conversation, concentré sur la route.

L'orée du bois était effrayante, avec les arbres lugubres qui se balançaient violemment, et la pluie qui martelait nos vitres.

— Tu devrais rester dans la voiture, Helen.

— Non. Il faut que je la voie. Il faut que je sache si c'est vrai.

La véritable meurtrière de mon père était peut-être là, tout près. Et même si je ne voulais pas y penser, Cara aurait peut-être besoin d'assistance médicale lorsque nous la retrouverions. Je ne pouvais plus me soustraire à mon devoir. Si les gens avaient besoin d'aide, je devais être celle qui la leur apporterait. Je m'y étais formée toute ma vie, et, ce soir, Janna m'avait rendu ma vocation.

Nous sortîmes, quittant l'habitacle chaud et douillet de la voiture pour un tumulte si violent qu'il nous rendait muets. Emmitouflés dans nos vestes imperméables – Janna n'en avait même pas –, nous grimpâmes péniblement jusqu'en haut du sentier, pour entamer notre expédition dans les bois.

La dernière fois que j'étais venue là, tout était paisible, verdoyant, vibrant de chants d'oiseaux et de doux bruissements de feuilles. Dans la tempête, l'endroit était très différent, avec le hurlement du vent et les branches qui nous fouettaient en pleine figure. Le sol était marécageux sous nos pieds, et mes baskets furent bientôt recouvertes de boue, imbibées d'eau jusqu'à mes orteils. Janna devait être gelée dans sa robe légère – qui datait de ses jeunes années, devinai-je, et lui allait toujours parfaitement –, mais elle marchait d'un pas résolu devant nous, se frayant un chemin entre les troncs et les buissons, sa silhouette ondulant dans les torches de nos téléphones. Janna n'avait pas de portable, bien entendu. Elle était telle une voyageuse temporelle débarquant des années 1980, figée dans l'instant de son arrestation. George avait la respiration un peu sifflante, et je me demandai où nous avions vu son inhalateur pour la dernière fois. L'avions-nous un jour sorti des cartons ? Il ne l'avait sans doute pas mis dans un sac à part pour le déménagement, comme je le lui avais suggéré, afin de le garder à tout moment sous la main.

— Ça va ? lui demandai-je en hurlant par-dessus le bruit du vent.

Il acquiesça en toussant.

— Avance, dit-il.

L'humidité lui irriterait les bronches, je le savais.

La clairière – l'Autel du diable, comme on l'appelait – était à environ quinze minutes de marche en plein cœur des bois. Pas de randonneurs ici ce soir, pas de promeneurs de chien ni d'adolescents chahuteurs. Je me demandai si j'y étais venue enfant, peut-être avec mon père, qui avait aimé camper en pleine nature. Aucune tente à présent, aucun signe de vie, et je commençais à penser que nous avions parcouru tout ce pénible chemin pour rien.

Puis Janna se pétrifia.

— Là-bas, dit-elle, très doucement.

Droit devant nous, une lueur, comme celle d'une lampe frontale, et il s'agissait bien de cela. Sous cette lumière et le faible éclat du clair de lune, je distinguais une femme, assise sur la pierre d'autel, qui balançait ses jambes dans le vide. Elle était vêtue plus judicieusement que nous, de bottes en caoutchouc, d'un imper gris et d'un bonnet à pompon. C'était Lisa. À côté d'elle, allongée sur le rocher, gisait une silhouette recroquevillée – j'aperçus des cheveux verts et des lunettes rondes. Cara.

— Vous êtes venus, dit Lisa en nous regardant à tour de rôle. Re-bonjour, Helen. Je ne pouvais pas vous en parler avant, mais je vous ai vue un jour, vous savez, quand vous étiez bébé.

J'étais incapable de prononcer un mot. Elle semblait si normale, une femme dans la quarantaine, d'apparence jeune. Avait-elle vraiment pu commettre de multiples meurtres ?

— Je suis là, dit Janna. Alors laisse la fille partir, Lisa. Elle n'a rien à voir avec tout ça.

J'essayai d'évaluer l'état de Cara à distance – respirait-elle ? Elle était clairement inconsciente. J'arriverais peut-être à me faufiler sur le côté pendant que Lisa était distraite.

— Elle sait des choses. Elle n'a pas arrêté de fouiner. Avec *lui*.

Lui, c'était George, qui disait à présent :

— Lisa, relâchez-la. Elle n'est au courant de rien, je vous le promets.

— Oh, ça ne peut pas être vrai, si ? Elle est venue plusieurs fois chez moi, pour me poser toutes sortes de questions. J'ai essayé de trouver ses notes chez Martin, mais elle a dû les mettre sur le cloud ou ailleurs, je n'en sais rien. J'imagine qu'elle vous les a déjà envoyées. Et que vous savez tout, ou que vous pensez tout savoir.

— Non. J'ignore ce qui s'est passé ce jour-là. Personne ne le sait, pas entièrement du moins.

Elle le regarda en inclinant la tête, comme si elle tentait de deviner s'il mentait.

— Mais je sais tout de vous, George. Pourquoi vous avez perdu votre travail, ce que vous avez fait. Et je sais tout de cette pauvre petite Helen, aussi, ce qu'elle est devenue plus tard. Ce gamin qu'elle a tué à l'hôpital.

Je tressaillis. Comment avait-elle découvert ça ? Il y avait juste eu une enquête interne, qui m'avait disculpée de toute faute. L'histoire était peut-être trouvable en ligne sous forme de brève, si vous saviez ce que vous cherchiez.

Janna avança vers la faible lueur, le visage ruisselant de pluie, cheveux au vent.

— Helen n'était qu'un bébé quand c'est arrivé, et George n'était pas né. Ils n'ont rien à voir avec ça. Quant à Cara, on ne songeait même pas à la concevoir. C'est moi que tu veux. Qu'est-ce qu'il y a, Lisa, je ne t'ai pas déjà assez donné ? Aller en prison pour un acte que tu as commis, ce n'était pas suffisant ?

À ces mots, Lisa sauta au pied du rocher et atterrit dans une giclée de boue. Je vis pour la première fois qu'elle tenait un long couteau avec un manche noir.

— C'est vous qui avez préparé le poison, Janna. Celui qui a tué des gens.

— Mais je ne l'ai pas donné à Grace et Lucy ! Je ne ferais jamais une chose pareille. Et je ne pense pas non plus qu'elles l'aient volé.

— Pourquoi pas ? C'étaient des petites pestes, toujours à mentir et piquer des trucs. Vous auriez dû entendre ce qu'elles disaient de vous.

— Ce n'étaient que des enfants. Tout comme toi. Tu ne savais pas ce que tu faisais, alors j'ai porté le chapeau. C'était ma faute, d'une certaine façon. J'aurais dû mieux te protéger. De ton père, du harcèlement de tes camarades à l'école. Et de lui.

— Je n'avais pas besoin qu'on me protège ! À cause de vous, il s'est détourné de moi. Du coup, il l'a choisie elle à ma place. Lucy. Comme si je ne comptais plus.

Une voix d'enfant sortait de la bouche de cette femme adulte.

George croisa mon regard, et je le décryptais encore assez bien pour comprendre le message. *Vas-y !* Je reculai sur le bord de la clairière, dans l'espoir de rejoindre Cara.

George s'avança et se racla la gorge.

— Ç'a dû être dur, Lisa. Si vous aviez l'impression qu'Adam était le seul à tenir à vous, et qu'il a cessé de vous prêter attention.

— C'était le seul. Et elle l'a poussé à me laisser tomber. Je n'ai pas pu le supporter. Ce n'est pas bien, ce qu'il a fait... Se servir de moi comme ça, et puis passer à autre chose comme si je ne représentais rien. Et c'était entièrement sa faute à *elle*.

Elle essayait de justifier son acte, le fait d'égorger un homme avec un couteau. C'était presque inimaginable, et, même à cet instant précis, j'avais encore du mal à croire qu'elle était coupable.

L'autel était juste à quelques mètres sur ma gauche. Je me disais que Lisa avait dû droguer Cara pour l'amener jusque-là – elle avait appris toutes les astuces d'herboriste de Janna, et bien plus encore. Peut-être n'était-ce pas létal, si nous étions en mesure de faire un lavage d'estomac à la jeune fille, ou de la faire vomir. Le vent soulevait ses cheveux, elle était pâle, mais je ne parvenais pas à voir si elle respirait.

— Ç'a dû être vraiment dur, répéta George d'un ton apaisant. Je suis désolé que vous ayez subi ça.

— Tout était sa faute. Elle méritait de porter le chapeau.

— Et c'est ce qui est arrivé, n'est-ce pas, Lisa ? Même si j'étais enceinte, et qu'on m'a pris mon bébé. J'ai déclaré que j'avais tué Adam parce que tu n'étais qu'une enfant, et je pensais que tu dirais la vérité. Sur ce qu'il te faisait subir.

J'avais envie de me boucher les oreilles, parce que c'était toujours mon père, après tout. Je refis quelques petits pas.

— Je ne vois pas ce que vous insinuez, protesta Lisa d'une voix chevrotante.

— Bien sûr que si, Lisa. J'ai vu son comportement avec toi. Aujourd'hui, on appellerait ça des attouchements. Et c'était plus que ça, pas vrai ? Toutes ces fois où tu es venue ici avec lui, et qu'il apportait sa tente ?

Lisa tremblait. Je me demandai si elle lâcherait le couteau, et peut-être était-ce le plan de George en se rapprochant, de le lui arracher. Encore quelques pas. À présent, je pouvais presque toucher Cara en tendant la main. Elle n'avait pas la tenue appropriée pour une nuit aussi glaciale, ne portant qu'un tee-shirt et un jean déchiré. Lisa avait dû la droguer chez elle. Par piqûre, probablement. Une mixture administrée par voie orale n'aurait pas agi assez vite. Ce qui signifiait que vomir ne lui serait d'aucune utilité. J'essayai de réfléchir à une solution.

— Il m'aimait. Il disait que j'étais spéciale !

— Lisa, c'est ce que disent les prédateurs sexuels lorsqu'ils veulent abuser d'enfants. Tu le sais, au plus profond de toi. C'est pourquoi tu l'as tué.

Janna était si calme.

— Je ne l'ai pas tué ! C'est vous !

— Je me tenais là et je t'ai regardée lui trancher la gorge. J'ai tenté de le sauver – j'étais couverte de son sang. Je t'ai renvoyée chez toi, personne n'a su que tu étais ici. Et le moment venu, tu n'as pas voulu raconter la vérité à son sujet, pour m'aider. Mais, Lisa, je ne t'en veux pas. Tu n'étais qu'une petite fille, vraisemblablement traumatisée. Et qui sait, je l'aurais peut-être bien tué de mes propres mains, si les choses avaient continué. J'y ai clairement songé. Mais tu as résolu le problème à ma place.

— C'est faux. Vous mentez.

Elle pleurait maintenant, comme une enfant, en cachant son visage derrière ses mains, comme si elle avait oublié qu'elle avait un couteau dans l'une d'elles.

— Je n'ai… Jamais je n'ai voulu… Il ne s'intéressait plus à moi !

J'aurais dû alors passer à l'action, rejoindre Cara, prendre son pouls, lui prodiguer un massage cardiaque. Mais une part de moi devait savoir pour de bon si Janna avait tué mon père ou pas, alors j'attendis, le temps d'entendre Lisa chuchoter :

— Je n'avais pas l'intention de le faire.

C'était donc vrai. C'était elle la coupable.

Je me précipitai alors pour grimper tant bien que mal sur la roche plate. Elle était froide et dure sous mes genoux, tandis que je tâtais le cou de Cara pour chercher son pouls. Un faible battement, une respiration superficielle, des lèvres bleues comme l'avaient été celles de Ciaran, une peau pâle et moite. Oui, elle avait certainement été droguée, et elle mourrait d'hypothermie si nous ne la réchauffions pas très vite. Je commençai à ôter en hâte mon manteau pour l'étaler sur elle, si absorbée par mon empressement à la soigner que j'en oubliai un instant la meurtrière armée du couteau.

Jusqu'à ce que j'en sente la pointe me piquer la nuque.

La voix de Lisa résonna à mon oreille.

—Qu'est-ce que vous croyez faire, là ? Vous me pensez stupide, c'est ça ?

—J'essaie juste d'aider Cara. Le vent est glacial, elle pourrait déjà être en hypothermie.

—Je m'en fous.

Elle s'exprimait d'un ton si froid. Je l'avais trouvée gentille la dernière fois que je l'avais vue, aimable, peut-être un peu exaltée, mais cordiale. Maintenant, je voyais ce qui se trouvait juste en dessous de la surface. Quelqu'un qui, à l'âge de dix ans, avait assassiné trois personnes, dont mon père. Que lui avait-on fait, pour la rendre ainsi ?

Je n'étais pas sûre de vouloir connaître la réponse.

M'appliquant à garder la tête penchée en avant, je m'assis avec précaution sur mes talons.

—Qu'est-ce que vous voulez, Lisa ? Pourquoi sommes-nous ici ?

À cette question, elle sembla se calmer un peu.

—Je veux avoir la certitude qu'elle va la boucler. Que personne n'aura jamais l'idée de rouvrir le dossier.

—Alors c'est pourquoi vous… Susan ? Mlle Bodger ?

—Elle en savait aussi beaucoup trop. Je ne pouvais pas courir ce risque.

—Comment pourrait-on rouvrir le dossier ? Toutes les preuves désignaient Janna à l'époque – personne n'a jamais su que vous étiez là.

—C'était votre père. Vous réclameriez forcément justice pour lui.

Je sentis l'arme s'enfoncer un peu plus, et j'en eus le souffle coupé.

Pardonne-moi, papa.

—On dirait que mon père n'était peut-être pas l'homme que je pensais, Lisa. Je ne me souviens pas de lui, pour être honnête. Allons, n'y a-t-il pas eu assez de mal de fait ? Janna a purgé une longue peine pour cette histoire – plus de la moitié de sa vie, Lisa. Trente-six ans. Personne n'est sur vos traces.

Lisa brandit le couteau vers Janna, et je sentis tout mon corps s'affaisser lorsqu'elle retira la lame de la base délicate de mon crâne. J'évaluais toutes les terminaisons nerveuses qui se trouvaient là, la matière cérébrale, combien ce serait facile de me paralyser ou de me rendre muette, comme maman. Janna se tenait à environ trois mètres de là, sans ciller, malgré la pluie qui s'abattait directement sur son visage.

— Je n'ai pas confiance en elle, objecta Lisa. Elle va se venger. Elle va me jeter un sort, une malédiction. C'est peut-être déjà fait. C'est pour ça que je n'ai jamais rencontré personne, je parie, et que je n'ai pas pu avoir d'enfant.

— Lisa, j'ai renoncé à ma vie pour que tu puisses vivre la tienne, dit Janna. Pourquoi voudrais-je te nuire ?

— Parce que je... Je n'ai pas fait ce que vous m'avez demandé, balbutia-t-elle. Je ne leur ai pas raconté ce que vous m'aviez dit. Sur... sur lui.

— Tu n'étais qu'une enfant. Tu avais honte, peut-être, ou tu étais dans le déni, ou choquée. Je n'aurais pas dû exiger ça de toi. (Elle tendit la main.) Donne-moi ce couteau, Lisa. Tout va bien se passer. Nous pouvons laisser tout ça derrière nous maintenant.

Je faillis le croire, et Lisa y avait peut-être bien cru aussi, car elle baissa en effet le bras qui tenait l'arme, et s'écarta de Cara et moi. Ç'aurait pu donc bien finir. Mais la situation prit une mauvaise tournure, et je ne sais toujours pas vraiment pourquoi. Longtemps, je tentai de rassembler les éléments de cette fraction de seconde dans la clairière, sous le ciel orageux. Ma respiration bruyante dans la capuche de mon anorak, la peau froide de la fille sous mes mains tandis que je cherchais son pouls pour vérifier qu'elle était toujours parmi nous.

Lisa sembla se raviser et fit volte-face jusqu'à ce qu'elle se retrouve devant George, le couteau pointé vers lui.

—Mais lui, il travaillait sur un projet de livre. Avec la fille. Ils enquêtaient.

J'entendais la respiration sifflante de George, malgré le bruit du vent et de la pluie.

—Je ne… je ne suis arrivé à aucune conclusion…

—Vous mentez. Vous alliez bien l'écrire quelque part, que Janna n'est peut-être pas coupable, finalement.

—Je n'en avais aucune preuve. Écoutez, il y avait un paquet d'éléments que j'ignorais.

Il déglutit, et la peur m'assaillit. Je l'avais déjà vu faire une crise d'asthme dans la nature une fois, lors de notre premier voyage en camping en Écosse. Nous étions à une heure de l'hôpital le plus proche, et il avait oublié de recharger son inhalateur. J'avais dû le conduire là-bas tout en l'apaisant, le faisant respirer dans un sac en papier, le maintenant en vie le mieux possible, tandis que son visage prenait une couleur mauve et un air terrifié.

—Je… Je n'avais aucune idée de tout ça. Je l'ai découvert il y a seulement quelques mois, pour Janna. Et Helen… Je ne savais même pas qui était son père, je vous le jure.

—Vous avez déjà envoyé des extraits du bouquin à des gens, je parie. Votre éditeur ou je ne sais qui. J'ai lu les messages que vous avez écrits à l'autre, là. (« L'autre » désignant Cara en l'occurrence, supposai-je.) Ou alors vous en avez parlé à un ami, quelqu'un. Vous avez forcément raconté ce que vous avez découvert.

—N-non. Je n'ai pas d'éditeur. Personne ne sait rien.

Il mentait, c'était clair. Il pâlissait à vue d'œil.

—Lisa, je ne peux…

— Il fait une crise d'asthme ! criai-je. Nous devons le sortir de là. Elle aussi.

Où était son inhalateur ? À la maison ? C'était trop espérer qu'il y en ait un dans la voiture, comme je l'avais suggéré à maintes reprises. *Oh, George, pourquoi n'écoutes-tu jamais ?*

Je devais laisser Cara. Je traversai le terrain, mes pieds s'enfonçant dans la boue. Je passai juste devant Lisa en m'efforçant de ne pas regarder le couteau qu'elle brandissait, et rattrapai George alors qu'il s'affaissait à genoux en émettant un affreux râle de suffocation.

— Allez, détends-toi, détends-toi ! Imagine que ta poitrine se relâche.

Ses traits affichaient une telle horreur. Comme quelqu'un qui se sait peut-être sur le point de mourir – comme ce que durent ressentir les victimes de Lisa. Comme Idris ce fameux jour, lorsqu'il était mort sous mes mains, s'acharnant à inspirer, écarquillant les yeux de terreur.

— Allez, George, respire pour moi. Tu peux le faire. Prends des petites bouffées d'air.

Le son provenant de sa cage thoracique était insoutenable. Je ne pouvais pas voir ce qui se déroulait derrière moi, pendant que je bataillais avec sa veste et son pull. Il avait les lèvres bleues.

Janna allait-elle regarder son fils mourir ? Ne parviendrais-je pas à sauver mon mari ? Je ne pouvais me permettre d'y songer, de laisser la peur m'envahir. *Fais-le. Fais juste le job.* Je posai mes lèvres sur les siennes et soufflai, reconnaissant le goût familier de sa peau. Respirant son odeur, respirant pour lui.

Ça ne fonctionnait pas. Je le perdais, et je lisais dans ses yeux qu'il le savait aussi.

Désespérée, je lui criai à l'oreille :

— George… Je suis enceinte, OK ? Du moins, je crois, j'en suis presque sûre. C'est enfin arrivé. Alors il faut que tu t'accroches, d'accord ? Parce que je ne peux pas faire ça toute seule. Il faut que tu restes avec moi.

Le secret que je gardais depuis des semaines à présent, craignant que mon mariage ne soit en pleine implosion, ne sachant que faire ; comme Janna, j'avais à peine voulu me l'avouer.

Je vis qu'il m'avait entendue. Sa respiration se dégagea légèrement, peut-être en raison de la montée d'adrénaline, comme quelqu'un qui se cramponnait fermement à une corde. S'il avait juste assez d'air pour rester en vie, si nous pouvions arriver jusqu'à la voiture, si Lisa voulait bien nous laisser partir…

Je lui martelai la poitrine. Remarquant combien sa peau était marbrée, je lui insufflai de l'oxygène, rien à voir avec les baisers que je lui avais donnés par milliers.

— George, respire. *Respire.*

Mais toujours cet effroyable sifflement.

Distraite, j'entendis vaguement le bruit d'une chute dans la boue, puis je sentis une main sur mon épaule. Je sursautai, mais ce n'était que Janna.

— Où est son inhalateur ? demanda-t-elle doucement.

— Il y en a un à la maison, mais je ne sais pas où.

Il était tellement négligent. Il me vint soudain la pensée désespérante que je devrais fouiller dans les cartons et les sacs.

— Allez, partons. Une ambulance ne viendra jamais jusqu'ici, pas ce soir. Nous allons devoir le conduire à l'hôpital.

— Mais…

Lisa. Où était Lisa ? Je me retournai, et j'aperçus une masse recroquevillée par terre, dans une flaque boueuse d'eau et de sang. Son corps, avec le couteau profondément planté dans l'estomac, et son ciré qui se colorait de rouge. Ses yeux grands ouverts sous la pluie.

— J-Janna…

— Tout va bien, dit-elle, extraordinairement calme. Elle ne peut plus nous faire de mal. Allons, Cara et George ont besoin de notre aide tout de suite. Occupez-vous de lui.

— Mais qu'est-ce que… Qu'est-ce que nous allons pouvoir raconter ?

Elle serait forcément arrêtée. Renvoyée directement en prison.

Je regardai alors Janna retrousser les manches de sa robe et lacérer sa propre chair avec le couteau, laissant des coupures dont le sang jaillissait sur sa peau pâle. Je poussai un petit cri, mais elle ne broncha même pas.

— J'aurais dû faire ça la dernière fois. Maintenant, allons-y.

Janna était forte – elle avait passé ses années de prison à faire du sport, elle fut donc capable de soutenir le corps menu de Cara pour traverser la forêt en la traînant à moitié. George titubait à côté de moi en s'appuyant lourdement sur mon épaule. Je ne pensais à rien d'autre que les mettre en sécurité, et avancer dans l'obscurité des bois, piétinant dans la boue et les branches. Je ne pensais pas à la femme que nous avions abandonnée dans la clairière. Ni au fait que Janna était vraiment une meurtrière désormais, et que tout ce que je savais jusque-là était faux, complètement faux. Je n'avais aucune pensée pour les morts, mon père, les fillettes, ni même Lisa, laissée seule dans une flaque. Je ne pensais qu'à sauver des vies. La chose pour laquelle j'étais née.

Margaret

Il y a beaucoup de choses que j'aimerais dire à ma fille si je le pouvais. Évidemment, je ne savais pas que je serais privée de ma voix à la soixantaine. Je pourrais réussir à lui écrire, peut-être – mes mains vont bien mieux grâce à la pommade que Janna m'a préparée –, mais quelque part, l'idée ne me semble pas bonne. C'est trop complexe, il y a trop de nuances de gris. J'ignore si elle comprendra vraiment un jour.

Après ce qui leur était arrivé dans les bois, Helen vint me voir le lendemain. J'avais dormi tout le long de sa précédente visite, plongée dans le sommeil par des herbes bénéfiques, nullement consciente qu'elle avait trouvé le cadeau de Janna et en avait tiré les mauvaises conclusions. Janna était venue me voir, bien sûr, et, ayant appris mon attaque, elle m'avait apporté le soulagement qu'elle pouvait, comme elle l'avait fait par le passé. Mon plus grand regret fut qu'elle endosse la responsabilité de ce qui s'est produit à l'époque. Et de ne pas avoir pris sa défense quand j'aurais pu – je craignais trop de me faire moi-même arrêter, je me sentais trop coupable de mon rôle dans cette histoire. Elle me dit qu'elle me pardonnait, mais malgré cela, je ne suis pas sûre de pouvoir me le pardonner un jour, pas vraiment. Mon incapacité à agir, mon manque de courage au moment crucial, j'en porterai le fardeau jusqu'à ma mort. Si je pouvais, je dirais à Helen que je ne savais pas avec certitude ce qui est arrivé à son père, mais également que j'aurais dû faire davantage confiance à Janna. Que poison et remède sont souvent les deux faces d'une même pièce.

Helen et Mick vinrent me voir ensemble, et, dans le couloir, je le vis mettre son bras autour d'elle, lui frotter l'épaule ; elle appuya brièvement la tête contre la sienne, et j'étais heureuse. L'une des choses que je dirais à Helen si j'en avais la possibilité, c'est que Mick est un bien meilleur père que le sien, et un bien meilleur homme. Peut-être s'en aperçoit-elle à présent. Elle me raconta ce qui s'était passé, que c'était cette petite Lisa qui avait tué Adam et ses camarades d'école, et non Janna, finalement. Que Lisa était morte maintenant, parce que Janna l'avait poignardée dans les bois. Pour sauver George, qui faisait une sévère crise d'asthme, et une fille prénommée Cara, la cousine de George, apparemment. Je me rappelle Martin, son père, qui tenait le pub à l'époque. Janna et lui étaient amoureux, une autre chose que j'ignorais.

Je n'avais pas su non plus que Janna était enceinte, évidemment ; elle n'en a jamais parlé à personne avant que ce soit trop tard. Au cas où nous chercherions à la dissuader de prendre cette décision, peut-être. Si je l'avais su, aurais-je agi différemment pour lui éviter une peine de prison ? En toute honnêteté, je ne suis pas sûre. J'éprouvais trop de peur, de culpabilité. Lorsque Janna m'écrivit, pour me demander de garder un œil sur son garçon, je l'ignorai. Je brûlai sa lettre, terrifiée que quelqu'un puisse la découvrir et que l'on m'arrête moi aussi. Association de malfaiteurs, complicité de meurtre. Ce sont des crimes dont je suis techniquement coupable, après tout. Je ne pus me résoudre à détruire la lettre provenant de la mère adoptive de George – ce n'était pas à moi de le faire. Helen découvrit donc l'existence d'un enfant, se lança à sa poursuite, et l'épousa. Je n'avais jamais imaginé que ma fille serait capable de faire une chose pareille, de se donner autant de mal. Ni que mon gendre était le fils de Janna, celui que j'avais été incapable d'aider.

Helen m'assura que George se remettrait de sa crise d'asthme. Elle m'annonça qu'elle attendait un bébé, enfin. Ma fille ne s'est pas souvent confiée à moi, mais je savais qu'il y avait un souci à ce niveau-là. Je le lisais sur son visage chaque fois que nous sortions et qu'un bambin nous croisait en gambadant. Je suis heureuse. Elle me raconta que Janna avait été arrêtée pour avoir tué Lisa, mais ils avaient bon espoir qu'aucune charge ne serait retenue contre elle, puisque Janna avait des blessures aux mains et aux bras, des lésions défensives classiques, que le couteau portait les empreintes de Lisa, et qu'évidemment Cara pourrait attester que celle-ci l'avait droguée et enlevée. Lorsque Helen me relata tout cela, l'histoire donnait l'impression d'avoir été répétée, mais ce n'était pas grave. Je regrettais de ne pouvoir lui serrer la main pour lui montrer que je comprenais, mais ce geste me paraissait impossible, comme si le message ne parvenait simplement pas à atteindre mes terminaisons nerveuses.

Elle me raconta qu'ils rendraient sa maison à Janna ; pour eux, elle était hantée par le souvenir de deux ouvriers qui avaient failli mourir sous leur toit – même si ces hommes s'en sortiront également. Elle me dit que leur entrepreneur, Bob, était quasiment en dépôt de bilan à la suite de la pandémie, ce qui expliquait pourquoi il était le seul à accepter de travailler dans « la maison de la sorcière », et pourquoi il avait menacé de les poursuivre, par pure détresse. Toute cette affaire est désormais réglée, et Cara est sortie elle aussi de l'hôpital, après un traitement pour hypothermie modérée. J'espère que Janna et Martin disposeront enfin du temps qu'ils méritent, et dont ils ont été privés toutes ces années.

Helen me confia qu'avec George ils repartiraient peut-être vivre à Londres, puisque la campagne ne leur avait pas réussi, que George ne comptait plus écrire son livre, qu'il devrait donc trouver autre chose à faire de sa vie. Même s'il ne peut décrocher le genre d'emploi qu'il souhaite, il devra tourner la page, s'adapter. C'est ce que font les gens. Et Helen sera bien occupée une fois qu'elle aura repris son activité – un docteur retrouve toujours du boulot. Je savais qu'elle ne pourrait pas rester trop longtemps loin du milieu médical – elle est née pour ça. Si différente de son père et de moi. Si courageuse, alors que je ne l'ai jamais été.

Il y a d'autres choses que je pourrais révéler à ma fille, mais je ne pense pas le faire un jour. Quel intérêt ? Elle n'en parla pas, mais je voyais bien qu'elle savait en gros pourquoi son père était mort, ce qu'il avait commis. On appellerait ça des attouchements aujourd'hui. Jamais prouvés, jamais manifestes, rien d'aussi cru qu'un contact de peaux, de bouches ou de mains, tout cet univers sordide. Ou peut-être que c'était le cas, et que j'avais aussi fermé les yeux là-dessus. Je n'en veux pas à Lisa de ne pas s'être exprimée à l'époque – c'est énorme, pour une enfant de dix ans, d'accuser son directeur d'école. Et elle avait attendu quelque chose de lui, de l'affection, peut-être, de l'amour, même. Seulement, pas *ça*. Jamais ça.

Je pourrais aussi révéler à Helen pourquoi cette maison lui semblait familière le jour où elle arriva là-bas il y a plusieurs mois. Lui raconter que je l'y avais amenée, à deux ans ; que j'avais monté la colline, puis l'allée de gravier et les marches en pierre avec elle dans sa poussette, pour frapper à la porte de Janna, un soir après l'école, quand je savais qu'elle serait chez elle, et qu'Adam travaillait tard, ou commettait en réalité quelque horreur.

— Maman, c'est quoi la maison ?

— Nous rendons visite à une amie. Sois sage, maintenant.

Et Janna avait ouvert la porte, dans sa robe à fleurs et son tablier taché de sève, le visage rouge et les cheveux détachés. Comme elle était belle – elle l'est toujours, après trente-six ans de prison. J'aurais pu lui raconter comment je m'étais mise à pleurer, qu'elle avait alors changé d'expression, et m'avait dit d'entrer. Comment elle avait laissé Helen avec un biscuit dans le salon, encombré et vieillot, même à l'époque, et m'avait conduite à la cuisine.

Je pourrais raconter à Helen comment j'avais tenté d'expliquer pourquoi j'étais venue. Que j'avais peur de mon mari – pas de ce qu'il me ferait, mais de ce qu'il était. Du monstre que j'avais aidé à se cacher au grand jour. Lui parler des deux dernières écoles, de nos raisons de quitter Londres, des allégations des enfants, toutes âgées de onze ans, des pleurs et des cris. Du fait qu'on l'ait surpris en train de conduire avec une fille dans sa voiture, tous deux en état d'ivresse, ce qui lui avait valu un retrait de permis. Des parents moins incrédules que ceux de Lisa McSweeney, du père qui était venu lui mettre un coup de poing dans la cour, l'avait envoyé par terre et blessé à l'épaule. Du fait que la police n'ait jamais été impliquée, parce que aucune personne en charge n'y croyait entièrement, les gouverneurs accordant plus de crédit à sa parole qu'à celle de jeunes filles et de parents ouvriers, de pères connus pour être des buveurs. Mais que nous avions dû malgré tout déménager, car ce genre de rumeur vous suit comme une mauvaise odeur, et bientôt vos amis refusent d'amener leurs enfants chez vous, et, avant que vous vous en aperceviez, votre vie s'est effritée sous vos pieds comme un plancher pourri. Que j'avais essayé à tout prix de ne pas y croire non plus, de me fier à sa parole et de me convaincre que toutes ces filles étaient de petites menteuses, que leur classe sociale et leur contexte familial les incitaient à se comporter ainsi. Comme des garces. Des allumeuses.

Je pourrais raconter à Helen comment je m'étais appuyée contre le comptoir de la cuisine ce jour-là, pour pleurer dans mes mains.

— Je ne sais pas quoi faire. J'ai tellement peur – je l'ai vu avec cette élève. Et il a passé tant de nuits dehors, pour camper, selon lui. Je vois comment il les regarde dans la cour. Et j'ai une fille. Une petite fille.

C'était ma plus grande crainte. Pour Helen. Que se produirait-il lorsqu'elle atteindrait l'âge qu'il préférait, quel qu'il soit ? Neuf ans ? Dix ? L'idée m'était intolérable, de les surveiller tous les deux pour le restant de son enfance. Je refusais de vivre ainsi, mais j'avais trop peur de partir.

Janna était très calme. Elle se tenait devant l'évier, pour me remplir un verre d'eau, que j'avais avalé d'une traite. Je me rappelle sa saveur douce et fraîche.

— Est-ce que vous voulez que je vous aide, Margaret ?

Comment savais-je de quoi elle était capable ? J'avais entendu les rumeurs qui circulaient au village, et peut-être que j'avais déjà deviné ce qu'il y avait dans la lotion qu'elle m'avait donnée pour lui, en me précisant de ne pas dire que ça venait d'elle. Peut-être savais-je aussi qu'elle pouvait aller plus loin, si je le lui demandais.

Était-ce bien cela que j'avais voulu ? Je pourrais soutenir le contraire, me mentir, mais la vérité, c'est qu'à l'époque je savais exactement ce qu'elle me proposait. J'avais pensé à Helen, aux petites filles que j'avais vues dans la classe d'Adam, si jeunes et innocentes, à l'orée d'une chose qu'elles ne pouvaient pas encore comprendre.

— Oui. S'il vous plaît, aidez-moi. Je n'ai personne d'autre vers qui me tourner.

Je suis heureuse d'avoir confirmation, après toutes ces années, que je ne l'ai pas condamnée ; qu'au bout du compte, ce n'est pas elle qui a porté le coup fatal et que, dans une certaine mesure, tout ce temps passé en prison était son choix – même si elle n'aurait pas pu se douter qu'elle en avait trop demandé à Lisa, ni que l'on mettrait une femme enceinte aussi longtemps derrière les barreaux. Je me rappelle qu'elle avait ensuite pris ma main dans la sienne, qui était froide, et l'avait portée à sa poitrine. George grandissait déjà là entre nous, même si aucune de nous n'aurait pu l'imaginer. Elle le suspectait, peut-être.

— Nous devons régler ça, Margaret. C'est trop risqué. Pour tous les enfants.

Et j'avais acquiescé.

— Oui. Vous avez raison.

Elle avait marqué une pause quelques instants. Le soleil brillait dans ses cheveux.

— Vous ne devez rien savoir de tout ça, au cas où la police viendrait vous poser des questions. Le simple fait d'avoir cette conversation constitue un crime. Vous comprenez ?

— Oui.

J'ignore jusqu'où Janna est allée dans son plan. Un empoisonnement, c'est ce qu'elle avait dû prévoir, pas l'égorgement brutal, avec les vêtements et les cheveux imprégnés de sang. Non. Elle aurait procédé en silence, discrètement, afin que personne ne sache ce qui était arrivé. Plus tard, après les événements, j'avais pris sa mise en garde comme le signe que je devais rester en dehors de l'enquête, éviter le procès, feindre qu'elle n'était rien d'autre pour moi que la meurtrière de mon mari. Je me demande si c'était le bon choix, si je me berçais d'illusions, si mon témoignage aurait pu la sauver. Mais cela aurait pu aussi m'entraîner en prison avec elle. Faire de Helen une orpheline, adoptée comme George, je l'aurais perdue. Je ne peux pas me dire que ma décision serait différente cette fois-ci.

Ce fameux jour de 1986, pendant que nous avions cette conversation, Helen se trouvait dans la pièce voisine. Elle chantonnait et répandait des miettes de biscuit, tout en jouant très attentivement avec ce qui était, je l'appris plus tard, une poupée de malédiction, de celles que l'on place dans les murs pour détourner les mauvaises intentions.

Je pourrais lui raconter tout cela – que j'ai organisé le meurtre de son père parce que j'avais trop peur de le quitter ou de le dénoncer, qu'elle était avec moi pendant ce temps-là, que je l'ai fait entièrement pour elle, pour la protéger, que j'ai laissé Janna plonger pour ça sans prendre sa défense, que je m'en suis sentie coupable toutes ces années. Mais tandis qu'elle s'assoit à présent sur mon lit et me serre contre elle, ma fille au doux parfum, mon unique enfant, avec son propre bébé qui grandit dans son ventre, je m'aperçois que je ne le lui dirai jamais.

Achevé d'imprimer en mai 2024
Par CPI Brodard & Taupin à La Flèche
N° d'impression : 3056332
Dépôt légal : juin 2024
Imprimé en France
38122714-1